KB046005

오모리 후지노
OMORI FUJINO

일러스트 야스다 스즈히토
YASUDA SUZUHITO

김민재 옮김

11

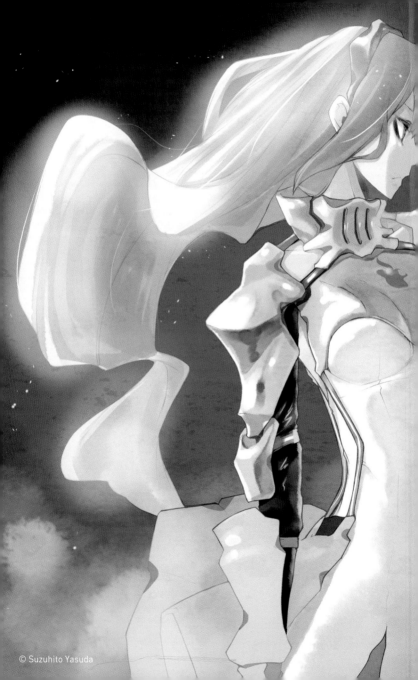

© Suzuhito Yasuda

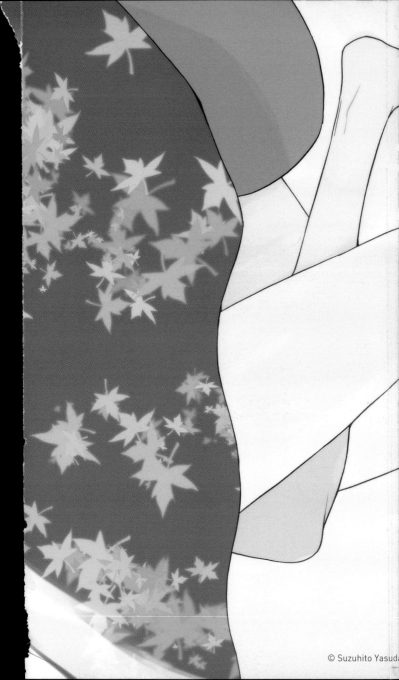

# 던전에서 만남을 추구하면 안 되는 걸까

## 11

**오모리 후지노** 지음 | **야스다 스즈히토** 일러스트 | **김민재** 옮김

## 헤파이스토스     HEPHAISTOS

오라리오에서 으뜸가는 스미스 기술력을 자랑하는 【헤파이스토스 파밀리아】의 주신.
헤스티아와는 천계 시절부터 질긴 인연으로 맺어진 사이.

## 로키     LOKI

오라리오 최대 파벌인 【로키 파밀리아】의 주신. 의문의 가짜 관서 사투리를 쓴다.
권속인 아이즈를 아낀다.

## 리베리아 리오스 알브     RIVERIA LIOS ALF

오라리오에서도 손꼽는 실력을 자랑하는 로키 파밀리아의 부단장. 종족은 하이엘프. 【로키 파밀리아】 소속.

## 티오네 히류테     TIONE HIRUTE

아마조네스 자매 중 언니. 단장 핀을 사랑한다.
【로키 파밀리아】 소속.

## 프레이야     FREYA

【프레이야 파밀리아】의 주신.
신들 중에서도 손꼽는 미모를 가진 '미의 여신'.

## 시르 플로버     SYR FLOVER

주점 【풍요의 여주인】의 점원.
우연한 만남으로 벨과 친해졌다.

## 헤르메스     HERMES

【헤르메스 파밀리아】의 주신. 파벌들 사이에서 중립을 표방하는 여리여리한 남신. 기민하고 빈틈이 없다. 누군가의 명령으로 벨을 감시하도록 부탁을 받은 것 같은데……?

## 타케미카즈치     TAKEMIKAZUCHI

【타케미카즈치 파밀리아】의 주신.

## 히타치 치구사     HITACHI CHIGUSA

【타케미카즈치 파밀리아】 소속 단원.

## 리드     LIDO

'제노스'의 두령. 싹싹한 리저드맨.

## 우라노스     OURANOS

던전을 관리하는 길드의 주신.

## 가네샤     GANESHA

【가네샤 파밀리아】의 주신. 머리 나쁜 훈남이지만 단원들의 신뢰는 두텁다.

## 츠바키 콜브랜드     TSUBAKI COLLBRANDE

하프드워프 스미스. 【헤파이스토스 파밀리아】 소속. 전투 능력도 높아 Lv.5를 자랑한다.

## 베이트 로가     BETE LOGA

늑대 수인 웨어울프. '풍요의 여주인'에서 벨을 비웃었지만, 얼마 전 미노타우로스와 싸우는 모습을 보며 인식을 달리 한다. 【로키 파밀리아】 소속.

## 핀 디무나     FINN DEIMNE

로키 파밀리아 단장. 머리가 비상하다.
【로키 파밀리아】 소속.

## 티오나 히류테     TIONA HIRUTE

아이즈의 절친을 자청하는 아마조네스 모험자. 티오네의 쌍둥이 여동생. 【로키 파밀리아】 소속.

## 오탈     OTTARL

【프레이야 파밀리아】에 속한 초 실력파 모험자.

## 류 리온     RYU LION

엘프. 원래는 뛰어난 모험자였다. 현재는 주점 '풍요의 여주인'에서 점원으로 일한다.

## 아스피알안드로메다     ASUFI AL ANDROMEDA

수많은 매직 아이템을 개발하는 아이템 메이커. 【헤르메스 파밀리아】 소속.

## 카시마 오우카     KASIMA OUKA

【타케미카즈치 파밀리아】 단장.

## 비네     WIENE

벨이 던전 계층 영역 '거목미궁'에서 만난 용종 소녀. 인간의 말을 할 수 있다.

## 레이     REI

'제노스' No.3의 실력자. 아름다운 세이렌.

## 펠즈     FELS

우라노스를 따르는 수수께끼의 메이거스.

## 샥티 바르마     SHAKTI VARMA

【가네샤 파밀리아】의 단장. 휴먼. 육탄전이 주특기.

## 헤스티아
### HESTIA
인간과 아인을 넘어선 초월존재인, 천계에서 내려온 신. 벨이 속한 【헤스티아 파밀리아】의 주신. 벨이 정말 좋아!

## 벨 크라넬
### BELL CRANEL
본 작품의 주인공. 할아버지의 가르침 때문에 던전에서 멋진 헤로인과 만날 날을 꿈꾸는 신출내기 모험자. 【헤스티아 파밀리아】 소속.

## 릴리루카 아데
### LILIRUCA ARDE
'서포터'로 벨의 파티에 들어온 파룸 소녀. 보기보다 힘이 장사. 【소마 파밀리아】 소속.

## 아이즈 발렌슈타인
### AIS WALLENSTEIN
아름다움과 강함을 겸비한 오라리오 최강의 여성모험자. 별명은 【검희】. 벨에게는 동경의 존재. 현재 Lv.6. 【로키 파밀리아】 소속.

## 야마토 미코토
### YAMATO MIKOTO
극동 출신 휴먼. 한번 미끼로 삼았던 벨에게 용서를 받은 데에 은혜를 느끼고 있다. 【헤스티아 파밀리아】 소속.

## 벨프 크로조
### WELF CROZZO
벨의 파티에 들어온 스미스 청년. 벨의 장비 《강총이 Mk-II》의 제작자. 【헤파이스토스 파밀리아】 소속.

## 에이나 튤
### EINA TULLE
던전을 운영하고 관리하는 '길드' 소속 접수원. 벨과 함께 모험자 장비를 구입하는 등 공사 양면에서 도와준다.

## 산죠노 하루히메
### SANJONO HARUHIME
벨과 환락가에서 마주친 극동 출신 여우 수인, 르나르. 【헤스티아 파밀리아】 소속.

# CHARACTER & STORY

미궁도시 오라리오── 통칭 '던전'이라 불리는 장대한 지하미궁을 보유한 거대도시. 모험자가 되려는 소년 벨 크라넬은 이 도시에서 여신 헤스티아와 만나 【헤스티아 파밀리아】에 입단한다. 동경하는 【검희】 아이즈 발렌슈타인에게 인정을 받고자 던전 탐색에 매진하는 가운데 서포터 릴리, 스미스 벨프, 극동 출신 미코토, 르나르 하루히메도 같은 【파밀리아】의 일원이 되었다. 그런 벨에게 시련이 찾아왔다. 지상에서 폭주한 '제노스' 비네를 구한 대가로 사람들에게서 신용을 잃어버린 것이다. 상처 입고 고뇌하는 벨. 과연 이 최대의 시련을 소년은 넘어설 수 있을 것인가……?

커버 그림, 본문 일러스트 | **야스다 스즈히토**

**프롤로그　방황하는 아이들의 현재**

어둠이 지배하는 통로에 같은 간격으로 불빛이 밝혀져 있었다.

발 디딜 곳만을 간신히 비출 정도의 빛은 벽을 따라 안쪽으로 이어졌다. 이따금 빛이 깜빡거리는 음습한 길에는 서늘한 냉기가 감돌았다.

그런 통로를 따라 줄을 지어 나아가는 무리가 있었다.

힘없는 인광(燐光) 앞을 몇 번이나 가로지르는 다부진 어깨, 칼집에 든 나이프를 감아놓은 굵은 두 팔. 철컥철컥 갑옷이 잠금쇠 소리를 울리고, 그리브며 부츠 소리가 여기에 감겨든다.

모험자들이었다.

투구를 눈가 깊이 눌러쓴 드워프를 선두로 세운, 열 명을 넘을까 말까 한 규모였다. 각자 칸델라 형태의 마석등을 들고 주의 깊게 주변을 살핀다.

그들이 나아가는 이곳은 던전이 아니다.

터널형 통로를 이루는 것은 인간의 손길로 만든 석재. 수명이 다 되어가는 마석등이 벽에 걸려 있었으며, 길 한복판에서는 쏴아아 소리를 내며 물이 흘렀다.

지하에 설치된 수로, 하수도였다.

그들이 몸에 걸친 갑옷이며 방어구에는 서로 다른 【파밀리아】의 엠블럼이 새겨져 있었다. 혼성 파벌 파티였다. 급조임을 드러내듯, 협조성이라고는 저 멀리 내팽개친 것 같았다.

"사냥감은 먼저 잡는 놈이 임자야. 서로 원망하기 없어."

호승심 강한 아마조네스의 말에 수인 사내가 비아냥거리며 침을 탁 뱉었다.

"당연한 소릴. 내가 해치울 동안 손가락이나 빨면서 지켜보라고."

매너와는 거리가 먼 이 무뢰배들은 하나같이 숙련된 모험자들이었다.

"이봐, 몰드." "정말 괜찮은 거야?"

"아앙? 길드 녀석들이 이 잡듯이 뒤져대는 지상에서 전혀 정보가 안 나오고 있잖아. 그럼 여기밖에 더 있겠어?"

무리 중에는 몰드 라트로의 모습도 있었다.

이마며 뺨에 흉터가 난 험상궂은 얼굴에 우락부락한 몸. 척 보기에도 거칠다는 것을 알 수 있는 악한이며, 실제로 두 달 반쯤 전에는 눈부신 성장을 보이는 '어떤 루키'에게 모험자의 세례를 내려주려 한 적도 있을 정도였다.

항상 행동을 함께 하는 두 휴먼 동료에게 질문을 받은 몰드는 품에서 두루마리를 꺼냈다.

"다른 놈들이 선수 치기 전에 이 몬스터들을 해치우면 상금은 우리 거지."

두루마리에 그려진 것은 무장한 몬스터.

정보를 토대로 묘사된 흉악한 리저드맨이며 가고일의 그림이었다.

——【이켈로스 파밀리아】가 일으킨 소동으로 몬스터가

지상에 나타난 것이 사흘 전.

모험자의 추격을 뿌리치고 도망친 몬스터들은 온 오라리오에 퍼져, 지금도 도시 어딘가에서 숨을 죽이고 있다.

사태가 심각하다고 판단한 길드 본부는 각【파밀리아】에 몬스터 조기 토벌을 명령하는 한편 괴물들의 목에 현상금을 걸었다. 그 막대한 보수에 모험자들은 미궁 탐색도 내팽개치고, 지금은 지상에 남은 것으로 여겨지는 몬스터들을 혈안이 되어 찾고 있다.

"아니, 우리 이야기는 그런 게 아니고." "이 무장한 몬스터 엄청 강하다며?【로키 파밀리아】가 놓쳤을 정도라던데……."

"걱정할 거 없어. 그것들【검희】한테 호되게 당했다면서. 지금쯤 제대로 움직이지도 못할 정도로 약해졌을걸. 그 증거로, 날뛰는 것밖에 모르는 괴물들이 얌전하잖아."

다 잡은 거나 마찬가지라며 웃는 몰드에게 일행은 불안한 표정으로 얼굴을 마주보았다.

"그러고 보니…… 들었어?【리틀 루키】이야기."

"맞아. 사람들한테 아주 단단히 미움 사고 있다던데. 사고 제대로 쳤어."

몰드와는 소속이 다른 상급 모험자들이 마침 생각났다는 듯 웃음을 터뜨리며 말했다.

"부이브르 상대로 욕심이 났던 거겠지. 멍청하기는."

"레코드 홀더라느니 뭐라느니 다들 치켜세워주니까 우

쫄해서는. 꼴좋다."

마치 술안주라도 되는 양 어떤 모험자를 멸시하며 웃음거리로 삼는다. 조롱이 담긴 그들의 화제에 다른 사람들도 비웃음을 흘렸다.

"……이것들이 사돈 남 말하고 앉았네."

그런 그들에게, 악당 같은 얼굴을 한층 험악하게 일그러뜨린 몰드가 끼어들었다.

"지금 우리도 비슷한 상황이잖아! 같은 업계 애송이 하나 가지고 왜 헐뜯고 난리야!"

"이, 이봐, 몰드?"

"왜 그래, 갑자기?"

동료들이 황급히 말렸지만 몰드는 침을 튀겨대며 대들었다. 파티를 짠 모험자 지인들은 화를 내는 그에게 당황하며 대꾸했다.

"그 꼬맹이는 부이브르를 해치우려고 다른 놈들한테도 공격을 가했잖아? 암만 그래도 너무했지."

"그, 그건…… 그거라고, 빚! 【파밀리아】가 엄청난 빚을 졌잖아. 그거 때문이야!"

조롱만이 아니라 악감정까지 담긴 소년에 대한 비난에도 어물거리면서 되받아친다. 몰드는 기세등등하게 파티에 등을 돌리고는 멈추었던 걸음을 다시 옮겼다.

뭐냐 저 자식. 어떻게 됐나? 그런 목소리가 들려오는 가운데 몰드는 혀를 찼다.

"──정지."

파티의 분위기가 험악해지려던 그때, 선두에서 걷던 드워프가 제지를 가했다.

긴장을 띤 목소리에 상급 모험자들은 일제히 반응했다.

드워프 사내가 노려보는 곳, 전방.

어둠 속에서 누런 눈빛이 번뜩이고 있었다.

붉은 비늘에 덮인 굵은 꼬리를 너울거리며 그 몬스터는 모습을 나타냈다.

"저건…… '리저드맨'!"

"나왔구만!"

즉시 임전태세에 들어가는 모험자들을 향해 갑옷을 입은 몬스터, 리저드맨이 뛰어들었다.

『워어어어어어어어어어어어어!!』

그리고 돌격을 저지하고자 방패를 내민 강인한 드워프가── 그대로 날아가 버렸다.

"엥……?"

후열에 대기했던 파티원과 얽히며 함께 쓰러져버리는 드워프를 보고 모험자들과 몰드는 얼빠진 목소리로 중얼거렸다.

그러거나 말거나 리저드맨은 날뛰기 시작했다.

『샤아아아아아!!』

"으, 으아아아아아아아아아아아아아?!"

리저드맨이 휘두르는 롱 소드와 시미터, 여기에 플레일(역

주: 중세 무기의 일종)처럼 날아드는 꼬리.

무시무시한 전투능력을 자랑하는 리저드맨에게 제대로 반격조차 하지 못한 채 유린당한 파티는 잇달아 비명을 터뜨렸다. 꼬리에 얻어맞아 날아간 수인 모험자는 착지할 곳을 잘못 잡는 바람에 수로에 빠졌다.

첨버어엉!! 격렬한 물보라가 튄 직후 모험자들은 결국 줄행랑을 쳐버렸다.

"하나도 안 약해졌잖아아아아아아아아아아아아아?!"

처량한 비명을 지르며 몰드와 모험자들은 전속력으로 도망쳤다.


"……으, 으음."

멀리서 메아리친 굵은 고함소리에 뾰족한 귀가 꿈틀 떨렸다.

청백색 눈꺼풀을 가늘게 움직이고, 용종 소녀는 천천히 눈을 떴다.

"여긴……?"

뿌옇게 비치는 어두운 석조 천장에 눈을 깜빡이고 있으려니, 바로 곁에서 부드러운 목소리가 들렸다.

"일어났어요, 비네?"

천천히 눈을 돌리자, 그곳에는 안도한 표정을 지은 아름다운 세이렌이 있었다.

"레이? ……아?!"

같은 '제노스'인 세이렌의 이름을 입에 담았던 용종 소녀는 다음 순간 흠칫 놀라 몸을 일으켰다.

"벨은? 벨은?!"

갈팡질팡하며 한 소년의 안부를 묻자 세이렌 레이는 소녀의 가녀린 몸에 두 날개팔을 감으며 천천히 말해주었다.

"진정하세요, 비네. 벨 씨는 무사해요."

"정말? 벨, 다행이다………… 어? 하지만 나, 벨 곁에서……."

"펠즈가 당신을 소생시켜줬어요."

무의식중에 이마의 붉은 돌에 손을 가져다댄 비네는 레이의 말에 고개를 갸웃했다. 그때 곁에 있던 가고일 그로스가 불쑥 말했다.

"좀 더 자는 편이 좋았을 것 같다만."

"그로스……? 무슨 말이야?"

비네가 의아한 표정을 짓고 있으려니.

"다녀왔어."

그런 목소리와 함께 리드가 나타났다.

"리드!"

"오오! 일어났구나, 비네! 잘 됐다!"

"응! 리드는 어디 있다 온 거야?"

"……모험자들 쫓아내고 왔어."

리드는 비네에게는 짧게 대답하고, 마중을 나온 흑의의 메이거스 펠즈와 이야기를 나누기 시작했다.

"무사해, 리드?"

"응. 펠즈의 전체치유마법 덕에 몸은 완전히 나았어. 마음껏 움직일 수 있었다고. 다만 모험자들이 근처까지 왔어. 얼른 여기를 뜨는 게 좋을 거야."

"그렇군……."

펠즈가 무겁게 대답했다. 그들의 이야기에 비네는 당혹감을 품었다.

주위를 둘러보았다.

지금 있는 곳은 던전도 아니고, 헌터들에게 끌려갔던 감옥── 인조미궁 '크노소스'도 아니었다. 흐르는 하수 소리가 들리는, 사람들의 기억에서 잊힌 지하수로의 창고였다.

그곳에 있던 동포의 수는 라미아나 트롤 등, 지금 돌아온 리드를 포함해도 열 마리 정도. 비네가 보기에도 적었다. 망가진 마석등 불빛에 옆얼굴을 비추며 그녀는 조심스레 물었다.

"여기, 는……? 다른 사람들은?"

"……설명할게. 잘 들어, 비네."

불안한지 호박색 눈동자를 떨고 있는 비네에게 펠즈가 차근차근, 간결하게 설명해주었다.

지금 있는 장소는 지상이며, 비네를 비롯한 '제노스'는 온 도시 사람들에게 쫓기며 생명에 위협을 받는 입장이라는 사실. 나아가서는 들키지 않도록 오라리오 내를 이동하는 중이라는 사실.

모험자들을 피해 도망치면서 일부 '제노스'가 낙오되었다는 사실.

"아스테리오스하고도 합류하지 못했어."

"그가 있었다면, 그나마 어떻게든 됐을지도 모르지만요……."

처음 들어보는 이름에 고개를 갸웃하며 리드와 레이의 시선을 따라가 본 그녀는 '그것'을 보고 흠칫 몸을 떨었다.

지면에 놓인 것은 칠흑의 굵은 팔. 절단된 한쪽 팔이었다.

비네의 몸통 정도는 되는 것 아닐까 여겨질 정도로 굵은 근육에 뒤덮인 팔이다. 지금은 얼음에 재워 부패를 막아놓고 있었다.

리드 일행이 목숨만 건져 도망쳤던 전투가 얼마나 격렬했는지, 무엇보다 '그'라고 불린 자가 얼마나 대단한 존재인지를 이야기해주는 그 물체에 용종 소녀는 숨을 멈추었다.

"너희가 살아남으려면 던전으로 돌아가야만 해. 하지만 '바벨'과 '크노소스', 두 출입구는 완전히 봉쇄당한 상태야. 지금은 돌아갈 방법이 없어."

고립무원, 진퇴양난. 상황은 생각할 수 있는 것 중에서도 최악.

후드 안에서 그렇게 설명한 메이거스는 잠시 입을 다문

후 말을 이었다.

"만약 희망이 있다면, 그건……."

펠즈의 속삭이는 목소리가 녹아드는 것처럼 사라져 갔다.

조용해진 동포들 속에서, 비네는 천천히, 어둠에 잠긴 머리 위쪽을 올려다보았다.

"벨……."

태어날 때부터 굶주리고 있었다.

그곳에 발을 디뎠을 때, 그가 처음 했던 일은 몰살이었다.

그곳에는 그의 동족이 무수히 있었다. 동족은 그를 공격하려는 존재였으며, 그는 굶주린 존재였다. 동족은 그를 용납하지 않았다. 그도 그런 것은 전혀 바라지 않았다. 맨손으로 때려죽이고, 발로 밟아죽이고, 몸으로 분쇄했다. 무한히 이어지는 미로 속에서 그는 무한한 투쟁에 몸을 던졌다.

언제 자아가 싹텄는지는 확실치 않았다. 태어났던 순간부터였던 것 같기도 하고, 그보다 훨씬 전, '꿈' 속에서 '자신'이 둥실둥실 떠다녔던 것 같기도 하다. 다만 자아를 인식할 만큼 선명한 광경이 있었던 것만은 뚜렷이 기억한다.

지금도 여전히 그것에 굶주리고 있다는 것도.

그는 언제나 굶주렸다. 언제나 싸웠다.

가죽이 갈라지고, 뼈가 부서지고, 살이 녹고 썩어 문드러져도, 그는 동족을 죽이고 다녔다.

전환점이 찾아온 것은 마침내 힘이 다해 무릎을 꿇으려던 때였다.

눈앞에 나타난 것은 동족이 아닌 '동포'.

그들은 동족에게서 그를 지키고 사지에서 구출해주었다. 게다가 자신들의 집으로 데려가 몸을 치유해주었다.

동포란 굶주림 이외의 무언가를 싹트게 할 만큼 썩 괜찮은 존재였다.

동시에 그들은 박식해서 그의 굶주림이 무엇인지를 가르쳐주었다.

'강렬한 **동경**'.

동포 전사는 말했다. 그것은 너의 '바람'이라고.

동경? 잘 이해할 수 없었다. 다만 그것이 자신의 '선망'임은 이해했다.

한시도 꾸지 않은 날이 없었던 '꿈'에는 소리도 냄새도 없었으며, 그저 빛만이 있었다. 몸이 떨려올 정도의 의지가, 텅 빈 몸을 채워나가는 환희가, 자신의 존재를 긍정해주는 '무언가'가.

그는 동포에게서 그 외에도 많은 것들을 배웠다. 지혜

를, 강함을, 그리고 무기를. 이윽고 그는 동포들과 헤어져, 다시 자신이 태어났던 곳으로, 깊고 깊은 칠흑의 미궁으로 몸을 던졌다.

　　──이것이 아니다. 이것이 아니다.

　굶주림의 정체를 안 그는 이제 만족할 수 없게 되었다. 강함을 갈고 닦고, 동족을 모조리 죽여도, 아무리 시간이 지나도 '꿈'과는 해후할 수 없었다. 언제부터인가 분노마저 느껴졌다. 조바심이라고 해야 할지도 모르겠다. 굶주림은 더욱 커지기만 했다.

　그는 '꿈'을 찾아 계속 헤매고 또 헤맸다.


　"흐──흐아아아아아아아아아악?!"

　비명을 지르며 사냥꾼 하나가 도망쳤다.

　땅바닥에는 같은 사냥꾼이 수없이 굴러다니고 있었다. 팔다리가 있을 수 없는 방향으로 꺾인 채 피웅덩이를 이루었다. 숨어있던 그를 교묘하게 찾아낸 자들이었다. 그렇기에 망가뜨렸다. 되갚아주었다.

　　──이것도 아니다. 이것도 아니다.

　사냥꾼들은 그가 찾아 헤매는 '무언가'와 비슷했다. 그러나 전혀 달랐다.

　그것은, 그 '꿈'은 결코 저렇게 등을 돌리지 않았다.

　등을 돌린 사냥꾼을 한달음에 따라잡아, 굵은 팔로 목을 붙잡고 벽에 찍어버렸다.

쇠퇴한 폐허에 요란한 균열이 일어났다. 사냥꾼이 붉은 액체를 뿌리고 눈을 까뒤집었다. 잔가지처럼 한손에 들어온 목에서는 뿌득 금이 가는 소리가 덧없이 들렸다. 동포와의 약속을 떠올리고 그는 이를 손에서 놓았다.

마지막 사냥꾼이 바닥에 쓰러진 후, 그는 숨어있던 폐허를 나왔다.

그곳은 깊은 미궁이 아닌, 하늘에 가까운 장소.

두꺼운 구름에 뒤덮인 밤하늘에 아무런 감회도 품지 못한 채, 그저 무기 하나만을 들고 온몸에서 선혈을 흘리며 확고한 걸음걸이로 다시 헤매기 시작했다.

다시 찾기 시작했다.


꿈을—— 재회를.

# 1장 몰락토끼

『풀려나간 위협. 몬스터 도시로 흩어지다』

『미궁의 역참 리빌라 전멸. 지상으로 진출한 몬스터와의 인과관계는?』

『【이켈로스 파밀리아】의 암약── 던전 제2의 출입구?』

테이블에 펼쳐진 수많은 정보지.

코이네 공통어로 적힌 온갖 헤드라인에 헤스티아와 릴리는 입을 꾹 다물었다.

"아주 큰 일이 벌어졌구나……."

"네. 온 도시에 이거랑 똑같은 정보가 퍼져서 주민들이 불안에 떨고 있어요."

도시에 동란을 가져온 【이켈로스 파밀리아】와 '제노스'의 사건으로부터 나흘이 지난 아침.

【헤스티아 파밀리아】의 홈 '화덕관' 거실에서 헤스티아 일행은 테이블을 내려다보고 있었다.

릴리가 시내에서 모아온 정보지──일부 【파밀리아】나 상인들이 판매하는 여러 겹의 두루마리──에는 몬스터 지상출현 사건을 둘러싼 무수한 정보와 억측이 난무했다. 언뜻 단순한 도시전설을 늘어놓은 것 같은 가십 기사도 사정을 아는 【헤스티아 파밀리아】에게는 웃을 일이 아니었다.

"게다가……."

무거운 어조로 헤스티아가 시선을 돌린 곳에는 어떤 정보지의 지면이 있었다.

기사 자체는 작으며 위치도 구석이었지만, 그곳에는 이렇게 적혀 있었다.

　『워 게임의 영웅【리틀 루키】의 폭거와 폭주, 실망과 실추』

　이와 비슷한 기사는 다른 정보지에도 보였다. 개중에는 소년의 얼굴 그림이 실린 것도 있었다.

　키가 작은 릴리와 둘이 나란히 받침대를 놓고 선 헤스티아는 눈살을 찡그리며 입을 다물어버렸다.

　"헤스티아 님, 릴리 님, 다녀왔사옵니다."

　"문을 닫은 가게가 많아 시간이 좀 걸렸습니다…… 죄송합니다."

　거실에 들어온 것은 메이드복 차림의 하루히메와 미코토였다. 식량을 사러 나갔던 두 사람은 야채며 육포가 담긴 종이봉투를 내려놓았다.

　"어서 오거라. 시내에서는 별 일 없었느냐?"

　"……직접적인 것은, 없었나이다. 하오나 저희를 보는 시민들의 눈빛이 전과는, 그게…….."

　말을 흐리는 하루히메를 대신해, 미코토가 눈썹을 늘어뜨리면서도 또박또박 말했다.

　"냉대하는 분들은 있었습니다. 역시 벨 공의 행위가 영향을 미친 듯합니다……. 저희는 같은【파밀리아】니까요. 지난 며칠 사이에 차츰 비난의 강도가 커지는 것도 느껴졌습니다."

　"그렇구나."

한숨을 쉰 헤스티아는 릴리에게 눈을 돌렸다.

"벨프 군은, 오늘도 그러고 있느냐?"

"네. 그 후로 줄곧 공방에만 틀어박혀서요. 나 원…… 문 앞에 식사를 놓아두면 어느 사이엔가 사라지니 살아있긴 한 모양이지만요."

소동 이후 도통 얼굴을 드러내지 않는 스미스 청년을 두고 릴리는 탄식하며 대답했다.

헤스티아는 저택의 뒤뜰, '공방'이 있는 방향을 보았다.

그리고 그때.

"아…… 벨 님."

벨이 거실 문을 열고 나타났다.

헤스티아와 동료들을 찾아온 소년에게 딱히 다른 점은 없어보였다.

이제까지 보지 못했을 정도로 깊이 고민하는 표정 이외에는.

"…………."

동료들을 보며 벨은 무언가를 말하려다가, 이내 시선을 돌렸다.

목구멍 안으로 말을 억누른 소년은 이번에는 헤스티아를 보았다.

"저, 주신님……. 시내에 다녀오게 해주세요."

동료들의 놀라움을 한 몸에 받으며 벨은 외출 허가를 청했다.

"……밖에 나가 무엇을 하려는 게냐?"

헤스티아는 벨에게 홈 밖으로 나가지 않도록 주신으로서 엄명을 내렸다.

분위기가 잠잠해질 때까지, 라고는 말하지 않았지만 적어도 사건 직후에는 얌전히 있도록 한 것이었다. 어디까지나 소년의 신상을 걱정한 조치였다. 그만큼 지금 벨의 입장은 위태로웠다.

"정보수집이라면 나나 아이들에게 맡기면 된다. 네가 나갈 필요는 없을 텐데?"

"그건……."

"또 상처를 입을지도 모르지 않느냐."

저녁놀에 물든 '다이달로스 거리', 전장의 상흔이 새겨진 미궁거리에서 일반인과 모험자들이 보내는 적의와 실망의 눈빛을 떠올렸는지 벨의 몸이 굳어졌다.

떨리는 숨결을 토해내던 벨은, 그래도 헤스티아를 마주보며 대답했다.

"아무 것도 하지 않고 시간이 지나기만을 기다리는 게…… 지금은 제일 무서워요."

이제는 도저히 가만있을 수 없다고, 그렇게 시선으로 호소하는 소년에게 헤스티아는 잠시 눈을 감고 생각에 잠기더니, 고개를 끄덕였다.

"좋아, 알았다."

"주신님……."

"다만―― 나와 함께 가는 것이 조건이다!"

한순간 안도했던 것도 찰나, 벨이 눈을 크게 떴다. 동료들도 마찬가지였다.

"저기요?! 헤스티아 님?!"

"서포터 군과 너희는 계속해서 정보수집과 홈 경비를 부탁하마! 오늘은 내가 벨 군의 보디가드니라!"

릴리는 엄지를 척 내미는 헤스티아에게 몸을 내밀고 항의하려 했지만.

"아우, 정말."

이내 입술을 비죽거리고는 마지못한 것처럼 따랐다.

공연히 너스레를 떠는 그녀의 신의가 전해졌던 것이다.

여신인 헤스티아가 지금의 벨을 지키는 데에는 적임이라는 의도가.

"점심시간에는 돌아오도록 노력하마! 그럼 가자꾸나, 벨."

"주신님, 하지만……."

소녀들에게 말하고 소년에게 다가온 헤스티아는 그의 얼굴을 가만히 올려다보았다.

여신의 눈동자에 붙들린 벨은 이윽고 고개를 끄덕였다.

"알겠습니다……."

홈을 나와, 출발.

약속대로 주신님과 둘이, 나는 시내로 향했다.

홈에서 '근신'──적어도 나는 그렇게 생각한다──하도록 명령받았던 지난 나흘 동안 정보를 모아준 릴리나 동료들 덕에 도시의 상황이 어떻게 돌아가는지는 대충이나마 파악하고 있다.

몬스터가 지상으로 진출해버린 사태에 대처하기 위해 여덟 개의 도시문은 완전히 봉쇄되었다. 토벌을 서두르고자 길드는 '제노스'에게 현상금을 걸어, 많은 세력과 많은 모험자들이 그들을 쫓고 있다.

나도 비네나 리드 씨 일행의 행방을 알고 싶었다.

귀로 날아드는 정보를 들으면서, '제노스'가 점점 궁지에 몰리는 것 아닐까 생각하면 도저히 가만있을 수 없었다.

"…………."

오라리오의 하늘에는 구름이 가득 끼었다.

사건 이후에 내렸던 비는 그쳤지만, 마치 도시의 심경을 나타내듯 하늘에는 두꺼운 구름이 끼었다.

시내는 조용했다. 몬스터를 두려워해서인지 돌아다니는 사람은 별로 없었으며, 있어도 빠른 걸음으로 지나갔다. 던전으로 가는 길에 늘 보았던 어린아이들의 모습은 어디에서도 찾을 수 없었다. 정말로 이곳이 오라리오가 맞을까.

"감자돌이 알바도 쉬게 됐지 뭐냐."

내가 낯선 오라리오의 모습에 당황하고 있으려니 주신님이 서운한 듯 말했다.

문과 덧문을 꼭꼭 닫은 여러 상점을 시야 가장자리로 곁눈질하며 서쪽 메인 스트리트로 들어섰다. 대로로 나가자 그나마 사람들의 통행량이 늘어나기는 했지만, 평소에는 보이지 않는 길드 직원, 그리고 호위를 맡은 모험자들의 모습이 눈에 뜨였다. 몬스터 수색 내지는 경비를 위해 순찰을 하는 것이리라.

　역시 활기는 없었으며…… 그 대신 긴장된 분위기가 감돌았다.

　"……이봐."

　"저기 좀 봐."

　그리고 험악한 시선이 날아들기 시작했다.

　다른 사람이 아닌, 나에게.

　"【리틀 루키】…… 나도 들었어. 【로키 파밀리아】를 방해했다며?"

　"저 녀석 때문에 몬스터를 놓쳐 버렸다잖아."

　"역시 모험자는 다 똑같아."

　"이봐, 우릴 저딴 놈하고 똑같이 취급하지 마. 때와 장소 정도는 가릴 줄 안다고."

　귓전에 달라붙는 온갖 목소리.

　【스테이터스】 덕에 예민해진 청각이 없어도 주위의 술렁임은 또렷이 들을 수 있었다. 일반인도, 상인도, 같은 모험자들도, 수많은 사람들이 길을 걸어가는 내 옆얼굴을 싸늘한 눈으로 바라본다.

얼굴이 싸늘해져가는 것을…… 핏기가 가시는 것을 알
수 있었다.

저녁놀에 물든 그 미궁거리에서 맛보았던 것과 같은, 사
람들의 비난에 휩싸였다.

"돈벌이를 위해서라고 했지만…… 사실은 몬스터를 감
쌌던 거 아니야?"

"'괴물 취향' 말이지?"

추악한 부이브르를 지키려는 짓을 했던 나에게 하계의
가장 큰 멸칭── '괴물 취향'이라는 목소리도 곳곳에서
들렸다. 그 경멸의 말은 내 가슴을 확실하게 후벼 팠다.

각오했던 것이라고, 받아들여야 한다고 필사적으로 견
뎌내면서도 느껴지는 것이 있었다.

마치 모든 비난의 화살이 나를 향하는 듯했다.

【이켈로스 파밀리아】는 궤멸되었고 주신인 이켈로스 님
도 도시에서 추방당했다고 들었다. 불안과 공포에 싸인 오
라리오에서, 나는 어쩌면 감정의 배출구…… 규탄을 모으
기에 딱 좋은 존재가 되었는지도 모른다.

'인류의 적'.

현실감을 띠기 시작하는 그 말에 손발 끝이 얼어붙었다.

호흡이 떨리는 것을 필사적으로 참고 있으려니── 주
신님이 몸을 홱 돌렸다.

"너희, 하고 싶은 말이 있으면 똑바로 하는 게 어떠냐!"

그리고 척!! 사람들을 향해 손가락을 내밀었다. 나도, 다

른 사람들도 여신님의 갑작스러운 행동에 기겁했다.

"벨은 내가 끌어안은 빚 때문에 무모한 짓을 했던 게다! 그렇고말고, 말하자면 그건 벨의 나에 대한 깊은 사랑이 만들어낸 결과! 책망하려거든 죄 많은 나를 잊지 말아야지!!"

놀라는 사람들에게 '빚'을 강조하며 주신님은 큰소리를 쳤다. 그리고 은근슬쩍 '사랑' 부분도…….

풍만한 가슴에 한쪽 손을 가져다대며 자신만만하게 말하는 주신님을 보며 주위 사람들은 얼굴을 마주하고 속삭였다.

"로리신…….""로리신이다."

"빚이 2억 발리스 있다는 게 사실이었구나……."

"천재지변이네 천재지변.""로리신의 저주…….."

"주신이 저러니 권속도……."

"쿠아~~~~~~~~~~~~~~~~!! 뭐라고오—?!"

들려오는 속삭임에 주신님은 두 팔을 치켜들며 버럭버럭 화를 냈다.

주신님을 황급히 말린 나는, 깨달았다. 그렇게나 악의로 가득 찼던 공기가 유야무야된 것을.

주신님에게, 보호를 받고 말았다. 거짓말을 하게 만들고 말았다.

뒤늦게나마 주신님이 말했던 '보디가드'의 의미를 깨달았다. 주신님이 완충재가 된 덕에 하계 주민들은 노골적으

© Suzuhito Yasuda

로 규탄을 하기 힘들어진 것이다.

그 대신 이제는 권속을 감싼 헤스티아 님이 사람들에게서 반감을 사고 있다.

나는 고개를 푹 숙였다.

"주신님, 죄송해요………… 저 때문에."

……저 때문에 주신님에게도 폐를 끼쳐서, 라는 말은 중간에 차단당했다.

돌아본 주신님이 고개를 들고 빤히 쳐다보더니, 당황하는 나에게 웃음을 지었던 것이다.

"벨, 손을 잡자꾸나."

그렇게 말하고 주신님은 내 손을 잡았다.

끌려가면서 다시 둘이서 걸었다.

"주, 주신님, 저기……."

"이런 상황에 할 소리는 아니다만, 나는 조금 기쁘구나. 요즘 벨은 손이 덜 가는 아이가 되었으니 말이다. 지금이 바로 신의 진가를 발휘할 때라는 거지!"

일부러 너스레를 떠는 듯한 목소리가 내 어깨를 두드려 주었다.

내 손을 잡은 조그만 손. 여느 때 같으면 부끄럽다고 생각했겠지만…… 지금은 그저 처량한 기분이었다. 폐를 끼치고 보호를 받는 자신이 너무나도 못나다는 생각이 들었다.

동시에 기쁨도 느끼고 있었다.

다정함에 기대기만 해선 안 되는데…… 주신님의 손에서 느껴지는 온기를, 나는 아주 살짝 힘을 주어 맞잡고 말았다.

사람들의 비난 어린 시선은 여전하다.

그래도 아까보다는 몸이 덜 차가워졌다.

"……주신님, 잠깐 이쪽으로 가도 될까요?"

"음, 왜 그러느냐?"

주신님에게 양해를 구하고 메인 스트리트를 따라 어떤 건물을 찾아갔다.

서쪽 메인 스트리트 인근에서도 한층 커다란 석조 주점, '풍요의 여주인'.

"벨이 자주 신세를 진다는 주점이구나. 그러고 보니 나는 처음 와보았다."

"어라, 그랬나요?"

'풍요의 여주인'은 이런 때에도 영업 중이었다.

입구 앞까지 다가가자, 가게 안에서 우리를 보았는지 한 점원이 나타났다.

"류 씨……."

"…………."

아름다운 묘령의 엘프는 내 얼굴을 바라보았다.

제18계층의 토벌 미션에서는 그녀에게도 도움을 받았다. 만나서 고맙다는 인사를 하는 것이 목적이었는데, 본인을 앞에 둔 순간 아무 말도 나오질 않았다.

오라리오 시민들과 마찬가지로 류 씨도…….

그런 공포가 치밀었던 것이다.

내가 입을 움직이지 못하고 있으려니, 류 씨는 가볍게 숨을 내쉬고는 입구 앞의 계단을 내려왔다.

"크라넬 씨. 시내의 소문 때문에 제가 당신을 경멸하는 일은 없습니다."

"!"

"저는 그동안 제가 보았던 것을 믿습니다."

류 씨는 나를 신경 쓰듯 아주 희미한 미소를 지어주었다.

청렴한 엘프의 말에 몸에서 긴장이 빠져나갔다. 그와 함께 눈이 젖어들려 했다.

"신 헤스티아도 오랜만에 뵙습니다."

"여어, 엘프 군."

인사를 하는 류 씨에게 주신님도 기뻐하며 손을 척 들었다.

"어…… 류 씨. 18계층에서, 도와주셨던 것 고마워요."

"아닙니다. 마음에 두지 마십시오."

눈가를 얼른 닦고 인사를 한 나는 류 씨의 몸을 흘끔 보았다.

"저, 괜찮으신가요? 토벌대가 큰 피해를 입었다고 들었는데……."

미션에 나섰던【가네샤 파밀리아】의 토벌대가 궤멸될 뻔

했다는 말은 릴리를 통해 들었다. '제노스'와의 전투에 참가했던 류 씨의 안위를 걱정하자 그녀는 대답했다.

"보시다시피 무사합니다. 몸도 회복되었고요."

그리고 잠시 말을 끊은 류 씨는 '하지만'이라고 전제를 깔며 말했다.

"'괴물'이 있더군요."

당시의 전율이 되살아나는지 하늘색 눈을 가늘게 뜬다.

"그 '괴물'…… 검은 미노타우로스 한 마리에게 【가네샤 파밀리아】도, 저희도 당했습니다."

류 씨의 그 말에 나는 숨을 멈추었다.

검은 미노타우로스…… 비밀 마을에서 리드 씨가 말했던 신입 '제노스'를 말하는 걸까? 나는 아직 못 만나봤지만…….

이야기를 듣고 있던 주신님이 무언가를 떠올린 것처럼 입을 다물었다. 릴리나 미코토 씨도 분명히 말했다. 도시 최강 파벌 【로키 파밀리아】도 애를 먹었다는 최강의 '제노스'—— '괴물'이 있었다고.

"그 검은 미노타우로스가 지상에 나타났다는 말은 들었습니다. 그리고 당신도. 18계층에 있던 여러분이 어떻게 '다이달로스 거리'에 나타났는지…… 이것저것 여쭤보고 싶습니다만."

"……!"

"지금은 그럴 상황이 아니겠지요. 다음 기회로 미루겠습니다.”

사건의 경위나 무장한 몬스터, 이에 관여한 나에 대해 알고 싶은 것이 많았을 것이다. 하지만 주위의 상황과 내 낯빛을 헤아리며 류 씨는 언급을 피해주었다. 나도 ‘크노소스’의 열쇠에 관해 묻고 싶은 것이 있지만…… 지금은 질문을 자제했다.

“그러고 보니 시르 씨는요……?”

“시르는 요즘 계속 휴가를 내고 있습니다. 할 일이 있다면서.”

“그렇군요.”

나는 류 씨의 뒤쪽을 보았다.

“소년, 이야기 좀 들려다오―!” “소문이 사실이냐?!” 가게 안에서는 구경꾼 근성을 발휘해 연신 질문을 던져대는 캣 피플 클로에 씨와 아냐 씨가 있었다. “쓸데없는 짓 집어치워, 바보 고양이들” 휴먼 점원 루노아 씨가 그런 두 사람을 붙잡아놓았다.

“……그러면 가볼게요, 류 씨. 정말 고맙습니다.”

여전히 이쪽을 쳐다보는 주위의 눈을 의식해 그 자리를 떠나려 했다. 이 주점까지 소동에 말려들게 할 수는 없었다.

그런 내 등에 대고 류 씨가 마지막으로 말을 건넸다.

“크라넬 씨, 마음을 굳게 가지십시오. 당신의 행위는 저도 이해하기 힘들지만…… 당신이 결단한 결과라면 꺾여서는 안 됩니다."

나는 눈을 크게 뜨고 돌아보았다.

【아스트레아 파밀리아】에서 정의를 관철하고 블랙리스트에까지 올랐던 그녀의 말이 지금의 나에게 동조하는 것처럼 가슴에 울려 퍼졌다.

시선을 나눈 나는 고개를 숙여 인사하고, 주신님과 함께 이번에야말로 '풍요의 여주인'을 떠났다.

"……벨, 이제는 어떻게 할 생각이지? 어디 가고 싶은 곳이라도 있느냐?"

한동안 대로를 따라 걷다가 주신님이 내게 물었다. 솔직히 정해놓은 곳은 없었다. 비네와 '제노스'의 행방은 물론이고, 어디에 정보가 있을지는 전혀 감도 잡히지 않았다.

평소 같으면 곤란할 때는 길드로 갔겠지만…….

──안 믿어……!

──그런 말을, 어떻게 믿어……!

눈물을 흘리는 에이나 누나의 얼굴이 머릿속을 스치고 지나갔다.

"큭……."

누나와는 그 후로 만나질 않았다. 무슨 얼굴로 만나야 할지 알 수 없었다.

한심한 나는 누나를 만나러 갈 용기를 내지 못한 채 길드 본부를 행선지에서 지워버렸다.

"주신님……."

무거운 마음에서 눈을 돌린 나는 고개를 들었다.

"'다이달로스 거리'에 가고 싶어요……."

주신님은 놀라기는 했지만, 나와 시선을 마주하더니 고개를 끄덕여주었다.

서쪽 메인 스트리트에서 동쪽 메인 스트리트로 가는 도중에 지나친 센트럴 파크는 모험자들이 포위하고 있었다. 정확하게는 '바벨'을 포위한 것이다.

던전의 출입구인 '구멍'으로 몬스터를 들여보내지 않겠노라고 【가네샤 파밀리아】나 다른 파벌의 모험자들이 길드 직원들과 연계했다고 한다. 아무리 리드 씨네가 강해도 이 엄중한 경비를 힘으로 뚫을 수는 없다. 적지 않은 희생을 치를 것이 분명하다.

시내를 돌아다니는 사람들 중에는 모험자 외에 신들의 모습도 많았다. 단원을 동반하거나 혼자서. 오라리오 주민들과는 달리 지금의 상황을 진심으로 즐기는지, 우리와는 다른 의미에서 소동의 씨앗을 찾는 것 같았다. 신들은 느물느물 웃다가 나를 발견하고는 집적거리려 했지만,

"아르르르릉!"

그럴 때마다 주신님이 위협해준 덕에 어떻게든 위기를 면했다.

그리고 겨우 도착한 '다이달로스 거리'.

"여기에도, 모험자가 잔뜩……."

몬스터 필리아 때 주신님과 함께 통과했던 입구를 지나

자 혼돈의 극치를 달리는 주택가 여기저기에 모험자들이 보였다. 쌍검을 찬 수인, 활과 화살통을 휴대한 엘프, 거대 해머를 짊어진 드워프. 던전에서 쓰는 것과 전혀 다를 바 없는 무장을 갖춘 모습은 대로에서 본 모험자들보다도 훨씬 삼엄했다. 마치 언제 몬스터가 나와도 대처할 수 있도록 준비해놓은 것 같다. 지나가는 주민들을 붙잡고 탐문을 하는 사람도 보였다.

……다들 그물을 펼치고 있는 거야? '제노스'를 추적하려고?

"사정은 몰라도 다들 이 미궁거리가 수상하다는 건 눈치를 챈 모양이구나……."

내 의문에 대답하듯 주신님도 복잡한 표정으로 생각을 말했다.

그것은 던전과 이 미궁거리의 관계성을 어렴풋이 알아차렸다는 뜻일까?

침을 삼킨 나는 조바심을 느꼈다. 지상에 남은 '제노스'가 살아남으려면 던전으로 돌아갈 수밖에 없다. 하지만 '바벨'에 이어 '크노소스'가 존재하는 '다이달로스 거리'까지 이렇게 경계하고 있다면 비네 일행이 던전으로 귀환하기는 절망적이다.

모험자들 대부분은 막대한 현상금이 목적이겠지만…….

스쳐 지나가는 동종업계 사람들을 흘끔 본 나는 무의식 중에 숨이 갑갑해진 것을 느끼고 목에 한쪽 손을 가져다댔다.

"저, 주신님은 현상금에 대해 어떻게 생각하세요? 길드가, 우라노스 님이, 그러니까……."

"으음~ 우라노스에게도 입장이란 것이 있으니 말이다. 사태를 수습하기 위한 방책을 전혀 내놓지 않고서는 기강을 세울 수가 없었겠지."

길드의 주신인 우라노스 님은 비네 일행을 저버린 걸까.

그런 나의 불안과 의구심을, 주신님은 팔짱을 끼며 부정했다.

"오히려 현상금을 준비해서 모험자들의 단결을 막으려 했던 건 아닐까?"

모조리 경쟁에 나서게 해【파밀리아】간의 협조를 방해하고, 각자 얻은 정보도 나누지 않도록 한다. 실제로 '제노스'에게 가장 두려운 것은 파벌끼리 정보를 공유해 완벽한 포위망을 구축해버리는 것이므로.

한편으로는 거액의 현상금을 제시해, 길드도 수단을 가리지 않는다는 체면을 세울 수 있다. 길드 내부에서도 우라노스 님에게 불신감을 품기 어려워진다. 주신님의 말은 그런 것이었다.

주신님이 소곤소곤 설명해주어 나도 드디어 이해가 갔다.

"…………."

정처 없이 정보를 찾아, 던전처럼 여러 층으로 나뉘고

상하좌우로 교차하는 '다이달로스 거리'를 헤맸다.

그런 가운데 길가에서, 건물 창문에서 수많은 시선이 나를 꿰뚫고 있었다.

이곳으로 오는 동안에도 많은 사람들의 험악한 눈빛을 받았고, 비방하는 목소리로 들었지만…… 이곳은 더 심했다.

악의가. 적의가.

직접 피해를 입었던 미궁거리의 주민들은 고의로 몬스터 토벌을 혼란에 빠뜨렸던 나를 증오하는 느낌마저 들었다. 아무리 그래도 돌을 던지거나 하지는 않았지만…….

――한번은 여기서 폭주했던 몬스터를 해치워주기도 했으면서.

――【리틀 루키】도 그냥 모험자였군.

온갖 실망의 목소리가 들렸다. 지금 당장이라도 숱한 원념의 고함이 터져 나올 것 같았다.

가슴을 붙드는 나를 걱정해 주신님이 다시 손을 잡아주려 하던―― 그때였다.

"!"

지금 가장 만나고 싶지 않은 사람과 만나고 말았다.

"아이즈, 씨……."

여러 명의 하급 단원들과 함께 모퉁이에서 나타난 것은 금발금안의 여검사.

동경하는 존재―― 아이즈 씨는 딱 맞닥뜨린 나에게 잠

시 눈을 크게 뜨기는 했지만, 이내 내 얼굴을 똑바로 바라보았다.

【로키 파밀리아】도 '다이달로스 거리'를 조사하고 있는 건가? 아니, 지금은 그것보다도——.

되살아나는 며칠 전의 기억.

비네를 감싸는 나를 내려다보던 금색 두 눈. 대치하던 나이프와 검.

나를 어떻게 바라볼까. 내게 무슨 말을 할까.

놀라는 주신님의 곁에서, 나는 시선에 꿰뚫린 것처럼 움직이지 못하고 있었다.

"……발렌아무개 군! 나와 벨 군은 지금 데이트 중이다. 지나가게 해주지 않겠느냐?"

다른 단원들이 불신감과 적의를 드러내는 가운데, 주신님은 나를 등 뒤로 감싸면서 길을 양보해달라고 부탁했다. 헤스티아 님을 흘끔 본 아이즈 씨는 다시 한 번 내 쪽을 보았다.

"…………."

내 불안과는 달리 감정이 희박한 표정은 변함이 없었다. 눈빛도.

나에게는 길게만 느껴지는 침묵이 이어지고, 아이즈 씨의 입술이 천천히 열렸을 때.

"어라아~? 아이쭈, 니네 멍하니 서서 머 하노?"

천하태평한 목소리가 들렸다.

아이즈 씨의 주신, 로키 님이다.

다른 길에서 불쑥 얼굴을 내민 로키 님은 멈춰 선 아이즈 씨와 마주 선 헤스티아 님, 그리고 나를 보더니 실눈을 슬쩍 떴다.

"……흐~응. 땅꼬마네 아이가."

다음으로는 입술을 틀어올린다.

장난감을 발견한 어린아이 같은 웃음을 지은 로키 님은 아이즈 씨와 단원들에게 지시를 내렸다.

"아이쭈, 니 핀한테 볼일 있었제? 후딱 가보는 기 좋지 않나?"

"……응."

한순간 망설이는 기색을 보이기는 했지만 아이즈 씨는 얌전히 로키 님의 말을 따랐다. 단원들과 자리를 뜨면서 다시 내 쪽을 보고는, 그대로 가버렸다.

"……무슨 일이야, 로키."

검게 그을린 벽돌에 에워싸인 길 한쪽에서, 주신님은 단원들을 다른 곳으로 보낸 여신님에게 경계를 풀지 않았다.

반면 정면에서 다가온 로키 님은── 스윽, 긴장하는 주신님을 스쳐 지나갔다.

"소년. 니 참 재미난 짓 했데."

"아?!"

소리를 지르는 헤스티아 님을 무시하고 로키 님은 놀란 내게 얼굴을 가까이 가져왔다.

"무신 이유가 있었는진 몰라도, 몬스터 감싸주면 이제까지처럼은 몬한다는 거 잘 알았제?"

"!"

"치켜세워주던 얼라들한테 냉대 받고…… 아나, 니 지금 무신 기분이고?"

굳어버린 내 어깨에 마치 뱀처럼 가느다란 팔을 스르륵 감아선 얼굴을 들여다본다.

악의는 없을 것이다. 분명 단순한 흥미다. 그 이상도 이하도 아니다.

로키 님이 능글능글 웃으며 귓가에서 속삭일 동안 나는 발밑의 지면을 내려다볼 수밖에 없었다.

"떠, 떨어져, 로키! 뭘 하려는 거냐, 넌!"

"으히히, 당연히 놀려줄라꼬 왔제."

분개해 떼어놓으려 하는 주신님의 손을 피해 로키 님은 두세 걸음 후퇴했다. 헤스티아 님이 시뻘겋게 물든 얼굴로 화를 내도 어디서 뭐가 짖느냐는 것처럼 켁켁켁 혀를 내밀었다.

"여러 가지 의미로 니, 신들 사이에서 주목 받고 있데이. 토끼가 또 사단냈다! 하고. 화제가 끊이질 않는구마, 소년? 마, 우리 아이쭈만은 몬하지만서도!"

"큭……."

"캐도 내도 이제 와서 니한테 관심이 생겼데이. 처음엔 '땅꼬마네 얼라 주제에 건방지구마~' 정도맨치로 생각 안

했는데."

로키 님은 살짝 뜬 주황색 눈동자를 내게서 떼어놓지 않았다.

로키 님이 내게 품은 인상은 '재미난 아이'. 분명 그 한마디로 집약할 수 있을 것이다.

진정되질 않는 이 감정은 당혹감이다. 내 척도로는 잴 수 없는 초월존재 데우스데아── 신들과 하계 주민들의 온도 차이를 새삼스레 확인한 기분이었다.

"네가 관심 두는 것들은 전부 파멸당하잖아! 안 그래도 다른 놈들 때문에 민폐인데, 벨한테 접근하지 마라!"

"이기 뭐라카노. 여신 주제에 진짜 도량도 좁데이."

"주, 주신님, 괜찮아요."

후욱후욱 어깨로 숨을 몰아쉬는 주신님을 황급히 달래고 있으려니.

'저건──.'

한 골목길 저쪽을 가로질러간 눈에 익은 조그만 모습.

그 모습에 의식이 이끌린 나는 그 모습이 사라진 골목길을 향해 여신님들 사이로 나도 모르게 시선을 옮겼다.

그런 내 분위기를 알아차린 주신님이 말했다.

"무언가 신경 쓰이는 것이 있다면 다녀오거라, 벨. 여기서 기다리마."

"하, 하지만……."

"괜찮다, 싸우지는 않을 테니……. 게다가 로키하고는

이야기해야 할 것이 있고."

"으응~?"

조금 전과는 다르게 주신님은 진지한 표정을 지으며, 고개를 꼬는 로키 님을 올려다보았다. 나는 한순간 망설였다가 주신님의 배려를 받아들이기로 했다.

"죄송합니다. 잠깐 다녀올게요."

두 분께 고개를 숙이고 달려 나갔다.

조금 전에 본 모습을 놓치지 않도록, 골목을 빠르게 나아갔다.

'이 길, 틀림없어.'

다른 곳도 아닌 바로 이곳 '다이달로스 거리'에서 일어났던 사건을 떠올리면서 조금 전의 모습을―― 나이 어린 아이들의 뒷모습을 따라갔다.

이윽고 내가 도착한 곳은 커다란 교회가 세워진 광장이었다.

"앗…… 오, 빠."

물이 나오지 않는 망가진 분수, 몇 개나 깨진 교회 유리창.

미궁거리 후미진 곳에 있는 쇠퇴한 '고아원' 앞에서 나는 아이들과 재회했다.

"라이, 피나, 루우……."

뒤를 따라온 나를 본 세 아이들의 이름을 중얼거렸다.

얼굴이 생채기투성이인 갈색 머리 휴먼 사내아이.

크림색 긴 머리를 똑바로 늘어뜨린 시앙스로프 여자아이.

셋 중에서 가장 어린, 중성적인 하프엘프 아이.

약 한 달 전, 시르 씨를 따라갔다가 만난 고아원 아이들은 내 모습을 보고 놀랐다. 고아원에서 심부름을 나왔는지 두 손에는 식료품을 잔뜩 안고 있었다.

"오, 오빠……."

"……아."

시앙스로프 피나는 나를 부른 직후 꼬리를 움츠리며 뒤로 물러났다. 하프엘프 루우는 여느 때의 멍한 표정을 지우고 불안스레 시선을 좌우로 떨었다.

겁을 먹은…… 아니다, 이것은.

아무 말도 없이 가만히 서 있으려니 휴먼 라이가 두 사람을 감싸듯 앞으로 나섰다.

"……뭐 하러 온 거야."

날카로운 눈빛과 그 말에는 전에 없었던 적의가 있었다.

나는 숨을 멈추고, 이번에야말로 손가락 하나 꼼짝하지 못했다.

——아이들도 이곳 '다이달로스 거리'의 주민이다. 내 행위를, 내가 저지른 짓을 알고 있을 것이다. 어쩌면 직접 보았을지도 모른다. 몬스터를 감싸고 모험자들을 공격하는 내 모습을.

"왜 그런 짓을 했어!"

오라리오 주민들과 똑같은 비난과 혐오, 그리고 실망을
담아.

"시내가 엉망진창이 됐는데…… 모험자들은 몬스터를
쓰러뜨리는 거 아니냐고!"

라이는 내뱉었다.

"배신자!"

심장이 소리를 내며 균열을 일으켰다.

가장 가슴에 사무쳤다.

오늘 들은 비난 중에서, 라이의 그 말이. 눈을 내리깐 피
나와 루우의 슬픈 표정이.

아이들의 추억을 더럽히고 모험자를 동경하던 소년의
눈을 배신했던 나는, 목구멍을 틀어막고 마음을 꿰뚫은 격
통에 무릎을 꿇을 뻔했다.

진정한 상실감이 온몸을 침범했다.

"가자!"

라이가 등을 돌리고 고아원으로 들어가버렸다. 이쪽을
흘끔 본 피나와 루우는 아무 말도 하지 않고 그의 뒤를 따
라갔다.

쾅 소리를 내며 굳게 닫힌 교회의 문은 한 걸음도 움직
이지 못하는 나에게 거부의 뜻을 들이대는 것만 같았다.
발을 들이지 말라고, 두 번 다시 오지 말라고.

엄청난 안타까움과 몸을 에는 듯한 비통함에 빠졌다. 힘
이 빠져나가다 못해 허탈감이 온몸 구석구석을 지배해, 나

는 실이 끊어진 인형처럼 그대로 주저앉았다.

　이렇게 좌절감을 맛본 것은 처음인지도 모른다.

　두꺼운 구름에 덮인 하늘이 꼴사나운 내 모습을 내려다보고 있었다.

　그때.

　"……벨 씨?"

　철컥 소리가 나더니 두 번 다시 열리지 않을 것 같던 문이 열리고, 누군가가 걸어 나왔다.

　내가 천천히 고개를 들자 그곳에는── 시르 씨가 서 있었다.


　"'다이달로스 거리'에서 피난할 수는 없을지, 마리아 씨하고 의논하고 있었어요."

　소소하나마 식재며 꽃을 심어놓은, 고아원 앞에서 약간 떨어진 곳의 조그만 정원.

　벽돌 벤치에 앉은 나는 시르 씨의 이야기를 들었다.

　"이 미궁거리에서 그런 일이 있었으니까…… 만약에 또 몬스터가 나타난다면, 위험하잖아요."

　휴가를 받았다는 말은 류 씨에게 들었지만, 아무래도 시르 씨는 고아원 원장 마리아 마텔 씨와 앞으로의 처신에 대해 상의하는 중이었던 모양이다. 듣자하니 미궁거리의 다른 고아원을 마리아 씨와 함께 돌아다니며 피난을 권고하고 있다나.

지난 며칠 동안 온 도시 내에서도 특히 '다이달로스 거리'에는 모험자가 많이 드나들었으며 불온한 공기가 감돈다고 한다. 이곳이 또 전장이 되는 것은 아니냐고 우려하는 것도 당연한 일이었다.

　이유야 어쨌든 내가 원인을 제공했다는 사실이 마음을 무겁게 했다.

　"무슨 일이 있었는지…… 물어보는 건 못난 짓이겠네요."

　"…………."

　"라이랑 애들은, 무리를 했어요. 입을 꾹 다물고 허세를 부렸지만…… 어떻게 해야 좋을지 자기들도 몰랐을 거예요."

　전에 보았던 하얀색 원피스 차림의 시르 씨는 입을 열지 않으려는 나에게 계속 말을 걸었다.

　앞을 본 채 미소를 지으며, 아무 것도 캐물으려 하지 않는다. 내가 저지른 행위를 알고 있을 텐데도…….

　평소와 전혀 다를 바 없는 그녀에게 나는 나도 모르게 묻고 말았다.

　"정말, 아무 것도 안 물어보시네요……."

　"원하신다면 물어볼게요."

　"어, 아뇨……."

　생긋 웃는 시르 씨에게 나는 어물어물 말을 흐렸다.

　"무언가 망설이고 있어요?"

　망설인다.

망설이고 있는 걸까, 나는?

아니…… 해야 할 일은 정해졌다.

결단했다. '제노스'를, 비네를 구하겠다고.

이미 그때 천칭은 기울어졌던 것이다. 지금도 위기에 처한 리드 씨 일행에게 나는 힘을 빌려줄 것이다. 설령 앞으로 수많은 것들을 적으로 돌리게 되더라도.

라이나 다른 아이들처럼, 소중한 사람들의 적의를 사게되더라도.

그러므로 이것은 망설임이 아니라…… 절대적인 고독에 대한, 두려움이다.

"상당히 고민하시는 것 같은데…… 혼자 끌어안고만 있는 건 별로 안 좋아요."

"우……."

"벨 씨에게는 【파밀리아】 분들이 계시잖아요."

시르 씨의 말에 어깨가 흠칫 떨렸다.

나는 괜찮다. 무섭지만, 몸이 벌벌 떨릴 것 같지만, 나는 스스로 결단했다. 나에게 돌을 던지는 것은 상관없다. 받아들여야만 한다.

하지만 다른 사람들은…… 【파밀리아】의 동료들은 그렇지 않다.

홈을 나가기 전에 문 앞에서 들었다. 거실에서 오가던 주신님과 동료들의 대화를.

나 때문에 그 사람들도 실망에 찬 눈빛을 받고 있다.

가슴이 찢어질 것 같았다.

그 결단을 후회하지는 않는다. 후회해서는 안 된다. 그렇게 생각하지만, 자책에 짓눌려버릴 것 같았다.

류 씨를 만났을 때도, 아이즈 씨를 만났을 때도 그랬다. 나는…….

"……물어보기가, 무서워요."

견딜 수 없었던 나는 그렇게 말했다.

"혼자 제멋대로 행동하고, 모두에게 폐를 끼치고…… 모두가, 동료들이 나를 어떻게 생각하는지, 물어보기가 무서워요……."

입에서 툭 떨어진 한심한 고백에 자신을 지워버리고 싶어졌다.

극심한 자기혐오에 고개를 숙여버리자—— 시르 씨의 두 손이 내 머리를 감쌌다.

"헥?"

"실례할게요."

그대로 머리를 끌어당겨져—— 허탈감에 지배당했던 몸은 조금도 거역하지 못하고—— 나는 옆으로 콩 쓰러졌다.

다시 말해, 바로 옆에 앉아있던 시르 씨의 무릎 위에 자신의 머리를——.

"엑, 저기, 잠깐만요——?!"

"전에 무릎베개 해주셨던 답례예요."

이런저런 갈등도 잊고 황급히 벌떡 일어나려는 나를, 머

© Suzuhito Yasuda

리에 얹은 손이 만류했다.

뺨이 묻힌 보드라운 허벅지의 감촉에 얼굴은 금방 달아올랐다.

"답례라뇨, 그때도 시르 씨가 억지로……?!"

"후후, 그랬나요? 그럼 이번에도 억지로 하게 해주세요."

이상한 소리를 한 시르 씨는 내 머리카락을 빗질하듯 쓰다듬기 시작했다.

"——겁먹지 말아요. 망설이지 말아요. 잃어버린 것도 있을지 모르지만 잃어버리지 않은 것이 분명히 벨 씨 곁에 남아있어요."

갑자기 타이르듯 부드러운 목소리를 내는 바람에, 나는 저항하려던 몸을 우뚝 멈추었다.

끌려가듯 시선을 위로 들자, 시르 씨의 웃음이 보였다.

그것은 잠든 고아원 아이들에게 보여주던 것과 같은, 자애로 가득 찬 눈빛이어서.

얼굴과 함께 몸의 방향을 바꾸어, 나는 벤치 위에 드러누웠다.

한쪽 무릎을 세우며 나는 그녀의 눈빛과 시선을 얽었다.

나를 바라보는 시르 씨는 이윽고 한쪽 손을 가만히 내 눈 위에 얹었다.

"저는…… 계속 달리는 벨 씨를 좋아하니까요."

"넷?"

속삭이듯 매우 조그만 목소리가 숨결과 함께 새나왔다.

시야를 가렸던 손을 치우더니, 시르 씨는 뺨을 붉히면서 밝게 웃음을 지어주었다.

"……평소의 벨 씨가 훨씬 멋지다는 소리예요 !"

만면의 미소가, 우물쭈물하지 말라고 나를 격려해주었다.

눈을 크게 떴던 나는 시르 씨의 다리에서 몸을 일으키고, 돌아보았다.

여전히 그곳에 있는 시르 씨의 미소에, 한껏 팽팽해졌던 무언가가 느슨해지는 것을 알 수 있었다.

"……어쩐지 요즘은 시르 씨에게 격려만 받는 것 같네요."

"후후, 다음번에는 안아드릴까요?"

"돼, 됐어요!!"

마지막까지 나를 놀리는 시르 씨에게 얼굴을 붉힌 채로 힘이 빠진 듯한 쓴웃음을 지었다.

회색 구름에 덮인 하늘은 그대로였지만, 내 마음은 조금 맑아진 것 같았다.

"그러니까 얼른 이 '다이달로스 거리'에서 철수하란 걸세! 이게 몇 번째 권고인지 아나! 내가 직접 출장까지 나오게 만들다니!"

땀과 침을 튀겨가며 소리를 질러대는 길드장 로이만 마르딜에게 【로키 파밀리아】 단장 핀 디무나는 시치미를 떼며 대답했다.

"우리가 물러난다 치고, 그 다음에는 어느 【파밀리아】를 경비로 붙일 생각이야?"

"당연히 【가네샤 파밀리아】지! 이건 신 우라노스의 신의란 말이다!"

"가네샤 쪽은 지금 토벌 미션의 피해 때문에 주력이 제대로 돌아가지 않는다고 들었는데?"

"그래도 믿을 수 없는 너희보다는 나아! 그날도 대기 명령을 어기고 멋대로 행동했으면서……!"

핀과 로이만이 이야기를 나누는 곳은 '다이달로스 거리'에서도 외곽, 나흘 전에 몬스터와의 전투로 폐허나 다를 바 없이 변해버린 대로변이었다. 주위에는 수선과 복구에 종사하는 길드 직원, 경비를 맡은 【로키 파밀리아】의 단원들이 오가고 있었다.

부이브르가 건물을 파괴해 무너진 벽의 흔적 옆에서 투실투실 살찐 엘프 길드장은 뱃살을 출렁이며 파룸 단장에게 대들었다.

"서로 속내를 캐는 짓은 그만 두자고, 로이만."

핀은 이지적인 푸른 눈으로 로이만을 밑에서 올려다보았다.

"너희 길드가 걱정하는 건 이 밑에 있는 던전의 출입

구…… 맞지?"

"……!"

"우리도 신 이켈로스에게서 정보를 어느 정도 얻었거든. 길드에 넘기기 전에 말이야. ——'크노소스'에 대한 것도."

추방당해 이미 오라리오에는 없는 【이켈로스 파밀리아】의 주신을 잡았던 것은 다름 아닌 【로키 파밀리아】였다. 그들의 질문에 느물느물 웃으며 대답하던 남신의 이름을 꺼내고, 핀은 목소리를 낮추며 '크노소스'라는 단어를 제시했다.

"'크노소스'의 정보를 독점하고 누설을 막으려는 건 이해하는데, 상황을 보는 게 좋지 않겠어? 다른 【파밀리아】도 눈치 채기 시작했어. 이 미궁거리가 던전이랑 이어진 거 아니냐고."

"으윽."

말문이 막힌 로이만에게 핀은 말을 이었다.

"로이만, 이참에 타산은 개입시키지 말고 생각해줘. 【가네샤 파밀리아】마저 꺾은 괴물의 무리를 이 도시에서 누가 막을 수 있을까?"

"……너희도 놓쳤잖아! 그것만 아니었어도 지금쯤……!"

"그 점에 대해선 변명의 여지가 없어. 하지만 다음에는 해치울 수 있지. 적의 역량을 파악했거든."

어깨를 으쓱한 핀은, 갑자기 분위기를 바꾸며 말을 꺼냈다.

"신 이켈로스에게 들었던 '크노소스'의 '열쇠'…… 발견하면 당신에게 넘겨줄게."

"!"

"대신 우리가 여기서 활동하도록 허락해줘. 지금도 겁을 먹고 있는 주민들을 위해, 몬스터를 조기에 토벌하고 싶은 건 우리도 마찬가지야."

핀의 제안에, 속내를 캐려는 듯한 눈빛으로 듣던 로이만은 입을 열었다.

"그 미궁도 계속 조사하고 있겠지?"

"응. 가레스와 티오나가 아다만타이트 벽을 어떻게든 뚫어서 침입했어. 하지만 홀에 도착해서 보니 그 다음에는 오리할콘 문이 있더라고. 그건 도저히 파괴할 수가 없었어. 아다만타이트 구조물을 부수는 데에도 노력과 시간이 드는 데다…… '크노소스'에 뭐가 숨어있는지 알 수 없는 이상 쓸데없는 파괴는 좋지 않을 거라 판단했어. 지상으로 골칫거리를 끌고 오면 곤란하니까."

"……'크노소스'에 관한 모든 정보, 판명된 구조와 오리할콘 문의 위치. 그런 것들을 시시각각 보고하겠다고 약속할 수 있나?"

"응, 알았어."

핀의 설명을 듣고 거래를 제시한 로이만은 잠시 후 고개를 끄덕였다.

"좋아, 조건을 받아들이지. 신 우라노스는 내가 잘 구슬려 보겠어. ……단! 주제넘은 짓은 꿈도 꾸지 마! 공연한 짓을 했다가는 나도 너희에게서 즉시 손을 뗄 테니까!!"

마지막으로 못을 박는 로이만에게 핀은 약속하겠다며 웃음을 지어주었다.

콧방귀를 뀐 길드장은 함께 왔던 호위병을 데리고 핀에게서 떠나갔다.

잠시 후, 그와 교대하듯 단원들에게 지시를 내리러 나갔던 하이엘프 부단장—— 리베리아가 돌아왔다.

"나 원…… 그 자는 여전하군."

"하하. 난 로이만을 신뢰하진 않지만 신용하긴 해. 손해득실을 따져 교섭할 수 있는 만큼 알아보기 쉽거든."

추하게 살찐 동포에게 탄식하던 리베리아는 거래 내용을 들은 후 핀에게 물었다.

"그래도 괜찮겠나? '크노소스'의 정보는 그렇다 쳐도 '열쇠'까지 양도하기로 약속하다니."

앞일을 다 내다본 것처럼 핀은 자신의 생각을 말했다.

"'열쇠'는 여러 개라는 말을 신 이켈로스에게 들었거든. 하나라도 우리 손에 남으면 돼."

"타산이 있다고는 하지만 길드는 협력 상대로 봐도 좋다는 뜻인가?"

"적어도 로이만은 그렇다고 생각해. 미션 발령 때도 그랬지만 아직도 수상한 점은 있어. 이번 건에 관해서는 길드를 전면적으로 신뢰하기에는 재료가 아직 부족해."

길드도 한 뜻 아래 돌아가는 것만은 아니라고, 핀은 오른손 엄지를 핥으며 말했다.

"그러고 보니 리베리아, 【프레이야 파밀리아】의 동태는 어때?"

"여전히 도시문 방위를 맡은 모양이더군. 비상사태라서 그렇다는 핑계는 그럴듯하지만…… 웬일로 조용히 지켜보자는 태세인 모양이다. 아직까지는 개입할 마음이 없는 것 같아."

【로키 파밀리아】와 함께 오라리오의 쌍두라 불리는 최대 파벌에 대해 이야기를 나누고 있을 때, 금발금안의 소녀가 그 자리에 나타났다.

"아. 순찰하느라 수고했어, 아이즈."

"응……."

"뭔가 특별한 점은 없었어?"

"……그 아이가, 벨이 '다이달로스 거리'에 왔어."

그 보고를 듣고 핀의 푸른 눈이 가늘어졌다.

"움직였군."

"핀…… 역시 벨 크라넬을 의심하나?"

아이즈의 분위기를 곁눈질로 살피던 리베리아가 소녀를 대신해 물었다.

"사건의 중요 참고인이라고는 확신해. 그날 대치했던 모험자는 내가 아는 벨 크라넬이 아니었어."

핀은 그렇게 말하며, 소년과 대치했던 대로를 둘러보

았다.

"신 이켈로스는 '괴물 취향'을 가진 자들에게 팔아넘기기 위해 몬스터를 포획해 밀수했다고 그랬지. 하지만 정말 그게 다였을까? 무장한 몬스터, 고도의 지능, 검은 미노타우로스를 비롯해 변이한 '아종'…… 그 몬스터들에게는 특별한 '무언가'가 있었던 것 아닐까?"

핀은 이켈로스의 느물거리는 웃음을 회상하고 있었다. 그는 길드로 연행되기 직전까지 거짓말은 하지 않았지만 핵심을 꺼내지도 않았다. 아이즈 또한 핀의 눈빛을 보고 무언가를 떠올린 것처럼 움찔 어깨를 떨었다.

"만약 그 무장한 몬스터에게 '무언가'가 있다고 한다면…… 벨 크라넬이 그 '무언가'를 알면서 기이한 행동을 보였다고 한다면, 그날 있었던 일도 어느 정도 설명이 되지. 그리고 그건 우리와 대립하지 않을 수 없었던 '무언가'야."

여기까지 말한 핀은 입을 다문 아이즈의 분위기를 알아차리고 쓴웃음을 지었다.

"아이즈, 내가 무턱대고 벨 크라넬을 적으로 간주하겠다는 건 아니야. 이래봬도 난 그를 높이 평가해. 개인적으로도, 모험자로서도."

"…………."

"하지만 이번 건은 이야기가 달라. 그가 적이 될지 아닐지…… 그것만은 확실히 해뒀으면 좋겠어."

파벌 두령의 표정으로 말한 핀은 미궁거리의 고층 건축물이 난립한 방향을 바라보았다.

"리베리아, 여기를 맡아줘. 잠깐 혼자서 다녀올게."

"뭐?"

"눈에 뜨이고 싶지 않고, 경계를 사고 싶지도 않아. 아이즈, 벨 크라넬은 혼자서 '다이달로스 거리'에 왔던 거야?"

"……주신님이랑, 같이."

"음— 알았어. 발견한 곳을 알려줘."

리베리아와 아이즈의 설마 하는 시선을 받으며 파룸 모험자는 말했다.

"벨 크라넬을 만나고 올게."

2장

만나지 않는 실, 교차하는 의도

© Suzuhito Yasuda

시르 씨와 헤어진 나는 주신님을 남겨둔 곳으로 걸어가고 있었다.

여기서도 엇갈려 지나가는 사람들에게 호의적이지 못한 감정을 받았다. 시르 씨에게 기운을 받았다고는 하지만 역시 익숙해질 수가 없었다.

살짝 시선을 떨구고 발을 바쁘게 놀렸다.

"벨 크라넬."

그때 나를 부르는 목소리가 들렸다.

경멸을 사기는 했어도 누군가에게 붙들린 적은 없었던 나는 놀라 발을 멈추었다.

돌아보니, 그곳에 있던 것은——.

"——!! 핀 씨……?!"

황금색 머리카락의 파룸.

방어구와 장창을 장비한 【로키 파밀리아】의 단장이, 나를 바라보고 있었다.

"장비는 호신용 나이프뿐이군……. 이런 상황에서 장비가 상당히 가벼운걸."

웃음과 함께 푸른 눈을 가늘게 뜬다. 나는 그 시선에 가슴이 철렁해졌다.

지금 나는 방어구를 전혀 갖추지 않았다. '제노스'가 위험한 존재가 아니라는 사실을 알기 때문이다. 하지만 다른 모험자들은 다르다. 주위에서 보면 부주의하다고 말하지 않을 수 없는 내 차림은 핀 씨의 눈에 어떻게 비쳤을까.

여유가 없었다고는 하지만 어수룩했다. 자신의 실수에 갈팡질팡하고 있으려니 핀 씨는 별 일 아니라는 듯 말을 걸었다.

"지금은 혼자야? 마침 잘 됐네. 둘이서 이야기를 나누고 싶었거든."

그 제안에 나도, 눈치를 살피던 주위의 데미휴먼들도 일제히 놀랐다.

눈 깜짝할 사이에 기이한 것을 보는 듯한 수많은 시선에 붙들렸다. 핀 씨에게도 책망하는 듯한 시선이 모였지만 파룸 제1급 모험자는 아랑곳 않고 내게 웃음을 지었다.

하지만 언뜻 우호적으로 보이는 웃음에 경계심이 들려 하는 것은…… 내가 과민한 걸까.

"어때?"

"……알았, 어요."

그의 푸른 눈 앞에서 거부의 선택지는 없는 것 같았다.

의도했던 것보다도 딱딱한 목소리로 나는 핀 씨의 청을 받아들였다.

인적 없는 장소를 찾아서 조그만 등을 따라가, 나무통이며 궤짝이 난잡하게 놓인 창고 비슷한 뒷골목에 도착했다.

"…………."

전에도 이런 일이 있었다. 그때는 분명 파룸의 구혼 때문에 상담을 받았을 때였다.

하지만 지금은 전과 상황이 전혀 다르다.

한번은 적대행동을 보였던 상대와 접촉한, 이 사람의 목적은——.

그런 내 마음의 동향을 읽은 것처럼, 핀 씨는 돌아서면서 말을 꺼냈다.

"그날 네 행동에 대해서는 나도 눈을 감아줄까 해. 지금은 사태의 해결이 최우선이니까. 건설적으로 대화를 나누고 싶어."

놀라는 내 얼굴을 올려다보며 핀 씨는 회담을 꺼냈다.

"대화, 요……?"

"그래. 너는 그 무장한 몬스터에 대해 우리가 모르는 '무언가'를 아는 것 아닐까? 좀 더 정확히 말하자면, 이번 사건의 전모에 대한 모든 것을."

그리고 단숨에 파고들었다.

창으로 심장을 똑바로 조준당한 것 같은 착각을 받았다.

【브레이버】핀 디무나. 전투능력은 물론, 던전 '심층'에서 이상사태가 벌어져도 순식간에 대응해내는 지휘능력——뛰어난 지략으로도 유명하다.

대체 어디까지 눈치를 챈 걸까. 무엇을 알고, 무슨 정보를 원하는 걸까.

적일까, 아니면 아군이 될 수 있을까.

요란하게 뛰는 심장 고동에 생각을 방해받으며 움직임을 멈춰버린 나는 핀 씨를 빤히 바라보았다.

"그때 우리가 대립해버렸던 건 사소한 오해 때문이었다고 생각해. 정보를 공유할 수 있었다면 무언가가 달라졌을 거야."

핀 씨의 말을 듣고 나는 오른손으로 심장 언저리를 문질렀다.

분명, 그것이 더 현명한 방법이었는지도 모른다. 【로키 파밀리아】와 대치했을 때 이쪽의 사정을 모두 말했더라면, 어쩌면 결말이 달라졌을지도 모른다.

하지만 비네를 구하기로 결심한 순간, 내 몸은 저절로 움직이고 있었다.

직감이라고밖에는 말할 도리가 없었다.

그때 핀 씨는, 이 사람은 분명…… 무슨 말을 했더라도, 폭주하는 비네를 **없앴을 것이다.**

무자비하게, 어떤 호소도 받아들이지 않고.

장창을 던지고 지붕 위에서 이쪽을 내려다보던 그 푸른 눈을 마주하며, 내 본능은 교섭이라는 카드를 포기해버렸던 것이다.

단장으로서 가진 '그릇'의 차이. 릴리 이상의 현실주의자. 이 사람은 사사로운 정을 개입시키지 않고 무슨 일이든 평등하게 대하며, 그 전제로 취사선택을 할 수 있다. 공정하게, 잔혹하게, 냉혹하게 천칭을 기울일 수 있다.

이 사람은 아무런 망설임도 없이, 소중한 것을 위해 다른 것을 버릴 수 있는 사람이다.

"게다가 그때하고 지금은 상황이 달라."

하지만 지금은?

핀 씨의 말대로 그때와는 이미 상황이 달라졌다.

폭주하는 비네는 없다. 일반인에게 위해를 가할 만한 요인은 현재 존재하지 않는다. 원래 같으면 우리가 대립할 이유도 없다. 【로키 파밀리아】 전체까지는 바라지 않더라도, 핀 씨만은 '제노스'의 존재를 이해해준다면…….

처음부터 핀 씨에게 대화의 주도권을 빼앗겼다는 사실을 자각하면서도, 그의 인품을 신뢰하는 나는 '제노스'에 대해 털어놓아야 할지를 고민했다.

"벨 크라넬. 뭔가 알고 있다면 가르쳐줬으면 해."

"저는……."

만약 협조를 구할 가능성이 있다면…… 이야기를 해도, 괜찮지 않을까?

꽉 닫혔던 내 입술이 벌어지려던 바로 그때.

"여어, 벨! 이런 우연이 다 있네!"

활달한 남신의 목소리가 골목길에 울려 퍼졌다.

"헤르메스 님……?"

"응, 그래. 나야, 헤르메스. 이런 데 멍하니 서 있다니, 혹시 길이라도 잃은 거야? 아니면 벨도 '다이달로스 거리'에서 정보수집?"

깃털 달린 여행모를 쓴 헤르메스 님이 내 뒤에서 나타났다. 가벼운 걸음걸이로 다가와, 내 몸에 가려져 보이지 않던 핀 씨를 마치 이제야 알아차렸다는 양 반응했다.

"어이쿠, 【브레이버】잖아. 둘이 이야기하던 중이었어?"

"……아니. 다 끝났어, 신 헤르메스."

핀 씨는 웃음을 짓는 헤르메스 님의 속내를 캐려는 것처럼 노려보았다.

그러나 이내 한숨을 쉬더니, 마치 포기한 듯 그 자리를 떴다.

바로 옆을 스쳐 지나간 핀 씨에게 내가 당황하고 있으려니, 그는 떠나가면서 이쪽을 돌아보았다.

"벨 크라넬, '열쇠'는 가지고 있어?"

처음에는 무슨 말을 들은 것인지 이해할 수가 없었다.

하지만 한 박자 뒤늦게 흠칫 어깨를 떨었다.

'열쇠'…… 크노소스의, '오브'?

지금은 가지고 있지 않은, 'D'라는 기호가 새겨진 안구형 매직 아이템을 떠올리고 내가 긴장한 낯빛을 띠자 핀 씨는 웃음을 지었다.

"아니, 모른다면 됐어. 잊어버려."

그렇게 말하며 핀 씨는 이번에야말로 골목길을 나갔다.

복잡한 길 저편으로 사라져가는 조그만 등을 멍하니 지켜본 후, 곁에 있던 헤르메스 님에게 눈을 돌렸다.

"헤르메스 님, 여긴 무슨 일로……"

"벨."

나의 의문을 가로막고 헤르메스 님은 내 어깨에 손을 얹더니 얼굴을 가까이 가져다댔다.

"'제노스'의 정보를 【로키 파밀리아】에 말하지 않는 게 좋을 거야."

"!"

헤르메스 님의 입에서 나온 '제노스'라는 단어, 그리고 충고의 내용에 이중으로 놀랐다. 한 마디도 받아치지 못하는 나에게 헤르메스 님은 나직한 목소리로 말을 이었다.

"아니, 말해봤자 소용없다고나할까? 설령 지능이 있는 몬스터란 사실을 알더라도 【로키 파밀리아】는 결국 **섬멸** 이외의 방법을 택하지 않을걸."

"……!"

"협조를 청해봤자 이용당하기만 할 거야."

그리고 헤르메스 님은 확고한 어조로 말했다.

"이 점에 관해서는【브레이버】가 이끄는 【로키 파밀리아】 와 공감할 수 없어. 내기해도 좋아."

헤르메스 님의 단언에 나는 숨을 멈추었다.

진지한 표정으로 해야 할 말을 다 마친 헤르메스 님은 내게서 휙 떨어지더니 다시 종잡을 수 없는 여리여리한 웃음을 지었다.

"나도 '제노스'에 관한 이 문제에서는 일익을 맡았어. 우라노스에게 의뢰를 받아서."

"……! 우라노스 님께요?"

"응. 지금은 '제노스'의 행방을 찾는 중이고."

트릭을 밝히는 것처럼 사정을 설명하는 헤르메스 님에게 나는 조금 전보다 더 놀랐다.

"아직 우리 단원들도 '제노스'의 발자취는 파악하지 못했어. 지하수로에서 목격했다는 사람이 드문드문 있는 모양이지만. 몰락했어도 역시 '현자'는 다른가 보지?"

몰락한 '현자'—— 펠즈 씨에 대해서까지 알고 있는 것을 보면 이제는 의심할 요소는 없었다. 나는 이 분이 정보 공유자임을 이해했다.

"대체, 언제부터……."

"꽤 오래 됐어. '제노스'에 대해서는 아마 벨보다도 일찍 알았을 거야. 이제까지 물밑에서 몰래 행동했거든, 우린."

"그, 그렇다면…… 말하는 몬스터에 대해 알고, 【파밀리아】 분들은, 어떻게……?"

"물론 동요하는 녀석들도 있었지. 하지만 지금은 의뢰라고 생각하고 다들 선을 그었어. 중립을 표방하는 이상 의뢰주님의 말은 절대적이니까. 무엇보다 주신인 내가 이 모양인걸."

헤실헤실 웃는 헤르메스 님을 보니, 지친 눈으로 장탄식을 하는 아스피 씨의 모습이 떠올라 나는 뻣뻣한 웃음을 짓고 말았다.

"우린 독자적으로 움직이지만, 너와는 같은 편이라고 생각해도 돼."

웃음을 지은 채 헤르메스 님은 한쪽 눈을 찡긋했다. 이때 '같은 편'이라는 말에 나는 엄청나게 안심해버렸다. 그만큼 절박했다는 뜻이겠지만…….

"여어~! 벨~!"

그때 마침, 우리 쪽으로 다가오는 헤스티아 님의 목소리가 들렸다.

"이런 곳에 있었구나! 돌아오질 않아 찾으러 와보았다. 아무 일 없었느냐?"

"아…… 죄송해요, 주신님. 전 괜찮아요."

"다행이구나. 난 걱정이 돼서…… 근데 헤르메스는 웬일이야?"

내게 다가와 가슴을 쓸어내리던 주신님은 의아한 표정으로 헤르메스 님을 올려다보았다.

"핫핫핫! 미안, 헤스티아. 벨을 잠깐 빌려서 이야기하고 있었어!"

헤르메스 님은 웃으며 농담처럼 얼버무리는가 싶더니 우리에게 등을 돌렸다.

"자, 보디가드 역할은 다시 돌려줄게. ——헤스티아, 벨을 잘 지켜줘."

그런 말을 남기고 헤르메스 님은 우리와 헤어졌다.

"……헤르메스와 무슨 이야기를 나눴던 게냐, 벨?"

"사실은요…….'

내가 설명하자 주신님은 턱에 손을 가져다댔다.

"우라노스에게서는 【헤르메스 파밀리아】가 의뢰를 받

았다고만 들었다만……."

"아, 그랬나요?"

"응. '제노스'를 돕기 위해 움직이고 있다던데……."

말을 끊은 주신님은 헤르메스 님이 떠나간 방향을 보았다. 자신과는 제대로 이야기를 나누려 하지 않았던 남신님을 의심하는 듯한, 그런 표정으로.

나도 주신님과 같은 방향을 보았다.

그 자리에 가만히 있으려니, 문득 머리 위에서 물방울한 방울이 어깨에 떨어졌다.

눈 깜짝할 사이에 도시의 하늘을 뒤덮은 구름이 빗소리를 연주했다.

수많은 물의 입자가 곳곳에서 형태를 바꾸며 떨어지기시작했다.

🔥

미궁거리에 머물던 【로키 파밀리아】의 진영.

쏟아지는 비에 단원들이 발을 멈춘 가운데, 파벌 간부들은 한 자리에 모여 있었다.

"쳇, 또 쏟아지고 앉았어……."

코를 킁킁거리던 웨어울프 베이트는 툭툭 소리를 내는 빗방울에 혀를 찼다.

"낭패로구먼. 그 소동 때도, 비만 안 왔으면 수인의 코로 지금쯤 몬스터의 위치를 파악했을지도 모르는데."

"괴물 놈들 냄새가 전부 씻겨나가잖아…… 빌어먹을."

"정작 중요한 데서 쓸모가 없다니깐, 웨어울프는."

"하는 일도 없이 멍청히 서 있기만 하는 아마조네스보단 낫지."

"아앙?"

"아앙?"

짜증을 감추지 않고 서로를 노려보는 티오네와 베이트를 보며 드워프 가레스는 한숨을 쉬었다. 그 곁에서는 티오네의 동생인 티오나가 큰 대 자로 보도블록 위에 드러누워 비를 맞고 있었다.

"뭐 하는 겐가, 티오나. 벌써 지쳤나?"

"지친 건 아닌데, 아다만타이트 벽을 너무 쳐서 손이 아파~. 게다가 기껏 팠더니 다시 묻으라니, 핀은 사람을 너무 막 부려먹어~."

"상황이 상황이니 어쩔 수 있나. 참게나."

새빨개진 손을 파닥파닥 흔들며 티오나가 푸념하고 있을 때, 바로 그 당사자인 핀이 진영으로 돌아왔다. 그를 대신해 진영을 맡았던 리베리아가 물었다.

"어떻게 됐지, 핀? 벨 크라넬과는 접촉했나?"

"응. 만나기는 만났는데 중간에 방해를 받았어."

핀은 지붕 아래—— 여러 곳에 설치된 천막 중 하나로 이동하며 대답했다.

"그의 입으로는 아무 말도 듣지 못했어. ……하지만 무언가를 숨기는 건 확실할지도. '크노소스'의 존재도 역시 알고 있던걸. 그래도 '열쇠'는 없는 것 같았지만."

대화가 불발로 그쳤다고는 하지만 벨의 분위기를 면밀히 관찰했던 핀은 확신이 담긴 목소리로 말했다. 아직 미숙한 【헤스티아 파밀리아】의 단장과는 달리, 파룸 단장은 짧은 이야기 속에서 온갖 정보를 긁어모았던 것이다.

"틀림없이 그는 사건의 중추에 있어."

핀은 강하게 단언했다.

"…………."

두령의 그 말에 금발금안의 검사, 아이즈는 입을 다물었다.

"그렇다면……."

"그래."

파벌 간부의 시선을 모으며, 핀은 리베리아에게 고개를 끄덕여 대답했다.

"예정대로 벨 크라넬의 동향을 감시해줘."


"'제노스'에 '크노소스'라……."

창밖에서는 비가 거리를 에워싸고 있었다. 빈틈없이 시내를 적시는 비를 바라보던 아마조네스 아이샤는 시선을 방 안으로 되돌렸다.

"그걸 둘러싼 소동이 나흘 전에 일어난 사건의 핵심이었습니까?"

"네, 그래요."

엘프 류의 말에 하늘색 머리카락을 찰랑거리는 휴먼 미녀, 아스피가 고개를 끄덕였다.

장소는 주점 '풍요의 여주인'의 별채. 류 앞으로 배정된 개인실이었다. 실내에 있는 사람은 그녀를 포함해 셋뿐. 할 말이 있다면서 아이샤와 함께 방문한 아스피를, 손님이 끊어져 할 일이 없었던 류가 미아에게 허락을 받고 이곳으로 데려왔던 것이다.

아스피가 두 사람에게 꺼낸 말은 도시에 동란을 초래한 제18계층 사건의 자초지종이었다.

"아니 그보다 너, 눈 밑이 시커멓게 죽었는데…… 괜찮아?"

"……괜찮습니다. 제멋대로인 주신이 호되게 부려먹고 있을 뿐이니까요. 후후, 이러는 지금도 말이지만요. 네에. 괜찮습니다, 아이샤. 당신도 곧 적응할 거예요."

아이샤가 안경 너머로 보이는 커다란 다크서클을 지적하자 아스피는 미모에 어울리지 않는 허무한 웃음을 지으며 대답했다. 지칠 대로 지친 그 모습에 아이샤는 땀을 삐질삐질 흘리며 거리를 벌리려 했다.

두 사람의 대화를 곁에서 바라보던 류는 이야기를 진행시키기 위해 질문을 건넸다.

"왜 그런 정보를 지금, 우리에게 제공하는 겁니까?"

"헤르메스 님이 또 터무니없는 짓을 시켜…… 어흠, 아무튼 지금도 계속되는 사태를 진정시키고자 하시는 의도입니다만, 일손이 부족합니다. 협조해주셨으면 합니다."

"미션 때는 왜 전부 이야기해주지 않고?"

"전자…… '제노스'에 관해서는 쓸데없는 정보가 되리라 판단했기 때문입니다. 그 시점에서는 의뢰주도 분노로 미쳐 날뛰는 몬스터들을 제어할 수 없었고, 사태 또한 파악하지 못했습니다. 충돌이 불가피한 이상, 판단이 둔해져 모험자들이 죽는 일이 생겨서도 안 됐던 거지요."

진지한 표정으로 묻는 류와, 마음에 들지 않는다고 불만을 드러내며 힐난하는 아이샤에게 아스피는 담담히 대답했다.

"후자는…… 저희도 사건 후에야 실태를 파악했습니다."

던전의 두 번째 출입구, 망집에 사로잡혔던 다이달로스 일족이 만들어낸 집념의 산물.

아스피가 '크노소스'의 이야기를 꺼내자 류도 아이샤도 입을 다물었다.

"……'제노스'라고 했어? 말을 하든 지능이 있든, 까놓고 말해 괴물들을 도와주겠다는 생각이 나는 도저히 이해가 안 가는데."

몬스터가 말을 하고 지능을 갖추었다는 말에 류와 아이샤는 적잖이 충격을 받았으나, 아이샤는 꾸밈없이 있는 그대로 본심을 말했다.

인류가 가진 '괴물'에 대한 잠재적인 기피감을.

"정을 베풀어줘야 할 상대가 아니잖아, 그것들은······. 특히 그 검은 미노타우로스 같은 건."

그리고 진저리가 난다는 듯 내뱉었다.

지금은 완치되었지만 뼈가 산산이 부서졌던 왼팔, 부러진 갈비뼈를 문지르며 여걸은 눈을 날카롭게 떴다. 칠흑의 괴물에게 완패를 당했던 그녀의 눈에는 공포가 아니라 분노와 굴욕만이 깃들어 있었다.

"······'제노스'의 구제는 정보원이기도 한 의뢰주의 요망입니다. 헤르메스 님의 【파밀리아】에 들어온 이상 당신도 의문을 제기하지 말고 고분고분 따르세요."

"난 말귀를 못 알아먹어서 말이지. 마음에 안 들면 침 탁 뱉고 막 날뛸지도 몰라. 참고로 네가 말하는 의뢰주란 게 누구인데?"

"길드의 일부, 라고만 말씀드리죠."

반항적인 아이샤의 태도에 아스피는 두통을 참느라 한쪽 눈을 감은 채 말했다.

"미리 말씀드리겠지만, 벨 크라넬도 당신이 말하는 괴물에게 정을 베풀어주려 하는 쪽이에요."

"······아~ 그렇게 된 거구만."

벨의 이름을 듣고 아이샤는 다 알았다는 듯 자신의 긴 흑발을 헤집어댔다. 그가 미션에 차출되었던 이유, '다이달로스 거리'에서 보였던 행동에 대해 모두 이해했던 것이다.

"알았어, 시키는 대로 할게."

소년에게 아직도 빚을 갚지 못했다고 생각하는 아마조네스 여걸은 탄식하면서도 따르기로 약속했다.

"리온, 당신에게는 교환조건이 있습니다."

"…………."

잠자코 생각을 정리하던 류에게 아스피가 다가섰다.

"우리에게 협조해준다면 이블스의 잔당에 대한 정보를 제공하겠습니다."

"!"

"살아남은 '악'의 잔재는 '크노소스'에 잠복한 것으로 보입니다. 이번 사건이 정리되는 대로 그 미궁을 탐색해, 당신이 탐낼 만한 정보를 수집해오지요."

"……가능합니까?"

"어차피 언젠가는 헤르메스 님이 조사하라는 지시를 내리실 테니까요. 해보죠."

아스피의 교섭 내용을 음미하며 류는 조용히 고개를 끄덕였다. 【페르세우스】의 말을 믿은 것이다.

은색 안경을 손가락으로 밀어올린 아스피는 류와 아이샤의 얼굴을 번갈아 바라보며 말했다.

"자세한 지시는 차후에 내리겠습니다. 지금은 대기해주세요."

"──그렇다, 내가 가네샤다!"

영문 모를 웅장한 포즈를 지으며, 코끼리 가면을 뒤집어 쓴 남신이 말했다.

"알아, 가네샤."

【가네샤 파밀리아】의 홈, '아이 앰 가네샤'의 어떤 방 안.

침대 위에서 상반신을 일으키고 앉은 남색 머리카락의 미인 샥티 바르마는 익숙한 투로 주신의 기행에 대응했다. 포즈와 함께 내민 과일 광주리를 받아 사이드보드 위에 놓았다.

"몸은 좀 어떠냐, 샥티! 이 몸께서 병문안을 왔다!"

"이미 완치됐어. 가네샤 당신도 알잖아."

샥티는 일련의 사건 이후 이 방에서 시간을 보내고 있었다. 제18계층의 미션에서 치명상을 입어 부상을 치유한다는 것이 주된 이유였다.

표면상으로는.

"난 이미 움직일 수 있어. 왜 이런 곳에 며칠씩 가둬놓고 있는지 이유를 가르쳐줘."

"최근 너무 열심히 일했기 때문이지! 나의 【파밀리아】가 초 블랙이라는 오해를 사지 않도록 이참에 철저하게 초 요양을 시키고자──."

"가네샤."

샥티는 주신의 기괴한 언동을 제지했다. 파벌 단장인 그녀의 조용한 한 마디에 가네샤는 장난스러운 태도를 접었다.

"……정리할 시간이 필요하리라 느꼈다. 특히 내게서 '제노스'에 대한 이야기를 들었던 너에게는."

샤티는 '제노스'에 대해 알고 있는 몇 안 되는 권속 중 하나였다.

지난 미션에서는 길드의 밀서를 통해 테이밍을 명령받으면서도 주신의 신의를 더한 상태로 따랐던 것이다.

가네샤는 방에 놓인 의자에 앉아 샤티와 눈높이를 맞추었다.

"미안하다."

두 손을 무릎에 얹고 깊이 고개를 숙였다.

"막무가내 부탁을 해서 네게 부담을 끼쳤구나."

주신의 사죄에 샤티는 고개를 가로저었다.

"사과하지 마, 가네샤. 부족했던 건 우리였으니까. 몬스터의 폭주를 저지하지 못했잖아."

얼굴을 든 가네샤는 코끼리 가면 안에서 그녀의 얼굴을 바라보았다.

"무엇을 느꼈나? '제노스'와 대치하면서."

"……강한 분노, 그리고 '공감'."

그를 돌아본 샤티는 자신의 속내를 털어놓았다.

"몬스터를 잡아 팔아치운다는 【이켈로스 파밀리아】의 이야기를 듣고 확실히 이해했어. 테이밍을 시도하면서 느꼈던, 그 형언할 수 없는 '공감'의 정체를."

"…………."

"우리 인류와 마찬가지로…… 그 괴물들도 동포를 위해 화를 낼 수 있던걸."

그것은 어쩌면 숙련된 테이머이기도 한 그녀이기에 느낄 수 있었던 몬스터의 감정이자 '공감'이었는지도 모른다.

샥티는 가네샤에게서 눈을 돌려 비가 내리는 창밖을 보았다.

"가네샤, 정리가 필요하다는 당신의 판단은 옳아. 나는 아직도 당황스러워. 그런 몬스터가 있다는 사실이. 그리고 우리 단원들이 그런 존재를 알고 방황한다는 것도……. 한순간의 망설임이 동료의 목숨을 빼앗을지 몰라서…… 두려워해."

가네샤도 찬동했던 '제노스'와의 융화를 인정하면서도 한편으로는 두렵다는 말이었다.

그녀는 올바르게 방황하고 있었다.

'제노스'를 버려야 할까, 구해야 할까.

선택을 종용당했을 때, 당연히 샥티는 전자를 택할 것이다. 그녀는 어리석지 않기 때문이다.

창문에 어렴풋이 반사되는, 눈을 내리깐 권속의 표정을 보고, 침묵을 지키던 가네샤는 입을 열었다.

"【네오 가네샤】로 가는 길은 멀고도 험하군."

"……당신은 또 무슨 뜬금없는 소리를 하는 거야."

주신이 갑자기 뚱딴지같은 소리를 꺼내는 바람에 진지

한 이야기를 하던 샥티는 황망한 표정으로 돌아보았다.

그런 그녀를 내버려둔 채 가네샤는 무거운 어조로 말했다.

"나는 아직 군중의 왕, 그냥 【가네샤】다. 군중과 괴물의 왕 【네오 가네샤】가 아니고."

샥티는 눈을 크게 떴다.

"우라노스와 펠즈에게는 미안하다만, 이번만큼은 아이들의 안전이 최. 우. 선."

"가네샤……."

"'제노스'의 수색에 우리는 관여하지 않을 것이다. 그 대신 그들과 모험자 사이에서 충돌이 발발한다면 일반시민들을 지킬 것이다. 우리는 아이들의 웃음을 지켜야 한다."

의자에서 일어난 가네샤는 샥티를 내려다보며 말했다. 갈 수 있겠느냐고.

그녀는 힘차게 고개를 끄덕여 대답하고, 자신 또한 침대에서 일어났다.

"경비 인원을 늘려 온 도시로 파견하겠다. 나도 나가지!! 초 유쾌한 모습을 보여주어 시민들의 불안을 불식시키는 거다!"

"아니, 당신은 됐어. 일타랑 다른 단원들도 홈에 대기하고 있잖아?"

"그래. 내버려두었다간 콧김을 씩씩거리며 '제노스'를 쫓아다닐 것 같았거든! 샥티가 쉬고 있으니 너희도 쉬라고 해두었지! 약속을 어길 경우 홈을 더욱 마개조하겠는 말과 함께!"

"그래서 얌전했군……."

방을 나와, 기묘한 거대 코끼리 형태의 홈 내부를 이동하는 두 사람. 제1급 모험자이자 여동생 같은 단원 일타를 포함해 파벌의 주력이 모인 것을 확인하며 샥티와 가네샤는 앞으로의 방침을 의논했다.

복도를 걸어나가던 가네샤는 문득 창밖으로 고개를 돌려 멈추지 않는 비를 보았다.

"마음에 걸리는 것은, 다른 신들이 이번 사태를 어떻게 받아들일까, 인데."


"'제노스'의 존재를 다른 신들이 알아차렸을까?"

창밖의 비를 등지고 미아흐는 헤파이스토스와 타케미카즈치에게 물었다.

북서쪽 메인 스트리트에 세워진 【헤파이스토스 파밀리아】의 무구점.

미아흐와 타케미카즈치는 권속들에게 정보 수집을 맡기고 헤파이스토스가 있는 3층 응접실을 방문했다.

"확실한 이해까지는…… 지능이 있는 몬스터라는 데까지는 도달하지 못했을 거야. 하지만 보통 몬스터가 아니란 정도는 알아차렸겠지……."

"그렇다기보다는 '분명 무언가가 있다'고 기대하고 있을 걸⋯⋯."

절친신 헤스티아에게서 소개를 받았던 비네는 물론이고, 일련의 사건에 대해 대강의 경위를 들었던 세 신은 저마다 미간에 주름을 지으며 복잡한 표정으로 말했다.

"만약 '제노스'의 존재를 알면 어떻게 나설까?"

"지금 오라리오에 있는 자들을 생각해보면⋯⋯."

"아레스처럼 머리 굳은 신은 별로 없지만, 헤스티아 같은 온건파도 적어. 완벽한 배척 2할, 보호가 1할, 있는 대로 들쑤시자는 쪽이 7할 아니겠어?"

미아흐가 제기한 물음에 타케미카즈치와 헤파이스토스는 떨떠름한 얼굴로 대답했다.

"'오락'을 목적으로 무슨 짓을 저지를지 모르네. 높은 확률로 수습이 불가능해질걸. '제노스'의 정보는 될 수 있는 한 감춰두는 편이 좋겠어⋯⋯."

"으음⋯⋯ 쓸데없는 혼란을 초래할 뿐이란 말인가."

'자신들 같은'이라는 말까지는 하지 않겠지만, 오라리오의 신들 중 인격자, 아니 신격자는 정말로 적다. 진저리를 치는 타케미카즈치와 미아흐의 곁에서, 헤파이스토스도 투덜거리며 자신의 안대를 손가락으로 매만졌다.

"지금은 벨도 걱정이지. 그렇게나 눈에 띄는 행동을 저질렀으니⋯⋯. 신들은 그 아이가 무언가 알 거라고 이미 점찍어두었을걸."

"그렇겠지……?"

"위험하게 됐어……."

소년을 걱정하는 미아흐의 말에 헤파이스토스와 타케미카즈치는 심각한 표정을 지었다.

그리고 그때, 홍발홍안의 여신은 자신의 앞머리를 쓸어 넘기며 분위기를 바꾸었다.

"솔직하게 말할게. '제노스'를 구제해야 할지 나는 아직 결심이 안 섰어."

"이봐……."

"하지만 그렇잖아? 헤스티아의 성격상 그 부이브르를 내버려둘 수 없는 건 이해해. 하지만 '제노스'의 존재는 지상에서는 그저 '독'이야. 실제로 지금은 혼란만 초래하고 있잖아."

"그건……!"

"타케미카즈치, 너도 '제노스'에 대해선 아이들에게 이야기하지 않았지?"

타케미카즈치는 놀라서 목소리를 높이려 했지만, 헤파이스토스의 지적에 입을 다물고 말았다. '괴물'을 받아들이려 하는 움직임은 알력을 낳는 불씨가 된다. 아이들 사이에서라면 더더욱. 타케미카즈치도 그 사실을 알기에 오우카나 치구사에게는 터놓지 않았던 것이다.

오히려 비네나 '제노스'의 존재에 관용을 보인 헤스티아의 권속들이 이단이며, 그렇기에 궁지에 몰리고 있다.

"정말로 '제노스'가 **구해야만 할 존재인지도 알 수 없어**."

신들조차 예견하지 못했던 '미지', 던전의 '이상사태'인 괴물들에 대해 헤파이스토스는 자신의 생각을 꾸밈없이 말했다.

"……흐음. 그러면 일단, 여기서 결론을 내도록 하지."

눈을 감고 듣기만 하던 미아흐가 두 팔을 살짝 벌리며 헤파이스토스와 타케미카즈치의 얼굴을 번갈아 보았다. 허리까지 늘어진 군청색 장발을 출렁이는 남신은 빗소리 속에 나직하게 목소리를 흘렸다.

"우리의 선택은──."


"──【로키 파밀리아】에게 맡겼단 말인가."

노신의 지엄한 목소리가 제단에 울려 퍼졌다.

어전에 무릎을 꿇은 뚱뚱한 몸이 그 목소리에 새끼돼지처럼 움츠러들었다.

"그, 그렇사옵니다! 현재의 '다이달로스 거리'를 지키기에는 그 자들이 적임이라고, 좁은 소견으로나마 판단하였나이다!"

길드 본부 지하에 세워진 지하신전에는 빗소리도 닿지 않았다. 네 자루의 횃불이 비추는 '기도의 방'에서 바닥에 깔린 포석 위에 땀을 떨어뜨리는 길드장 로이만의 모습을 우라노스는 꼼짝도 않고 내려다보았다.

"'크노소스'에 관해 말씀드리자면, 존재 누설을 방지함과

동시에 정보 제공을 구두로 약속받았사옵니다!【브레이버】
는 계약을 준수하는 자입니다! 우리 길드가 관리하는 것이
나 마찬가지이옵니다!"

"——무엇을 감추고 있느냐, 로이만."

"컥."

너무나도 쉽게 사실을 간파한 길드의 진정한 주인 앞에
서 엘프의 어깨가 떨렸다.

"'열쇠'더냐."

"……아, 아뢰는 것을 잠시 잊었나이다. '크노소스'의 '열
쇠'를 발견하면 길드로 가져오도록 명령하였사옵니다……."

식은땀을 흘리는 로이만에게 우라노스는 변함없는 목소
리로 고했다.

"'크노소스'에 관한 정보 공유를 철저히 하라. '열쇠'를 입
수한 후에는 때를 가늠하여 조사대를 편성하겠다. 다이달
로스의 유산을 관리하는 것은 개인도 파벌도 아닌, 우리
길드다."

"네이——!"

"【로키 파밀리아】건에 관해서는 불문에 부치겠다. 물러
나라."

로이만은 떨면서 그 말을 따랐다.

비실비실 떠나가는 그의 자리를 대신 메우듯——엇갈려
지나가며 어깨를 툭툭 두드려주고——지상으로 이어지는
계단에서 등황색 머리카락의 남신이 내려왔다.

"로이만도 빈틈이 없구만~."

"누구보다도 탐욕스럽지. 그러나 유능하다. 도시의 발전을 추구하는 마음에는 거짓이 없다."

웃음을 흘리며 '기도의 방'에 발을 들인 헤르메스에게 우라노스는 담담히 대답했다.

"근데 역시 【로키 파밀리아】는 '다이달로스 거리'에 눌러앉아버렸네. 뭐, 프레이야 님이 바벨에 있는 이상 【브레이버】나 다른 친구들 입장에선 하나 남은 퇴로를 확보하고 '제노스'를 기다리는 게 당연한 일이겠지."

"그렇다……. 이렇게 된 이상 가네샤도 주민들의 생명을 최우선으로 두고 행동할 것이다."

이제 와서 배치를 바꾸기란 불가능하다는 것을 우라노스 또한 말없이 인정했다.

그에게도 입장이 있는 데다, 【로키 파밀리아】의 철수를 과도하게 명령했다간 불신을 부를 것이다. 앞으로도 도시의 평화를 지키는 상징으로서 군림해야만 할 우라노스에게 이는 피해야만 할 일이었다.

아울러 지상으로 진출한 몬스터를 해치우려 할 경우 적임자는 【로키 파밀리아】 외에는 있을 수 없다.

"암튼 소동의 수습을 맡은 몸으로서, 일단 현재 상황을 보고할게."

제단 중앙의 신좌에 앉은 길드의 주신 앞까지 다가와, 헤르메스는 여행모를 벗으며 말을 이었다.

"'제노스'들은 도시 지하수로를 이동 중이야. 목격정보가 늘어나기는 했지만…… 현상금 덕에 모험자들이 보조를 맞추지 못하고 있다는 게 그나마 불행 중 다행이랄까?"

"펠즈 쪽과 합류하지 못한 '제노스'의 소재는?"

"그쪽은 파악하지 못했어. 낙오된 숫자도. 어쩌면 일부는 이미 모험자나 질 나쁜 신에게 붙잡혔는지도 몰라."

현상금이 걸린 몬스터를 잡았다고 나선 사람이 아무도 없는 이상 판단은 불가능하다는 말이었다.

"뭐, 검은 미노타우로스를 발견했다가 되레 당했다는 모험자는 몇 명 있었지만…… 회복된 지금도 **악몽을 꾼 것처럼** 벌벌 떨기만 해서 제대로 된 이야기를 들을 수는 없다나봐."

탄식하며 헤르메스는 손가락 두 개를 폈다.

"'제노스'가 취할 수 있는 행동은 몇 가지 안 돼."

현재 '제노스'의 목적은 두 가지.

하나는 낙오된 동포와 합류하는 것. 또 하나는 던전의 출입구에 도달하는 것.

후자는 최중요사항이다. '제노스'가 살아남기 위해서는 어떻게든 던전으로 돌아가야만 한다.

그들이 취할 수 있는 진로 또한 두 곳.

도시 중앙, 던전으로 이어지는 '구멍'이 있는 '바벨'.

그리고 도시 남서쪽, '다이달로스 거리'에 존재하는 '크노소스'다.

"센트럴 파크로 가려 하면 모험자들과 반드시 전투가 벌어질 터…… 아울러 【프레이야 파밀리아】도 어떻게 움직일지 알 수 없는 바. 펠즈가 그쪽을 선택하지 않을 것이다."

"나도 이것저것 교섭을 해봤지만 말이야, 아무리 해도 말을 들어주질 않더라고."

'바벨'에 군림하는 은발의 여왕을 언급하며 헤르메스는 쓴웃음과 함께 탄식했다.

"그렇게 되면 역시 '제노스'가 가야 할 곳은, 지형을 이용할 수 있는 '다이달로스 거리'가 될 텐데……."

"'크노소스'를 경유하려면 【로키 파밀리아】가 가로막을 것이다."

던전 못지않게 복잡기괴한 미궁거리를 이용한다면 모험자들의 눈에 뜨이지 않을 수도 있다. 그러나 여기에 성공하더라도 최대의 난관이 기다리고 있다.

"알다시피 상황은 아주 팍팍해."

표표하게 웃는 헤르메스에게, 우라노스는 보고를 채근했다.

"'크노소스'에 대해서는 어떻게 되었나."

"리빌라 모험자들의 증언 덕분에 18계층에 쳐들어왔던 몬스터는 지상에 진출한 몬스터와 이어져버렸어. 많은 【파밀리아】가 던전의 두 번째 출입구가 존재한다는 사실을 알아차린 거야."

"'다이달로스 거리'에 모험자가 모여들고 있다는 뜻인가."

"바로 그거지. 자기들 힘으로 출입구를 찾으려는 녀석들도 있는 것 같지만, 뭐, 기재(奇才) 다이달로스가 손을 댄 영역이다 보니 아직까지 【로키 파밀리아】 말고는 '크노소스'의 입구에 도달하지 못했을 거야."

여기까지 듣고 있던 우라노스는 헤르메스에게 물었다.

"헤르메스, 너의 【파밀리아】는……."

"이미 알아냈지."

"!"

헤르메스는 근거를 제시하듯 책 한 권을 꺼냈다.


"'다이달로스의 수기'야."


항상 초연하던 우라노스의 눈이 처음으로 크게 뜨였다.

"【로키 파밀리아】가 생포하기 전에 이켈로스에게 양도받았거든. 여기에는 '크노소스'의 설계도가 있어. 당연히 출입구의 위치도."

"…………."

"'설계도'가 틀림없는지 내 아이들에게도 조사를 시켰어. 하데스 헤드랑 냄새자루의 콤보로……. 아스피는 【로키 파밀리아】의 눈을 피해 조사하느라 심장이 터지는 줄 알았다고 투덜거리면서 주먹질까지 했다니깐."

모습을 감추었던 남신 이켈로스를 찾아냈던 것은 바로

헤르메스다. 몰아붙여서 여러 가지 요구를 받아들이게 하고, 이 '다이달로스의 수기'도 받아냈다고 그는 설명했다.

사건이 있은 후로 오늘까지 나흘 동안 권속에게 '크노소스' 주변을 【로키 파밀리아】에게 들키지 않도록 조사했다는 ──물밑에서 몰래 돌아다녔다는── 사실까지 털어놓은 헤르메스는 노신의 눈앞으로 다가왔다.

그리고 그 수기를 내밀었다.

"줄게. 필요하지?"

"…………."

등황색 두 눈을 가늘게 뜬 헤르메스에게 우라노스는 입을 다물고 눈을 굳게 감았다.

횃불 불빛이 힘차게 터졌다. 불똥을 두르며, 노신은 모든 것을 수용하고자 그 오래 된 책을 받고, 품에 거두었다.

웃음을 지은 헤르메스는 뒤로 물러났다.

"헤르메스…… 너는 어떻게 움직이려는 것이냐."

"글쎄. 전에도 말했지만 내 관심은 벨이야."

이틀 전, 이 장소에서, 헤르메스는 우라노스에게 말했다.

벨을 실추시키고 퇴장시킬 수는 없다고. 소년에게 모든 것을 걸었다고.

사람들의 실망은, '인류의 적'이라는 악평은 소년이 왕도를 달려 나가는 데에 방해가 된다고, 헤르메스는 자신의 신의를 확실히 밝혔다.

그러기 위해 지금, 헤르메스는 암약하고 있다.

"아스피랑 애들에게는 이것저것 명령을 내려뒀고, 나머지는 그 아이 하기에 달렸지만…… 분명 가만있지 않겠지?"

헤르메스는 대국을 다 내다보는 것처럼 희미하게 웃었다.

"반대로 물어볼게, 우라노스. '제노스'는…… 그들을 이끄는 몰락한 '현자'는 앞으로 어떻게 움직일 것 같아?"

"…………."

몇 세기나 되는 시간을 함께 살아왔던 자신의 오른팔에 대해 질문을 받아, 신좌가 침묵했다.

이윽고 우라노스는 간격을 두고 입을 열었다.

"펠즈가 다음으로 취할 행동은……"


"리드, 피를 좀 줄 수 있을까?"

어두운 지하에서도 들려오는 빗소리에 귀를 기울이며 흑의의 메이거스가 말했다.

"피?"

"응. 나도 정상적인 육체를 가졌다면 이런 부탁은 하지 않아도 됐겠지만……."

"그야 뼈니까."

"굳이 말하지는 말고."

출렁거리는 흑의를 흘끔 쳐다보며 리드는 뾰족한 손톱으로 자신의 팔을 그었다. 갈라진 자리에서 떨어지는 붉은 피를 펠즈는 품에서 꺼낸 깃털 펜으로 찍었다.

깃털 부분이 붉게 물들고, 펜촉에도 붉은 염료가 배어나왔다.

"그것도 매직 아이템이야?"

"응. 내가 발명한 건 아니지만."

흥미롭게 쳐다보는 리드의 옆을 지나쳐, 펠즈는 피를 잉크 대신 쓸 수 있는 매직 아이템으로 양피지에 문자를 적어나갔다.

그곳은 하수도 깊은 곳에 뚫린 수평 통로였다. 무너져가는 벽 너머는 사람들의 기억에서 잊힌 우물과 이어졌는지 공간 한쪽에는 뜯겨나간 밧줄과 두레박, 망가진 들통 같은 것이 어지러이 흩어져 있었다. 위쪽으로 이어지는 구멍에서 비가 뚝뚝 떨어졌다. 도시를 헤매던 '제노스'들은 이곳에 자리를 잡고 쉬는 중이었다.

한편, 리드 일행과 조금 떨어진 곳에서는 바닥에 앉아 있던 비네와 세이렌 레이가 이야기를 나누고 있었다.

"낙오된 게 누구누구야?"

"알루, 헬가, 레트, 피아 그리고 아스테리오스예요. 피아는 우리와 함께 있었지만 무리하는 바람에 추락해서…….
레트는 그녀의 뒤를 따라갔지요."

레이는 알미라지, 헬하운드, 레드캡, 하피, 미노타우로스의 이름을 열거했다.

"그 사람들이 어디 있는지도 모른다고 했지……?"

동포들을 근심하는 용종 소녀의 물음에 이번에는 가고일 그로스가 대답했다.

"그렇다. 이 하수도를 한참 뒤지고 다녔지만 냄새조차 없었다……. 지상에 숨어있는지도 모르지."

그때 문득 비네의 배 부분에서 꼬르륵 귀여운 소리가 울렸다.

"배고프다……."

"지난 며칠, 거의 아무 것도 먹지 못했으니까요……."

몬스터도 굶주림을 느낀다. 절대로 사람을 잡아먹거나 하지 않는 '제노스'들은 이 상황에서 제대로 된 식사를 하지 못했다. 뒤를 쫓아온 모험자가 떨어뜨린 로브를 걸친 비네는 청백색 피부의 홀쭉한 배를 문질렀다.

"펠즈, 이대로 도망쳐 다니기만 해서는 끝이 나질 않는다. 무언가 방법을…… 이봐, 뭘 하는 거지?"

합류할 조짐이 보이지 않는 동포를, 그리고 사라져가는 활력을 우려하며 그로스가 돌아보자 흑의의 메이거스는 펜을 멈추지 않고 대답했다.

"편지를 쓰는 거야."

그렇게만 대답한 펠즈가 편지를 다 쓰자── 마치 타이밍을 잰 것처럼 우물 구멍에서 빠른 속도로 침입하는 그림자가 있었다. 리드 일행은 얼른 긴장하며 자세를 잡았지만, 펠즈는 한손을 옆으로 뻗어 제지했다.

"겨우 우리를 발견해주었군."

메이거스가 내민 팔에 앉은 것은 한쪽 눈이 의안인 올빼미였다. 펠즈의 심부름꾼이었다.

"그 전투에서 '오쿨루스'만 망가지지 않았어도 좀 더 일찍 불러낼 수 있었건만……."

'크노소스' 내에서 일어났던 【이켈로스 파밀리아】와의 극심한 교전을 원통하게 여긴 펠즈는 심부름꾼의 발에 조금 전에 작성한 편지를 묶었다.

"펠즈, 혹시 그 편지는……."

"맞아."

리드의 말에 고개를 끄덕이며 펠즈는 심부름꾼을 풀어주었다.

날개를 펼친 올빼미는 흰 깃털을 뿌리면서 비가 내리는 하늘 너머로 날아갔다.

"우리의 마지막 희망이지."

☒

우기가 때늦게 찾아온 것처럼 그칠 줄 모르는 비가 오라리오를 적셨다. 하지만 이 비로도 도시에 고인 폐쇄감을 씻어낼 수는 없을 것이다.

회색 하늘에 덮인 도시의 경치를 나는 내 방 창문을 통해 혼자 바라보고 있었다.

"…………."

주신님과 함께 홈으로 돌아온 후로, 나는 어떤 감각에 시달리고 있었다.

'누군가가 지켜보는' 감각이다.

분명 저택을 나간 직후부터 수많은 시선을 느끼기는 했다. 처음에는 도시 주민들의 것이라고 생각했지만…… 다른 사람의 시선에 민감해진 피부가 일말의 가능성을 속삭이고 있었다.

분노나 멸시와는 무관하며 좀 더 무기질적인 이것은…… 감시의 '눈'?

감시한다고? 나를? 아니면 【헤스티아 파밀리아】를?

숨다시피 서 있던 창가에서 몸을 반쪽만 내밀어 저택 주위로 시선을 돌려보았다.

홈을 에워싼 철책 바깥에서 길모퉁이로 슥 몸을 숨기는 사람의 모습이 있었다.

"윽……."

창가에서 떨어져 방을 나갔다. 내 착각이라면 상관없다. 불안정한 심장을 끌어안고, 나는 자신이 느꼈던 것을 전하고자 주신님과 동료들에게 가려 했다.

"……?"

서둘러 복도를 걸어가던 내 시야에 어떤 광경이 스치고 지나갔다.

안뜰 쪽으로 인접한 창문 밖. 비를 맞으면서, 그래도 원하는 사람이 오기를 기다리는 것처럼, 안뜰 한복판에 그 올빼미가 있었다.

걸음을 멈춘 나를 올려다보는 올빼미의 눈—— 반짝이는 수정 의안을 보고 정신이 번쩍 들었다.

진로를 바꿔 서둘러 계단을 내려갔다. 안뜰로 나가 눈앞까지 다가가자, 올빼미는 퍼드득 날아올라 내 팔에 앉았다.

"이건……."

올빼미의 다리에는 편지가 묶여 있었다.


"'제노스'의 밀서……."

벽에 걸린 시계가 저녁 시각을 가리키는 저택의 거실.

펠즈 씨의 심부름꾼이 가져다준 편지 한 통을 받아【헤스티아 파밀리아】는 모두가 모였다.

"엄청나게 난해한 암호지만…… 틀림없어요. 펠즈 님이 도움을 청하는 편지예요."

서고에서 꺼내온 사전을 한손에 든 릴리의 말대로 편지에는 온갖 데미휴먼의 언어가 흩뿌려지다시피 적혀 있어 언뜻 보기에는 지리멸렬한 문장의 나열 같았다.

그 문장은 '이단'이라는 단어가 담긴 파룸의 언어와 '어리석은 이'라는 단어가 담긴 르나르의 종족언어를 늘어놓아, 조합으로 해독할 수 있는 구조라고 한다. 다시 말해 '제노스'와 펠즈 씨의 정체를 아는 사람만이 해독할 수 있는 암호다.

주신님, 릴리, 벨프, 미코토 씨, 하루히메 씨는 저마다 진지하거나 긴장된 표정을 지으며 테이블에 펼쳐놓은 편지를 내려다보았다.

"【내일 밤, '다이달로스 거리'로 향한다】…… 그 친구들도 궁지에 몰린 모양이구만."

"하, 하오나 지금 '다이달로스 거리'에는 분명……."

"그렇습니다, 하루히메 공. 수많은 모험자, 그리고 【로키 파밀리아】가 진을 치고 있습니다."

공방에 틀어박혀 있다가 오랜만에 나온 벨프의 말에 하루히메 씨가 가슴에 손을 모으며 묻고, 미코토 씨가 그녀의 불안을 긍정했다.

빗물에도 번지지 않은 붉은 글씨는 사죄와 함께 시작되어, 펠즈 씨 일행의 상황과 던전으로 귀환하기 위한 계획을 밝히고, 여기에 협조를 부탁한다는 말로 마무리되었다. 부디 다시 힘을 빌려주었으면 한다는 애원의 한 문장을 마지막에 덧붙여서.

편지에는 비네가 무사히 눈을 떴다는 말도 있어서 나나 하루히메 씨는 처음에야 안도했지만…… 이제는 다들 입을 다물고 있었다.

가만히, 테이블 위에 놓인 편지만을 바라보며.

"……마치 파멸로 이끄는 사신의 유혹 같네요."

릴리가 거창한 비유를 불쑥 중얼거렸다. 하지만 그것은 결코 과장이 아니었다.

지금 오라리오를 에워싼 상황 속에서 '제노스'를 돕는다는 것은, 도시의 모든 【파밀리아】를 적으로 돌리겠다는 것과 같은 뜻이다.

실내를 메운 한순간의 정적에 나는 마음이 짓이겨져버리는 착각을 맛보았다.

그때 헤스티아 님이 조용히 말을 꺼냈다.

"여기서 해답을 확실하게 내도록 하자꾸나. '제노스' 군들을 구할지 말지를."

"……!"

고개를 든 나를 내버려둔 채 주신님은 동료들에게 시선을 보냈다.

다른 사람들이 입을 열기 전에 나는 주신님의 옆얼굴에 외쳤다.

"주신님!! ……이건, 저 혼자…….."

"벨, 이건 이미 너만이 품을 수 있는 문제가 아니다. 단장인 네가 움직인 시점에서 【파밀리아】의 문제이기도 해. 그런 뻔뻔한 소리는 하지 말거라."

단장으로서의 처신을 책망하는 것 같은 주신님의 말에 심장이 멈추는 기분이 들었다.

움직이지 못하는 나에게서 시선을 떼고, 주신님은 동료들에게 다시 물었다.

"다들 선택해다오. '제노스' 군들의 편을 들어 빛을 보지 못하고 살아갈지, 그들을 내버리고 이제까지 지냈던 일상으로 돌아갈지."

그것은 나에게도 한번 닥쳤던 선택지였다. 비네와【로키 파밀리아】의 틈바구니에서 강요당했던 양자택일. 여신님의 말씀이 이번에는 모두에게 선택을 묻는다.

——어느 길도 선택하고 싶지 않아.

그것이 나의 한심한 속내였다.

미궁거리에서의 기억과 죄책감이 뒤섞여 뇌리를 헤집어 놓는 가운데, 재판관에게 죄목을 들은 죄인처럼 내가 멍하니 서 있으려니——

"헤스티아 님."

벨프가 먼저 손을 들었다.

"선택지를 한 가지만 더 늘릴 수는 없겠습니까?"

"그게 뭐지?"

"우리가 엄청나게 활약해서, '제노스' 녀석들을 던전으로 돌려보내는 거. 그리고 우리도 손가락질이나 멸시를 받지 않는 거."

그 말의 의미를 처음에는 이해하지 못해 나는 아연실색했다.

벨프는 웃고 있었으며, 주신님도 모든 것을 내다본 것처럼 미소를 지었다.

"이걸 좀 봐주십쇼."

불꽃처럼 붉은 머리카락을 출렁이며 벨프는 허리에 꽂아둔 칼집에서 단검을 뽑았다.

"'마검'입니다. 공방에도 세 자루 더 있고요."

"계속 공방에 틀어박혀 있더라니…… 어차피 그럴 거라고 생각은 했지만요."

칼집 밖으로 드러난 푸른 검신을 보며 릴리 또한 다 알고 있었다는 양 온몸으로 한숨을 쉬었다.

"해야 할 일은 알고 있었으니까. 시간이 없다는 것도. '제노스' 녀석들을 구하는 데에…… 그래, 이제 오기는 안 부리기로 했어. 이렇게라도 안 하면 온 도시의 모험자들을 상대할 수 없을 테니까."

나는 다시 움직이지 못하고 있었다. 이번에는 순수하게 놀라서.

'제노스'를 구하겠다는, 벨프의 확고한 선언에.

"뭐냐, 벨? 왜 그런 이상한 표정을 지어?"

"하, 하지만…… 하지만!!"

어리둥절한 벨프에게 나는 마침내 고함을 질러버렸다.

"나는 여러분을 내팽개치고, 혼자서 폭주했고!! 그 탓에 【파밀리아】에도 폐를 끼쳐서, 다들 힘들게 만들었는데!! 다들…… 날 원망할 거라고, 틀림없이 그럴 거라고……."

도저히 물을 수 없었던 말을, 억압되었던 감정을 터뜨리고 말았다.

미안해. 사과한다고 용서 받을 수 있는 일은 아니지만,

미안해.

필사적으로 목소리를 쥐어짜내는 나를 앞질러 벨프가 말했다.

"벨, 전에도 말했잖냐. 사과하지 말라고."

그 말에 기억이 되살아났다.

——【파밀리아】란 게 그렇잖아? 서로 지탱해주는 거지.

——민폐 좀 더 끼쳐. 내 체면 서게.

비네를 제20계층으로 호송하는 미션 때, 다른 곳도 아닌 바로 이 방에서 벨프가 해주었던 말. 떠올린 것과 함께 주체할 수 없이 가슴이 벅차올랐다.

"뭐, 잔소리를 한 마디 하자면…… 이번엔 우리 놔두고 가지 마라, 응?"

"벨 공은 전혀 잘못한 것이 없습니다. 아무리 고민하더라도 우리는 분명 같은 선택을 할 테니까요. ……그때 당신은 누구보다도 먼저 달려 나갔을 뿐입니다."

씨익 웃는 벨프의 옆에서 미코토 씨가 자청색 눈을 가늘게 떴다.

한 마디도 대꾸하지 못하는 내 곁에 이번에는 하루히메 씨가 가만히 다가왔다.

"계속 괴로워하셨던 것을 잘 아나이다. 송구스럽사옵니다. 똑똑히 마음을 전해드렸으면 좋았을 것을."

"하루히메 씨……."

"비네 님을 구해주셔서 고맙습니다. 소녀 하루히메는 기쁘옵니다.”

눈에 눈물을 맺으며 벚꽃처럼 화사하게 웃는 하루히메 씨의 표정이, 말이.

잠든 비네를 끌어안으며 고마워하던 리드 씨의 울먹이는 웃음과 겹쳐졌다.

“——나 원, 진짜 속없이 착한 사람들뿐이에요!! 미리 말해두지만 릴리는 아니거든요! 지금도 릴리는 몬스터들을 돕는 데에는 결사반대거든요!!”

벨프와 미코토 씨의 이야기, 하루히메 씨와 마주보는 나를 노려보던 릴리가 이제는 진저리가 난다는 듯 빽 소리를 지르더니 고개를 돌려버렸다. 그러더니 천천히 눈을 돌려 우리를 올려다보았다.

“하지만…… 다수결이 돼 버리면, 하는 수 없죠.”

“릴리…….”

“벨 님을 저버리는 것도, 벨 님이 누군가를 저버리는 것도…… 릴리는 싫어요.”

——빛을 보지 못하고 살아가는 것쯤이야, 릴리는 이미 익숙해요.

수많은 실의의 눈빛에 에워싸이더라도 전혀 무서워하지 않을 거라고, 파룸 소녀는 조그만 해바라기처럼 웃어주었다.

“…………”

많은 것들을 배신해버린 그 날로부터 지금 이 순간까지,

제대로 쳐다보지도 못했던 동료들의 웃음을 둘러보았다. 릴리를, 벨프를, 미코토 씨를, 하루히메 씨를.

그 사람이, 시르 씨가 해주었던 말이 옳았다.

잃어버린 것은 있었다. 하지만 잃어버리지 않은 것도 분명히 남아 있었다.

한쪽 눈에서 한 줄기 눈물이 흘러 떨어지는 것이 느껴졌다.

몇 번째일까. 동료들에게 도움을 받은 것이.

몇 번째일까. 이런 기분을 느끼는 것이.

이 사람들과 만나서, 가족이 될 수 있어서…… 다행이다.

"미안해요…… 고마워요."

뜨거워지려는 콧등을 한쪽 팔로 문지르면서, 나는 갈라진 목소리로 그 말을 쥐어짜냈다.

"……그럼 결정한 게로구나. '제노스' 군들을 우리가 모두 함께 구해내자!"

우리를 부드럽게 지켜봐주시던 주신님이 눅눅해진 공기를 날려버리려는 것처럼 밝게 선언했다. 여신님의 신의에 웃음으로 대답하면서 모두 나란히 고개를 끄덕였다.

"미리 말해두겠지만요, 상황은 전혀 호전되지 않았어요. 다른 모험자는 물론이고 【로키 파밀리아】를 제치는 건…… 던전의 '심층'을 공략하는 것보다도 무리라고요."

"그럼 이걸 해내면 '심층'도 여유로 공략할 수 있단 소리네?"

"까불지 마세요."

릴리는 씨익 입술을 틀어 올리며 웃는 벨프를 흘겨보
았다. 여느 때와 같이 아웅다웅하는 두 사람을 보니 다시
【헤스티아 파밀리아】다워진 것 같았다.

"상대하기에 부족함이 없……는 정도가 아니라, 너무 강
대하군요."

"비네 님을 위해서라면."

미코토 씨도, 하루히메 씨도 결연한 표정을 지었다.

모두가 바라보는 방향은 이미 한 곳으로 정해졌다.

"야, 벨. 분위기 띄우게 뭐라고 한 마디 해봐라. 큰 소리
로."

벨프가 날 돌아보며 대담한 미소를 지었다. 이에 편승하
듯 주신님도 갑자기 들뜬 모습을 보였다.

"좋은 아이디어다, 벨프 군! 기왕이면 다 같이 둘러서서
하자꾸나!"

"네에~? 릴리는 그런 거 창피해서 싫은데요……."

"후후, 서포터 군. 주신의 명령을 거역하면 못쓰지?"

"맨날 이럴 때만……."

으스대는 주신님과 끙끙거리는 릴리의 모습이 미코토
씨와 하루히메 씨의 웃음을 자아냈다.

나도 더 이상은 울거나 하지 않았다.

얼굴을 문질러 닦고, 원을 이룬 동료들의 곁으로 달려

갔다.

헤스티아 님이 팔을 내민 것을 시작으로 모두가 원의 중심으로 손을 겹쳤다. 나도 따라했다.

"그러면…… 음."

무슨 말을 할까 잠깐 망설인 나는 이내 결심했다.

웃음과 함께 바라보는【파밀리아】식구들에게 고개를 끄덕인다.

의자 등받이에 앉은 올빼미가 지켜보는 가운데 나는 마음과 함께 목소리를 높였다.

"비네와 제노스를── 구하자!"

""""와─!!""""

연신 쏟아지던 비는 이미 그쳤다.

"벨 크라넬과 연계해 '크노소스'로 간다."

도시의 지하수로, 오래 된 우물과 이어진 무너져가는 수평굴.

한 자리에 모인 '제노스'들을 향해 펠즈가 말했다.

"모험자들……【로키 파밀리아】도 간파했겠지만 다이달로스의 유산으로 침입하는 것 말고 우리에게 길은 없어. 도시 밖으로 통하는 지하통로로 침입하는 방법도 있겠지만, 이쪽은 아마도 외길일 거야.【로키 파밀리아】는 분명히 수비를 단단히 갖출 테고, 매복에 당하면 버틸 수가 없어."

"연계가 가능할까요? 임기응변으로 대응할 수 있을 것 같지는 않은데요……."

"내가 보낸 편지의 내용에 찬성해준다면, 언젠가 벨 크라넬 일행과 연락을 할 수 있게 될 거야. 지금은 나를, 그리고 그들의 결단을 믿어줬으면 해."

"낙오된 자들은 어떻게 하나?"

"이쪽에서 '신호'를 보낼 수밖에. 모험자들에게 들킬 걸 각오하고 그들을 불러서, 일제히 '다이달로스 거리'로 진입하겠어."

자신들의 운명을 좌우할 계획에 대해 세이렌 레이, 가고일 그로스, 그 외의 다른 '제노스'들도 질문을 건넸다. 펠즈는 이에 막힘없이 대답해주었다. 그러나 대화가 진행되는 동안 리드만은 침통한 표정으로 발밑을 내려다보고 있었다. 비네가 그런 그의 분위기를 알아차리고 물었다.

"리드……? 왜 그래?"

"아니, 벨찡한테 너무 의존해서…… 너무 폐를 끼친다 싶어서."

면목이 없다며 리저드맨은 이빨 틈새로 중얼거렸다.

"리드. 마음은 이해하지만 우라노스가 눈에 뜨이는 행동을 할 수 없는 이상 의지할 상대는 얼마 되지 않아. 우리는 【헤스티아 파밀리아】에 매달릴 수밖에……."

"나도 알아. 알고는 있어…… 하지만 말이야."

"리드."

펠즈와 리드의 대화 사이에 비네가 손을 들고 끼어들었다. 리저드맨의 붉은 비늘을 붙잡듯 팔에 손을 얹었다.

"하루히메가 있지, 가르쳐줬어. 지상에는 '은혜 갚은 정령'이라는 이야기가 있대."

"은혜를 갚아……?"

"응. 도와준 사람한테 고맙다고 여러 가지 방법으로 갚아주는 거래. 그러니까 언젠가 우리도…….'"

이마에 박힌 석류석 같은 붉은 돌을 반짝이며 비네는 활짝 웃었다.

"우릴 도와준 벨이랑 친구들을 많이많이 도와주자. 응?"

지상의 추억을 들려주며 웃음을 짓는 무구한 눈동자에 리드는 놀라움을 드러냈다. 소년 일행과 헤어져 울기만 했던 소녀는 이제 아무 데도 없었다.

"비네…… 넌 변했구나."

"?"

한번은 재가 되어 죽음의 늪으로 떨어졌던 소녀는 깨달았을 것이다. 분명 무의식중에.

인간의 잔혹한 악의를. 그리고 그런 악의에도 굴하지 않는 사람들의 아름다운 다정함을.

소년의 품에서, 소소한 '꿈'에 안겨 가슴이 벅찼던 기억이 있다. 단 한 사람뿐이었지만, 어리석을 정도로 다정한 그 사람에게 구원을 받았다. 용종 소녀는 전생에서 이어져

온 '꿈'을 품기만 했던 자신에게서 벗어나 다음 소망을 발견한 것이다.

자신을 안아주었던 다정함을, 자신 이외의 누군가에게도 갚아주자고.

소녀는 소년과 만나 변했던 것이다.

의아하다는 듯 고개를 갸웃하는 비네를 보며 리드는 누런 눈을 눈부신 듯 가늘게 떴다.

"그래…… 이게 끝나면 벨찡이랑 친구들에게 엄청나게 은혜를 갚아야겠네!"

"응!"

웃음을 나누는 리드와 비네를 레이, 그로스, 다른 '제노스'들이 따뜻한 눈으로 바라보았다. 펠즈도 미소를 짓듯 자신의 까만 옷을 조용히 펄럭였다.

"……이야기 계속하지. '크노소스'로 가기로 결정한 이상……"

펠즈는 로브 속에서 'D'라는 기호가 새겨진 매직 아이템을 꺼냈다.

"우리의 유일한 우위성은 이 '열쇠'를 가졌다는 거야."

정련금속 내부에 박힌, 다이달로스의 자손들에게서 나온 안구. '다이달로스 오브'.

이를 이용해 오리할콘 문을 열고 닫을 수 있다.

"그건, 내가 죽였던 휴먼 남자에게서 빼앗은 것이로군……."

"아스테리오스가 무사하다면, 또 다른 '열쇠'도 그가 가지고 있겠죠……."

지금 펠즈가 가진 '열쇠'는 【이켈로스 파밀리아】의 거한 그랜의 물건이었다. 폭주한 비네에게 저주의 창을 던진 후 그로스의 발톱에 목숨을 잃었던 그에게서 가져온 것이다. 한편 벨이 류의 파우치에서 입수했던 '열쇠'는 돌고 돌아 칠흑의 미노타우로스에게 넘어갔다.

"모험자들이나 【로키 파밀리아】는 이 '열쇠'를 얻지는 못했을 거야."

"그렇다면……."

"응. 입구의 위치만 알면 우리는 어디서든 '크노소스' 안으로 들어갈 수 있어. 한번 들어가 '문'을 닫아버리면 【로키 파밀리아】라 해도 쫓아오지는 못해."

'크노소스'에 도달하기만 하면 펠즈와 제노스가 이긴 거나 다름없다.

어둠 속에 드리워진 희미한 광명에 라미아와 트롤이 손뼉을 치며 흥분했다.

"이제 남은 건 처음에 말한 대로. 벨 크라넬과 【헤스티아 파밀리아】의 도움을 빌려 '크노소스'까지 가는 거야."

"도움을 받는다는 건, 벨찡하고 합류한다는 이야기야?"

"아니—— 벨 크라넬은 '미끼'가 되어줘야 해."

펠즈가 그렇게 말한 순간 '제노스' 내에서 눈을 부릅뜨는 자들이 속출했다. 리드와 레이, 그로스마저 얼굴을 찡그리고 비네는 눈물까지 머금었다.

"펠즈, 또 벨 씨를 이용하려는 거예요……?"

"악마."

"해골."

"펠즈 미워!"

"잠깐, 비방은 관둬! 그리고 해골은 무슨 상관이야!! 게다가 비네, 네 눈물은 가슴이 아프니까 이야기를 끝까지 들어줘!!"

경멸하는 세이렌, 매도하는 가고일과 리저드맨, 무엇보다 눈물 어린 눈으로 노려보는 용종 소녀에게 살아있는 해골은 비명을 지르며 외쳤다.

소년에 대한 호감도가 한계를 돌파한 '제노스'들에게 펠즈는 진의를 털어놓았다.

"요전의 소동 탓에 벨 크라넬은 너무 눈에 뜨이게 됐어. 지금도 온 도시가 그를 비난하고 멸시하고, 무슨 짓을 저지르지는 않을까 의심하겠지. 하지만 지금은 일부러 그 점을 이용하는 거야."

"……양동작전 말인가."

의도를 눈치 챈 그로스의 말에 펠즈는 고개를 끄덕였다.

"그래. 우리와는 따로 행동하게 해서, 모험자들이 벨 크라넬을 주목하도록 만들자."

신들이나 일부 세력은 벨 크라넬이 이번 사건의 중심이라는 사실을 알아차렸을 것이다. 그들의 이목이 소년의 동향에 집중된 틈을 타, 펠즈와 '제노스' 일행은 몰래 이동해 '크노소스'로 가자는 것이었다.

"그럼 벨이랑 못 만나?"

"그래, 맞아. 하지만 참아줘, 비네."

리드를 비롯한 이들이 고개를 끄덕이는 가운데 비네가 슬픈 표정을 짓고, 펠즈가 이를 달랬다.

흑의의 메이거스는 '제노스'들에게 계획의 핵심을 밝혔다.

"【로키 파밀리아】의 주의를 벨 크라넬에게 돌리겠어."

"――라고, 상대는 생각하고 있겠지."

미궁거리의 한 곳, 【로키 파밀리아】의 진영.

간부를 포함한 대부분의 단원들이 모인 가운데 핀은 회의를 주도하고 있었다.

"벨 크라넬을 양동작전에 쓰고, 무장한 몬스터들은 '크노소스'로 침투하고자 시도할 거야. 그러니 우리는 다른 곳에 그물을 펼쳐두자. 뭣하면 상대의 의도에 걸려든 척해도 돼. 주의를 기울여야 할 위치는 벨 크라넬의 정반대 방향이야."

비가 그친 '다이달로스 거리'에는 밤의 장막이 드리워졌다. 여러 개의 마석등을 설치해 마치 야영 풍경과도 같았다. 모여든 모험자들의 옆얼굴이 인광에 발그레하게 드러났다.

이번의 전개에 대해 설명을 받은 단원들이 술렁이는 가운데, 웨어울프 베이트가 부루퉁한 얼굴로 입을 열었다.

"야, 핀. 진짜로 토끼 자식이 괴물들하고 한패인 거야?"

그 말에 하이엘프 리베리아가 의미심장하게 말했다.

"기분이 영 언짢아 보이는걸, 베이트."

"시꺼!!"

"최소한 벨 크라넬은 이용당하는 입장이야. 그의 자의인지, 속고 있는 건지는 둘째 치더라도."

핀은 조금 전부터 입을 다물고만 있는 아이즈를 신경 쓰듯 단어를 골라가며 대답했다.

"아무튼 이번에 벨 크라넬은 우리의 아군은 될 수 없다…… 그렇게 인식해줘."

그 말에 아이즈와 티오나——워 게임에서 소년의 특훈에 동참했던 두 사람——는 복잡한 표정을 지었다. 여전히 말이 없는 금발금안의 검사 곁에서 천진난만한 아마조네스 소녀는 머리 뒤에서 두 손을 깍지 끼었다.

"음~ 잘 모르겠는데 말이야, 아무튼 아르고노트 군한테 정신 팔면 안 된다는 거지?"

"그래. 물론 내버려둘 수도 없으니 지금도 크루스네 파티에 감시를 맡겨놓았지만."

"차라리 먼저 가서 잡아오는 건 어떨까요, 단장님? 무슨 짓을 저지르기 전에 무력으로."

아마조네스다운 과격한 발언을 하는 티오네를 핀은 쓴

웃음과 함께 다독였다.

"으음— 아무리 지금 벨 크라넬이 악당 취급을 받는다고 는 하지만 확실한 증거도 없이 그런 짓을 했다간 그때는 우리가 비난을 받을걸. 안 그래도 길드한테 찍혔으니. 【헤 스티아 파밀리아】와 친한 신 헤파이스토스의 빈축을 사는 것도 무섭고."

"성가시군요."

티오네는 낯을 찡그리면서 대답했지만, 굴하지 않고 거 듭 질문했다.

"단장님, 질문이 한 가지 더 있어요. 무장한 몬스터의 지 능이 높다는 것은 알겠지만, 그 정도일까요? 그런 작전을 꾸밀 만큼……."

"무장한 몬스터의 배후에는 '통솔자'가 있어. 그렇지, 가 레스?"

"암. 며칠 전에 여기서 싸웠을 때도 건물 위에서 전황을 부감하더군. 까만 로브를 입어서 사람인지 몬스터인지는 모르겠지만…… 뭐, 테이머라고 보면 될 게야."

드워프 가레스의 보충설명으로 핀은 티오네의 의문을 해소해주었다.

그때 문득 티오나가 생각났다는 듯 물었다.

"그러고 보니 말이야, 우린 지하수로에는 안 가? 그 왜, 다른 모험자들은 몬스터를 발견했다며."

"전력이 분산되니까. 이곳의 수비가 허술해져서 돌파당

하면 본말전도야. 아마 그게 바로 지난 며칠 동안 일부러 발각되었던 놈들의 노림수이기도 할걸."

총명한 파룸 두령은 정확하게 적의 의도——펠즈의 생각을 간파하고 있었다. 몬스터들의 입장에서는 악몽이라고 할 정도로.

여기에 그는 자신의 마음속에 있던 우려를 말로 꺼냈다.

"무엇보다 조심해야 할 대상은 그 검은 미노타우로스…… 그놈의 돌파력은 부상을 입었다고 해도 방심할 수 없어."

그 이름을 입에 담은 순간 단원들이 긴장된 분위기를 띠었다. 베이트나 티오네는 눈썹을 곤두세우고, 아이즈조차 얼굴을 찡그렸다.

"티오네가 정신줄 놓지 않았으면 얼른 잡을 수 있었을 텐데~."

"아앙?!"

분노를 터뜨리며 폭주해 연계행동을 모조리 망쳐버렸던 언니에게 티오나가 투덜거리자 티오네는 버럭 고함을 질렀다. 자매가 그러거나 말거나, 베이트는 짜증을 숨기지 않으면서도 미노타우로스의 능력에 대해 평가했다.

"'기술'은 별거 아니었어. 파고들면 얼마든지 싸울 수 있었다고. 하지만…… 이제까지 해치웠던 몬스터보다도 능력이 훨씬 높아."

기술과 허허실실은 미숙하지만, 한편으로는 자신들을

아득히 웃도는 가공할 잠재능력은 인정하는 말이었다. 자신들의 반격에도 아랑곳 않고 오로지 공세에만 나설 정도로 압도적이었다는 것이다.

"하긴, 그 맷집은 보통이 아니었지. 티오네와 베이트가 아무리 공격해도 고통을 느끼는 기미조차 보이지 않았으니. 아이즈의 '바람'을 정면으로 받고서야 겨우 반응했을 정도였으니."

"심층에 나타나는 블랙 라이노스의 '아종'이라고 친다면, 그놈들의 껍질은 원래 단단하니 말일세. 거기서 강화되었다면 성가시기 그지없겠지. 이제는 보통 몬스터가 아니라 '계층 터주'라 간주하고 상대해야 할 게야. 티오나 말대로 제대로 대처만 하면 쓰러뜨릴 수 있네."

리베리아와 가레스도 고개를 끄덕이며 냉정하고도 객관적으로 의견을 제시했다. 핀도 이에 동의했다.

"하지만……."

그때 아이즈가 입을 열었다.

"그 몬스터…… 더 강해질 거야."

그녀의 말에 【로키 파밀리아】의 간부진은 일제히 입을 다물었다.

그것은 제1급 모험자들이 품은 직감이었으며, 확신이기도 했다.

그 칠흑의 괴물은 아직도 성장 도중이라고.

다른 단원들이 꼴깍 목을 울리며 침을 삼켰다.

"그 검은 미노타우로스만은 반드시 해치워야 해. 그러고도 아직 발전 중이라면 위험하니까. 언젠가 위협이 될 거야."

핀은 단원들에게 선언한 후 오른손 엄지를 혀로 핥았다.

"18계층에서 지상까지…… 무장한 몬스터의 경로를 보건대, 적은 틀림없이 '열쇠'를 가졌어. 우리가 발견한 '크노소스'의 입구는 모두 사수한다."

파룸 두령은 고개를 들고 명령했다.

"'다이달로스 거리'에 단원들을 배치하고 함정을 펼치자."


"——라고, 지금쯤 【브레이버】는 그렇게 생각할 거야."

길드 본부 지하 '기도의 방'.

네 개의 횃불이 비추는 지하신전에서 헤르메스는 신좌에 앉은 우라노스에게 말하고 있었다.

"정석대로 간다면 【브레이버】는 뚫지 못하겠지. 그 친구는 머리가 너무 비상하거든. 연륜이라면 그 현자가 앞서겠지만…… 아무리 그래도 이제까지 겪었던 아수라장의 질이 달라."

"굳이 따지자면 펠즈는 문관. 전장에서라면 무관인 【브레이버】와는 상성이 좋지 못할 수밖에 없다."

헤르메스가 자신의 의자를 제단으로 가져와 앉더니 나이프로 나뭇조각을 깎기 시작했다. 능숙한 손놀림으로 눈 깜짝할 사이에 정밀한 체스말—— 창을 든 난쟁이와 로브를 입은 마술사를 완성해 좌대 위의 체스판에 놓았다. 이 체스판도 홈의 신실에서 가져온 것이다.

우라노스와 이야기를 나누며 헤르메스는 다른 말을 하나하나 만들어냈다.

"골렘의 잔해는 우리 길드에서 회수했으나, 그것이 몬스터가 아님은【브레이버】도 알아차렸을 터."

"'제노스'를 돕는 메이거스의 존재를 고려하고 작전을 전개할 거란 뜻이지. 게다가【브레이버】는 우리 신들도 가끔 섬뜩해질 만큼 '감'이 좋거든."

세검을 든 검사, 지팡이를 든 요정, 곡도와 도끼를 든 광전사…… 난쟁이 주위에 새로운 말이 늘어나는 한편, 마술사의 주위에도 리저드맨이나 가고일의 말이 놓였다.

"【브레이버】의 생각을 웃도는 현자의 매직 아이템이 얼마나 될지…… 활로는 거기에 있을지도."

이윽고 체스판 위에는 인류와 괴물의 진영이 완성되었다.

마치 천상에서 아이들의 움직임을 부감하는 것처럼 헤르메스와 우라노스는 마주 놓인 두 세력을 내려다보며 현재의 상황을 정확하게 가늠했다.

"그리고 누군가가 무슨 일을 저지른다고 한다면…… 프레이야 님 아닐까?"

헤르메스는 고민한 끝에 엄숙하게 장발의 여신을 깎아 체스판 바깥에 두었다.

"하지만 뭐——."

노신의 시선을 받은 남신은 천천히 등황색 눈을 가늘게 떴다.

"중요한 건 역시 **그 소년**이야."

신의 손이 마지막 말을 깎기 시작했다.


"이러쿵저러쿵 했지만, 결국 모든 건 그 소년에게 달렸어."

한밤의 어둠도 닿지 않는 지하수로 한구석에서, 몰락한 현자는 칠흑의 로브를 출렁거렸다.


"만약 이상사태를 일으킬 사람이 있다면 그 소년이겠지. 결코 방심해선 안 돼. 놓쳐선 안 돼. 그는 이제까지도 그랬듯 우리의 예상을 뛰어넘을 테니까."

한순간의 정적에 휩싸인 미궁거리에서 파룸 용사는 푸른 두 눈을 가늘게 떴다.


"모두가 너를 보고 있단다. 자, 유쾌하게, 우스꽝스럽게, 기대대로 놀아나주지 않겠어? 난 널 응원할 거야."

횃불에서 불똥이 튀는 오래 된 제단에서 신은 완성된 토끼 말을 체스판 한복판에 놓았다.


——그렇다. 열쇠를 쥔 것은.

서로 다른 장소. 같은 시간.

현자와 용사, 그리고 신은 한 목소리로 말했다.

""“벨 크라넬.”""

© Suzuhito Yasuda

찢겨나간 구름 속에서 뿌연 달이 어렴풋이 빛났다.

비가 갠 밤하늘에는 여전히 구름이 모여 있었다. 마치 심해 밑바닥에 가라앉은 것 같은 어둠이 도시를 에워쌌다. 평소에는 보석 상자를 쏟아 놓은 듯 빛나던 거리는 점등한 마석등을 줄여놓았으며, 사람들의 떠들썩한 목소리도 들리지 않았다.

그런 오라리오를 은발 여신은 백색 거탑에서 바라보고 있었다.

"프레이야 님. 한 가지 여쭈어도 될는지요."

"뭐지, 오탈?"

도시 중앙, 바벨 최상층. 이음매가 없는 거대한 유리창 앞에 선 프레이야는 뒤에서 들려온 종자 오탈의 목소리에 대답했다.

"신 헤르메스에게 제공받으신 정보에 대해 어떻게 생각하십니까?"

"'제노스'에 대한 거? 글쎄. 18계층에서 돌아온 알프릭의 이야기와도 앞뒤가 맞으니, 신용해도 되지 않을까?"

거슬러 올라가기를 이틀 전. 이곳을 방문한 헤르메스에게 프레이야는 이번 사건에 관한 모든 정보를 제공받았다. '제노스', '크노소스', 그리고 괴물들을 구하고자 고뇌하는 벨에 대해서도.

놀라기는 했지만, 그뿐이었다.

미의 여신이 관심을 두는 것은 어디까지나 소년 하나뿐.

소년에 비하면 '제노스'의 운명이나 우라노스의 의도 따위 솔직히 아무래도 상관이 없었다. 모든 것을 알고도 그녀는 아직까지도 침묵을 지켰다.

다른 세력이 기분 나쁘다고 할 정도로, 이렇게 오라리오의 가장 높은 곳에서 조용히 지켜볼 뿐이었다.

"헤르메스에게도 타산이 있어서 나에게 전부 이야기한 것 같지만⋯⋯."

프레이야를 찾아온 헤르메스는 대놓고 요청했던 것이다.

『프레이야 님, 난 벨의 지금 상태를 우려하고 있어. 여러모로 뛰어볼 생각이기는 하지만, 부디 프레이야 님도 힘을 빌려줄 수 없을까?』

이에 대한 프레이야의 대답은,

『이슈타르와 항쟁할 때 네가 나에게 무슨 짓을 했는지 벌써 잊어버렸어?』

였다. 만인이 반할 만큼 아름다운 미소를 머금으며.

얼굴을 실룩거린 헤르메스는 애초에 기대도 하지 않았는지 항복한다는 듯 두 손을 들고, 아울러 이렇게 말했다.

──그럼 부디 지켜봐줬으면 해.

'헤르메스에게 맡겨도 될까?'

프레이야는 생각했다. 헤르메스와 자신은 벨이라는 한 점에서 이해가 일치한다. 일치하기에 그 자도 자신에게 타진했던 것이다. 프레이야의 마음에 들지 않는 전개는 절대 일으키지 않을 것이다. 그렇다면 방치해도 딱히 상관없을 것 같다. 하지만 애초에 그 아이를 가지고 놀 수 있는 것은 자신뿐이고, 그런데도 요즘은 관심을 가져주지 않고, 그렇다기보다 이건 아마도 헤르메스에 대한 질투…… 아니 아니아니.

프레이야는 표정을 바꾸지 않은 채 뱅글뱅글 손가락으로 머리카락을 꼬았다.

"벨 크라넬은 어떻게 하시겠습니까?"

오탈이 다시 물었다. 여신의 심중을 헤아려, 그녀가 지금 가장 신경을 쓰는 사항을 언급한 것이다.

"도시 주민들의 적의를 받아 본인도 상당히 힘들어하는 듯합니다. 이대로는……."

"그 아이라면 일어날 거야."

보어즈 종자의 말을 가로막으며 프레이야는 말했다. 한 점의 의심도 담기지 않은 목소리로.

마침 그때였다. 문득 시선을 아래로 향하니 아득히 먼 아래쪽의 거리에서는── 광채를 되찾은 투명한 빛이 모습을 드러내고 있었다.

──그것 봐.

왔잖아.

기다렸단다.

프레이야는 사랑에 애타는 소녀처럼 미소를 지었다.

조용히 지켜보기만 하던 태도를 벗어던질 때가 왔다. 은색 눈이 한 차례 감겼다.

지능 있는 몬스터 '제노스', 상처 입었으면서도 몸을 던진 소년, 지금도 어디선가 숨을 죽이고 있는 영혼의 광채, 그리고 그——.

생각의 샘에서 떠오른 프레이야는 도시를 한 차례 둘러보고 윤기 있는 입술을 움직였다.

"오탈."

"예."

"움직이겠어. 다만 지금 내가 부탁하려는 일은 허사가 될지도 몰라……. 대체 어떻게 될지 나도 이 앞을 내다볼 수가 없어."

"설령 그렇다 하더라도 프레이야 님의 신의를 이루어드리겠습니다."

"고마워."

유리창에 반사되는 웃음 너머로 미의 여신은 명령했다.

"이제부터 하는 말을 아렌과 아이들에게 전달해."

비네 일행을 구하고자 결의를 새로이 다진 그 날 심야, 우리는 조용히 행동을 개시했다.

『온 도시가 너희를 감시하고 있어. 그 사실을 절대 잊지 않도록 해.』

펠즈 씨의 경고를 가슴에 새기며, 편지의 지시에 따라 어둠에 잠긴 도시를 나아갔다.

릴리와 함께 저택을 나온 우리는 북서쪽으로 향했다. 나를 '보는' 수많은 이들이 즉시 뒤를 따라왔다. 감시의 시선을 느끼면서도 애써 모르는 척 북서쪽 메인 스트리트, '모험자 거리'로 들어섰다.

대로에는 덧문을 닫은 가게가 늘어서 있었다. 골목길로 접어들어, 이 상황에서도 여전히 영업을 하는 소위 수상쩍은 가게에 들어가 포션 같은 아이템을 구입했다. 짐짓 장비를 정돈하는 척하면서 어떤 가게 앞에서 발을 멈추었다.

인기척 없는 골목 안쪽 깊은 곳에서 다시 계단을 내려간 지하. 낡아서 다 해진 문에 걸린 간판의 문자는 간신히 '마녀의 아지트'라고 읽을 수 있었다.

펠즈 씨가 편지로 지시했던 목적지다.

가게는 지하. 감시의 눈은 미치지 못한다.

"……으응? 못 보던 얼굴이다 싶었더니, 히히히, 세간을 떠들썩하게 만든 【리틀 루키】 아니신가. 마도사도 메이거스도 아닌 모험자가 이 가게에는 대체 무슨 볼일인감?"

삐걱거리는 문을 열자, 카운터 안쪽에는 매부리코 휴먼 할머니가 있었다. 로브와 뾰족한 모자를 써 그야말로 마녀라 부르기에 딱 맞는 인물을 앞에 두고 나는 편지의 내용을 떠올렸다.

『그곳에는 레노아라는 점주가 있을 거야. 그녀에게 이

암호를 대.』

펠즈 씨의 지시대로 나는 입을 열었다.

"──『알테나의 고양이는 불로불사의 꿈을 꾸는가』."

암호의 효과는 금방 나타났다. 너무나도 수상해보이던 마녀는 눈을 크게 뜨더니, 긴장한 나와 릴리를 응시했다.

"……펠즈 님이 보내셨나?"

펠즈 님……?

점주와의 관계를 모르는 우리가 아무 대답도 못하고 있으려니, 그녀는 고개를 살짝 가로저었다.

"아니, 내 캐묻지 않겠네. 중요한 건 그분의 말씀을 가지고 너희가 왔다는, 그것뿐이지. 따라와."

그렇게 말하며 가게 안으로 들어가는 할머니를 따라 나와 릴리는 걸어갔다. 뱀이니 전갈이 담긴 병을 놓아둔 선반, 새빨간 액체를 부글부글 끓이는 수상쩍은 가마솥, 천장에 매달린 사슬과 낫. 그러한 것들을 지나간 곳에 있던 것은 커다란 나무 선반이었다.

주름투성이 손가락이 하얀 책의 책등에 걸리자 찰칵 소리가 울렸다. 선반 일부가 튀어나오는가 싶더니 옆으로 미끄러지고── 안쪽에 존재하는 비밀창고가 나타났다.

"여, 여기가……."

"편지에는 적혀있었지만…… 이게 전부 '매직 아이템'이군요……."

한 쌍을 이루는 쌍둥이 수정, 유니콘 뿔로 만든 은백색 잔, 보물 상자에 가득 찬 형형색색의 보석, 엘프의 나무를 소재로 만든 잎사귀 달린 오르골……. 한 번도 본 적이 없는 '현자'의 온갖 매직 아이템이 깊숙한 공간에 넘쳐났다. 일종의 보물창고, 아니 동화에 나오는 마법사의 비밀 방을 방불케 하는 창고를 보고 나와 릴리는 넋이 나가버렸다.

펠즈 씨가 편지로 우리에게 부탁한 것은, 긴급 상황에 대비해 관리인에게 맡겨놓았던 비밀창고를 찾아가 자신의 매직 아이템을 확보해달라는 것이었다.

"영원을 살아가는 그분과 시간을 공유할 수 있는 것은 비뚤어진 신들뿐. 그분은 떠나가는 자들을 사랑할 수 없지. 선조 대대로 지켜왔던 이곳을 방문한 건…… 그분의 말씀을 받들어 찾아온 건, 너희가 처음이야."

뒤에 있던 점주 할머니가 느릿느릿 중얼거렸다. 마치 고귀한 인물을 대하는 듯한 경애, 그리고 슬픔을 말 곳곳에서 내비친 할머니는 우리를 남겨두고 창고를 떠나갔다.

"원하는 걸 가져가거라…… 그분께 힘이 되어다오."

돌아보지 않는 그녀의 뒷모습에 나와 릴리는 고개를 끄덕여 대답했다.

시간이 없다. 우리는 창고를 물색하며 수많은 매직 아이템을 백팩에 채워 넣었다.


"미코토 군, 미행당하지는 않았느냐?"

"괜찮습니다, 헤스티아 님. 거의 모든 이들이 벨 공과 릴리 공을 따라간 듯합니다."

벨과 릴리가 밖으로 나간 후, 헤스티아와 미코토도 시간
차를 두고 저택을 빠져나왔다.

벨에게 감시의 시선이 집중된 틈에 그녀들도 펠즈의 지
시대로 행동한 것이다. 본업 닌자 빰치는 은신술로 얼마
안 되는 추적자를 따돌린 후 도착한 곳은 '4번가'라고 적힌
간판이 걸린 어스름한 길—— 헤스티아에게는 눈에 익은
곳이었다.

"분명 이 부근에서 붙잡혔는데……. 편지에도 이 근처라
고 적혀 있었고…… 아하."

미코토가 조심스레 주위를 경계하는 가운데, 헤스티아
는 원하던 것을 발견했다. 골목 부근의 벽면. 문양이 새겨
진 곳을 편지의 지시대로 조작해 움직여보니 소리도 없이
벽이 지하로 이어지는 입을 드러냈다.

"그럼 미코토 군, 다녀오마."

"예. 기다리겠습니다."

어영차 몸을 안으로 미끄러뜨리자 돌벽은 이내 닫혔다.
안으로 이어지는 석조 통로도, 서늘한 냉기도 아직 기억에
생생했다.

"설마 두 번이나 여길 지날 줄이야."

어떤 메이거스에게 납치당하다시피 끌려왔던 인공 통로
를 휴대용 마석등과 함께 단숨에 나아갔다. 통로의 종점에
서, 순서에 따라 "열려라 참깨~." 하고 의욕 없는 목소리

로 중얼거리자 벽이 옆으로 비껴나가면서 넓은 제단이 나타났다.

"……헤스티아로군."

"여어, 우라노스. 이쪽에서 불쑥 나타나서 미안해."

길드 본부 지하에 마련된 '기도의 방'. 펠즈의 지시대로 '비밀통로'를 경유해 온 헤스티아는 비밀리에 우라노스와 접촉했다.

"응? 누가 왔다 갔어?"

"……헤르메스다."

방치된 의자와 체스판을 의아한 눈으로 바라보던 헤스티아는 이야기를 빨리 진행시키고자 우라노스에게 다가섰다.

"펠즈 군에게 연락이 왔어. 이미 하고 있겠지만 '다이달로스 거리'에서 주민들을 서둘러 피난시켜줘. 조만간 행동에 나설 거라고 해."

"알았다……."

"그리고 펠즈 군이 전에 만들었던 '다이달로스 거리'의 지도랑…… 지금까지 얻은 '크노소스'의 정보를 최대한 제공해달라던데."

헤스티아의 요구에 우라노스는 눈을 감았다.

잠시 후 천천히 눈을 뜨더니 자신이 가진 낡은 책 한 권을 꺼냈다. 헤르메스에게 양도받았던 '다이달로스의 수기'였다.

"………."

손에 들린 그것을 내려다보던 노신은 헤스티아에게 내밀었다.

"가지고 가라. '다이달로스의 수기'다."

"이봐…… 정말 이러면 되는 거야?"

"모, 모르겠사옵니다…… 펠즈 님을 믿고 기다릴 수밖에 없지 않겠나이까……."

불안을 감추지 못하고 묻는 벨프에게 하루히메도 당황하며 대답했다.

벨과 릴리, 헤스티아와 미코토가 준비를 마치고 모두 홈으로 귀환한 후.

그들은 지금 테이블 위에 놓인 수정 하나를 에워싸고 있었다. 저택 안쪽의 방에서, 아무리 지나도 변화가 없는 수정을 조마조마하게 지켜보고 있으려니 —— 갑자기 옅은 빛이 켜졌다.

『들리나, 벨 크라넬?』

"펠즈 씨!"

이어서 들려온 메이거스의 목소리에 벨은 환호성을 질렀다. 수정 표면에는 지하수로로 보이는 어스름한 공간, 그리고 펠즈와 수많은 '제노스'의 모습이 비쳤다.

매직 아이템 '오쿨루스'. 수많은 매직 아이템을 회수한 벨과 릴리는 저택으로 돌아오자마자, '가장 중요한 사항'이라고 편지에 적혀 있던 쌍둥이 수정 중 하나를 심부름꾼 올빼미에게 들려 펠즈 앞으로 보냈던 것이다.

『우선 사죄할게. 신 헤스티아도, 관대한 자비를 보여준 점 황송하게 생각해.』

"딱딱한 인사는 생략하지, 펠즈 군. 너와 이렇게 말을 나눈 건 두 번째지만, 나도 이제 도저히 비네 군이나 제노스 군들을 내버려둘 수 없게 됐거든. 게다가 선택한 것은 아이들이고."

『벨, 하루히메!』

"비네 님!"

『벨찡, 릴리찡! 정말 미안해, 또 도움을 받아서…….』

"이미 배는 떠났는걸요. 포기했어요."

수정에 비친 펠즈에게 헤스티아가, 흑의 옆에서 얼굴을 내민 비네와 리드에게 하루히메와 릴리가 각각 반갑게 이야기했다. 저쪽에서는 '제노스'들의 흥분한 목소리가 들려왔다. 가고일 그로스는 『조용히들 좀 못하나! 들키겠다!』라고 고함을 지르고 있었다.

수정 너머로 감동의 재회를 짧게 마치고, 벨 일행은 앞일을 의논하기 시작했다.


"선택할 수 있는 진로는 여섯."

빛나는 오쿨루스를 손에 들고 펠즈가 말했다.

벨이 수정에 비춰준 '다이달로스의 수기'에서 '크노소스'

의 설계도를 정확히 베낀 그는 석조 바닥 위에 지도를 펼쳐, '제노스'와 벨 일행에게 계획을 설명했다.

"수기에 따르면 '다이달로스 거리'의 중앙지대…… 지하에 존재하는 '크노소스'에는 북동쪽, 북서쪽, 서쪽, 남서쪽, 남동쪽, 동쪽, 모두 여섯 개의 문이 있어."

칠흑색 글러브를 낀 손가락이 지도 위에서 여섯 개의 오리할콘 문을 따라갔다. 거의 원을 그리는 움직임이 되었다.

주위에서는 '제노스'들이 꼼짝도 하지 않은 채 내려다보고 있었다.

"우리는 이 여섯 개 중에서 하나를 돌파해 던전으로 갈 생각이야."

『돌파라면 다시 말해…….』

수정에서 울려나오는 릴리의 목소리에 고개를 끄덕이며 펠즈는 대답했다.

"응. 수비를 맡은 【로키 파밀리아】와 어쩔 수 없이 교전해야 할 거야."

무거운 침묵이 오쿨루스 너머를 지배했다.

그리고 그것은 이쪽에 있는 '제노스'들도 마찬가지였다. '다이달로스 거리'에서의 전투, 도시 최대 파벌의 무시무시한 전력이 싫어도 머릿속에 떠올라, 인간과 괴물이 똑같이 두려움을 공유했다.

『……계획을 실행하려 해도 우선은 진로에 있는 【로키

파밀리아]의 수비를 될 수 있는 한 걷어내야 한단 말이군.』

"바로 그거지."

전투의 규모를 최소한도로 억제해야 한다는 벨프의 말에 펠즈가 수긍했다.


『그래서 벨 크라넬. 네가 【로키 파밀리아】를 유인해줬으면 해.』

"제, 제가요?"

벨은 펠즈의 목소리와 함께 빛을 뿜어내는 오쿨루스를 빤히 바라보았다.

『지금의 처지로 보건대 이 역할은 네가 적임자야. 될 수 있는 한 많은 주의를 모아줬으면 해.』

"송구스럽사오나 한 가지만 질문해도 되겠나이까, 펠즈 님? 그렇다면 벨 님은 굳이 '다이달로스 거리'로 가지 않으셔도 되는 것은……."

하루히메가 쭈뼛쭈뼛 묻자 펠즈가 대답했다.

『아니야. 이쪽으로 와줘야 해. 도시 구석으로 가봤자 【로키 파밀리아】는 최소한의 인원만을 할애하겠지만, 품 안이 되면 이야기가 다르지. 하물며 요란하게 움직여준다면 결코 무시하지 못할 거야.』

주위에서, 그리고 수정 안에서 날아드는 수많은 시선에 벨은 손에 땀을 쥐었다.

『부탁할 수 있을까, 벨 크라넬?』

"……하겠어요. 제게 맡겨주세요."

벨은 폐에서 숨을 토해내고 고개를 끄덕였다.

헤스티아, 동료들, '제노스'들의 시선을 한데 받으며 손을 꽉 쥐었다.

『벨 씨, 미안해요……. 당신에게는 상처만 입게 하고…….』

"괜찮아요, 레이 씨. 이미 결심했는걸요. '제노스'를, 레이 씨와 다른 분들을 구하겠다고."

『벨 씨…….』

『레이? 왜 얼굴이 빨개? 어디 아파?』

『비, 비네!!』

세이렌 레이의 애절한 목소리가 들려온다 싶었더니 비네의 발언을 시작으로 수정 너머가 갑자기 시끌벅적해졌다. 조금 전과는 다른 종류의 흥분으로 들썩거리는 동포들에게 『그러니까 조용히 하라고 했잖나!!』라고 그로스가 다시 격노했다. 영상이 요란하게 흔들리는 오큘루스를 보며 벨은 땀을 삐질삐질 흘렸다. 게다가 어째서인지 헤스티아와 릴리에게 엉덩이를 꼬집혀 비명을 질러야 했다.

『벨 크라넬, 부주의한 발언은 삼가줘.』

"엑, 지금 그게 제 탓…… 아뇨, 아무 것도 아니에요. 죄송합니다…….."

『이야기를 되돌려서…… 상황이 비관적인 것만도 아니야. 이쪽에는 '크노소스'의 설계도가 있어. 우리가 파악한 출입구를【로키 파밀리아】는 모를 가능성이 높지.』

살짝 풀이 죽은 벨을 내버려둔 채 펠즈는 일말의 광명이 있다고 말했다.

'크노소스'의 구조를 망라한 이 '다이달로스의 수기'가 아리아드네처럼 활로를 열어줄지도 모른다는 말에, 릴리와 미코토, 하루히메가 얼굴에 희망을 드러냈다.

『하지만 명공 다이달로스의 수기를 입수하다니…… 우라노스가 미궁의 출입구 위치만이라도 파악해주기를 바랐는데, 이것 덕분에 계획을 대폭 보완할 수 있었어.』

"듣자하니 헤르메스가 얻은 거라던데? 이켈로스에게서 받았다고 들었어."

헤스티아가 수기를 받으며 노신에게 들은 이야기를 들려주자 펠즈는 이해했다는 듯 중얼거렸다.

『아하, 그렇게 된 거로군……. 분명 그때 신 헤르메스가 신 이켈로스와 접촉했지.』

그리고 흑의의 메이거스는 벨 크라넬 이외의 사람에게도 해줬으면 하는 일이 있다면서 현재의 상황에서 생각할 수 있는 방책을 단숨에 쏟아냈다.

"벨 님도 그렇지만 릴리도 상당히 위험한 역할이잖아요……!"

"그래그래. 열심히 해라, 릴리돌이. 이거 든든하네."

"남의 일이라고 막 말하죠……!"

"벨프 공, 저희도 마음 편한 입장은 아닙니다…… 긴장을 풀어서는."

"나와 하루히메 군은 후방 지원이다만 이건 이거대로 중노동이 될 것 같구나."

"여, 열심히 하겠사옵니다."

머리를 감싸 쥐는 릴리, 그녀에게 웃음을 터뜨리는 벨프, 스스로를 분기시키는 미코토, 팔짱을 낀 헤스티아와 가슴에 손을 모은 하루히메가 각각 한 마디씩 했다.

『벨찡, 그리고 다들…… 정말 미안해. 정말, 고마워.』

"리드 씨……."

『이것저것 하고 싶은 말이 많았지만…… 이 상황을 넘어선 다음에 제대로 만나 이야기할게.』

"——네!"

웃음을 짓는지 화를 내는지 슬퍼하는지, 이제는 확실히 분간할 수 있게 된 몬스터의 표정이 오쿨루스 한복판에 비쳤다.

누런 눈을 가늘게 뜬 리저드맨에게 벨도 웃으며 대답했다.

밤낮을 가리지 않고 길드 본부는 소란에 휩싸여 있었다.

복도를 이리저리 뛰어다니는 사람이 끊이질 않았으며, 미목수려한 접수원들은 창구에 나타난 시민들을 몇 번씩 달래야만 했다. 불안을 감출 수 없는지 로비 한쪽을 점거

하고 드러누운 사람들까지 있었다. 직원들이 대응에 내몰린 한편 정보 수집을 나갔다 돌아오는 사람을 제외하면 모험자의 수는 얼마 되지 않았으며, 반대로 일반인이 로비로 쳐들어오는 평소에는 볼 수 없는 광경이 펼쳐졌다.

이것도 그나마 소강상태에 들어선 것이다. 무장한 몬스터가 지상에 출현했을 때는 제18계층의 리빌라 궤멸 소식을 아득히 능가하는 혼란과 소란에 휩싸였다. 몬스터 출몰 정보가 모험자에게서 날아들 때마다 불을 토할 것처럼 바쁘게 뛰어다녀야 했지만, 시간이 지난 지금은 직원들이 잡담을 나눌 기회도 생겨났다. 그러자 일부 정보——'크노소스'의 존재——를 규제하는 상층부에 대해 불만의 목소리가 치솟고, 온갖 억측이 끊이질 않았다.

그리고 그 중에는 【리틀 루키】에 대한 비난과 악감정도 담겨 있었다.

"——아무리 생각해도 이상해요!"

엇갈려 지나치다가 소년을 규탄하는 직원들의 이야기를 우연히 들은 미샤 플로트는 복도에서 자기 책상이 있는 사무실로 돌아가자마자 참을 수 없다는 듯 고함을 질러댔다.

"잘못한 건 【이켈로스 파밀리아】인데! 왜 에이나의 동생이…… 벨 군이 악당 취급을 받아야 하냐고요!"

150C의 조그만 체구에 어울리지 않는 큰 목소리가 핑크색 머리카락을 흔들었다. 사무실에 있던 직원이며 휴식 중이던 접수원은 모두 입을 다문 채 서글픈 표정을 지었다.

"플로트, 진정하게."

"그렇지만 반장님! 벨 군의 행동은 분명 거시기했을지도 모르지만요, 몬스터를 가둬놓고 있었던 건【이켈로스 파밀리아】란 걸 다들 잘 알잖아요!"

상사가 자제하도록 다독였지만, 지난 며칠 동안 인내심이 한계에 다다른 미샤는 이를 거부했다.

그녀의 말이 정론임을 이해하면서도 수인 상사는 차근차근 타일렀다.

"워 게임 때도 포함해서【리틀 루키】는 좋은 의미에서든 나쁜 의미에서든 지나치게 주목을 끌었네. 지금 들려오는 실망의 목소리는 그만큼 시민들이 그에게 호감을 품었다는 증거이고, 기대의 반동이기도 해. 모험자들의 질시까지 편승해서 폭발해버린 경향도 있고."

시민들의 기대를 배신했다는 말과 함께 대형 신인의 폐해가 표면으로 드러나고 말았다는 사실도 언급했다. 단기간 사이에 레코드 홀더로 이름을 지나치게 떨쳐버린 숙명이기도 하다고.

"무엇보다 도시에 피해가 생기지 않았나."

"윽……."

"플로트, 자네도 봤겠지. 쑥대밭이 된 '다이달로스 거리'의 피해지역을. 직접 관여하지는 않았다지만 그렇게 된 이상 증오도 생겨날 수 있네. 우라노스 님께서 지금도 주민들을 피난시키고 거리를 복구하도록 직접 명령하시기는 했지만…….”

실제로, 연기가 피어나는 잔해가 된 그 광경은 사람들에게 어두운 감정을 안겨주기에 충분했다.

미샤도 솔직히 말하면 벨의 행동에 관해서는 ‘좀 그렇지 않나?’ 하는 생각이 없는 것도 아니었다. 경솔한, 좀 더 나쁘게 말하자면 정신 나간 짓이라고도.

다만 그 날부터 계속 우울해하는 동료의…… 절친의 모습을 보게 되어 미샤는 무엇이 진짜 잘못이었는지를 생각하고, 그러면서 소년을 변명해주게 되었던 것이다.

“에이나…….”

시선을 돌려 쳐다보니, 하프엘프 직원은 고개를 숙인 채 책상에서 일을 하고 있었다.

앞머리에 가려진 얼굴에서 평소의 명랑함은 자취를 감추고, 깃털 펜을 움직이는 손은 무언가를 견뎌내듯 떨린다. 그런 에이나의 모습을 참을 수 없었던 미샤는 직원들이 지켜보는 가운데 그녀의 곁으로 다가갔다.

“저기, 에이나. 기운 좀 내…….”

“……와.”

서글픈 표정으로 말을 건 미샤는 그 희미한 목소리에 “응?” 하고 눈을 동그랗게 떴다.

하프엘프의 입술은 이번에는 또렷하게 목소리를 자아냈다.

**“안 와…….”**

다음 순간 에이나는 고개를 들었다.

　그리고 계속 아래쪽을 향했던 그 얼굴에는 분노의 표정
이 있었다.

　"왜…… 왜 걔는 오질 않는 거야?!"

　"에, 에이나?!"

　"그야 물론 나도 손찌검을 해버렸고 처음에는 엄청나게
슬펐어! 하지만, 하지만 말이지! 이야기를 들려주지는 못
해도 얼굴조차 비추지 않다니 이게 어떻게 된 거람?! 이상
하잖아? 이상하지? 이상하지 않아?! 벨은 날 대체 어떻게
취급하는 거야?!"

　"에, 에이나 씨이~?"

　안경 안에서 에메랄드색 눈을 크게 뜨고 뺨을 새빨갛게
물들이며 그동안 눌러놓았던 불만과 울분을 토해낸다. 그
것은 마치 애인과 다투고 나서 상대를 책망하는 것 같은
말이었다. 절친의 이름을 부르면서도 미샤는 반사적으로
한 걸음 물러나고 말았다.

　"난 남자 앞에서 울었던 거 처음이었는데!"

　다른 직원들도, 평소에는 친절하고 사근사근하던 하프
엘프의 돌변에 아연실색했다.

　"이젠 못 참아……!"

　난폭하게 양피지에 사인을 마친 에이나는 힘차게 일어
났다.

　"반장님, 시내 순찰 다녀오겠습니다!"

""""?!""""

그 말에 사무실에 있던 모든 이들이 놀라 이성을 잃었다.

"자, 잠깐만 튤?! 자네가 가버리면 안 그래도 산적한 서류 처리가······!"

"맞아 에이나~!! 뭔지는 잘 모르겠지만 진정해—!!"

"직원 한 사람 빠진다고 일이 돌아가지 않아서야 어떻게 하겠어요! 조직으로서 문제가 있는 것 아닌가요?!"

"미, 미안하네."

"지당하신 말씀~!!"

에이나의 박력에 수인 상사는 압도되고 미샤는 반사적으로 머리를 두 손으로 감싸 쥐었다. 놀라 몸을 벌렁 젖혀 버렸던 동료 직원들 또한 유능한 직원이 밖으로 나가는 모습을 지켜볼 수밖에 없었다. 에이나는 감정이 떠미는 대로 경비용 장비가 든 파우치를 어깨에 걸쳤다.

뚜벅뚜벅, 구두를 빠르게 울리며 로비를 가로지른다.

모여 있던 시민들마저 깜짝 놀라 길을 양보해주는 가운데, 에이나는 길드 본부를 떠났다.

"──안 오면 내가 가면 되지!"

✉

살짝 연 커튼 틈새로 밤하늘을 올려다보았다. 아직 남은 구름의 벽이 가느다랗게 보였다.

희미하게 새나오는 달빛으로 이제 비는 그쳤음을 알 수 있었다.

"⋯⋯가자."

불도 켜지 않은 방 안에서 나는 중얼거렸다.

이미 홈에는 나 외엔 아무도 없었다. 펠즈 씨와 의논한 대로 하루 종일 준비를 마친 주신님과 동료들은 한 발 먼저 '다이달로스 거리'로 향했다. 문단속은 해두겠지만 아마 홈을 비운 틈을 타 다른 세력이 침입할 것이다. 사건에 관한 단서는 없을까 하고. 주신님이나 릴리는 이를 내다보고 귀중품은 벨프의 공방이나 지하실에 숨겨두었다.

여느 때 같으면 미아흐 님이나 타케미카즈치 님네【파밀리아】에 홈을 봐달라고 부탁하겠지만⋯⋯ 우리 때문에 불똥이 튈지도 모른다. 의지할 수도, 끌어들일 수도 없었다.

"⋯⋯⋯⋯."

의자에서 일어나 거울에 비친 내 모습을 보았다.

장비는 몸에 익은 갑옷, 파우치, 그리고 어둠에 녹아드는 것처럼 새까만 망토였다. 주신님은 "잘 어울리는구나!" 하고 칭찬해주셨지만 지금의 나에게는 좀 거창할지도 모른다. 무기는 《주신님 나이프》와 《우시와카마루》. 그러고 보니 《우시와카마루 2식》은 헌터들과 싸우면서 튕겨져 날아가버리는 바람에 아직까지 '크노소스'에 남아 있지⋯⋯.

"나중에 찾으러 갈 수 있을까?"

갑옷의 건틀렛에 박힌——원래는 홍옥이 박혀있던 자리——오쿨루스를 가만히 쓰다듬으며 나는 홈을 나왔다.

어둠에 에워싸인 저택의 배웅을 받으며 정문을 빠져나가자, 그곳에는 한 신물이 서 있었다.

"헤르메스 님……."

"가는 거냐, 벨?"

마치 기다리고 있었던 것처럼 헤르메스 님은 여행모 챙을 슬쩍 올리더니 웃음과 함께 물었다.

나는 짧게 대답하며 고개를 끄덕였다.

"네."

"그렇구나……. 난 널 응원해. 열심히 해라."

"……고맙습니다."

몇 마디 안 되는 말을 나누며 헤르메스 님의 옆을 지나쳤다.

뒤를 따라오는 감시의 눈길을 느끼며, 나는 '다이달로스 거리'로 향했다.


"…………."

어두운 길 너머로 녹아드는 벨의 등을 헤르메스는 웃음과 함께 지켜보았다.

발을 돌리려 했을 때, 문득 【헤스티아 파밀리아】의 홈으로 다가오는 사람의 모습이 보였다.

주인이 없는 틈을 노린 무뢰배가 아니었다. 예의 바르게 정문의 노커를 울리고, 불이 켜지지 않은 저택을 노려보듯 올려다본다. 버들잎처럼 모양 고운 눈썹을 틀어 올린 옆모습 또한 아름다운 하프엘프였다.

길드 직원 제복을 입은 그녀는 헤르메스를 발견하고는 일직선으로 다가왔다.

"신 헤르메스. 벨…… 벨 크라넬 씨가 어디로 갔는지 혹시 아시는지요?"

"에, 에이나? 무슨 일이야? 기분이 상당히 언짢은 것 같은데."

중립 파벌로서 길드의 의뢰도 받아 해결하는 헤르메스는 미목수려한 접수원들의 이름과 얼굴을 모두 외웠지만, 인기 접수원 에이나의 보기 드문 표정에는 약간 겁을 먹었다. 그러나 이내 등황색 두 눈을 스윽 가늘게 떴다.

"에이나는 분명 벨의 어드바이저였지?"

"예. 그래서 벨 크라넬 씨의 행방은……."

"응응, 알지. 아무래도 '다이달로스 거리'에 간 것 같아."

"고맙습니다."

짧은 인사를 남기고 가려는 에이나를 헤르메스는 불러 세웠다.

"잠깐만 기다려봐, 에이나. 이걸 벨에게 전해주지 않겠어?"

"이건……?"

헤르메스가 품에서 꺼낸 것은 보라색 보석이 박힌 팔찌

였다. 은근슬쩍 그러면서도 상대를 배려해 피부를 건드리지 않으면서 에이나의 손목에 이를 채워주었다.

"벨이 잊어버린 물건이야. 직접 돌려줄까 했지만 나도 길이 엇갈려버려서 말이지. 미안하지만 에이나가 전해주지 않겠어?"

"……알겠습니다. 제가 맡아두겠습니다."

에이나는 의아한 표정을 지었지만, 따로 볼일이 있다는 헤르메스의 부탁을 승낙했다.

이번에야말로 멀어져가는 그녀의 뒷모습을 희미한 웃음과 함께 지켜본 헤르메스는 자신도 어둠 속으로 사라졌다.

🔥

나는 홈이 있는 도시 남서쪽에서 이동해 남동쪽, '다이달로스 거리'에 도착했다.

복잡기괴한 미궁거리에 발을 들이자, 그 순간 주위에 있던 모험자들의 시선이 일제히 모여들었다.

"……!"

이곳을 수상하다고 생각한 동종 업자들은 마찬가지로 내게 의심스럽다는 시선을 보냈다.

……아니, 괜찮아. 이러면 돼. 겁내지 마라.

미리 의논한 대로 주위의 주목을 모으는 데 성공한 나는 적당히 길을 돌아다녔다.

"야, 【리틀 루키】. 뭐 아는 거 있으면 좀 가르쳐주지?"

"……저는, 아무 것도 몰라요."

"우리 주신님이 잔소리를 해대서 말이야. 네가 몬스터 놈들에 대해 뭔가 아는 거 아니냐던데."

이름도 모르는 험악한 모험자들이 시비를 걸었다. 내 대답은 한결같았다. '다이달로스 거리' 전체가 찌릿찌릿한 분위기를 띠는 것을 알 수 있었다. '제노스'가 지상에 출현한 사건으로부터 이미 닷새. 그럴듯한 성과를 내지 못한 데 대한 피로와 짜증이 충만한 걸까.

아니면 모험자들도 직감했는지 모른다.

슬슬 무언가가 시작되리라고.

"저…… 주민 피난은 어떻게 됐나요?"

"……길드가 유도해서 이 근처에는 이미 아무도 없어. 오늘까지 피난하지 못했던 사람도 '다이달로스 거리' 북서쪽에 모아놓고 있다나."

시비를 거는 모험자들과 옥신각신하면서도 무사히 넘어간 내가 어떤 엘프 궁수에게 물어보자, 그는 불쾌한 표정을 지으면서도 꼬박꼬박 대답해주었다. 이 미궁거리의 위치는 동쪽과 남동쪽 메인 스트리트 사이의, 도시 제3구역…… 그렇다면 주민들은 동쪽 대로 방향으로 피난했다는 뜻일까.

고아원 아이들의 얼굴이 떠올라 가슴의 아픔에 시달리면서도 다행이라고 생각했다.

아마도 **전장**은 '다이달로스 거리'의 남쪽에서 서쪽에 걸친 범위가 될 것이다.

'남은 건【로키 파밀리아】……'

다른 모험자들에게 들키지 않도록 시선을 재빨리 주위로 돌렸다.

시커멓게 탄 벽돌이 깔린 대로에서 트릭스터 엠블럼을 찾고 있으려니…… 보였다. 갑옷에 휘장을 붙인 남녀 데미 휴먼이 벽에 붙어서 귓속말을 나눈다. 이쪽을 흘끔 본【로키 파밀리아】단원들은 이내 어디론가 달려가 내 시야에서 사라졌다.

"……?"

이쪽을 확실하게 인식하며 멀어져가는 단원들에게 의문을 느꼈다. 그렇다고 물어보거나 쫓아갈 수도 없다. 나는 수상하게 여기면서도 정보를 찾는 척하며 미궁거리 남쪽으로 서서히 이동했다.

'그 사람들…… 누군가에게 알리러 간 걸까? 누구에게? 핀 씨? 아니면──'

그 의문에 대한 해답은 바로 직후 머리 위에서 나타났다.

척. 공연히 귀에 잘 울리는 부츠의 착지음에 나는 끌려 들어가듯 고개를 들었다.

"──앗."

그리고 눈을 의심했다.

길을 따라 난 높은 건물의 옥상 위, 한밤의 어둠을 등지고 선 아름다운 금발의 광채.

바람에 흔들리는 머리카락과 같은 색의 눈동자가 이쪽을 똑바로 내려다본다.

은색과 푸른색 장비로 몸을 감싼 도시 최강의 검사가 내 머리 위에 모습을 나타냈다.

'아이즈 씨……?!'


"…………."

모험자가 오가는 길에서 유일하게 자신의 존재를 알아차리고 아연실색 올려다보는 소년에게 아이즈는 시선을 떨구었다.

"핀. 그 아이가 '다이달로스 거리'에 온다면…… 내가 감시할래."

——조금 전, 휴식을 마친 단원들이 위치로 돌아가기 직전. 아이즈는 핀에게 그렇게 요청했다.

"음—…… 괜찮겠어? 아이즈 너는 이래저래 지나치게 벨 크라넬의 편을 들어주는걸. 솔직히 말하자면 네가 그의 행동을 일부러 눈감아주지 않을까 걱정하고 있어."

벨의 감시만은 맡길 마음이 없다고, 핀은 그렇게 털어놓았다.

"솔직히 말할게, 아이즈. 지금의 벨 크라넬은 객관적으로 봐도 오라리오의 불안요소고 위험분자야. 그 사실에 대해 우리가 해야 할 일은 두 가지. 최대한 경계하고, 경우에 따라서는 행동을 저지하는 거야."

"…………."

"네가 정말 그럴 수 있을까?"

거짓을 용납하지 않는 두령의 눈빛에 한번 시선을 떨구었던 아이즈는, 또렷이 고개를 끄덕였다.

"그 아이가 이상한 짓을 한다면…… 내가 막을 거야. 다른 사람에게 시키느니 내가 막고 싶어."

"…………."

"몬스터도 나타난다면…… 쓰러뜨릴 거야."

의무감과도, 사사로운 정과도 같은 속내를 아이즈는 있는 그대로 전했다.

한 점의 티도 없는 그녀의 눈을 바라보던 핀은 알았다며 허가를 해주었다.

"신용 받지 못했어……."

회상에서 돌아온 아이즈는 뒤를 돌아보고 나직하게 말했다.

하지만 그래도 상관없다—— 나머지 말은 속으로 중얼거렸다.

아이즈는 아무래도 그 소년에게 약해지곤 했으니까.

'……오르바가 가르쳐준 대로, 지금은, 혼자…….'

잡념을 떨쳐내고 아이즈는 눈 아래의 광경에 의식을 집중시켰다.

아직도 이쪽을 올려다보는 소년에게 아이즈는 자신의 모습을 보여 견제하면서 감시를 시작했다.


'아이즈 씨 혼자만, 나에게……?!'

야단났다. 당했다.

순식간에 그런 생각이 들었다. 파벌의 최강 전력을 보내 내가 섣부른 짓을 하지 못하도록 할 생각이다. 우리의 잔재주 따위 칼놀림 한 번으로 베어버릴 작정이다.

【로키 파밀리아】는 아이즈 씨에게 내 감시를 일임했다──.

길 한복판에 뻣뻣이 선 내 시선을 따라 주위의 모험자들도 【검희】의 존재를 알아차리기 시작한 가운데, 식은땀이 뺨을 따라 흘러내렸다.

"주신님…… 아이즈 씨가, 저에게."

『허걱, 진짜?』

얼굴을 닦는 척하면서 왼팔의 건틀렛──에 끼워놓은 오쿨루스에 가만히 속삭였다. 영상이 비치지 않도록 꺼놓은 청수정은 동요하는 주신님의 목소리를 전해주었다.

『생각하기에 따라서는 발렌아무개 군을 너에게 묶어놓았다고 할 수도 있겠지만…… 여차하면 따돌릴 수 있겠느냐?』

"아마, 아니, 절대 불가능할 거예요……. 따돌릴 수 없어요."

나는 주위의 이목을 끄는 것과 동시에, 유사시에는 낙오된 '제노스'를 발견하는 역할을 맡았다. 기동성을 살린 유격 담당이다. 하지만 그 의도도 이렇게 되면 물거품으로 돌아간다. 양동 역할을 맡은 나에게 붙은 것이 아이즈 씨 한 사람. 그렇다면 내가 움직여봤자 '다이달로스 거리'에 전개된 【로키 파밀리아】의 진영은 전혀 흔들리지 않을 것이다. 이것은 핀 씨의 지시였을까?

아이즈 씨 상대로는 잔재주를 부려봤자 역효과만 낳는다.

혼란을 틈타 추적을 뿌리칠까?

무리다. 절대 안 될 거야. 펠즈 씨의 매직 아이템을 쓴다 한들…….

나는 무의식중에 망토 안에 있는 파우치의 불룩한 부분을 만지면서 숨을 죽였다.

그리고 그때.

"——왁."

"으악?!"

등 뒤에서 나타난 누군가가 두 어깨를 두드려 나도 모르게 괴상한 소리를 내고 말았다. 주위에 있던 모험자들이 일제히 어리둥절한 표정을 지었다. 높아진 심장 소리까지 맞물려 펄쩍 뛰어올라버린 나는 황급히 뒤를 돌아보았다.

"엑, 나자 씨?!"

"야호……."

눈이 반쯤 감겨 졸려 보이는 눈, 머리에서 늘어진 짐승

귀, 그리고 '은색 의수'를 감추기 위해 소매가 좌우 비대칭인 윗도리. 여전히 억양이 별로 없는 목소리로【미아흐 파밀리아】의 단장 나자 씨는 두 손을 들고 있었다.

"여, 여긴 무슨 일로 오셨어요?"

"응——…… 벨네를 도와주려고?"

절친한 시앙스로프 여성이 한 말에 나는 다시 한 번 놀라고 말았다.

"지금 힘들지? 서운하게. 우리 사이에 의지해주면 될 텐데……."

"아뇨, 하지만……! 나자 씨, 제가 한 짓…… 모르세요?"

"사정은 모르지만…… 또 분명 여자애 꽁무니 따라다니다가 성가신 일에 말려들었겠지."

"그, 그게 아니……!"

……어라, 맞나? 비네를 따라다녔다는 의미에서는 분명 틀린 말은 없는 것 같기도…….

나자 씨는 다 안다는 듯 응응 고개를 끄덕이며 어깨를 퐁퐁 두드려주었다. 나는 땀만 삐질삐질 흘리고 있었다.

"그리고 이건 미아흐 님의 지시……."

"네?"

나자 씨가 들려준 말에 따르면.

문제를 일으켜버린 나를 아무 것도 묻지 말고 도와주라고 미아흐 님이 말씀하셨다는 것이다.

"타케미카즈치 님네도, 오지 않았을까. 헤르메스 님이

벨네가 '다이달로스 거리'에 갔다고 가르쳐주셨다니까…… 벨, 다시 한 번 말할게. 서운해."

미아흐 님의 선택은—— '제노스'가 아니라 '제노스'를 도우려는 우리를 돕는 것. '제노스'에게 손을 내민 우리를 믿는 것.

미아흐 님이나 타케미카즈치 님이 내린 답과, 이럴 때에도 믿어주는 나자 씨의 다정함에 나는 한순간 눈물이 나올 것 같았다.

"……벨은, 울보구나."

"미, 미안해요."

넘쳐나지 않도록 눈물을 얼른 닦았지만 연상의 나자 씨는 내 머리를 쓰다듬어주었다. 다른 모험자들이 의아한 표정으로 쳐다보는 가운데 내 뺨은 완전히 달아올랐다.

"그래서 할 일이 있을까? 다프네랑 카산드라가 어디로 가버려서 나뿐이지만……."

"어…… 그러면."

흘끔 아이즈 씨의 시선을 신경 쓰면서 나는 망토 안에 감추어두었던 파우치에 손을 댔다. 가만히 나자 씨에게 어떤 물건을 건네면서 속닥속닥 귀엣말을 했다.

"응, 알았어…… 벨, 다음번에 포션 많이 사줘야 해."

"아하하하…… 네!"

씨익 웃는 나자 씨에게 나도 웃음으로 대답했다.

한쪽 팔을 흔들며 멀어져가는 그녀에게, 나는 기운과 용기를 나눠받은 것 같았다.


'여자…… 시앙스로프.'

아이즈는 건물 옥상에서 벨과 나자의 접촉을 확인하고 있었다.

'…………머리 쓰다듬어주네.'

부끄러워하는 소년의 머리를 쓰다듬는 나자를 보며 아이즈의 오른손도 저절로 허공을 쓰담쓰담하고 있었다. 마치 애완동물을 빼앗긴 소녀처럼.

이내 흠칫 정신을 차린 아이즈는 고개를 살짝 가로저었다.

'뭔가, 준 건가? 양쪽 다 감시할 순 없고…… 라울한테 알리는 편이, 나으려나.'

서로 헤어지는 벨과 나자를 보며 생각에 잠겼다.

아이즈는 감시를 이어나갔다.


'나자 씨의 도움을 받을 수 있게 되어서 다행일지도……릴리에게 전해두는 게 나으려나?'

나자 씨와 헤어져 미궁거리 남쪽에 도착했다. 여기서 더욱 남하하면 이내 환락가가 나온다.

당연히 나를 따라오는 아이즈 씨를 시야 끄트머리에 담아두면서, 나는 주신님께 연락하고자 건틀렛에 박힌 오쿨루스를 입가에 가져가려 했다.

"벨 크라넬!"

하지만 그 직전, 기세등등한 여걸의 목소리가 귓전을 때렸다.

"으악?! 아, 아이샤 씨?!"

"뭐야, 그 비명은. 꼭 몬스터라도 만난 것처럼. 날 그 두꺼비로 착각한 거 아냐?"

"죄, 죄송합니다?! 근데 류 씨까지—— 후읍?!"

"안녕하십니까, 크라넬 씨. 하지만 부디 제 이름은 외치지 말아주시길."

무희와 분간이 가지 않는 의상을 입은 아이샤 씨와, 후드며 복면으로 얼굴을 가린 류 씨가 내 앞에 나타났다. 류 씨의 손가락에 입이 막힌 나는 간신히 고개를 끄덕여 대답하고 눈을 껌뻑거렸다.

"여, 여긴 무슨 일로 오셨어요?"

나자 씨 때와 완전히 똑같은 질문을 하자,

"안드로메다에게 사정은 모두 들었습니다. 그래서 여러분을 돕고자."

"깜빡 말을 안 했는데 난 【헤르메스 파밀리아】에 들어갔거든. 거부권은 없어."

류 씨는 담담히, 아이샤 씨는 어깨를 으쓱하며 대답했다. 아직 상황을 잘 파악하지 못하겠는데…… 또 헤르메스 님?

내용이 내용인 만큼 우리는 밀담을 나누는 꼴이 되었다.

신분을 감춘 류 씨는 그렇다 쳐도, 아름다운 데다 위험한 매력까지 물씬 풍기는 아이샤 씨와 얼굴을 맞댄 나에게 주위 남성 모험자들이 """"쳇!""""하고 일제히 혀를 찼다. 오, 오한이……!

"안드로메다의 의뢰를 받기는 했습니다만……."

"그쪽은 나 혼자 해결할게. 뭔가 해줬으면 하는 게 있으면 말해."

"그러면……."

실력이 뛰어난 제2급 모험자들을 보며 나는 긴장된 얼굴로 말했다.

"……그건, 참으로 어렵겠군요."

"너 터무니없는 소리를 잘도 한다."

"죄, 죄송합니다! 시간을 조금만 벌어주시는 정도라도 상관없지만…… 무리, 일까요?"

스스로도 솔직히 어떻게 이런 부탁을 하나 싶었다. 하지만 여기서 사양을 해봤자 해결이 되지 않는다는 것도 잘 안다.

이 사람들의 협조를 얻지 못한다면 방법이 없다.

"아니오, 하겠습니다. 그것이 당신의 바람이라면. 최선을 다할 것입니다."

"류 씨…… 미안해요. 고맙습니다."

후드 속에서 엿보이는 하늘색 눈동자에 다시 사과를 하고, 또한 진심으로 감사했다. 그런 애절한 공기에 젖어든 내 목에── 아이샤 씨의 팔이 감겼다.

"흐윽?!"

"진짜 넌 성가신 일에 잘 말려드는구나. 아니지, 스스로 뛰어든 건가?"

목에 팔을 감아선 그대로 끌어안는다. 밀착한 부드러운 갈색 피부, 그리고 풍겨오는 사향 냄새. 모양이 바뀌는 풍만한 가슴에 얼굴을 시뻘겋게 물들이고 있으려니 아이샤 씨는 귀에 훅 숨을 불어넣듯 속삭였다.

"──이 일이 끝나면 대가는 제대로 받고 싶은걸."

"히익!"

촉촉한 입술을 핥는 무섭도록 요염한 웃음에 내가 한순간 낯이 창백해지자──

**"건드리지 마라,** 라고 제가 말했을 텐데요."

──류 씨가 무시무시한 기세로 목검을 발도했다!

하지만 아이샤 씨는 눈앞으로 날아드는 칼끝을 이미 예상했던 것처럼 훌쩍 피했다. 그것도 나를 가슴 계곡에 붙든 채. 후드 안에서 류 씨의 눈이 분노의 불꽃으로 타올랐다.

연기가 아냐! 진짜로 화났어!!

"크라넬 씨를 놓아라. 그렇지 않으면 먼저 너를 때려눕히겠다."

"해보시지? 나도 다 잡은 사냥감을 몇 번씩이나 놓치고서 잠자코 있을 성격은 아니거든?"

왜 갑자기 일촉즉발의 분위기를 풍기는데요?! 협조해주겠다고 하지 않았어요?!

갈색 구속에서 열심히 탈출하려 했지만 Lv.4의 완력에게서는 벗어날 수 없었다. 엘프의 분노와 아마조네스의 팔 사이에 끼어버렸다. 그러는 동안에도 모험자들이 나를 보는 눈에는 원념과 저주가 더해지고…… 히이이이익……!

──근데 잠깐. 나 지금 감시당하고 있지 않았던가.

흠칫해서 머리 위를 올려다보니, 그곳에는.

'으, 으아아아아아아아아아아아아아아아아아아아아아아아아아아아?!'

아이즈 씨가 이쪽을 엄청나게 보고 있어──?!


'또, 여자……? 아마조네스하고…… 누구지?'

아이즈는 복면을 쓴 인물과 아마조네스가 소년에게 접촉한 것을 보고 있었다.

아, 손가락으로 입 막는다.

'……………끌어, 안겼어.'

아마조네스의 가슴에 안긴 벨을 보고 아이즈는 침묵했다. 지붕 가장자리에 선 다리가 저절로 구부러져 조금이라도 가까운 위치에서 소년을 보려 했다.

두 팔로 무릎을 끌어안은 채, 빠안히.

아이즈는 감시라는 명목으로 시선의 비를 퍼부었다.

'어떡해어떡해어떡해……! 지금 당장 달려가서 해명하고

싫어……!!'

험악한 분위기를 띤 류 씨와 아이샤 씨가 겨우 떠나간 후, 나는 폭포처럼 땀을 흘리고 있었다.

당장이라도 폭동이 일어날 것 같은 모험자들의 살의도 위험하지만, 계속 이쪽을 내려다보는 아이즈 씨가 신경이 쓰여서 참을 수가 없어!

표정은 변함이 없지만, 변함이 없지마안!

어쩐지 비난을 받는 것처럼 심장이 멈추질 않아! 이것도 날 곤경에 빠뜨리려는 책략인가요, 핀 씨!

위대한 제1급 모험자를 향해, 절대로 입 밖에는 낼 수 없는 외경심을 마음속으로 외쳤다.

'아, 아무튼 사람이 없는 곳으로 가는 편이……?!'

그리고 그렇게 생각하자마자.

"찾았다! 벨!!"

마지막 자객이 나타나고 말았다.

"에, 에이나 누나아?!"

"겨우 발견했어! 계속 찾아 헤맸단 말이야!"

길드 제복을 맵시 있게 입은 에이나 누나가 일직선으로 이쪽을 향해 다가왔다. "또냐!" 하는 증오가 주위에서 연쇄되는 가운데 내 식은땀은 최고조에 달하려 했다.

"여, 여긴 무슨 일로 오셨어요?"

아까부터 계속 되풀이되는 질문을 하자,

"네가 '다이달로스 거리'에 갔다고 들었어! 다른 모험

자들에게 물어봤더니 이쪽에 있다고 정중하게 가르쳐주
더라!"

에이나 누나는 격렬한 어조로 대답했다. 분명 나는 이목
을 끌고 있었으니 모험자들에게 물어보면 위치는 금방 알
수 있었겠지만.

그보다도—— 에이나 누나, 화내는 건가?

뭐랄까, 만나면 엄청나게 서먹서먹할 거라고만 생각했
는데!

혼란에 빠진 나를 내버려둔 채 에이나 누나는 코앞까지
얼굴을 들이댔다.

"네가 아무리 기다려도 오질 않으니까 내가 온 거야!"

"죄, 죄송해요?! 뭐랄까 그게, 어, 민망해서, 에이나 누
나를 볼 낯이 없어서……?!"

"그렇겠지, 벨은 원래 그런 애지! 내가 깜짝 놀랄 만큼
굉장해져도 약골에 겁쟁이지! 하지만 말이야, 한 번쯤 얼
굴을 보인다거나 연락 정도는 했어도 좋지 않았을까?!"

"자, 잘못했어요……!"

이제까지 한 번도 본 적이 없는 에이나 누나의 험악한
모습에 나는 쩔쩔매야 했다. 민폐와 걱정을 끼친 내가 일
방적으로 잘못했으니 그저 사과할 수밖에 없다. 진심으로
화가 난 에이나 누나는 동생을 꾸지람하는 친누나처럼 언
어의 연사를 퍼부었다.

"너한테 난 그저 만만한 여자였던 거구나!"

"에이나 누나, 에이나 누나아?! 그런 말씀은 오해를 불러오니까아——?!"

오늘 최대급의 폭탄에 나는 절규했다.

한층 험악해진 모험자들의 눈빛. 진작 바닥을 쳤던 나의 평판이 쓰레기 이하로 떨어져 "저질", "여자의 적", "죽어 버려 토끼"같은 말들이 터져나왔다. 으아아아아아아……!!

이젠 무서워서 아이즈 씨를 볼 수가 없어!

"듣고 싶은 걸 전부 말해줄 때까지 안 놓을 거야!"

"저기요오?!"

팔을 붙들려 다시 여성의 몸이 밀착되었다. 내 얼굴은 새빨갛게 물들었다가 창백해졌다. 팔꿈치에 닿는 에이나 누나의 가슴이라든가, 이글거리는 모험자들의 분위기라든가, 뒷머리에 날아와 꽂히는 동경의 시선이라든가 여러 가지 것들에 대해.

그날 이 사람을 울려버렸던 데에 천벌을 받는 것처럼, 나는 하필이면 바로 이 자리에서 대가를 치르고 있었다.


'또또…… 여자…….'

아이즈는 에이나가 벨과 접촉하는 모습을 또렷하게 지각하고 있었다.

'………………계속 여자.'

마음속도 포함해 아이즈는 말이 없어졌다. 무릎을 끌어안고 쪼그려 앉은 채 빠안~히 소년의 하얀 머리에 시선을 보낸다. 아, 지금 '만만한 여자'라는 말 들렸어.

새빨개졌다가 창백해졌다가, 소년의 얼굴은 이리저리 바쁘게 바뀌었다.

사르륵, 금발을 어깨에서 떨어뜨리며 아이즈는 고개를 갸웃하며 중얼거렸다.

"벨은…… 불량한 애야?"

그 직후, 소년의 비명이 밤하늘에 울려 퍼졌다.

"아까부터 벨 님의 비명이 들리는 것 같사옵니다……."

"으음~ 나도 주의를 주고 싶다만 멀리 있으니 어쩔 수가 없구나."

오쿨루스에서 터져 나오는 소년의 통곡에 기모노 차림의 하루히메는 안절부절 못하고 헤스티아는 가슴 앞에서 팔짱을 끼었다.

헤스티아와 하루히메가 있는 곳은 '다이달로스 거리' 남서쪽, 그것도 환락가와 거의 인접한 외곽이었다. 사람이 없고 전망이 좋은 탑의 옥상에 자리를 잡았다.

"그리고 하루히메 군. 소리가 새나가니 수정에 붙어서 이야기를 하면 안 된다."

"앗, 죄송하옵니다!"

헤스티아의 주의에 르나르 소녀는 입을 두 손으로 막고

눈앞에 있는 수정에서 펄쩍 물러났다.

옥상 바닥에는 여러 개의 오쿨루스가 늘어서 있었다. 그리고 그 근처에는 융단만큼 커다란 지도를 펼쳐놓았다. 구석에 새겨진 지도의 이름은 '다이달로스 레거시'. 펠즈의 표현을 빌리자면,

'몇 번이나 길을 헤매면서 간신히 측량했지.'

라고 한다. 현자가 뼈만 남은 다리로 직접 돌아다니며 완성시킨 미궁거리의 지도인 것이다. 본인의 말로는 비밀 통로나 비밀문 중에는 놓친 것도 있다지만, 주민들조차 파악하지 못한 '다이달로스 거리'의 길을 거의 모두 망라해놓았다. 수천 갈래로 뻗어나가는 골목이며 샛길을 보고 헤스티아는 가벼운 현기증까지 일으켰을 정도였다. 그만큼 정보량은 무시무시했다.

특히 주목해야 할 점이 한 가지 더 있었다.

그것은 지도 위에 여러 사람의 이름이 마치 **생물처럼** 돌아다니고 있었다는 점이다.

"어디보자, 벨과 서포터 군은 예정대로 남쪽에 있고……."

"서쪽에 계신 미코토 님과 벨프 님은 아직 '제노스' 분들과 합류하지 않은 듯하옵니다."

지도 위에 두 무릎과 손을 짚고 손가락으로 훑는 헤스티아와 엉거주춤한 자세로 들여다보는 하루히메는 움직이는 각각의 이름을 따라갔다.

'시커 파우더'. 펠즈의 매직 아이템.

사용법은 큰 병에 담긴 흰 분말에 피를 떨어뜨려, 붉게 물든 가루를 지도에 뿌리는 것. 그렇게 하면 피를 제공한 사람이 지도 안에 존재할 경우 진명이 표시되어 위치를 파악할 수 있다. 【헤스티아 파밀리아】는 심부름꾼 올빼미를 통해 자신들의 피를 담은 병을 오쿨루스와 함께 보냈다. 이후 올빼미는 '제노스'들의 피까지도 담긴 가루를 가지고 돌아왔다. 그 다음에는 우라노스를 방문했을 때 헤스티아가 받은 '다이달로스 레거시'에 '시커 파우더'를 뿌려, 벨 일행이나 '제노스'의 소재를 한 눈에 알 수 있는 '마법의 지도'를 완성한 것이다.

　단점은 펠즈가 만든 전용 용지로 매핑한 지도가 아니면 '시커 파우더'를 사용할 수 없다는 것. 마법의 지도에 올바른 길을 기억시켜야만 하기 때문이다. 대충 만든 지도로는 안 된다는 뜻이다.

　거대한 미궁거리의 지도에는 핏빛을 띤 코이네 공통어로 펠즈나 그로스의 이름이 표시되어 있었다. 펠즈의 장난기인지 깃털 펜 모양의 기호가 체스말처럼 움직인다.

　"벨프 님, 미코토 님, 으음…… 세 번째 모퉁이에서 꺾어주시옵소서."

　"가다가 왼쪽으로 하수로가 있을 게다. '제노스' 군들이 숨어있는 곳이 거기다."

　『알겠습니다.』

　『고맙습니다, 하루히메 공, 헤스티아 님.』

벨프의 오쿨루스와 이어진 쌍둥이 수정을 손에 들고 '마법의 지도'에 따라 지시를 내린다.

'시커 파우더'와 오쿨루스의 힘 덕에 순식간에 위치를 파악하고 연락을 할 수 있는 이 옥상은 지붕 없는 작전실이며 지휘소였다. 복잡기괴한 '다이달로스 거리'를 공략하고 지하의 '크노소스'로 침입하는 이번 계획에서 '제노스'의 운명을 쥐는 핵심요소가 된다.

신력을 봉인해 아무 힘도 없는 신 헤스티아는 여기서 지휘만을 맡는 백업 담당이다. 하루히메는 그녀를 보좌하고, 긴급상황에서는 동료들에게 '레벨 부스트'를 주기 위해 출격하는 지원 역할이다.

"이제 상대의 위치까지 알 수 있다면 완벽할 텐데 말이지~."

"그렇사옵니다……. 그랬다면【로키 파밀리아】분들과 맞닥뜨리지 않아도 될 테고."

없는 것을 안타까워하면서 헤스티아는 지도에서 몸을 치우고 다리를 쭉 뻗었다.

멀리【로키 파밀리아】의 본진이 있는 미궁거리 중앙 지역을 내려다본다.

'아무리 그래도 피를 내놓으라는 요구는 할 수 없었으니…….'

한 여신의 얼굴을 떠올린 헤스티아의 의식은 과거의 기억으로 날아갔다.

"로키. 무장한 몬스터에 관해 할 이야기가 있어."

어제 '다이달로스 거리'에서 벨과 한번 헤어진 직후.

헤스티아는 진지한 표정을 짓고 입을 열자마자 그렇게 말했다.

"지금 당장, 단 둘이서."

"……마, 좋데이. 내 쪼끔이라면 들어주꾸마."

헤스티아의 눈을 보고 무언가 짚이는 것이 있었는지, 로키는 장소를 바꿔 이야기에 응했다.

분수가 있는 타원형 광장에서 마주보고 서서 헤스티아는 입을 열었다.

"지상에 나타난 몬스터들의 호칭은 '제노스'. 지성을 가진 몬스터야."

헤스티아는 모든 것을 설명했다. '제노스'에 대해서도, 자신의 권속과 그들의 관계도.

그것은 일종의 도박이었다. 로키의 성격으로 보건대 들은 이야기를 재미있어하며 온 도시에 떠들고 다닐지도 모른다. 그러나 그녀가 사건의 진상을 알면 적잖이 【로키 파밀리아】에 영향을 미친다. 헤스티아는 로키에게 최소한도의 신격이 있기를 기도하며 말했다.

"호오…… 의사소통이 가능한 괴물이라 말이가."

설명을 마치자, 로키는 크게 놀란 기색도 보이지 않고 붉은 눈을 슬며시 떴다.

"근디, 그런 이야기 까발려서 니는 내한테 멀 바라는

데?"

"······'제노스'와의 공존에 협조해줬으면 해. 아니, 지금은 그냥 모른 척만 해줘도——."

헤스티아가 그 이상 말하지 못하도록 가로막고.

로키는 실실 웃었다.

"바보 아이가."

그 한 마디로 헤스티아의 바람은 잘려나갔다.

"······!"

"땅꼬마. 우리 파벌 두령 누군지 알제?"

"······【브레이버】, 핀 디무나."

"우리 파벌 이름은?"

"도시 최강 파벌, 【로키 파밀리아】."

"**그런 기라.** 핀은 파룸의 희망이고 오라리오의 인기인이제. 글고 귀찮지만 우린 오라리오의 톱인기라. 몬스터 편을 드는 짓을 했다간 주위에서 어떻게 나올지······ 니도 알제?"

헤스티아는 아무 말도 하지 못했다.

"내가 윽지로 명령했다간, 귀여운 얼라들은 『이번엔 장난이 지나쳤어!』 『오락도 작작 좀 해!』라고 막 머라할기라. 비난의 폭풍인기라. 정 떨어진다꼬 미워할지도 모르제. 이해관계로 시작했던 핀은—— 분명 내를 버려뻘기라."

【브레이버】의 냉철함을 이야기하는 말과는 달리, 로키는 진심으로 유쾌하다는 표정이었다.

"핀이 원하는 건 일족을 다시 일으키기 위한 명성이데

이. 지 평판에 흠집 가는 짓, 그넘은 절대 몬할기라. 안할기라. 근데 몬스터하고 융화……? 들컸을 때 어케 될지, 땅꼬마네 얼라가 지금 단디 증명하고 있제?"

"윽……."

"핀의 야망하고 니들 사정은 절대 겹치지 않는기라."

【브레이버】가 통솔하는 【로키 파밀리아】와 '제노스'를 지키고자 하는 헤스티아 일행은 절대 서로 이해할 수 없다. 공교롭게도 헤르메스가 소년에게 했던 말을 로키도 단언했다.

"애초에 핀도 '제노스'인지 하는 것들의 정체는 **대충** 감 잡았데이."

"!"

"캐도 핀은 일부러 아이즈나 다른 얼라들한테는 숨겼던기라. 와 그랬는지 니 아나?"

입을 다물어버린 헤스티아에게 로키는 말을 이었다.

"족쇄가 된다 아이가. 귀여운 부하들한테 이상한 망설임이 생긴다 아이가. 뭣보다…… 그 '제노스'가 드러나면 오라리오는 틀림없이 **흔들릴기라.**"

'제노스'의 구제는 '제노스'를 널리 알리는 것으로 이어지고, 그것은 인간의 목숨이 사라진다는 위험성을 함께 가져온다.

'제노스'를 아는 모든 모험자들이 '제노스'가 아닌 몬스터를 만났을 때, 이제까지 했던 것처럼 물리치는 데 일말의 망설임을 품지 않으리라고 말할 수 있을까. ──그렇지 않다. 찰나의 망설임은 모험자의 몸을 위험에 드러내고 말 것이다. 그리고 그 가능성은 던전의 은총으로 번영한 오라리오에는 치명적인 것이 된다. 핀은 그 사실을 안다.

헤스티아도 안다. 미궁거리에서 '제노스'와 【로키 파밀리아】의 전투가 발발했을 때, 그녀도 펠즈도 지능 있는 몬스터의 존재를 소리 높여 호소하지 못했던 이유는 돌이킬 수 없는 위험성을, 하계 전체에 퍼질 아이들의 혼란을 두려워했기 때문이다.

펠즈는 핀이 호소를 일절 들어주지 않으리라는 사실을 이미 알았을 것이다. 설령 무해하다는 사실을 증명하더라도 분명 【브레이버】는 민중 앞에서 '괴물'의 목숨을 끊으리라. 그 흔들림 없는 정신과 야망으로.

"근본적으로 말이제, 무리 아이가? 인류랑 몬스터가 공존한다니."

"그건……."

"우리 같으면 마, '미지'네 '오락'이네 카면서 소란 떨 문디들도 많겠제. 캐도 얼라들은 다르데이. 철저하게 미워하는기라. 그리고 두려워하는기라."

물과 기름 정도의 이야기가 아니라고, 로키는 한숨과 함께 말했다.

"얼라들이 잔뜩 죽어버렸던 병, 거 머라캤노, 거…… 맞다, 흑사병이제. 만약에 그 병이 뭔가 이상해져꼬, '우린 인간

하고 친해지고 싶어요~ 이젠 아무도 안 죽일게요~'…… 그렇게 말하믄, 인류는 오손도손 악수할 수 있겠나?"

"…………."

"몬하겠제? 무서워서 불가능한기라. 얼라들은 병한테 그럴 맘이 없어도, 자기들을 괴롭히고 죽였던 걸 알고 있는기라. 아무 기준도 없이, 숨 쉬듯, 쉽게 말이제."

지상을 유린당했다. 수만 수억의 동포를 죽였다. 지금도 덤벼들어 희생자를 냈다.

위협적인 몸집. 피를 상징하는 이빨과 발톱. 죽음을 초래하는 불꽃. 야수성을 띤 목소리. 모든 것이 살육의 기호다. 하계 주민들에게 몬스터는 역병이나 재앙과 동의어라고 로키는 행간으로 말했다.

동시에 여기서 말한 '이상해진 병'이란 '제노스'를 말한다.

아무런 백신도 없이 '이상해진 병'을 받아들인다면, 그 말로는 흔해빠진 자멸일 수밖에 없다.

"그니까 니 그런 부탁은 절대 몬 들어준데이. 내는 핀이랑 얼라들한테 전부 맡길기라. 판단도 행동도."

헤스티아는 입술을 깨물며 고개를 숙였지만—— 이어지는 로키의 말에 고개를 들었다.

"대신, 이번 일에 내는 아무 간섭도 안 할기라."

"뭐?"

"지금 들은 건 몬 들은 걸로 한다는 그런 말이데이. 니

【파밀리아】가 뭘 꾸미는지도, 얼라들한테는 말 안할란다. 내는 방관할란다."

"……무슨 속셈이야?"

"변덕이제. 마, 굳이 말하자면…… 내도 '미지'나 '오락'을 좋아하는 넘들 중 하나라 카는기라~."

로키는 너스레를 떨듯 대답하고 몸을 돌렸다.

"아, 로키!"

"또 보제이, 땅꼬마. 마 심심풀이는 됐다."

손을 파닥파닥 흔들며, 주황색 머리카락의 여신은 헤스티아의 앞을 떠나갔다.


'로키가 무슨 생각을 하는지는 모르겠지만…… 내버려둬도 괜찮을 것 같아.'

어떤 의미에서는 가장 성가신 자의 개입은 걱정하지 않아도 좋다. 그것만은 수확이라고도 할 수 있으리라.

회상에서 돌아온 헤스티아는 그렇게 결론을 내렸다.

"나머지는 아이들 하기 나름……."

구름이 흐려져가는 밤하늘을 올려다보며 헤스티아는 중얼거렸다.

그녀의 앞에서는 지도와 나란히 놓인 회중시계가 째깍째깍 소리를 내며 시각을 알리고 있었다.

리드는 창연한 하늘을 올려다보았다.

구름이 계속 가려놓았던 하늘에는 별바다가 펼쳐졌다.

"염원하던 하늘을 보기는 했지만…… 이렇게 숨죽이면서 볼 수밖에 없다니. 역시 우린 그늘에서 살아가는 게 어울리는지도."

일그러진 비늘에 감싸인 두 다리가 디디고 있는 곳은 어두운 하수도의 기슭이었다.

날카로운 이빨 틈새로 자조를 떨어뜨리며 리저드맨 전사는 상공을 계속 우러러보았다.

무궁한 하늘에서 시시한 무언가를, 별보다도 덧없는 단 한 톨의 바람을 찾으려는 것처럼.

"기다리게 해서 미안."

"벨프, 미코토!"

"오랜만, 이라고 할 만큼 많은 날이 지난 것은 아닙니다만…… 무사한 것 같아 다행입니다, 비네 공."

비네가 기뻐하는 목소리에 돌아보니 벨프와 미코토가 합류한 참이었다. 그들은 리드 일행의 체취를 없애는 아이템을 잔뜩 채운 커다란 자루를 짊어지고 있었다.

다른 동포들과 함께 용종 소녀와 인간들이 웃음을 나누는 광경을 에워쌌다. 티 없이 웃는 그 광경은 무엇과도 바꿀 수 없는 것이다. '제노스'들의 희망이기도 하다.

그들의 웃음을 볼 때마다 분수에 맞지 않는 욕망이 고개를 쳐든다. 이 이상 무엇을 바라느냐는 반성의 목소리에 등을 돌린 채 손을 내밀고 싶어지는 것이다.

그들과 걷는 미래를 원하게 된다.

"……리드, 시간이 됐어. 부탁해."

"그래."

회중시계를 보던 펠즈의 채근에 리드는 혼자 하수도 밖으로 나갔다.

거구에 어울리지 않는 가벼운 몸놀림으로 건물을 올라 옥상으로 뛰어나갔다.

어둠에 잠긴 미궁거리를 내려다보고, 얼굴도 모르는 사람들에게 사과하며 각오를 다졌다.

크게 들이마신 숨으로 흉곽을 부풀리고, 단숨에 해방시켰다.


<u>오오오오오오오오오오오오오오오오오———</u>……….

괴물의 포효가 어둠을 진동시켰다.

낮고 길게 이어지는 울음소리는 미궁거리 구석구석으로 울려 퍼지고 도시 끝까지 미쳤다.

모험자들은 일제히 고개를 들었다. 주민들은 일제히 겁을 먹었다. 모두가 움직임을 멈추고, 그 순간이 왔음을 깨달았다.

되살아난 괴물의 포효가 오라리오에 다시 한 번 동란의 발소리를 가져다주었다.

아아아아아아———…………

이어서 하늘로 치솟은 것은 소녀의 것과도 같은 높은 목소리였다.

"대답했다."

돌아온 포효에 펠즈는 튕겨지듯 홱 돌아보았다.

"피아와 레트예요. 알루와 헬가, 아스테리오스의 것은 들리지 않아요……."

"들리지 않은 것은 아닐 것이다. 숨을 죽이고 있거나, 소리를 낼 수 없는 상황이거나……."

눈을 가늘게 뜬 세이렌과 가고일을 내버려둔 채 포효가 되풀이되었다. 허공에 메아리쳐 교차한 울음소리는 괴물들만의 '목소리'였으며, 그들만이 알아들을 수 있는 '부름'이었다. 포효에 담긴 진의를 사람들이나 신들은 알지 못한다.

자신들의 위치, 목적지, 모든 것을 드러내는 '호령'이었다.

"갈 수밖에 없어. 그들을 믿고."

펠즈의 안내를 받으며 '제노스' 일행은 어둠에 녹아들듯 하수도 기슭을 떠났다.

"로이만 님?!"

"뭐야, 뭐?! 무슨 일이 일어났나?!"

창백해진 길드장은 판테온 최상층으로 나가 난간에서 몸을 내밀었다.

"오는 거야? 오는 거야?! 막 오는 거야?!"

"축제다, 축제다—!"

"'다이달로스 거리'로 가고싶어어어어어어어어어어어어어!"

흥분에 몸을 맡긴 신들은 몸을 움츠린 아이들의 옆에서 펄펄 날뛰었다.

"단장님!"

"…………."

도시의 정예들을 통솔하는 용자는 조용히 미궁거리를 바라보았다.

『………….』

칠흑의 짐승은 하늘을 우러르며 별이 이끄는 방향으로 걸어 나갔다.

"자, 게임 스타트다."

그리고 등황색 눈을 가늘게 뜬 남신은 어둠 속에서 선언했다.

개전의 막이 조용히 올라갔다.

4장 다이달로스 전초전

Suzuhito Yasuda

작전은 릴리에게서부터 시작되었다.


"몬스터 놈들 왜 짖어대고 난리야!"

"어디서 운 거야?! 찾아내!"

몬스터의 포효를 듣고 소란스러워진 '다이달로스 거리'의 모험자들 중에서, 한 파룸 청년이 뒷골목으로 숨어들었다. 사람의 이목이 사라졌을 때, 지저분한 벽에 바짝 달라붙은 그는 한 손을 이마에 가져다댔다.

"【울려 퍼지는 열두 시의 알림】."

회색 빛의 막이 온몸을 감싸고 녹아들듯 사라진 후, 변신마법 【신다 엘라】를 해제한 릴리는 크게 탄식했다.

"아아, 싫어요, 무서워요. 모험자들에게 붙잡혔다간 분명 그 자리에서 숭덩 썰려나갈 거예요. 왜 릴리가 이래야 한담……."

투덜투덜 혼잣말을 중얼거리던 릴리는 이내 마음을 굳게 먹고.

밤색 눈썹을 질끈 틀어 올리며 눈을 감는다.

"【당신의 상처는 나의 것. 나의 상처는 나의 것】."

조그만 입술이 영창을 자아내고 다시 변신마법을 발동시킨다.

짧은 순간을 거쳐 형체를 이룬 것은 헐렁한 푸른색 배틀 재킷, 목에 걸린 망가진 회중시계, 그리고 솜털 같은 꼬리와 긴 귀. 동그랗고 빨간 눈을 이리저리 굴리는 토끼 몬스터, 알미라지였다.

【신다 엘라】는 '자신과 체격이 비슷한 대상'이라는 조건
만 달성하면 몬스터마저 모방할 수 있다. 몸집이 작은 '제
노스' 중에서도 그나마 생긴 것이 나은 알미라지 알루를
선택한 릴리는 결연히 뒷골목에서 뛰어나왔다.

『규-우(될 대로 되라죠)!』

이제는 인간의 것도 아닌 울음소리를 내면서 달려 나온
릴리를 모험자들은 이내 발견했다.

"나, 나왔다!!"

"몬스터다! 뒷골목이다아!"

노성을 지르며 모험자들은 대로에서 뒷골목으로 쇄도
했다.

거액의 현상금을 노린 그들은 눈빛이 바뀌었다. 핏발 선
눈으로 검이며 도끼를 들고, 폴짝폴짝 이리저리 뛰어다니
는 사냥감을 추격했다.

『왜 이리 돈에 집착하는 거예요! 이러니까 모험자들이
란!』

릴리는 자기 처지는 제쳐놓은 채 토끼의 비명소리로 불
만을 터뜨렸다.

그렇다고는 하지만 모험자들은 흉포하면서도 준민했다.
【신다 엘라】는 형태를 흉내 낼 수는 있어도 릴리 본인의
【어빌리티】보다 높은 능력이나 몬스터의 퍼텐셜까지는 복
제하지 못한다. 추적자들 중에는 상급 모험자도 있기에 일

개 서포터에 불과한 릴리는 금방 따라잡히고 말 것이다. 실제로 릴리는 몇 번이나 붙들릴 뻔했다.

그렇기에 그때마다 릴리는 사각으로 뛰어들어선,

"【울려퍼지는열두시의알림】!"

즉시 변신마법을 해제했다.

릴리의 원래 모습으로 돌아와, 악귀 같은 표정을 한 모험자들을 태연하게 흘려보낸다.

변신했다가는 해제하고, 변신했다가는 해제하고. 궁지에 몰렸다 싶으면 어디론가 사라져버리는 알미라지 때문에 모험자들의 짜증은 극한에 달했다. 그물눈처럼 교차하는 좁은 골목 안에서 그들은 어깨며 몸을 부딪쳐 이내 서로에게 욕설을 퍼붓기 시작했다.

높아져가는 모험자들의 혼란을 들으며 릴리는 몇 번이나 '마법'을 구사해, 숨을 헐떡이면서도 미궁거리를 마구잡이로 도망쳐다녔다.

"우우, 펠즈 님, 원망할 거예요~!"

작전을 입안한 '현자'에게 원한을 터뜨리며, 온 힘을 다해 자신의 역할을 수행했다.


"'알미라지'가 나왔다!"

"저쪽이다, 몰아붙여!"

모험자들의 격렬한 목소리는 릴리와 같이 미궁거리 남쪽에 있던 벨에게도 들렸다.

"……!"

리드 일행의 포효에 아연실색한 에이나의 빈틈을 노려 그녀의 팔을 가만히 떼어냈다.

"미안해요, 에이나 누나!"

"아, 벨?!"

그녀가 정신을 차렸을 때 벨은 이미 달려 나간 후였다. 그는 멀어지는 에이나 쪽을 돌아보았다.

"나중에 많이 야단맞을게요!"

"아이 참!"

달려가버린 벨에게 에이나는 화를 냈다. 모양뿐이었지만.

솔직히 말하자면 자신도 따라가고 싶었다. 아니, 소년을 말리고 싶었다. 또 위험에 뛰어들어 상처를 입는 것은 아닐까 싶어 마음이 조마조마했다. 그러나 벨은 모험자고, 에이나는 길드 직원이다. 개인적인 정과 기세에 몸을 맡겨 소년을 찾아와버렸지만, 그녀 또한 직원으로서 업무를 다 해야만 한다.

"……헤르메스 님께 맡았던 벨의 물건은 결국 못 줬네."

오른팔에 감긴 팔찌에 시선을 떨굴 에이나는 그때까지의 분노도 잊고 걱정스러운 눈빛을 보냈다. 벨은 그녀의 시선을 등으로 받으며 길을 따라 달려가고 있었다.

『벨, 낙오된 '제노스' 군들 중 두 마리는 다이달로스 거리의 동쪽에 있다는구나.』

망토 안에 숨긴 건틀렛에서 헤스티아의 나직한 목소리가 새나왔다. 리드의 부름에 호응한 동포들의 정보를 펠즈에게 수신해 이쪽에 전해준 것이다.

"동쪽…… 저희가 있는 남쪽과는 거리가 머네요. 그러면……."

『그래. 예정대로 양동에 전념해다오.』

오쿨루스에 작은 목소리로 대답한 벨은 헤스티아의 지시에 고개를 끄덕였다.

'아이즈 씨는…… 역시 따라오는구나. 다른 모험자가 오는 것도 계획대로이긴 한데.'

지붕 위를 따라 나란히 달리는 아이즈를 어깨 너머로 흘끔 본 벨은 그대로 뒤쪽도 돌아보았다.

벨의 뒤에서 따라오는 자들도 있고, 헌터처럼 일정한 거리를 유지한 자들……의 시선도 있었다. 주신의 지시 때문인지 알미라지(릴리)에게 달려들지 않고 어디까지나 주목적인 벨을 따라온 모험자들이다. 모습이 보이지 않는 자들도 포함하면 숫자가 제법 된다. 벨을 따라가면 보물의 행방에 도달할 수 있을 거라고 믿어 의심치 않는 듯한 숫자였다.

'【로키 파밀리아】의 눈이 나에게 쏠리지 않는다면 양동은 실패야. 일단 아이즈 씨도 이 사람들도 따돌려야만 해!'

결단을 내린 벨은 가속했다.

대로에서 무수한 가지처럼 갈라진 골목길 중 하나로 꺾었다.

"!"

"가자, 놓치지 마라!"

릴리에게 희롱당하던 모험자들의 무리와 스쳐 지나가 듯, 인접해서 남동쪽으로.

모험자들은 착실하게 따라왔다. 이쪽으로 유인하는 것 까지는 좋다. 이제는 이 장소에 그들을 못 박아둘 만한 '무언가'를 만들어내야 한다. 더 욕심을 부리자면 벨을 놓쳐도 남동쪽 지구에 머물게 할 만한 '무언가'가.

'나자 씨, 류 씨, 뒷일 부탁해요!'

장애물을 이용해 추적자들의 시선에서 몸을 피한 순간, 벨은 체취를 없애는 냄새 자루의 내용물을 머리부터 뒤집어썼다. 그리고 몸에 걸친 까만 망토를 **뒤집어** 온몸을 빈틈없이 덮었다.

잠시 후, 벨의 모습은 형체도 없이 사라졌다.

"?!"

"【리틀 루키】는 어디로 간 거야?!"

혼란에 빠진 목소리를 벨은 여전히 그 자리에서 듣고 있었다. 아이즈의 경악도 함께 느껴졌다.

펠즈의 매직 아이템, '리버스 베일'.

능력은 【페르세우스】 아스피의 '하데스 헤드'와 마찬가지로 장비한 사람을 '투명 상태'로 바꾸는 것. 장비한 사람을 무조건 눈에 보이지 않게 하는 하데스 헤드와의 차이점은 뒤집어 착용해 용도를 구분할 수 있다는 것이다. 이렇게 하면 망토는 은신 상태로 탈바꿈한다.

아이즈와 모험자들의 경악을 이끌어낸 벨은 '투명 상태'를 유지한 채 그 자리를 이탈했다.

"그 자식, 어디로 숨었어……!"

놓쳐버린 벨을 찾던 모험자들은 복잡한 길이며 수많은 엄폐물에 짜증을 내다가…… 문득 그 사실을 알아차렸다.

"어디서 달짝지근한 냄새가……?"

수인을 비롯한 몇몇이 미미하게 피어나는 향에 의아한 표정을 지었다.

하지만 그들의 의문을 지워버리듯 어떤 모험자가 외쳤다.

"찾았다, 【리틀 루키】다! 그 집으로 들어갔어!"

휴먼 모험자의 말에 다른 모험자는 눈빛을 바꾸며 그쪽으로 향했다.

"사람 애 먹게 하고 앉았어!"

그렇게 외치며 뒷골목을 따라 세워진 폐가 중 하나에 침입했다── 그러나.

"아니야, 이쪽이다! 대로 쪽이다!"

"아앙?!"

"모, 몬스터다! 몬스터가 나왔다!"

수색에 참가한 자들의 목소리가 곳곳에서 터져 나와 모험자들은 당황했다. 몬스터 발견 소식은 그렇다 쳐도 벨 크라넬이 곳곳에서 나타나다니, 이게 어떻게 된 노릇이란

말인가. 자신들을 속이고 혼자 공을 차지하려는 자들의 수
작인가 싶어 다들 동료의 목소리만 따라 행동했지만,

"야, 어디 있다는 거야?! 【리틀 루키】도 몬스터도 없잖
아!"

"저, 정말이야, 봤다고! 아…… 뒤, 뒤에!"

등 너머를 가리킨 수인의 말에 얼른 돌아보았지만 그곳
에는 사람 하나 없었다. 얼굴을 시뻘겋게 물들인 드워프
상급 모험자는 같은 상급 모험자인 수인의 머리를 후려
쳤다.

"헤에…… 정말 이거 환각을 보여주네……."

──분노와 당혹감에 찬 목소리를 들으며, 젖은 스카프
로 코를 막은 나자는 감탄했다.

그녀의 나머지 손에 들린 것은 두 송이의 시든 꽃이
었다. 푸른색과 붉은색 꽃잎을 가졌으며, 자세히 보면 어
렴풋이 금색 꽃가루를 뿜어낸다. 이것 또한 펠즈의 매직
아이템, '환상꽃'이었다.

효과는 꽃가루를 마신 자에게 미리 기억시킨 물체의 환
영을 보여주는 것. '내성' 어빌리티에는 차단되지만 수많은
모험자가 있는 이 상황에서는 충분했다. 하급 모험자나
'내성'이 없는 상급 모험자가 눈에 비친 것을 있는 그대로
외쳐주니까. 이제 릴리가 있는 남쪽 지구과 함께 남동쪽
지구 일대는 혼란의 도가니에 빠졌다.

'환상꽃'을 손에 든 나자는 내키는 대로 밤길을 총총 돌

아다녔다. 벨은 효과를 설명하면서, 그녀가 이를 들고 남부 주변을 이리저리 쏘다니기만 해도 된다고 말했다.

"어디서 난 걸까, 이거…… 흥미롭네."

두 송이 꽃에 관심을 기울이던 나자는 문득 고개를 갸웃했다.

"그보다도 벨은 정말로 뭘 하는 거람……?"

"사라졌어?"

지붕을 따라 벨을 추적하던 아이즈는 금색 눈에 놀라움을 띠었다.

소년의 모습이 장애물 너머로 잠시 보이지 않나 싶었더니, 그대로 사라져버리고 만 것이다.

질주하던 다리를 멈추고 아이즈는 높은 곳에서 가만히 일대를 내려다보았다.

'——아냐. **있어.**'

모습을 감춘 벨의 기척을 정확하게 포착했다. 아무리 모습이나 냄새를 지운다 해도 미미한 발소리나 기척을 포착할 수 있는 제1급 모험자의 지각영역에서는 벗어날 수 없다. 아마도 '투명 상태'일 거라고 역전의 검사는 이내 감을 잡았다.

오인 목격정보에 혼란스러워하는 모험자들을 내려다보며, 아이즈는 고속으로 미궁거리를 질주하는 벨을 따라갔다.

"【검희】."

"!"

그러나 그녀의 앞길을 가로막는 자가 나타났다.

후드가 달린 롱 케이프, 아이즈와 같은 롱 부츠. 복면으로 얼굴을 숨긴 모험자.

아이즈의 앞을 가로막은 그 인물은 허리에 찼던 목검을 뽑아들었다.

"한 수 겨뤄다오."

아이즈는 눈을 크게 떴다.

**"지금…… 여기서?"**

도시 최대 파벌의 간부이기에 암습을 당했던 경험은 몇 번이나 있다. 아이즈는 정체 모를 인물에게 습격을 당한다고 이제 와서 놀라거나 하지는 않는다. 검술 실력에 자신이 있는 사람이 【검희】에게 승부를 청하는 것도 드문 일이 아니었다.

그녀가 놀란 이유는 오로지 현재의 상황 하나뿐이었다.

"나 또한 어둠 속에서 살아가야 하는 자. 이러한 상황이 아니라면 당신과 검을 나눌 기회도 없을 터."

조용한 목소리는 거짓말을 하는 것처럼 들리지는 않았다. 또한 정말로 【검희】와 비슷한 무투가의 분위기가 느껴졌다. 아이즈는 공감에 가까운 감각을 또렷이 맛보았다.

그러나 이 타이밍은 정말로 우연일까?

애검의 자루에 손을 가져다댄 아이즈는 여전히 멀어져 가는 소년의 기척에 의식을 보냈다.

"미안하지만 응해줘야겠다."

무시할지 고민하던 아이즈에게 복면 모험자는 날카롭게 파고들며 공격을 펼쳤다.

──빠르다!

**제1급 모험자**에 필적하는 속도로 날아드는 목검에 아이즈는 어쩔 수 없이 발검했다. 무기 사이에서 경쾌한 소리가 울려 퍼진 것과 동시에 두 사람은 기세에 몸을 맡기고 지붕 위에서 뒷골목으로 내려섰다.

벨의 추적을 우선시하더라도 이 복면 모험자는 쫓아올 것이다. 소년을 제대로 감시할 수 없겠다고 판단한 아이즈는 눈앞의 상대에게 반격을 가했다.

'저 빛의 입자는……'

롱 케이프 안에서 새나오는 선명한 **빛의 입자**를 보며 아이즈는 복면 모험자와 검을 마주했다.

"괘, 괜찮을는지요, 그 엘프 모험자님은……?"

하루히메는 걱정스레, 조금 전 복면 모험자가 떠나갔던 방향을 바라보았다.

'마법의 지도'를 내려다보던 헤스티아도 그녀와 나란히

그쪽을 응시했다.

"으음~ 엘프 군을 믿을 수밖에 없지 않겠느냐. 그 아이도 엄청나게 강하지만 '다이달로스 거리'에서 보았던 발렌 아무개 군도 터무니없이 강했고……."

헤스티아와 하루히메가 있는 미궁거리 남서쪽 외곽에 복면인물── 류가 찾아온 것은 조금 전이었다. '아이즈의 발을 묶는 역할'을 부탁받았다는 그녀는 벨의 지시에 따라 '레벨 부스트'를 받으러 왔던 것이었다. 다른 이도 아닌【검희】의 시간을 빼앗기 위해서는 하루히메의 오버스펙 '요술'이 반드시 필요했다.

전초전이라 하기에는 지나치게 격렬한 Lv.5와 Lv.6의 전투가 미궁거리 남동쪽에서 펼쳐졌다.

『주신님!』

"벨!"

『류 씨 덕에 아이즈 씨에게서는 벗어났는데요……【로키 파밀리아】를 끌어들이질 못했어요. 이렇게 되면 저도 펠즈 씨에게 가는 편이……!』

자신의 유인이 실패해 '제노스'가 붙잡히는 것은 아닐까 우려한 벨에게 헤스티아는 말했다.

"잠깐 기다려보거라, 벨. 네 위치를 알지 못하는 것은【로키 파밀리아】에게도 두려운 상황일 게야. 적어도 마음 한구석으로는 찜찜할 테지. 보이지 않는 적이 두렵다는 것은 너도 잘 알지?"

『그건…….』

"매직 아이템은 아직 있느냐? 있다면 '투명 상태'를 유지한 채 다른 모험자를 교란시켜다오. 【로키 파밀리아】에게 들키지 않도록. 서포터 군도 슬슬 움직일 게다."

『……알았어요!』

멈추도록 설득하는 데 성공한 헤스티아는 한숨을 돌리고, 하지만 이내 표정을 다잡았다.

"벨에게는 그렇게 말했다만…… 젠장~【로키 파밀리아】의 진형이 전혀 무너지질 않아!"

"릴리 님이나 벨 님도 고생하고 계시오나……."

지도 위에서는 릴리와 벨의 표기가 바쁘게 움직이고 있지만 미궁거리의 중앙탑을 에워싼 【로키 파밀리아】의 진형은 흐트러질 줄을 몰랐다. 적어도 이 장소에서 눈으로 볼 수 있는 마석등의 빛은.

'마법의 지도'에서 고개를 든 헤스티아와 하루히메는 답답하다는 듯 미궁거리의 중심지를 바라보았다.


"움직였구나."

개전을 알리는 몬스터의 포효가 울린 후 들어온 정보에 핀은 중얼거렸다.

"알미라지가 남쪽에 출현했다고 합니다! 남동쪽 지구에서도 몬스터의 목격정보 다수!"

"벨 크라넬도 남동쪽으로 갔습니다! 어, 그리고 아이즈 씨가 추적을 못하고 있는 것 같은데…….”

“말했다시피 벨 크라넬은 미끼야. 아이즈에게 맡기고 무시해. 남쪽과 남동쪽은 아직 움직이지 않아도 돼. 그보다 서쪽이 수상한걸. 엘피, 북서쪽에 있는 티오네와 티오나에게 98번가까지 이동해서 그물을 펼쳐달라고 전해줘.”

아이즈를 따돌렸다는 보고에 내심 놀라면서도, 겉으로는 전혀 드러내지 않고 핀은 재빠르게 지시를 내렸다.

“네!”

태연한 단장의 모습을 본 다른 단원들 또한 흐트러짐 없이 힘차게 달려 나갔다.

장소는 ‘다이달로스 거리’ 중앙지대. 핀도 헤스티아나 하루히메와 마찬가지로 미궁거리가 내려다보이는 높은 건물의 옥상에 있었다. 넓고 바람도 잘 통하는 그 장소는 고성을 방불케 했다.

【로키 파밀리아】는 전달수단으로 마석등 신호기를 이용했다. 건물 옥상에 대기한 단원이 신호기를 깜빡여 현장의 정보를 시시각각 중앙으로 모아주었다.

‘아이즈는 아마 발이 묶였겠지. 복병을 만나나? 적의 전력은 예상 밖이지만…… 그쪽은 괜찮아. 아이즈라면 금방 감시로 복귀할 거야.’

자신의 무기인 장창의 자루를 오른쪽 어깨에 얹으며 핀은 생각에 잠겼다.

‘적은 수가 많을 터. 사방팔방에 척후와 함정을 깔았는데도 걸려들지 않았다는 건…… '다이달로스 거리'의 지리에 밝은 자가 있거나, 매직 아이템이 있거나, 아니면 둘 다 겠지.'

핀은 적이 하나의 본대로 뭉쳐 있을 거라고 추리했다. 근거는 크노소스의 '열쇠' 숫자였다.

이켈로스의 정보를 토대로 '열쇠'가 두 개 이상 있지는 않으리라 내다본 것이다. 지금 핀 일행이 지키고 있는 이 중앙지대의 지하, '크노소스'에 도달해봤자 '문'을 열지 못 해서는 의미가 없다.

다른 파벌의 모험자까지 포함하면 숫자는 물론이고 전 력의 차이는 엄연하다. 나중에 합류할 예정이라 해도, 흩 어진 적이 전방위에서 치고 들어올 가능성은 낮다. 적어도 동포를 죽게 내버려둘 수 없는 자들은 그런 선택을 하지 않는다. 한번 무기를 마주해보았던 핀은 무장한 몬스터들 의 단결력을 이미 간파했다.

위치가 탄로 날 위험성을 무릅쓰면서까지 포효했던 이 유는, 얼마 전의 전투에서 낙오된 동료 몬스터—— 칠흑 의 미노타우로스 같은 놈들에게 신호를 보내기 위해서라 고 보는 편이 타당하리라.

'마음에 걸리는 건 적의 동향인데……. 서쪽이 수상하다 고는 했지만.'

핀은 자신의 오른손을 내려다보았다.

그가 바라보는 엄지가 전혀 시큰거리지 않았다.

눈앞에 펼쳐진 미궁거리로 얼굴을 돌리며, 핀은 대기 중인 단원들에게 물었다.

"검은 미노타우로스의 정보는?"

"아직 들어오지 않았습니다."

"그렇군…… . 진형은 유지해. 잠깐 두고 봐야겠어."

파룸 두령은 조용히 전황을 지켜보기로 했다.

"우와…… 역시 단장님임다. 진짜 전투가 일어났지 말임다."

라울 놀드는 시원찮은 **제2급 모험자**다.

【로키 파밀리아】소속. 【스테이터스】는 Lv.4. 그럼에도 다른 파벌 사람들에게 큰 인상을 주지 못하는 것은 그의 성격 탓이다.

핀을 비롯한 선배들 덕분에 콩고물을 얻어먹어【엑세리아】를 쌓았다는 것이 그의 자기평가였다. 이는 자신감 부족으로도 이어져, 결과적으로 타인의 '시원찮다'는 낮은 평가까지도 파생되었다. 검은 머리에 검은 눈, 중키에 중간 체구. 얼굴마저 딱히 미남도 아니고 못생기지도 않은 평범함을 극한까지 추구한 용모 또한 한몫 했을 것이다. 신들에게서 받은 별명 또한【하이 노비스】.

쉽게 말해, 그는 위대한 파벌 간부들에게 압도된 나머지

위축된 것이다.

지금도 전황을 제대로 읽은 핀의 수완에 외경심을 품는 이 휴먼 청년은 소란이 발생한 남동쪽과 남쪽 방향을 보며 중얼거리고 있었다.

그때.

"──라울!"

"엑…… 다, 단장님?!"

자신의 이름을 부르는 목소리에 돌아본 라울은 깜짝 놀랐다.

그곳에 있던 것은 조금 전에 그가 경탄했던 대상인 파룸 두령 핀이었기 때문이다.

라울의 현재 위치는 미궁거리 서쪽 지구, 중앙지대에는 멀리 떨어진 방어선이다. 본진에 있어야 할 핀이 그런 곳에 나타났으니 주위에 있던 단원들도 술렁거리기 시작했다.

"왜, 왜 여기 오신 겁니까?! 지휘는…….."

"몬스터의 본대가 남동쪽에 나타났어! 검은 미노타우로스도! 현지에 있는 아이즈와 합류해서 놈들을 단숨에 쳐야겠어! 부대에게 전달해. 진형을 변경하겠다고! 나도 간다!"

"네, 네헥!"

강한 어조와 '검은 미노타우로스'라는 단어에 라울은 반사적으로 차렷 자세를 취하며 대답했다.

"그런데 라울, '크노소스'의 배치는 기억하지?"

"네? 지하의 '크노소스' 말임까? 기억은 하지만……."

"가르쳐줘. 마음에 걸리는 게 있어."

라울은 당황하면서도 핀의 지시에 따랐다.

"어, 그동안 발견된 게 북서쪽하고 북동쪽, 남서쪽하고 남동쪽까지 네 곳의 '문'이지 말임다. 가레스 씨네가 지키고 있을 텐데……."

"그렇군……. 나는 먼저 가겠어. 주위 일대에 있는 사람들을 모아다 너희도 남동쪽으로 가줘."

"아, 알았습다!"

남동쪽으로 향하는 핀의 지시를 받아 라울은 황급히 움직이기 시작했다. 근처에 있던 사람들에게 두령의 명령을 전달했다. 신호기로 전달하지 않았던 것이라든가 여러 가지 의문도 느껴졌지만, 다른 사람도 아닌 핀의 말이니 핀이 그렇다면 그런 거라고 스스로 수긍했다.

자신의 판단이 아니라 위대한 선배의 지시에 몸을 맡긴 것이다.

'어라? 근데 단장님, 창은 어디다 두신 거지……?'

빈손이었던 핀의 모습을 떠올리며 라울은 의아하게 생각했다.


"헉, 헉……!"

핀은 달리고 있었다. 전력질주였다.

뒷골목 끝의 계단을 뛰어내려, 주위에 아무도 없음을 확인하고 달리면서 이마에 손을 댔다.

　"【울려 퍼지는 열두 시의 알림】."

　영창이 나온 순간 금세 핀의 모습은 허공에 녹아내렸다.

　"해냈어요!"

　릴리였다. 말할 것도 없이 변신마법이었다.

　"핀 님에게는 미안하지만 예전의 청혼 소동이 큰 도움이 됐네요!"

　변신마법 【신다 엘라】가 아무리 형태를 모방할 수 있다 해도 알맹이까지 복제하지 않고선 속일 수 있는 상대도 속이지 못한다. 그 점에서 말하자면 예전에 있었던 파룸의 구혼은 핀의 인품을 파악하는 데 매우 큰 도움이 되었다. 그의 말투, 분위기, 사람 됨됨이를 도적 출신이었던 릴리의 관찰안은 세세히 분석해냈던 것이다.

　그의 진지한 마음을 생각하면 마음이 아프지 않은 것도 아니지만, 이쪽에도 '제노스'의 목숨이 걸렸다. 수단을 가릴 수는 없다. 결과적으로 릴리는 멋지게 핀을 연기해 【로키 파밀리아】를 속였다.

　'다이달로스 거리'를 공략하는 데에서 릴리에게 주어졌던 역할은 벨과 같은 양동작전이었으며, 그의 행동 뒤에 숨은 스파이 행위였다.

　【로키 파밀리아】의 구성원은 대부분 상급 모험자. 최소한도의 프로필은 길드에서 공개하고 있다. 릴리는 스파이 행위를 성공시키기 위해 이를 모두 암기했다. 하이 노비스

를 노렸던 이유도 그가 가장 다루기 쉬울 거라고 도적 시절의 후각이 반응했던 결과였다.

"벨 님 만큼 쉽던걸요!"

대략 두 명의 모험자에게 실례되는 소리를 하며 릴리는 품에서 오쿨루스를 꺼냈다.

얼굴을 상기시키며 훔쳐 들은 정보를 외쳤다.

"'크노소스'의 수비 배치는 예상대로 북서, 북동, 남서, 남동 네 군데예요!"


"잘 했다, 서포터 군!"

"대단하시옵니다, 릴리 님!"

수정에서 들려온 릴리의 보고를 받아 헤스티아는 하루히메와 함께 칭찬했다.

"이로써 돌파구가……!"

【헤스티아 파밀리아】의 돌파구는 '다이달로스의 수기'였다.

펠즈도 말했듯 이쪽이 '크노소스'의 설계도에 따라 망라해놓은 출입구를 【로키 파밀리아】가 발견하지 못했을 가능성은 높다. 릴리의 첩보 목적은 방해받지 않고 지나갈 수 있는 경로를 파악하는 것이었다.

헤스티아는 바닥에 펼쳐놓은 미궁거리의 지도가 아닌 다른 지도, '다이달로스의 수기'를 들고 페이지를 넘겼다. '크노소스'의 최상층 영역, 다시 말해 '다이달로스 거리'의 지하에서 북서쪽, 북동쪽, 남서쪽, 남동쪽 이외의 출입구, 그 중에서도 '제노스'에게 가장 가까운 곳은——.

"——서쪽이다! 펠즈 군, 서쪽의 '문'이 비었다!"

『고마워, 신 헤스티아.』

여러 개의 오쿨루스 중 가장 끄트머리의 펠즈와 이어진 청수정이 빛을 뿜어냈다.

🔥

'다이달로스 거리' 서쪽 지구.

『98번가』라는 간판이 벽에 걸린 뒷길.

"이봐, 남쪽에서 몬스터가 나왔다고 소란인데? 우리도 얼른 가보는 게 좋지 않을까?"

"그렇지⋯⋯? 젠장, 잘못 찍었네."

인기척이 없는 터널형 길을 2인조 모험자가 나아가고 있었다. 휴먼과 드워프였다. 이 부근에 그물을 펼쳤던 동종 업자들은 이미 남쪽의 소란을 듣고 서둘러 이동한 후였다.

한 발 늦어버린—— 그런 그들의 대화를 머리 위의 천장에서 엿듣는 존재가 있었다.

"——?!"

스르륵, 드워프 사내의 등 뒤로 드리워진 붉은 꼬리가 소리도 없이 그의 목을 감았다. 사내는 비명도 지르지 못하고 순식간에 끌려 올라갔다.

"응? 이봐, 왜── 히익?!"

충격을 받아 손에서 떨어뜨린 손도끼 소리가 휴먼 사내의 시선을 등 뒤로, 그리고 머리 위로 이끌었다.

사내가 올려다본 곳, 천장에는 갑옷을 입은 리저드맨이 손발을 붙이고 있었다. 드워프 동료의 거구를 가볍게 들어 올린 채 번뜩이는 누런 두 눈으로 사내를 내려다본다.

동요한 휴먼 모험자가 비명을 지르려 했을 때.

"실례할게요."

그 자리의 분위기에 어울리지 않는 아름다운 여성의 목소리가 사내의 바로 뒤에서 들렸다.

『──아아아!!』

"꺽────."

지체하지 않고 초지근거리── 귓가에서 터져나온 괴음파가 그의 몸에 물결쳤다.

평형감각과 함께 의식을 호되게 얻어맞아 사내는 고막에서 피를 흘리며 쓰러졌다. 거품을 뿜고 기절한 드워프도 천장에서 떨어져 돌바닥에는 두 명의 모험자가 드러누웠다.

"벨찡네 덕에 모험자는 상당히 줄었지만…… 역시 아직 남아있었네."

"그렇게 잘 풀리지만은 않겠지요."

쿵 소리를 내며 천장에서 떨어져 착지한 리드에게 세이렌 레이가 말했다.

터널 밖에서 고개를 쏙 내민 라미아와 트롤이 종종걸음으로 다가와 기절한 모험자의 몸을 골목 뒤로 숨겼다. 수습 멤버인 비네는 열심히 이를 도왔다.

"진짜 솜씨 좋구만……."

"예, 정말입니다. 제가 태어난 고향의 닌자 같군요……."

이미 비슷한 광경을 몇 번이나 본 벨프와 미코토가 자신도 모르게 중얼거리자 곁에 있던 가고일 그로스가 담담히 설명했다.

"던전에서 어쩔 수 없이 이래야 하는 상황은 셀 수 없을 정도였다."

그렇게 말하는 그도 조금 전에는 미궁거리에 배치된 석상인 척하다가 모험자들의 뒤통수를 치는 무자비한 기습을 보여주었다.

미코토가 오쿨루스를 꺼내 물었다.

"하루히메 공, 이 근처가 틀림없습니까?"

『예, 미코토 님. 현재 가장 가까운 분은…… 비네 님이옵니다.』

"나?"

하루히메의 말에 비네가 고개를 갸웃하더니 청백색 손으로 터널 벽을 차닥차닥 만져보았다. 그러자 덜컹 소리와 함께 석판 하나가 움푹 들어갔다.

"우왁?!"

용종 소녀가 놀라는 사이에도 벽면은 계속해서 어긋나

더니 마침내 입구를 드러냈다. 비밀통로였다.

"어서 가자, 【로키 파밀리아】가 오기 전에. 신 헤스티아의 말을 들어보니 【브레이버】는 역시 우리보다 한 수 위인 것 같아."

펠즈 일행은 이렇게 비밀통로, 비밀문을 구사해 '다이달로스 거리'를 나아가고 있었다. 다른 모험자나 【로키 파밀리아】의 정찰병을 피하기 위해서다. 비록 모든 샛길을 망라하지는 못했다지만 펠즈가 헤스티아에게 우라노스로부터 '다이달로스 레거시'를 받으라고 지시했던 이유도 여기에 있었다.

오늘 몇 번째로 지나왔는지도 잊어버린 비밀통로는 다른 곳과 마찬가지로 먼지투성이였다.

리드가 불꽃을 토해 즉석 횃불을 만들고, 마석등도 설치되지 않은 석조 길을 나아갔다. 은백색 갈기를 출렁이는 유니콘은 마치 기침을 하듯 히힝거렸다.

『리드 군이라고 했나? 갈림길이 있을 텐데 오른쪽 내리막길을 선택하거라. 다음 출구에서 【로키 파밀리아】 앞까지 확 다가가게 될 게다.』

"알았어, 여신님."

길을 안내해줄 사람이 있다는 것은 큰 도움이 된다. 지금도 모험자들이 몇 번씩이나 길을 잃고 있는 미궁거리를 막힘없이 나아가는 것이다. 게다가 이렇게 비밀 샛길까지도 활용할 수 있다. 서커스를 방불케 하는 대열을 짜 이동하는 '제노스' 일행이 아직까지 발견되지 않은 것은 헤스티아와 하루히메의 공로였다.

"이봐, 미궁거리를 측량했던 게 당신이라며? 비밀통로가 어디 있는지 기억은 못해?"

"그야 600년 전 일이니까. 애매한 부분이 많지."

벨프의 물음에 펠즈는 탄식하듯 흑의를 출렁거리며 당시의 고뇌를 털어놓았다.

"우라노스의 부탁으로 매핑을 했는데, 밖으로 드러난 길을 측량하는 데만도 5년은 걸렸어⋯⋯."

"'크노소스'로 이어지는 길은 발견하지 못하셨습니까?"

"맞아. 내가 매핑할 수 있었던 건 표면뿐이라고 해야겠지. 아니면 다이달로스의 자손들도 600년 전 당시에는 아직 확장에 착수할 수 없었을지도 모르고. 뭐, 그냥 억울해서 하는 소리지만."

그러나 질문한 미코토도 그 말이 맞을 거라고 생각했다. 도시의 '악'과 이어졌던 명공 다이달로스의 자손들도 당시에는 자산과 인원이 충분치 않았을지도 모른다고.

"벨은⋯⋯ 괜찮을까?"

"지금은 그 꼬마를 믿어라, 비네. '은혜를 갚는다'고 했지?"

"⋯⋯응."

괴물들의 그림자가 길게 늘어지는 비밀통로에서 비네가 중얼거리는 소리가 울렸다. 곁에 있던 그로스가 대답해주자 용종 소녀는 야무지게 고개를 끄덕였다.

"여기서 멈추자."

샛길의 끝이 보였을 때 펠즈는 '제노스'들을 제지했다.

밖으로 이어지는 비밀통로 앞에서 마지막 의논을 시작했다.

"이곳을 나가면 【로키 파밀리아】의 진영 코앞이야. 그리고 이용할 수 있는 비밀통로는 더 이상 없어."

"목적지까지 단숨에 돌파해야겠네요."

"그렇지."

레이의 말을 긍정하며 펠즈는 베껴두었던 '크노소스의 설계도'를 펼치고 손가락으로 가리켰다.

"'크노소스'로 이어지는 지하통로가 있는 건 적의 품인 중앙지대야. 그 중에서 서쪽의 '문'으로 이어지는 이 경로를 따라갈 거야. 벨 크라넬과 릴리루카 아데 덕에 【로키 파밀리아】와 모험자들의 움직임은 혼란에 빠졌어. 돌파할 기회는 지금뿐이야. 벨프 크로조, 야마토 미코토…… 요격을 부탁해."

"맡겨만 줘. 해내고 말 테니."

"신명을 바쳐 지키겠습니다."

벨과 같은 검은색 망토── '리버스 베일'을 출렁이며 벨프와 미코토는 나란히 고개를 끄덕였다.

망토 안쪽으로 미코토는 허리에 카타나 외에도 푸른색 단검을, 벨프는 비슷한 종류의 단검과 장검을 착용하고 있

었다. 어두운 비밀통로 안에서 푸른 칼날이 광택을 뿜어
냈다.

"······숫자를 세겠어. 다들 준비해."

긴장으로 팽팽해진 공기를 뿜으며 일행은 자리에서 일
어났다.

대열을 재편성해 돌격에 적합한 '창'의 형태를 취했다.

"5, 4······."

롱 소드와 시미터를 든 리드는 유니콘과 함께 전열. 얼
굴을 추악하게 피로 화장한 레이와 라미아, 날개 달린 몬
스터들과 펠즈는 중견. 다리가 느린 트롤이나 전투능력이
낮은 비네는 후열에 배치하고, 그로스는 돌로 이루어진 날
개를 펄럭이며 최후방경계를 맡았다.

"3, 2······."

선두에 선 미코토와 벨프가 '리버스 베일'을 뒤집어쓰고
문에 손을 가져다댔다.

통로의 어둠이 피부에 찌릿찌릿 자극을 주는 가운데, 오
쿨루스 너머에서 헤스티아와 하루히메가 숨을 죽였다.

용종 소녀의 가녀린 손이 로브 너머로 얇은 가슴팍을 꼬
옥 움켜쥐었다.

"1 ── 가자!"

호령이 떨어진 순간 문이 활짝 열렸다.

"──!!"

팽팽해졌던 활시위에서 풀려나간 화살처럼 '제노스'는

어둠으로 뛰쳐나갔다.

　장소는 협곡과도 같이 좁고 깊은 외길. 검은 벽돌 건물이 내려다보는 가운데 일행은 전속력으로 질주했다.

　리저드맨의 강인한 두 다리가 보도블록을 박차고, 세이렌의 금색 날개와 가고일의 회색 날개가 허공을 후려쳤다.

　"저――적이다아아아아아아아!!"

　즉시 터져나오는 모험자들의 절규. 【로키 파밀리아】였다.

　어둠 속에서 솟아난 괴물의 무리를 발견한 상급 모험자들은 건물 옥상에서 신호기를 버리고 종을 울리려 했다. 그러나 '투명 상태'가 된 미코토가 그야말로 닌자처럼 벽을 타고 올라가 사내의 발목을 붙잡고 끌어내려버렸다. 유니콘이 뿔을 쳐올려 모험자는 비명을 지를 틈도 없이 빙글빙글 돌며 날아갔다 지면에 격돌했다. ――그러나 경종을 막을 수 있었던 것도 한순간.

　다른 파수가 온 미궁거리에 울려 퍼지는 종을 울려댔다.

　"들켰다!"

　"상관하지 말고 전진!"

　까앙, 까앙, 까앙!! 찢어지는 종소리, 그리고 노성에 에워싸인 미궁거리를 '제노스'들은 가속했다.

　괴물의 퍼레이드가 지금 시작되었다.

그때.

"──라울?"

서쪽 부대의 움직임을 가장 먼저 알아차린 것은 핀이었다.

단원들이 대기장소를 떠나 남쪽으로 이동하고 있었다. 신호기의 인광이 동요하듯 깜빡이는 광경을 중앙지대의 높은 곳에서 발견한 것이다.

"서, 서쪽의 부대가 남쪽으로 전개 중! 몬스터의 대군이 출현해 이를 포위하기 위해서라고 합니다!"

"그런 연락 이쪽에는 안 왔어! 게다가 단장님은 지시한 적도 없잖아! 왜 멋대로 움직이는 거야!"

"그, 그게…… 라울 씨한테 단장님이 직접 찾아와서 지시를 내렸다는데요……."

"뭐?!"

전령을 맡은 단원이 핀을 몇 번이나 흘끔거리며 설명하자 본진은 순식간에 술렁거림에 빠졌다. 그 중에서 핀만은 기시감을 느끼고 있었다.

'그래, 맞아. 이건── 【헤스티아 파밀리아】와 【아폴론 파밀리아】의 워 게임.'

성내에서 벨 일행을 끌어들였던 파룸 ──모종의 거래가 있었던 것이 아니라면── 그리고 워 게임 종반까지 모습을 드러내지 않았던 동종 소녀——.

퍼즐 조각을 고속으로 맞춘 핀은 자신도 모르게 중얼거리고 있었다.

"그렇게 된 거였군⋯⋯."

"단장님?"

의아한 표정을 짓는 단원을 내버려둔 채 가슴속으로 어떤 인물의 얼굴을 떠올리고 있었다.

——그 아이인가?

자신도 용기를 인정했던 동족, 【헤스티아 파밀리아】 내에서 가장 수완이 뛰어난 소녀. 매직 아이템, 아니, '마법'이 아닐까 추측한 핀은 그녀에게 한 방 먹었음을 깨달았다.

벨 크라넬에게 지나치게 정신이 팔렸다는 것도.

"부대를 철수시켜. 진형의 구멍은 북쪽의 나르비 소대에게⋯⋯ 아니, 안 되겠는걸. 한 발 늦었어."

이동한 부대를 대신할 부대를 보충하려던 핀은 이내 고개를 가로저었다. 늦어버렸다고 단언하는 그를 마치 긍정하듯, 그 직후—— 까앙, 까앙, 까앙!! 찢어지는 종소리가 울려 퍼졌다. 음원은 서쪽. 몬스터 발견 경보였다.

핀의 주위는 금세 고함소리에 휩싸였다.

"다, 단장님?! 몬스터의 대군이 서쪽에서 갑자기 출현해서, 라울 씨가 비운 구멍을 뚫고 '다이달로스 거리' 중앙지대로!"

"나도 알아, 진정해. 그쪽도 알아차렸겠지만 티오네와 티오나를 도로 불러줘. 남은 수비대와 앞뒤에서 협공할 테니."

두령의 태도는 흔들림이 없었다. 그의 그런 모습을 보고 침착함을 되찾은 단원들은 자신들도 무기를 들고 각자 행동에 나섰다.

핀은 냉정하게 지시를 내리는 한편, "역시 서쪽이었군" 하고 중얼거리며 보고를 채근했다.

"적의 진로는? '크노소스'의 어디로 향하고 있지?"

"어…… 직진! 출현한 서쪽 지점에서 똑바로 동쪽을 향해 나아가고 있습니다!"

"——**직진**? 진로도 '크노소스' 서쪽?"

이때 처음으로 핀의 표정이 바뀌었다.

당혹감을 드러내면서도 고개를 끄덕이는 단원을 쳐다보고, 시점을 미궁거리의 야경으로 돌렸다.

'서쪽에 나타난 이상 북서쪽이나 남서쪽으로 진로를 잡을 거라고 생각했는데…….'

【로키 파밀리아】가 발견한 '크노소스'의 출입구는 넷. 폭주 상태의 부이브르가 출현한 북동쪽 외에 북서쪽, 남서쪽, 남동쪽이다. 지하통로 내에서 이러한 오리할콘 문을 발견했던 【로키 파밀리아】는 이를 사수하고자 지금도 문지기를 배치해둔 상태였다.

'설마 우리가 모르는 경로를 알고 있나?'

지난 며칠 동안 '크노소스'로 이어지는 지하통로를 철저하게 탐색했다. 그러나 만약 자신들이 놓친 '문'이 존재하고, 적이 그 소재를 알고 있다면?

그런 일이 있을 수 있을까, 생각하던 핀의 뇌리에 어떤 기억이 되살아났다.

'신 이켈로스는 '다이달로스의 수기'가 존재한다고 그랬지. '크노소스'의 설계도가 있다고……. 적이 그걸 가졌나?'

연행할 때 이켈로스는 자신에게는 수기가 없다고 말했다. 핀도 그 말을 믿었다.

하지만 자신의 눈을 속였던 것이라면──.

"위험하게 됐는걸."

중얼거린 핀은 자신의 오른손을, 엄지손가락을 내려다보았다.

핀의 날카로운 '감'은 엄지손가락에 직결되어 있다. 위험을 알려주듯 엄지가 시큰거리는 것이다.

예감을 알려주는 엄지는 지금도 반응이 없었다──.

'──모르는 사이에 지나치게 감에 의존했군.'

부끄럽게 생각하고 반성하며 핀은 재빨리 태세를 전환했다.

당초 지하통로 내로 유인하는 데까지 상정했던 계획을 뒤집고, 지금도 몬스터들이 나아가려 하는 미궁거리의 시가를 내려다보았다. 핀은 바깥세상과의 시간 격리를 일으킬 정도로 생각을 가속시켰다.

"아나~ 핀~."

그때 늘어지는 주신의 목소리가 들렸다.

"어딜 다녀온 거야, 로키?"

"여그저그."

모두가 바쁘게 뛰어다니는 본진에 나타난 로키에게는 눈길조차 주지 않고 핀은 등 너머로 물었다. 붉은 머리의 주신은 핀에게 다가왔다.

"음—— 생각하는 중이가, 핀?"

"응. 조금 자만했던 것 같아. 지금은 가만히 놔둬주면 좋겠는데."

눈을 마주치지 않고 말하는 핀의 옆얼굴을 로키는 빤히 바라보았다.

그리고 살짝 입가를 틀어올렸다.

파룸의 조그만 두 어깨에 두 손을 얹고, 그의 귓가에 입술을 가져다댔다.

"핀—— 니 똑똑히 본나."

"———."

자신의 귀에만 들리는 신의 속삭임에 핀은 생각을 멈추었다.

똑똑히 보라니, 소년을? ——아니면 괴물을?

시선만 돌려 옆을 보니, 로키는 눈을 가늘게 뜬 채 웃고 있었다.

"누구의 눈도 아닌 니 눈으로 말이제."

"…………."

"그 후의 판단은 니한테 맡길기라. 내는 이제 암말 안 할란다~."

로키는 핀에게서 홱 떨어졌다. 여느 때의 분위기로 돌아가 헤실헤실 웃는다.

이를 쳐다보는 파룸의 푸른 눈을 향해 손을 파닥파닥 흔들고, 변덕스러운 황혼처럼 로키는 떠나갔다.

"…………."

소란이 끊일 줄 모르는 옥상에서 핀은 한숨을 토해냈다.

그러나 이내 얼굴을 두령의 표정으로 바꾸고, 어둠으로 가득 찬 '다이달로스 거리'를 다시 바라보았다.

지금 해야 할 일을 하기 위해, 단원 한 사람을 불러 세웠다.

"라울을 여기로 불러와. 얼른."

막간

세 고아

한밤중의 절규

피에 물든 메이즈

© Suzuhito Yasuda

히타치 치구사는 당황하고 있었다.

"부탁이니 제발 구해줘! 루우가, 루우가 교회로 가버렸어!"

카시마 오우카도 마찬가지였다.

'다이달로스 거리' 북서쪽의 외곽 부근. 도시의 대로, 동쪽 메인 스트리트를 앞둔 이 장소에는 많은 미궁거리의 주민이 모여 있었다. 얼마 전부터 시작된 길드의 피난 지시에 따른 것이었다. 그런 가운데 【타케미카즈치 파밀리아】 멤버들은 아이들에게 에워싸여 있었다.

"그 녀석이 우리한테는 비밀로 고양이를 길렀대. 데리러 가겠다고 하고는 여길 빠져나갔는데, 그러고는, 그러고는……!"

"지금은 몬스터가 있는데……!"

"괜찮으니까 진정하렴…… 응?"

원래 치구사를 비롯한 【타케미카즈치 파밀리아】는 주신의 의향으로 【헤스티아 파밀리아】에게 힘을 빌려주기 위해 '다이달로스 거리'로 나왔는데, 피난민이 너무 많다는 길드 직원의 지원요청을 거절할 수가 없었던 것이다.

주위에서는 【가네샤 파밀리아】나 다른 모험자들이 경계를 서는 한편, 길드 직원들은 동쪽 메인 스트리트로 향하도록 피난민들을 필사적으로 유도했다. 몬스터의 포효를 시작으로 이곳의 남쪽은 전장이 됐기 때문에 동쪽 대로를 향해 북상하지 않고서는 피난할 곳이 없었다. 북쪽의 여러

출구는 수많은 사람들로 붐벼 지금은 엄청난 정체를 빚고 있었다. 주민들은 모두 몬스터를 두려워했다.

치구사의 앞에 있던 라이라는 휴먼 소년, 피나라는 시앙스로프 소녀도 마찬가지였다.

"저도 부탁드립니다. 부디, 부디 그 아이를……!"

"제발…… 고개 드십시오. 어른인 당신까지 울면, 곤란합니다."

흑발에 깡마르고 나이가 지긋한 여성 마리아 마텔에게 애원을 받아 난감해진 오우카는 그런 서툰 대답밖에 하지 못했다. 【가네샤 파밀리아】는 물론이고 다른 모험자들도 대부분 피난민 호위 때문에 움직이지 못하는 상황이었다. 지푸라기에라도 매달리고 싶은 심정이리라. 심지어 그것이 어린아이 하나를 수색하는 일이라면.

"알았습니다. 우리가 찾아올게요. 길을 가르쳐주…… 아니, 들어봤자 소용없겠지. 지리감각 없는 미궁거리에선."

"제가 동행하겠습니다! 교회까지 안내해드리겠어요!"

"나도 갈래!" "나도!"

마리아에 이어 라이와 피나까지 나서 치구사도 오우카도 놀랐다. 마리아가 위험하다고 말렸지만 아이들은 듣지 않고 오우카에게 매달렸다.

"우린, 같은 핏줄은 아니지만…… 다들 가족이란 말이야!"

그 말을 듣고 오우카는 모든 것을 깨달아 주름 지은 미간에 갈등을 내비쳤다.

"고아, 였구나. ……젠장, 마음 약해지게."

오우카도 치구사도 고아다. 【헤스티아 파밀리아】로 이적한 미코토도 그렇다. 여러 가지 이유로 의지할 곳이 없었던 그들은 타케미카즈치를 포함해 선량한 신들이 사는 신사에서 자라났다.

아이들과 자신들의 처지를 겹쳐보았는지, 오우카는 굵은 목에 한쪽 손을 가져다대며 치구사에게 사과했다.

"치구사…… 미안한데, 애들도 따라가게 해줘."

그 말을 듣고 치구사는 활짝 웃으며 고개를 가로저었다.

그녀는 요령 없지만 다정한 오우카를 좋아했다. 여느 때는 앞머리에 가려진 오른쪽 눈을 드러내며 웃자 오우카도 쓴웃음으로 대답했다.

"좋아, 안내해다오."

"이쪽이야!"

동료 단원들을 그 자리에 남겨놓고, 치구사와 오우카는 마리아와 아이들을 따라 출발했다.


카산드라 일리온은 짐을 옮기고 있었다.

"으~~~ 무거워어어어……!"

정적에 싸인 미궁거리에서 두 팔로 끌어안고도 남을 만큼 큰 나무상자를 들고 비틀비틀 걸었다.

장소는 미궁거리 북동쪽. 그녀에게는 다행이라고 해야

할지, 주위 일대는 몬스터도 모험자도 없어 기분 나쁜 어스름만이 존재했다. 사람의 몸을 본뜬 【미아흐 파밀리아】의 엠블럼이 허리에 억지로 끼워 넣은 로드(rod) 위에서 광택을 띠었다.

긴 머리카락을 출렁이는 카산드라가, 심약함을 드러내듯 늘어진 눈을 한층 두리번거리며 미로나 다를 바 없는 뒷골목을 혼자 나아가고 있으려니── 덜그럭덜그럭, 끌어안은 상자가 흔들렸다.

"우, 움직이면 안 돼!"

카산드라는 황급히 나무상자에 속삭였다. 얼른 주위를 둘러본 그녀는 사람이 없음을 확인한 후 안도하며 가슴을 쓸어내렸다.

"──찾았다, 카산드라! 너 혼자서 몰래 뭘 하는 거야!"

"흐악?!"

그러나 뒤에서 동료 다프네 라우로스가 그녀를 따라 나타났다. 깜짝 놀란 카산드라는 상자를 보도블록 위에 떨어뜨리고 말았다. 그 순간 상자 안에서 『큐우?!』하는 높은 울음소리가 새나왔다.

"…………"

"…………"

다프네는 굳어버렸다. 카산드라는 낯이 창백해졌다.

지금도 덜컹덜컹 흔들리는 상자를 구멍이 뚫릴 정도로 쳐다보던 다프네는 떨리는 입술로 말했다.

"카산드라…… 너, 설마."

"다, 다프네, 그게 아냐! 기다려봐! 부탁이니까 기다려 줘!"

두 팔을 벌리는 카산드라를 밀쳐내고 다프네가 상자를 열자, 안에 있던 것은.

『뀨우우…….』

『끄으응…….』

부딪친 이마를 앞발로 누르고 눈물을 글썽거리는 알미라지와 헬하운드였다.

"에——에에에에에에에에에에에에에에에엥?!"

"다, 다프네! 목소리, 목소리가 너무 커!!"

다프네의 절규에 두 몬스터는 펄쩍 뛰고 카산드라는 갈팡질팡했다. 단발 소녀는 째진 눈을 크게 뜨고 분노와 혼란이 섞인 표정으로 동료 소녀를 힐문했다.

"카산드라, 너, 바보야, 뭐 하는 짓이야?! 몬스터를 숨겨줬어?!"

"그게 아니야~! 이건, 그러니까…… 꿈을, 예지몽을 꿔서~!!"

며칠 전, 카산드라는 칠흑의 파도에 휩쓸리는 꿈을 꾸었다. 그것은 매우 무서운 꿈이어서 죽을 뻔한 그녀는 전에 입수했던 토끼 부적을 얼른 꺼내 칠흑의 파도에서 목숨을 건졌다는 여느 때와 마찬가지로 기상천외한 내용이었다.

이런 '예지몽'이 매우 좋지 못하다는 것을 태어나서 이제까지 18년의 경험을 통해 소녀는 잘 알고 있었다. 꿈의 계시를 믿고 부들부들 떨며 쇠퇴한 골목길을 걷던 것이 닷새 전―― 그렇다, **그날**이었다. 그런 일이 있었던 후였으니 가지 않으면 좋았을 텐데, 부적을 잃어버렸던 장소까지 가보니…… 하얗고 몽실몽실한 것이 있었다. 까맣고 북실북실한 것도 있었다.

그것들은 피에 젖은 채 축 늘어져 있었다. 두 마리가 나란히 앞발을 내밀고, 엎드린 채 기절한 것이었다. '예지몽'에 나왔던 토끼 부적이란 '알미라지'+'헬하운드'였다.

어질어질. 하늘을 우러러보며 졸도할 뻔한 카산드라. 그러나―― 파멸의 예언이 그녀를 강박관념으로 몰아붙였다. 창백해진 얼굴과 떨리는 팔다리로 두 몬스터를 적당한 상자 안에 숨겨, 놀랍게도 그녀는 그 날 홈의 자기 방으로 데려왔던 것이다. 미아흐나 나자, 다프네, 다른 모험자들에게 들키지 않았던 것은 기적이었다.

카산드라는 '제노스', 아니, 몬스터를 숨겨주었던 것이 아니었다. 오히려 반대로 지금도 겁을 내고 있을 정도였다. 하지만 그녀는 약속의 그 날까지 '토끼 부적'을 계속 확보해두어야만 했다. 따라서 굶어 죽지 않도록 적당히 감자돌이를 준 것도 어쩔 수 없는 일이었다. 결코 흰 토끼가 뀨우뀨우 울고 까만 개가 끙끙 보채서 그랬던 것은 아니다. 참고로 감자돌이는 호평이었다. 이후 그녀들(?)의 먹이는 감자가 되었다. '나 테이머 소질이 있는 거 아닐까…….' 카산드라는 떨면서 생각했다.

결국 '제노스'의 사정을 말하지 않았던 주신과 자진 신고를 두려워했던 권속이 멋들어지게 엇갈려버렸던 셈이다.

"또 꿈이니 뭐니 바보 같은 소릴 하고 있어!! 이제 그만 좀 하란 말이야! 비켜봐!!"

그러나 그런 사정은 알 바가 아닌 다프네.

이런 일이 드러났다간 벨의 전철을 밟게 된다. 【파밀리아】를 위해서라도, 무엇보다도 이 소녀 자신을 위해서라도 다프네는 허리에서 지휘봉처럼 생긴 단검을 뽑아들었다.

『뀨?!』

"아, 안 돼, 다프네!!"

"비켜, 카산드라!"

비명을 지르는 알미라지, 등 뒤에서 끌어안는 카산드라, 그녀를 떨쳐내려는 다프네.

몬스터는 즉시 처분해버려야 한다고 단검의 광채가 소리 높여 주장하고 있으려니——

쿠우웅.

"_____."

'무언가'가 보도블록을 밟아 부수는 소리와 동시에 거대한 그림자가 다프네와 카산드라를 덮쳤다.

얼어붙은 소녀들이 돌아보니, 그곳에는 한밤의 어둠을 짊어진 칠흑의 거구가 서 있었다.

몸 표면을 흘러내려 뚝뚝 떨어지는 물방울은 자신의 것인지 남에게서 튄 것인지도 알아볼 수 없는 선혈.

외팔로 든 거대한 라브리스(양날 도끼).

무시무시한 시선에 꿰뚫린 두 사람을 겨누며 라브리스가 단두대처럼 천천히 올라갔다.

다프네의 얼굴이 색이란 색을 모조리 잃고, 카산드라의 얼굴이 공포에 질렸다. 상급 모험자인 소녀들은 피아간의 역량 차이를 확실하게 인지하고, 한순간 후에는 자신들이 고깃덩어리가 되리라 확신했다.

그녀들이 죽음을 각오했던 다음 순간.

『뀨—!』

상자에서 튀어나온 알미라지와 헬하운드가 양측 사이에 끼어들었다.

몇 번이나 울며 폴짝폴짝 뛰어다니는 동포를 보고 침묵했던 칠흑의 괴물은⋯⋯ 천천히 라브리스를 내렸다. 그리고는 조각상으로 변한 소녀들의 바로 옆을 지나쳐, 어둠 속으로 걸어갔다.

알미라지는 카산드라를 올려다보고 『뀨!』 한 차례 울더니 헬하운드에 올라타 괴물의 뒤를 따랐다.

"⋯⋯⋯⋯."

"⋯⋯⋯⋯."

폭풍이 지나간 것 같은 정적이 소녀들에게 찾아왔다.

비실비실 주저앉은 카산드라는 다프네의 허리에 매달려

있었다. 다프네는 간신히 두 다리로 서 있었지만 무릎은 연신 떨렸다.

뻣뻣하게 눈을 마주보는 다프네에게 카산드라는 실룩거리는 웃음을 지었다.

"내, 내 말이 맞지? 더더더더더더덕분에 살았잖아……!"

"──애초에 네가 저런 걸 주워오지 않았으면 이런 일도 없었잖아─!!"

"아파앗──?!"

다프네의 주먹이 날아들어 카산드라는 머리를 움켜쥐고 울먹였다.


수인 소녀는 창백하게 질렸다.

"야, 힐러 불러와! 포션이라도 좋으니까 있는 대로 갖다줘!"

"끄, 끔찍해……."

"몇 명이나 당한 거야?!"

정확하게 말하자면, 수인 소녀로 변신한 릴리는 창백하게 질렸다.

모험자들의 아비규환 같은 비명에, 미로와도 같던 통로가 온통 **붉은색**으로 물든 그 광경에.

짐승 귀를 파르르 떠는 그녀의 시선 너머에서는 수많은 모험자들이 그야말로 시산혈해를 이루며 쓰러져 있었다.

'낙오된 '제노스' 중 누군가가 한 일일까요? 아니면 전원

이? 아무리 그래도 이건······.'

릴리와 벨은 뿔뿔이 흩어진 '제노스'와 합류하고 가능하다면 펠즈 일행과 만날 예정이었다. 그것이 불가능할 경우 최후의 수단으로 '제노스' 중 한 마리가 가졌다는 두 번째 '열쇠'를 얻어 독자적으로 다른 루트를 찾아갈 계획이었다.

현재 위치는 미궁거리 동쪽 지구. 벽에 걸린 간판에는 '277번가'라는 코이네 공통어.

전투 직전에 리드가 터뜨렸던 '외침'은, 낙오되었던 '제노스'들에게는 이곳 '277번가'에서 만나자는 의도를 전했다. 따라서 스파이 활동을 마친 릴리는 몰래 이곳까지 찾아왔던 것인데······.

'아마 이곳을 모험자들에게 들켜서······ 전부 쓰러뜨린 거예요. 여기 있는 사람들만 봐도 상당한 수의 도당이었던 것 같으니, 어쩔 수 없이, 이렇게 했던 거겠지만요······.'

위로 아래로 계단이 이어지고 좌우 옆길이 수없이 뻗어나가 미궁과도 같은 뒷골목. 그 노상이, 벽이, 대량의 선혈에 젖어 붉은 길로 변모했다. 갈라진 벽 앞에 주저앉아 피를 뿜던 아마조네스는 목을 옆으로 푹 꺾었고, 자랑하던 해머와 갑옷이 박살 난 드워프는 처참한 모습으로 하늘을 우러러보고 있었다. 상급, 하급을 불문하고 모험자들에게 피의 재앙이 내려온 것이었다.

"윽······."

깊은 열상, 부러진 팔다리, 피부에서 튀어나온 뼈. 그 끔찍한 모습은 오랫동안 서포터를 경험했던 릴리가 본 것 중에서도 핏기가 가실 만큼 처참한 광경이었다. 과연 그들은 정말로 살아있을까? 얼른 입을 막은 릴리는 지금도 비명을 질러대는 모험자들 사이로 들어갈 용기가 나질 않았다.

정신을 잃은 모험자들 중에서 트릭스터 엠블럼을 소수 발견하고 숨을 멈추었다.

'【로키 파밀리아】도 있어……. 핀 님이 잠복장소를 감 잡아 정찰을 보냈던 걸까요? 이렇게 큰 소란이 벌어졌다면 '제노스'들도 이곳으로 돌아오진 못하겠죠…….'

보도블록이나 건물 벽을 분쇄해버린 전투의 흔적은 이를 가능케 한 괴물을 떠올리게 만들고도 남았다. 릴리의 뇌리에 떠오른 것은…… 강렬한 하울을 퍼부었던 그 칠흑의 맹우.

이런 일을 저지를 만한 괴물에게 과연 도움이 필요할까?

'제노스'의 발자취를 따라갈 수는 없을까 생각해 뒷골목을 조사하기 시작한 릴리는 아직 숨이 붙어있는 모험자를 발견할 때마다 매우 안도하는 한편, 맹렬한 불안감에 휩싸였다.

주먹으로 때리거나, 발로 차거나, 잡아서 던지거나.
그것으로 끝이 났다.

"으, 으아아아아아아아아아아아아악!!"

무기를 내팽개치며 도망친 사냥꾼도 금세 쫓아가 걷어차면 동료로 보이는 사냥꾼과 마찬가지로 피를 토하며 쓰러졌다.

이것은 투쟁이라 부를 만한 것도 아니었다. 사냥이라고도 할 수 없었다.

쓸데없이 치미는 '굶주림'에 시달리며 그는 동포들 곁으로 돌아갔다. 사냥꾼들에게 습격을 당했을 때 그가 구해준 낙오된 동포들이었다.

토끼 동포는 폴짝폴짝 뛰며 기뻐했다. 든든하다고.

날개를 가진 동포는 애절한 표정으로 중얼거렸다. 지나친 것 아니냐고.

그의 '굶주림'을 본 동포들의 반응은 둘로 나뉜다. 칭송하거나, 두려워한다.

그는 자신이 동포들 내에서도 '이단'임을 자각했다.

그의 '꿈'과 동포들의 '꿈'은 근본적으로 달랐다. 동포들은 이곳 지상이나 지상의 주민들에게 마음을 기울인다. 그러나 그에게는 그런 것이 없었다. 그는 투쟁에만 의미를 두었다.

이곳에서는 자신의 '꿈'이 동포들의 '꿈'을 부술 수밖에 없다는 사실을 이해하고 말았다.

그는 동포들에게 '열쇠'를 넘겼다. 안구가 들어있는 '열쇠'. 그가 이제까지 맡아두었던 물건. 자신에게는 필요

없다는 뜻을 밝히자 붉은 모자를 쓴 동포가 물었다.

"당신은 이제 어떻게 하시려는 겁니까?"

그는 뜻을 밝혔다.

싸우겠노라고. 길을 열겠노라고.

그리고.

이곳에, 자신이 추구하던 '꿈'이 있는 것 같다고.

"……알겠습니다. 무운을 빕니다."

그는 작별을 아쉬워하는 동포들에게서 등을 돌렸다.

이것이 영원한 이별일지도 모른다.

그런 예감도 있었지만, 상관없었다. 이곳에서 '꿈'과 만날 수 있다면.

지나치게 큰 몸집과 기척을 어둠 속에 섞으며 그는 추구하던 것을 찾아 여행을 계속했다.


재회를── 재대결을.

5장
울트라
소울!

"…………."

티오나는 폐허 속에 숨겨졌던 모험자의 몸을 발견했다. 목숨을 잃은…… 것은 아니었다. 기절했을 뿐이었다.

"아, 포션 안 가져왔네."

귀에서 피를 흘리는 휴먼을 보고 허리춤을 뒤지던 그녀는 아이템을 챙겨오지 않았음을 깨달았다.

"티오나, 빨리 와."

언니가 부르는 바람에 티오나는 하는 수 없이 그 자리를 떠났다. 터널형 통로가 뚫린 구조물을 손으로 기어 올라가자 꼭대기에는 그녀와 함께 정찰 겸 유격을 명령받았던 티오네가 있었다. 피를 나눈 아마조네스는 짜증을 내며 아무것도 신지 않은 맨발을 쾅쾅 울려댔다.

"아~ 진짜! 단장님 지시대로 움직였는데 몬스터를 찾을 수가 없잖아! '다이달로스 거리'는 진짜 성가셔! 이리저리 구불거리고 툭하면 막다른 길이고!"

덧붙이자면 위에도 위가 있고 밑에도 밑이 있고.

티오나와 티오네가 있는 일대는 '다이달로스 거리' 내에서도 트릭아트와 같은 착각을 불러일으킬 정도로 복잡한 구조를 가졌다. 마음대로 나아갈 수가 없어 짜증을 내는 것도 무리는 아니다.

"핀의 명령보다 상대의 움직임이 더 빨랐던 걸지도."

"단장님이 한 수 뒤진다는 거야?! 너 맞을래?!"

"아우, 티오네도 진짜 귀찮게 굴어."

사랑하는 단장을 위해 고함을 질러대는 언니에게 티오나는 진저리가 난다는 표정을 지었다.

천천히 중얼거린다.

"하지만, 응, 핀의 지시는 역시 맞았을 거야. 이 근처에 몬스터가 있었던 것 같아."

"……너 뭘 보고 온 건데."

티오네의 물음에 시선을 먼 곳으로 돌렸던 티오나는 잠시 침묵했다가, 다시 입술을 움직였다.

"저기, 티오네. 우리가 쫓고 있는 몬스터 말이야……."

그녀의 말이 마지막까지 이어지지는 않았다.

정적을 깨뜨리듯 까앙, 까앙, 까앙!! 종소리가 울려 퍼졌던 것이다.

"몬스터 발견 신호……! 가자, 티오나!"

"……응!"

앞장서서 달려가는 언니의 뒷모습을 보고, 티오나는 마음을 고쳐먹으려는 듯 우르가를 걸머지고 그 뒤를 따랐다.

대열을 이룬 '제노스'는 노도 같은 기세로 외길을 달려나갔다.

장소는 미궁거리 서쪽에서도 중앙에 가까운 곳. 비밀통로를 경유해 【로키 파밀리아】의 진영 바로 앞에 나타난 몬

스터의 무리는 '크노소스'로 통하는 지하통로를 향해 질주
했다.

"릴리찡 덕에 모험자가 별로 없는데!"

"방심하지 마! 금방 올 테니까!"

집단의 선두에서 달리는 리드에게 펠즈가 중견 위치에
서 경고를 보냈다. 그의 말대로, 진형의 구멍을 메우려는
것처럼【로키 파밀리아】의 단원이 중앙, 북서쪽, 남서쪽 세
방향에서 달려왔다.

"화살 준비!"

접근하는 몬스터의 무리를 향해【로키 파밀리아】단원들
은 파티 리더의 호령과 함께 활시위를 당겼다. '제노스'가
달리는 직선 통로 정면, 좌우와 머리 위 세 방향에서 화살
의 비를 퍼부으려 한다.

그러나.

"?!"

"으앗 추워──어어어어억?!"

시위에 화살을 메겼던 수인과 엘프의 절반이 **얼어붙
었다.**

소녀 단원들을 엄습한 것은 예기치 못한 각도── 허공
에서 날아든 맹렬한 눈보라였다. 활과 함께 팔, 어깨, 얼굴
절반이 얼음 갑옷에 뒤덮인 데미휴먼들은 극심한 추위에
비명을 질렀다.

"미안!"

"기습하여 죄송하오!"

베일 안에서 나타난 사람은 그녀들을 공격한 벨프와 미코토였다. 투명해진 그들의 손에 들린 것은 칼집에서 뽑은 푸른색 단검, '마검'이었다.

'마검'과 '리버스 베일'의 콤보. '제노스'와 일정한 거리를 유지하며 나란히 달리던 두 사람은 큰 소리를 내며 진격하는 몬스터에게 모험자들의 주의를 집중시킨 후 완벽한 기습을 가한 것이다. '투명 상태'를 살린 사각에서의 **포격**에는 【로키 파밀리아】의 상급 모험자라 해도 대처할 도리가 없었다. 근거리에서 당한 만큼 효과가 광범위하게 미치는 눈보라는 회피할 수 없었으며, 방어한들 푸른 한파는 모험자들을 얼음 속에 가둬버린다.

마검 '히엔(氷燕)'.

이 날을 위해 잠과 휴식을 희생해가며 벨프가 만들어낸 두 자루의 빙검. 깎아낸 얼음 결정을 연상케 하는 검신은 아름다운 모습과는 달리 온갖 것들을 얼려버리는 냉혹한 빙결파를 뿜어낸다. 벨프와 미코토는 이 '히엔'을 한 자루씩 장비했다.

불꽃이나 벼락은 모험자들에게 상처를 입힌다. 그러나 얼음이라면 고통을 주지도, 상대를 격파하지도 않고 무력화할 수 있다.

"얼음이라면 시내에도 피해가 없겠지!"

벨프는 '마검'에 대한 심경 때문에 득의양양해질 수만은 없는지 어정쩡한 웃음을 지었다.

그가 만들어낸 '크로조의 마검'과 현자의 매직 아이템이 연계를 취하자 결과는 극악무도했다. 【헤스티아 파밀리아】가 몬스터에게 가세했다는 사실을 드러내지도 않은 채 불의의 일격으로 대상을 행동불능에 빠뜨렸다.

활시위를 당기는 것은 고사하고 지면과 다리까지 얼음에 덮여버린 탓에 모험자들은 제대로 움직일 수 없었다. 통로 정면을 가로막았던 자들이 옥상에 생겨난 얼음 조각상을 올려다보며 아연실색하는 가운데, 건물에서 뛰어내린 벨프와 미코토는 다시 포격을 가했다.

"끄아아아아아아아아아악?!"

허공에서 방출된 눈보라를 뒤집어쓰고 절규하는 모험자들을 향해 '제노스'는 정면으로 돌격했다.

『쿠오오오오오오오오오오오오오오오!』

선두를 달리는 리저드맨과 유니콘의 몸받기에 이어, 괴물의 퍼레이드는 얼어붙어 움직임이 둔해진 모험자들을 호쾌하게 날려버렸다. 허공으로 치솟는 수인, 옆벽에 처박히는 휴먼, 사방팔방 흩어지는 무기와 방어구의 파편. 돌파에 성공한 '제노스'는 몬스터의 함성을 올렸다.

"하루히메 공! 진로를 지시해주십시오!"

『조금 더 나아가시면 오른쪽으로 이어지는 길이 있사옵니다!』

자신의 '오쿨루스'에 고함을 지르는 미코토에게 하루히

메가 지시했다.

벨프에게는 건물 위에서 오는 추적자의 경계를 맡기고, 미코토는 다른 통로에서 접근하는 모험자들을 요격했다. 헤스티아와 하루히메의 서포트를 따라 헤매지 않고 한 발 먼저 이동해, 예상대로 달려온 【로키 파밀리아】 단원들에게 한파를 퍼붓는다. 앞을 다투어 접근한 모험자들은 머리 위의 벽에 달라붙어 매복했던 그녀의 '마검'에 잡아먹혔다. 강제 동결된 그들은 비명을 지르며 멈춰 설 수밖에 없었다.

산발적으로 찾아오는 【로키 파밀리아】를 미코토와 벨프는 '투명 상태'를 이용해 모조리 저지했다.

『우오오오오, 벨프 군, 미코토 군! 힘내거라······!』

주먹을 부르쥔 헤스티아의 시선 아래, '마법의 지도' 위에서는 미궁거리 중앙탑을 향해 똑바로 직진하는 '제노스'들의 주위에서 벨프와 미코토의 표기가 어지러이 움직이고 있었다. 적의 세력이 다가오지 못하도록 분전하는 권속들에게 여신은 성원을 보냈다. 그러나.

"——찾았다."

여신의 기도는 덧없이 짓밟혔다.

"——커억?!"

"그로스!"

후방에서 날아든 섬광—— 고속으로 투척된 나이프를 감지하고 가장 후열의 방어를 맡았던 가고일 그로스가 몸을 날렸다. 후열의 동포를 감싼 그의 돌 날개는 마치 해머에 얻어맞은 듯한 충격을 받고 균열을 일으켰다.

하늘에서 그로스의 이름을 외친 세이렌 레이가 돌아보자—— 그녀의 눈에 흑발을 나부끼는 두 명의 아마조네스가 비쳤다.

"여기 있었구나!"

"따라잡았다아~!"

그로스와 레이의 눈이 동시에 흔들렸다.

잊을 리 있겠는가.

다른 곳도 아닌 이곳 미궁거리에서 '제노스'를 유린했던, 최강의 제1급 모험자들.

『——오오오오오오오오오오오오오오!!』

그로스는 즉시 고함을 질렀다. 그 경고에 전열의 리드, 중견의 펠즈는 위협이 접근했음을 즉시 깨달았으며, 벨프와 미코토 또한 얼른 뒤를 돌아보았다.

"히류테 자매!"

"올 게 왔구나……! 가자!"

"예!"

가공할 속도로 후방에서 쫓아오는 티오나와 티오네를 보고 벨프와 미코토는 그쪽에 먼저 맞서기로 했다. 전열에서 중견, 후열 위치까지 물러나 '히엔'을 들고 자세를 잡는다.

통로 좌우, 건물 위에서 '제노스'와 나란히 달리며 거의 동시에 단검을 상대에게 휘둘렀다.

벨프와 미코토는 이제까지처럼 의식의 사각지대를 찔렀다고 확신했으나—— **빗나갔다.**

"?!"

허공에서 눈보라가 출현한 순간 경이로운 반사속도로 별 어려움 없이 회피한 아마조네스 자매를 보며 벨프와 미코토는 소리도 내지 못하고 경악했다.

"뭐지? 아이스버드라도 있었나?"

"그런 것치곤 위력이 너무 강하지 않아~?"

긴 흑발을 쓸어 넘기는 티오네의 물음에, 티오나는 발을 멈추지 않은 채 뒤쪽에 생긴 거대한 얼음 조각을 흘끔 보고 대꾸한다. 시선을 전방으로 돌린 아마조네스 소녀는 언니를 향해 말했다.

"저기저기 티오네. 이거, **있는 거 맞지?**"

"응. 의태했는지 모습을 감춘 건지는 모르겠지만…… 두 마리야."

자매는 고개를 들고 전방 위쪽의 두 점을 꿰뚫어보았다.

'투명 상태'임에도 정확하게 간파당한 벨프와 미코토는 등골이 오싹해졌다. 접근을 허용했다가는 눈에 보이지 않든 눈보라를 뿜어내든, 일격에 박살이 나리라고 확신했다.

갈색의 악마, 쌍둥이 아마조네스.

Lv.6의 제1급 모험자가 닥쳐드는 그 광경은 그야말로 공포였다. 모습이 보이지 않는 미코토에게서도 초조함이 전해졌다.

자매의 안광에 생애 최대의 전율을 느끼면서도 두 사람은 두려움을 떨쳤다.

"헤스티아 님, 이 근처에 이용할 법한 지형 없습니까?!"

투명 베일도 날아가버릴 만한 풍압에 목소리도 지워질 지경이었지만 간신히 묻자, 오쿨루스에서 비명에 가까운 대답이 돌아왔다.

『어, 어디 —— 안 되겠다, 벨프 군! 아무 것도 없어! 갈림길도 장애물도! 길은 계속 넓어지기만 하고, 있는 거라곤 내리막길 하나뿐……!』

벨프는 흠칫 고개를 들었다.

"내리막……!"

벨프가 쳐다보니, 직선통로 저편에 분지 지형으로 이어지는 경사로가 있었다. 스미스 청년은 다시 한 번 손에 든 청수정에 말을 걸었다.

"헤스티아 님, 내 목소리 두 사람한테 좀 전달되게 해주십쇼."

'두 사람'이 누구를 말하는 것인지 헤스티아는 금세 알아차렸다. 당황하는 하루히메와 협력해 미코토의 수정과 펠즈의 수정, 그리고 벨프의 수정을 한데 모아 목소리를 보냈다.

벨프의 '도박'을 들은 두 사람은 즉시 이를 받아들였다.

『해볼 수밖에 없지. 자네의 마검에 걸어보겠어, 벨프 크로조. ──리드, 전속력으로 달려!』

『저도 해보겠습니다, 벨프 공!』

"부탁해!"

이 말을 시작으로 '제노스'들은 힘을 쥐어짜내 일제히 속도를 높였다.

벨프와 미코토는 쫓아오는 자매를 더 이상 직접 노리지 않고 통로를 얼려 발을 묶고자 했다. 앞길을 가로막는 얼음 장벽과 얼음 기둥을 양산했다. 하지만 티오나와 티오네는 숨 한 번 쉴 동안 이를 분쇄했다. 우르가와 쿠크리 나이프를 휘둘러, 혹은 맨발로 걷어차서. 박살이 난 얼음 파편을 두르며 흉포하게 쫓아오는 가공할 여전사를 보고 미코토는 표정이 굳어졌다.

『뛰어, 뛰어!』

벨프와 미코토가 시간을 끄는 동안 몬스터만이 의미를 알아들을 수 있는 리저드맨의 포효가 '제노스'들의 등을 떠밀었다. 비네는 숨을 헐떡이며 달리고, 발이 느린 트롤도 숫제 우스꽝스러울 정도로 팔을 휘둘러댔다. 벨프와 미코토가 더 이상 대처할 수 없는 【로키 파밀리아】의 다른 단원들은 리드와 펠즈가 상대했다. 전진을 가로막고자 덤벼드는 그들을 롱 소드와 시미터로 쓸어넘기고, 칠흑의 글러브가 쏘아내는 무색의 충격파로 밀어냈다.

하늘을 나는 레이는 최후방경계를 맡은 그로스의 위치까지 물러나, 비네가 있는 후열은 물론 벨프와 미코토까지도 감쌌다. 그녀들을 노린 티오네의 투척 나이프에는 깃털 탄환을 난사해 어찌어찌 격추시켰다. 하지만 미처 떨어뜨리지 못한 칼날이 몇 번이나 그녀의 몸에 상처를 냈다.

괴물의 퍼레이드가 폭주하듯 더욱 격렬해지는 가운데, 이윽고 헤스티아의 예고대로 좁았던 길은 서서히 넓어져 폭 8M이 넘는 대로로 바뀌었다.

"그것들 감질나게 구네……! 티오나, 너도 뭔가 좀 던져봐!"

"음── 나한텐 우르가밖에 없는, 데!"

거리를 좁히지 못해 혀를 차는 티오네의 지시에 티오나가 우르가를 투척했다. 방어가 불가능한 대질량의 금속덩어리. 벨프, 미코토, 그로스가 한껏 눈을 크게 뜨고, 레이는 찢어져라 고함을 질러 동포들에게 긴급회피를 지시했다.

『피해요!!』

돌아볼 틈도 없이 일행이 땅을 박찬 직후, 우르가가 꽂혔다.

『~~~~~~~~~~~~~~~~~~~~~~~~~~~~~?!』

바닥을 뒤집어버릴 정도의 위력에 '제노스'들은 날아가버렸다. 아슬아슬하게 직격은 면한 그들이 굴러 떨어진 곳은 검은색 벽돌이 깔린 경사로.

헤스티아가 말했던 내리막길이었다.

"티오나, 여기서 해치우──."

땅에서 우르가를 뽑아든 여동생과 함께 내리막길로 발을 디디려 했던 그 순간, 티오네의 말은 끊겨져버렸다. 조금 전부터 포격을 감행하던 보이지 않는 자의 기척이 언덕길 종점, 대로 중앙에서 움직임을 멈추었기 때문이다.

──멈췄다!

──쏘려는 거야!

티오나와 티오네는 적이 자신들과 정면으로 마주서서 자세를 잡고 있음을 알았다. 오늘 최대의 포격이 온다. 순식간에 깨달은 두 사람은 시야 저 멀리서 태세를 재정비한 몬스터들이 도주를 재개한 것을 보며 망설이지도 않고 즉시 결단을 내렸다.

"내가 방패가 될게. 티오나가 해치워."

"알았어~!"

대로에서 벗어나려 하지 않고 자매는 돌격을 선택했다.

세로로 대열을 바꿔, 티오네의 뒤에 티오나가 숨었다. 노림수는 명백했다. 언니가 포격을 막고 동생이 적을 짓밟으려는 것이다. 몸을 사리지 않는 아마조네스의 돌진에── 이와 맞서는 미코토는 베일 안에서 식은땀 한 줄기를 흘렸다.

하지만 그녀의 마음은 파문 하나 일지 않는 수면처럼 맑고 고요했다.

이곳이 뚫리면 모든 것이 끝난다. 추격을 허용하면 '제노스'는 눈 깜짝할 사이에 섬멸당한다── 그렇게 놔둘 수는 없다.

모습을 감추었는데도 똑바로 시선을 마주하며 달려드는 제1급 모험자들에게, 극동의 소녀는 '마검' 자루에 손을 가져다댔다.

"흐읍!"

전방 대각선 방향에서 벨프가 뿜어낸 마지막 원호사격에도 개의치 않고 티오네와 티오나는 내리막길 중간에 힘차게 발을 디뎠다.

——얼리든 태우든 이 정도 위력이라면 견딜 수 있어!

티오나도 티오네도 확신했다. 몸이 아무리 상처를 입더라도 적을 따라잡을 수 있다고.

그리고 허공을 가르며 보이지 않는 존재에게 달려들어 접촉하기 직전.

자매의 귀에—— 키잉, 하는 금속성이 들렸다.

"——————."

티오나와 티오네가 들은 것은 얼음 결정이 생겨나는 소리도, 미친 듯이 날뛰는 화염의 연소음도 아니었다.

그것은 번뜩이는 검신이 칼집을 내달려 빠져나오는 소리.

낮게 자세를 잡았던 미코토의 허리에 꽂혀 있던 칼은 두 자루. 한 자루는 제3등급 무장 《코테츠》, 그리고 나머지 한 자루는—— **카타나 형태의 마검**.

눈을 크게 뜬 제1급 모험자들을 향해 미코토는 눈을 날카롭게 뜨고, 최고의 타이밍에 발도했다.

그것을 지켜보던 벨프는 웃음을 지으며 말했다.

"가라, 『후우부(風武)』."

"———!!"

말없는 기백과 함께 해방된 검이 비취색 거합베기를 터뜨렸다.

티오네와 티오네의 눈앞에서 허공을 벤 검신이 낳은 것은 어마어마한 폭풍이었다.

"아니——?!"

"으아——?!"

눈앞에서 터져나온 가공할 돌풍에 티오나와 티오나는 말 그대로 **날아갔다**.

애초에 방어 따위 상관없는 '바람의 포격'. 허공에 떴던 쌍둥이는 버틸 재간도 없이 아득한 후방, 그리고 아득한 상공으로 날아가버렸다.

머리카락을 요란하게 흐트러뜨리며 티오나와 티오네의 모습은 전역 밖으로 사라졌다.

"해냈…… 아차차?!"

"서둘러! 쓰러뜨린 게 아니야! 금방 다시 따라올 거라고!"

무시무시한 바람의 반동에 날아갈 뻔한 《리버스 베일》을 미코토가 황급히 붙잡고, 벨프는 환성을 지르는 '제노스'들에게 고함을 질렀다.

'히엔'과 마찬가지로 '후우부'는 살상능력을 억제한 '마검'이다. 진공참격도 발생하지 않는 순수한 강풍의 포격은 제대로 활용하면 적을 상처 입히거나 죽이지 않는다. 털끝 하나 다치지 않은 아마조네스 자매는 지면에 착지한 순간 아마도 미친 듯이 분노하며 다시 쫓아올 것이다.

"제1급 모험자를……!"

벨프에게 채근을 받으면서도 '제노스'들 사이에서 펠즈 또한 환호성을 지르고 말았다. '마검'과 매직 아이템을 구사했다고는 하지만 제1급 모험자를 쫓아버린 실력은 솔직하게 칭송할 만했다.

'하지만 덕분에 이제는……!'

진행을 재개하며 펠즈는 확실한 반응을 느꼈다.

【아마존】과 【요르문간드】의 추격에서 벗어날 수 있었다는 것은 상대에게도 큰 오산이 아니었을까. 미궁거리 전역, 나아가서는 '크노소스'의 '문'에 수비대를 배치해놓은 【로키 파밀리아】가 당장 보낼 만한 카드는 없을 것이다. 벨에게 붙어있는 【검희】, 철저히 지휘에만 매달린 핀은 말할 것도 없다.

이제 '크노소스'로 통하는 지하통로는 가깝다.

이대로 가면…….

펠즈가 승리를 믿어보려던── 그때.

"────."

흑의의 메이거스는 상공에서 한 그림자를 보았다.

⊡

시간을 거슬러 올라가.

"죄송한다, 단장님!"

【로키 파밀리아】 본진에서 라울 놀드는 힘껏 고개를 숙였다.

그에게 등을 돌린 채, 핀은 전장이 된 서쪽 지구를 바라보고 있었다.

"저, 저 때문에 진형이……! 단장님의 가짜가 너무 비슷해서, 아니, 쌍둥이처럼 똑같아서, 그래서 전혀 분간을 못하고……! 아아 정말, 진짜 죄송한다!"

"지나간 일은 어쩔 수 없지. 지금은 책망할 시간도 아까워. 내 질문에 답해줘, 라울."

떨면서 낯을 창백하게 물들인 라울에게 핀은 담담히 물었다.

"내 가짜가 네게 뭘 물어봤어?"

"네?"

질문의 내용에 당황하면서 라울은 기억을 되살려보았다.

"어…… 남쪽에 몬스터가 출현했으니까 부대를 움직이라고 했고…… 그 다음에는 분명 '크노소스'의 수비 배치를 물어봤슴다."

"그렇군…… 잘 했어, 라울. 이제 확신을 가질 수 있겠어."

"네?"

굳어버린 라울을 내버려둔 채 핀은 독백하듯 말을 이었다.

"상대는 나로 변장하면서까지 '크노소스'의 수비 배치를 캐내려 했지……. 믿고 싶진 않지만 확실해졌어. 적은 '다이달로스의 수기'를 가지고 있는 거야."

어디를 지키는지만 알면, 그 후에는 '크노소스의 설계도'에 따라【로키 파밀리아】와 맞닥뜨리지 않을 수 있는 출입구로 향하면 된다.

"지하에서 '문'을 지켜봤자 무의미해. 라울, 수비대의 절반은 이미 철수해서 지상에 대기시켜놨어. 전령을 데려가."

"아, 네!"

전장을 똑바로 바라보며 핀은 말했다.

"가레스를 출격시켜."

그리고 시간은 현재.

"──────."

펠즈가 보았던 상공의 그림자는 손에 든 무기를 하늘로 들고 있었다.

높이 높이 치켜든 대형 배틀액스.

비가 그쳐 서늘해진 밤공기에 망토를 나부끼는 커다란 드워프 전사.

눈꼬리가 찢어져라 노려보며 급강하하는 노병의 모습에—— 펠즈는 아무 것도 생각하지 않고 외쳤다.

"피해!!"

다음 순간.


"흐으으음!!"


드워프가 내리친 대형 배틀액스가 검은 벽돌이 깔린 대로를 갈랐다.

"크오오오오오오오오오오오오오오오오오오오?!"

"으아악?!"

엄청난 도약을 거쳐 운석처럼 강하한 가레스의 일격은 대열 한복판에 작렬했다. 펠즈가 창졸간에 터뜨린 충격파에 얻어맞고 날아간 '제노스'들은 직접적인 공격을 받지는 않았지만 지면마저 부숴버리는 충격에 예외 없이 휩쓸렸다. 벨프도, 미코토도, 비네도. 괴물의 절규와 지진 같은 진동이 맞물려 수많은 몬스터가 벽에 충돌했다.

보도블록은 물론이고 구조물에까지 균열이 일어났으며, 꿍음과 함께 벽이 무너졌다.

"좀 지나쳤구먼. 이거 변상해야겠는걸."

비뚤어진 투구를 고쳐 쓴 가레스는 대로를 갈라버린 대형 배틀액스를 어깨에 다시 걸머지더니, 달렸다.

육박한 곳은 벽에 처박혔던 펠즈였다.

"큭?!"

그 흑의가 몬스터의 '통솔자'라 판단한 가레스는 정확하게 무리의 머리를 노렸다. 가차 없이 날아드는 도끼에 펠즈가 굳어버렸던 그때, 아슬아슬하게 끼어드는 롱 소드와 시미터가 있었다.

『크르어!』

"호오?"

날 측면에 검이 꽂혀 궤도가 빗나가버린 도끼가 펠즈의 바로 옆에 있던 벽을 분쇄했다.

부상을 돌아보지 않고 달려든 리드는 즉시 두 자루의 무기를 수평으로 휘두르려 했다. 그러나 눈을 가늘게 뜬 가레스가 한 발 먼저 도끼를 되돌려서는 리저드맨의 브레스트 플레이트에 도끼자루의 물미를 꽂았다.

『크걱?!』

몬스터의 거구가 쉽게 날아가 금이 간 보도블록 위로 굴렀다. 펠즈가 두 손을 내밀어 지근거리에서 충격파를 쏘았지만 드워프 전사는 재빨리 뒤로 물러나 이것마저 회피했다.

『워어어어어어어어어어어어어어어!!』

가고일의 호령이 울려 퍼진 순간 '제노스'는 일제히 가레스에게 달려들었다. 이 데미휴먼을 어떻게든 처리하지 않고서는 결코 도망칠 수 없음을 깨달았던 것이다. 기침을 하면서도 간신히 '투명 상태'가 해제되지 않았음을 확인한 벨프와 미코토는 그 교전 광경에 흠칫 숨을 멈추었다.

드워프 모험자는 열 마리가 넘는 '제노스'에게 에워싸여서도 오히려 그들을 다가오지 못하게 하며 압도했다. 유니콘의 뿔 돌격과 라미아의 꼬리치기를 도끼로 한꺼번에 흘려내고 절단했으며, 건틀렛을 찬 주먹으로 트롤을 힘차게 후려쳐 날려버렸다. 무리 속에서 가장 강한 리저드맨과 가고일마저 순식간에 물리쳤다.

닷새 전 미궁거리의 광경과 완전히 똑같았다. 압도적인 힘을 가진 Lv.6이 몬스터들을 유린한다. 무시무시한 점은 그 아마조네스 자매보다도, 웨어울프보다도 눈앞의 드워프가 더 강렬한 존재감을 뿜어낸다는 것이었다.

『――――――――――――――――――아아아!!』

"흐음!"

세이렌이 혼신의 힘을 담아 뿜어낸 괴음파가 가레스를 엄습했다.

드워프에게 어울리지 않던 준민함이 처음으로 한순간 둔해지고, 멈춰 섰던 벨프와 미코토도 기회는 지금뿐이란 생각에 움직였다.

"!"

가레스는 허공에서 생겨난 눈보라, 벨프의 '히엔'을 회피했으나 시간차를 두고 날아든 미코토의 한파를 한쪽 발에 맞았다. 움직임이 멈추자 두 사람은 이 기회를 놓치지 않고 두 번째 포격을 퍼부었다.

냉기와 얼음과 서리의 세계에 갇혀버린 제1급 모험자. 그러나——

'아니?!'

미코토는 입을 딱 벌렸다.

'장난해……?!'

벨프는 믿을 수 없는 광경을 보았다.

"우오오오오오오오오오오오오오오오오——!!"

드워프 대전사는 아랑곳 않고 싸웠다.

몸이 얼어붙거나 말거나, 가레스는 자신에게 달라붙은 얼음을 완력에 맡겨 억지로 떨쳐내며 주먹을, 도끼를 휘두르고 날뛰었다. 반쯤 경악하며 덤벼드는 '제노스'들을 다시 물리친다.

벨프와 미코토도 사각으로 돌아가며 몇 번이나 포격을 퍼부었다. 그러나 멈추지 않는다. 몸 절반을 얼음으로 덮어도, 아무리 동상을 입혀도 겨우 한 사람의 모험자를 막을 수 없었다.

그리고 이내—— 쩌적.

"……큭?!"

마치 드워프와의 인내심 대결에 패배한 것처럼, 마검이 산산이 부서졌다. 사용 한계에서 오는 붕괴였다. 손에서 후둑후둑 새나가는 푸른 검의 파편에 벨프와 미코토는 말을 잃었다.

"가레스 씨!"

"공격, 공격——!"

불운에 불운이 겹쳐지듯 【로키 파밀리아】의 원군이 도착했다.

대로로 이어진 골목길, 길을 따라 세워진 건물 옥상, 사방팔방에서 남녀 상급 모험자들이 쇄도했다.

"으윽——?!"

펠즈는 흑의의 소매에서 여러 개의 검은색 구슬을 꺼내 뿌렸다. 깨져나간 구슬에서는 검은 연기가 일제히 분출되어 대로를 메웠다. 닷새 전에도 도주하기 위해 사용했던 연막—— 매직 아이템 '블랙 미스트'. 모험자들의 연계를 막기 위한 고육지책이었다. 검은 안개는 단숨에 인간과 괴물의 규환이 뒤섞인 혼전을 불러 일으켰다.

'야단났다, 큰일났다, 어떡하지?!'

투명해졌음에도 안개 속에서 나타나는 창이며 발톱에 위협을 당한 벨프는 폭주하는 심장 소리에 갈팡질팡했다.

머릿속을 어지럽히는 것은 '전멸'이라는 두 글자였다. 이런 난전에서는 태세를 재정비하고 도망치기란 불가능에 가깝다. 하다못해 가레스를 어떻게든 처리하지 않고서는.

벨프는 '히엔'을 잃었다. 미코토에게는 '후우부'가 남았지만 적과 아군을 한꺼번에 날려버릴 테고, 게다가 이 검은 안개가 사라진다면 다시 가레스의 유린극이 시작될 것이다. 다른 모험자들이 여기에 가세하면 '제노스'의 운명도 끝난다. 낙오된 미코토 또한 움직이지 못한다.

'이걸 써야 하나……?! 하지만 그랬다간……!'

벨프는 자신의 허리를 보았다. 그곳에 찬 것은 대도가 아니라 장검형 '마검'이었다. '히엔'보다도 더욱 짙은 푸른 색으로 물든, 칼집에 넣지 않은 검신을 내려다보고 격렬한 갈등에 사로잡혔다.

그리고 벨프가 귀중한 몇 초를 허비했던 그 직후.


"흐하하하! 축제로고!"


상공에서 얼음덩어리의 비가 대로로 쏟아졌다.

"으음?!"

대로가 얼어붙는 소리, 드워프와 모험자들의 고함, 그리고 안개 속에서 또렷이 보인 강렬한 눈바람.

벨프가 무슨 일이 벌어졌는지 알지 못해 뻣뻣이 서 있으려니, 눈앞에 쿠웅! 소리와 함께 그 인물이 착지했다.

"엑…… 츠바키?!"

"음? 그 목소리는 벨식이?"

갈색 피부, 한데 묶은 흑발, 주신의 것과 비슷하게 왼쪽 눈을 가린 안대. 새빨간 하카마와 배틀클로스를 걸친 모습은 극동의 검객을 방불케 했다. 단아하면서도 개성적인 얼굴은 휴먼과 드워프의 혼혈임을 나타내는 것이었다.

생각지도 못했던 난입자──【헤파이스토스 파밀리아】 단장, 츠바키 콜브랜드의 등장에 벨프는 투명 베일을 벗고 모습을 드러냈다.

"네가 여긴 왜 온 거야?!"

"주신님께 그대를 도와주라는 애원을 받아서 말이지. '제노스'인지 하는 녀석들 이야기도 들었다네. 거 재미난 일에 말려들었더군, 벨식이?"

하프드워프 여성은 으스대며 간단명료하게 설명했다. 【미아흐 파밀리아】의 나자와 마찬가지로 그녀도 '제노스'를 도우려는 벨프를 돕고자 달려왔다는 것이다.

벨프는 상황을 이해하면서도 헤파이스토스가 츠바키에게 '제노스'에 대해 이야기했다는 데에 복잡한 기분을 느꼈다. 그가 존경하는 여신은 츠바키라면 '문제없다'고 판단했겠지만, 매사를 재미로 판단하는 이 인간이 사정을 알았다는 것이 개인적으로 매우 언짢았다.

그런 벨프의 심정도 모른 채 츠바키는 '마검'을 들었다.

"생각하는 건 똑같은 모양이지, 벨식이? 뭐, 내게 맡기시게나. 이쪽의 정체는 탄로 나지 않도록 멀찌감치 안전지대에서 '마검'을 펑펑 쏴줄 터이니. 후후, 염려 마시게. 무기라면 썩어 넘쳐날 정도로 가져왔으니."

"넌 그냥 '마검'을 쏴보고 싶었던 거지?!"

등에 몇 자루나 되는 '마검'을 짊어진 가공할 츠바키의 모습에 그녀의 속셈을 꿰뚫어본 벨프는 상황도 잊고 고함을 질러버렸다.

'마스터 스미스'인 그녀는 자신의 작품이 어디까지 통하는지 미궁의 '심층'에까지 내려가 시험을 해보고 올 정도로 괴짜인 동시에 뼛속까지 기술자였다. 애꾸눈 거장【키클롭스】라는 별명을 얻을 정도로 뛰어난 제작기술과 순수한 전투능력은 여기에서도 비롯된 것이다.

"멍청한 소리 마시게. 그대를 위해【로키 파밀리아】에게 원한을 사는 것도 각오하고 달려왔다고 하지 않나! 후후후, 간다아! 에잇, 에잇!!"

"역시 즐기고 있으면서 뭘! 잠깐, 야! 그렇게 무턱대고 쐈다간【로키 파밀리아】가……!"

"흐하하하하!! 저 드워프가 이 정도로 죽겠나!【로키 파밀리아】의 간부는 전부 괴물이라네!"

정확하게 가레스만을 노린 것처럼, 연막에 자기 모습이 보이지 않는 틈을 타 츠바키는 '마검'을 난사해댔다. 다 헤집어진 전장을 보고 벨프가 어마어마한 두통과 불쾌감을 맛보고 있으려니, 츠바키는 금세 부서진 '마검'을 보고 "윽, 이 정도가 한계인가? 역시 개량의 여지가 있구먼"이라고 말하며 남은 칼자루를 버렸다.

그리고 느닷없이 분위기를 바꾸더니, 가늘게 뜬 오른쪽 눈으로 벨프를 노려본다.

"그래서? 그대는 왜 넋을 놓고 서 계시나? 허리에 찬 그건 장식인가?"

"큭……!"

"겁쟁이 같으니. 무엇을 위해 가져온 겐가. 냉큼 쓰란 말일세."

진심으로 조롱하듯, 혹은 나무라듯 선배 스미스는 벨프에게 언어의 칼날을 꽂아댔다.

"'제노스'인지 뭔지를 구하려던 것 아니었나? 그대가 꾸물거리는 동안 몬스터들은 지저분한 재가 되고 말 텐데."

"……이걸 쓰면, 제1급 모험자라 해도……."

"멍청하기는."

벨프의 **공연한 걱정**을 츠바키는 코웃음으로 날려버렸다.

"말했을 텐데. 저놈들은 괴물이라고. 병아리가 벼린 '마검' 따위로 죽을 것 같나?"

상대 걱정 따위 할 틈은 없을 텐데—— 애꾸눈으로 그런 감정을 들이대는 츠바키에게 벨프는 한 마디도 받아칠 수 없었다.

대신 미간에 주름을 지으며, 각오와 함께 장검 자루를 꽉 쥐었다.

"……안개 때문에 적이 어디 있는지 모르겠어."

"내가 '눈'이 되어줌세. 자세 잡으시게."

츠바키는 '마스터 스미스'이며 Lv.5. 제1급 모험자에 비견될 만한 실력의 소유자.

이 혼전에서도 기척을 간파하는 초인에게 낯을 찡그리며, 벨프는 장검을 뽑고 자세를 잡았다.

"2시 방향일세. 그래, 거기 있지. 경계 중이지만 문제는 없을 게야. 그대의 터무니없는 '마검'이라면."

"사선에 '제노스'는?"

"없으니 안심하시게. 지금이 기회야—— 날리시게."

등 뒤로 다가와 척추에 손가락을 대는 츠바키에게 '빌어먹을'이라고 중얼거리며.

벨프는 깊은 푸른빛을 띤 장검을 높은 상단으로 들어 내리쳤다.


"『히요우(氷鷹)』!"


휘몰아친 바람과 얼음의 파도가 높이 울부짖었다.

마치 날개를 펼친 거대한 새처럼 푸른 유빙의 무리가 검은 안개 속으로 질주했다. 진로 위의 보도블록을 순식간에 동결시키며 사냥감을 잡아먹겠노라 날카로운 부리를 벌렸다.

검에서 뿜어져 나가 미친 듯이 날뛰는 매서운 눈보라는 '히엔'을 아득히 능가했다. 가레스가 눈을 크게 뜨고 망토 밑에 짊어졌던 방패를 꺼내들어야만 했을 만큼. 그가 처음으로 방어태세를 취해야 했을 만큼.

곁에 있던 단원들을 감싸며, 얼어붙는 소리가 등골을 서

늘케 할 정도로 울려 퍼지는 폭설의 포격을 그대로 받아버렸다.

"가, 가레스 씨?!"

"······리베리아의 '마법'과 같은 수준이로구먼. 이거 좀 찡한걸."

왼손으로 내민 방패와 함께 가레스의 몸은 절반이 완전히 얼어버렸다. 하지만 수염에 고드름을 매단 얼굴을 동상으로 벌겋게 물들이면서도 드워프 대전사는 대담하게 웃었다.

"자네들은 물러나게나."

곁의 단원들을 등 뒤로 감싸고, 전열수비수로서 두 번째 포격까지도 받아냈다.

"보시게나. 살아있지?"

"시끄럽다고. ──헤스티아 님, 들리십니까!"

자기 말이 맞지 않느냐고 웃는 츠바키에게 버럭 소리를 지른 벨프는 오쿨루스를 꺼냈다.

『그, 그래. 왜 그러느냐, 벨프 군?』

"여긴 우리가 어떻게든 막겠습니다! '제노스'들을 먼저 가라고 해주십쇼!"

블랙 미스트는 아무리 포격을 꽂아도 그리 쉽게 걷히지 않았다. 이 안개를 잘 이용하면 이쪽의 정체를 드러내지 않은 채 싸울 수 있으리라 판단한 벨프는 오쿨루스를 통해 펠즈에게 먼저 가도록 전해달라고 부탁한 것이었다. 미코토에게도 전해졌는지 오쿨루스 너머로 『알겠습니다!』라는 목소리가 들려왔다.

이내 멀리서 솟아나는 리저드맨의 포효. 전진 신호를 받은 주위의 몬스터들이 뿔뿔이 움직이는 기척이 전해졌다. 이를 따라 추격에 나서는 모험자들의 기척도.

모험자들을 막을 수 없다는 데에 이를 갈며, 벨프는 츠바키가 지시하는 방향으로 '마검'을 연사했다.

'저 드워프만은 여기 묶어놓을 테다!'

가레스가 서 있는 대로 일대를 빙하의 세계로 바꿔놓으며, 제1급 모험자를 붙들어놓고자 노력했다.


'다이달로스 거리' 남서쪽 외곽 지역.

"야단났다, 야단났어……!"

"아, 아아……!!"

비지땀을 흘리는 헤스티아의 옆에서 하루히메는 창백하게 질려 있었다.

【로키 파밀리아】의 기습을 받아 '다이달로스 레거시' 위에서 '제노스'들의 이름이 뿔뿔이 흩어지고 있었다. 어떻게든 미궁거리 중앙지대로 향하려는 그 모습은 이미 궤주(潰走)라 해도 좋을 정도였다.

그 상황에도 지도는 나쁜 소식을 거듭 전해주듯 무리에서 멀어져가는 표기 하나를 헤스티아와 하루히메에게 전해주고 있었다.

"안 된다, 비네 군!! 그쪽으로 가서는 안 돼!"

용종 소녀가 고립되려 하고 있었다.

🔥

비늘이 떨어졌다. 붉은 피가 맺혔다.

비네는 달리고 있었다.

상처 입은 왼팔을 붙들며 검은 안개 속을.

펠즈의 블랙 미스트는 대로를 넘어 거미줄처럼 교차한 골목길에도 충만했다. 별이 뜬 밤하늘을 가로막은 짙은 안개는 온 '다이달로스 거리' 내에서 확인할 수 있으리라.

안개 속에 머물렀다가는 모험자들이 몰려든다. 비네는 그 사실을 알 수 있었다. 그리고 낙오된 자신이 지금도 동포들에게서 멀어지고 있다는 사실 또한.

'오고, 있어……!'

하지만 발을 멈출 수는 없었다. 지체 없이 후방에서 날아든 화살이 비네의 뾰족한 귀와 로브의 후드를 스쳤다. 【로키 파밀리아】다. 자신을 죽이려 하는 화살에 공포를 느끼며 비네는 길을 꺾었다. 용종 소녀에게 추적대의 마수가 밀려들고 있었다.

"허억, 허억……!"

미궁거리는 비네를 괴롭혔다. 오쿨루스가 없는 그녀는 여신의 인도를 얻을 수 없었다. 건물들이 하나같이 높아이 일대는 그야말로 검은색 벽돌에 에워싸인 대협곡과도 같은 양상을 보였으며, 균열처럼 수없이 가지를 치는 골목길이 소녀를 안개의 심연으로 손짓했다.

한동안 시야를 제대로 확보하지 못하던 비네는 간신히 안개를 벗어났다.

"!"

검은 안개를 빠져나온 곳은 폐허의 분위기가 역력했다. 검은 벽돌의 계곡은 느닷없이 사라지고, 오래 된 보도블록이 깔린 길 주위로 곳곳이 허물어져 기괴한 형태를 띤 다이달로스의 건물들이 나타났다. 전장에서 전해지는 포격의 진동과 땅울림 때문에 연신 모래와 돌조각을 떨어뜨렸다.

그 풍경은 소녀가 이리저리 도망친 끝에 미궁거리 서쪽 지구의 경계를 넘어 북서쪽 지구로 들어섰음을 암암리에 말해주었다. 길이 넓어지면서 조금 덜 복잡해진 북서쪽 지구에서 한순간 멈춰 섰던 비네. 하지만——

"여기 있다! 찾았다!"

"!"

모험자의 목소리에 다시 달려 나갔다. 눈 깜짝할 사이에 날아드는 화살비를 피해 길모퉁이를 돌았다.

청백색 피부와 비늘에 땀이 맺히고, 로브 안에서 은청색 머리카락을 이리저리 흔들며 비네는 보이지 않는 희망에 매달리듯 필사적으로 달렸다.

그러나.

"_____."

괴물의 바람 따위 산산이 박살을 내버리듯, 지상의 별빛이 그 인물을 비추었다.

비네는 아득히 시야 먼 곳에 있는 그녀의 모습을 보고 숨이 멎어버렸다.

"으음~ 그냥 한번 와봤더니……."

갈색 맨발로 건물 옥상을 디디며, 눈을 의심할 정도로 커다란 무기를 어깨에 걸머진 것은 【아마존】.

티오나 히류테, 바로 그 사람이었다.

'어떻게——.'

그녀의 모습은 비네의 눈에도 위협적으로 기록되어 있었다. 미코토가 일으킨 바람에 날아가버린 줄 알았던 제1급 모험자 중 하나가 어째서 눈으로 볼 수 있는 위치에 있는지 이해가 가질 않았다.

"뭐, 발견해버렸으니까 어쩔 수 없지."

티오나가 이 자리에 나타난 것은 그녀의 말마따나 '그냥'이라고밖에는 표현할 도리가 없었다. 굳이 덧붙이자면 블랙 미스트가 북서쪽 방향으로 퍼지는 모습을 보았기 때문이었다.

바람에 떠밀려 날아가다가 겨우 지상에 착지한 후, 역시나 분노해서 길길이 날뛰던 티오네와 함께 전장으로 돌아가려던 티오나는 칠흑의 안개가 북서쪽으로 확산되는 모습을 보고 진로를 바꿔버렸다.

남쪽은 아직 괜찮을 것이다. 모험자밖에 없으니까. 하지만 미궁거리 북쪽에는 아직 피난하지 못한 주민들이 있다고 들었다. 저 안개 속을 이동해 외곽으로 향하면 위험하겠다는 본능의 속삭임이 티오네를 북서쪽으로 흐르는 안개 너머로 이끌었던 것이다.

"잡자."

우르가를 한손에 들고 도약한 티오나를 본 순간, 비네는 반대방향으로 질주했다.

아직 태어나 얼마 지나지 않은 그녀도 이 상황이 '절체절명'임은 알 수 있었다. 뒤를 따라온 【로키 파밀리아】의 단원들까지 합류해 비네의 얼굴은 절망으로 물들었다.

대로의 사거리로 뛰어든 용종 소녀가 【로키 파밀리아】 단원과 티오나에게 거의 따라잡힐 지경——으로 보였던 그때.

'어?'

비네의 옆에서 한 아이가 나타났다.

'사람, 어린아이……?'

새끼고양이를 품에 안고 안색이 창백하게 질린 어린 하프엘프.

비네는 어린아이의 눈에 비친 자신의 모습을 보았다. 후드 그늘 안에서 엿보이는 호박색 두 눈, 이마 위치에서 피처럼 빛나는 세 번째 눈 같은 홍옥. 어둠을 두른 사람이 아닌 괴물의 모습은 어린아이를 움츠러들게 만들기에 충분했다.

겁을 먹은 아이와 마주서서 비네가 한순간의 망설임을 느꼈을 때── 쿠우웅.

전장 방향에서 다시 격렬한 포격음과 충격이 전해졌다.

다음 순간.

"────."

마치 그 포효에 굴복한 것처럼.

쿠르릉 소리와 함께 어린아이의 머리 위에 있던 건물이 기울더니 무너졌다.


"루우?!"

찢어지는 듯한 비명이 라이와 피나, 마리아의 입에서 터져나왔다.

"오우카!!"

"큭──!!"

사거리 서쪽에서 그 광경을 목격한 치구사와 오우카는 무기를 한손에 들고 달려 나갔다.

고아원에 혼자 가버렸다는 아이를 찾아 이곳에 온 것이 바로 직전. 동쪽 길에서 나타난 하프엘프 아이를 보고 안도한 직후에 벌어진 일이었다.

"티오나 씨!!"

"어떡해?!"

무시무시한 기세로 사거리에 돌입한 로브 차림의 몬스터, 얼어붙은 하프엘프 아이, 놀라는 【로키 파밀리아】. 여기에 오우카는 무너져 쓰러지려는 낡은 건물까지 볼 수 있었다.

──이미 늦었어!!

잠시 후에 벌어질 처참한 결말을 예상하고 오우카는 마음속으로 절규했다.


'──아.'

비네는 이 광경을 알고 있었다.

어린아이의 머리 위로 떨어지는 돌무더기. 그때는 짐마차에서 떨어진 짐이었다.

──그냥 내버려둬.

비네의 겁 많은 마음이 속삭였다. 사람들은 또 비명을 지를 거야. 또 돌을 던질 거야.

적의와 악의를 뒤집어쓰고, 슬픔에 젖어, 마음이 갈려나가고, 비참함에 눈물만 흘릴 거야.

'그래도──.'

하지만 비네는 자신의 마음에 되물었다.

'그래도 벨은, 날 구해줬는걸──?'

소년이 처한 상황은 동포들에게 들었다. 자신 탓에 이제는 소년이 사람들의 적의와 악의에 휩싸였다. 비네는 그 말을 듣고 울음을 터뜨리고 말았다. 동시에 가슴이 옥죄어들었다.

사람들이 돌을 던지리란 것을 알아도 소년은 비네를 구해주었다.

비네의 겁 많은 마음은 이제 아무 말도 하지 않았다. 그 대신 등을 가만히 밀어주었다.

떠밀린 등에 깃든 열기는 금세 피부와 로브를 찢고 새로운 한쪽 날개를 만들어냈다.

"——!!"

완만한 시간의 흐름을 찢고.

용의 잠재능력이 비네의 몸을 은청색 화살로 바꾸어 어린아이의 곁으로 인도해주었다.

떨어지는 돌무더기를 향해 외날개를 펼치고, 자신의 몸으로 하프엘프 아이를 밀쳐냈다.

"루우!!"

아이들의 비명은 건물 무너지는 소리에 순식간에 묻혀버렸다.

눈사태와도 같은 붕괴의 소리가 사거리를 뒤덮었다. 돌이 폭포처럼 쏟아졌다.

소리가 멎었을 무렵에는 요란한 흙먼지가 피어나고 주위 일대에는 흉악한 석재 덩어리가 굴러다녔다.

"……아."

돌무더기가 무너진 중심지에, 비네와 아이가 있었다.

드러누운 채 쓰러진 아이의 얼굴 옆에 두 팔을 짚고, 비네는 동그랗게 벌어진 아이의 눈을 내려다보았다.

날개를 펼쳤지만 돌무더기를 모두 막아내지는 못해, 괴물의 머리에서 흘러내린 피 한 방울이 루우의 뺨에 뚝 떨어졌다.

"──쏴라!"

"아윽?!"

날아든 화살이 비네의 외날개에 명중하고, 튕겨나갔다.

일련의 광경은 그 자리에 있던 자들의 눈에 어떻게 비쳤을까. 적어도 아이들이나 마리아, 【로키 파밀리아】의 눈에는 흉악한 날개를 펼치고 아이를 덮치려던 몬스터의 머리 위에 우연히 돌무더기가 떨어진 것으로 보였다.

흙먼지가 걷히고 그 안에서 분노로 얼굴을 일그러뜨린 모험자들이 나타나, 비네는 눈을 내리깔고 아이의 위에서 몸을 비껴 달려 나갔다. 마리아 일행과 【로키 파밀리아】가 루우에게 달려온 것은 그 직후였다.

"나 혼자 갈게! 다들 그 애를 지켜줘!"

"알겠습니다, 티오나 씨!"

우르가를 든 티오나는 단원들에게 외치고 비네를 추격했다.

마리아, 라이, 피나는 새끼고양이를 감싼 채 넋을 놓은 루우를 끌어안았다.

"아아, 루우, 루우!"

"이 멍청아! 너 무슨 짓을 한 거야!"

"루우, 괜찮아?"

마리아도 라이도 피나도 눈물을 흘렸다.

무사를 기뻐하는 세 사람의 품속에서 루우는 입을 움직였다.

"그게 아니었어………… 엄마, 라이, 피나."

괴물의 피가 눈물방울처럼 뺨을 따라 흘러내리는 가운데, 꺼져 들어가는 목소리로 중얼거렸다.

"오빠는…… 잘못하지 않았어."

양어머니에게 안긴 하프엘프 아이의 눈이 푸른 밤하늘을 우러러보았다.

흙먼지가 걷혀가는 하늘 너머로, 지금도 어렴풋이 빛나는 하얀 달을 바라보며 입술을 떨었다.

돌무더기 속에서 아이들의 오열이 울려 퍼졌다.

그 광경으로부터 한 걸음 떨어진 곳에서 치구사와 오우카는 가만히 서 있었다.

"오우카…… 지금, 그거."

"지켜줬던, 거야? 몬스터가, 아이를……?"

모험자가 아닌 마리아나 아이들, 부이브르를 후방에서 보았던 【로키 파밀리아】 단원들이라면 몰라도 바로 옆에서 모든 순간을 세세하게 목격했던 두 사람은 아이를 보호하려는 것처럼 행동했던 몬스터에게 당혹감을 느꼈다.

부이브르가 떠나간 방향을 치구사와 오우카는 입을 다문 채 바라보았다.

사거리에서 떨어진 뒷골목. 낡은 마석등이 비추는 좁은 길에 두 개의 발소리가 울렸다.

도망친 비네는 이내 티오나에게 따라잡히고 말았다.

"어영, 차!"

"아욱?!"

날카롭게 휘두른 우르가가 너무나도 쉽게 비네의 퇴로를 차단했다. 맞지는 않았지만 충격파가 발생해 가녀린 다리는 풍압을 견디지 못하고 꼬여 넘어져버렸다.

티오나는 그 틈을 놓치지 않고 무기를 찌르기 자세로 잡으며 등에 힘을 준다.

'아——.'

한쪽 날개로 몸을 보호할 틈도 없었다. 설령 막는다 해도 날개의 피막과 함께 꿰뚫릴 것이다.

비네는 밀려드는 최후의 순간을 예감하고 눈을 질끈 감았다.

"…………?"

살을 꿰뚫는 충격은 아무리 기다려도 오지 않았다.

비네가 조심조심 눈을 떠보니, 내질러진 우르가는 가슴 앞에서 정지한 상태였다.

시선을 들자 티오나는 매우 복잡한 표정으로 입을 다물고 있었다.

"으음~ 아아~ 으응~…………………… 응!"

연신 끙끙거리는가 싶더니 크게 고개를 끄덕이고는, 스

억 무기를 거두었다.

"왠지 모르겠지만 역시, 잡는 건 무리!"

그리고는 휙, 우르가를 뒤로 던져버렸다.

"어……?"

쿠우우웅. 막대한 중량을 가진 무기가 큰 소리를 내며 지면에 나뒹굴고, 청백색 입술에서는 갈라진 목소리가 새 나왔다.

비네의 지금 표정은 넋이 나가버렸다고밖에는 표현할 수 없었다.

"아마…… 구해준 거겠지? 그 아이."

그리고 그 표정은 놀라움으로 물들었다.

"말이 통할지는 모르겠지만…… 얼른 가봐."

"아…… ."

"다들 나처럼 바보가 아니니까."

티오나는 빤히 이쪽을 내려다볼 뿐이었다.

당혹감만을 느끼던 비네는 쭈뼛쭈뼛 일어나, 입술을 살짝 벌리려 했지만 이내 울려 퍼진 전투의 음향에 등을 떠밀려 얼른 그 자리를 떠났다.

티오나에게서 멀어지려다 딱 한 번 살짝 돌아보고는, 이번에야말로 모습을 감추었다.

뒷골목의 마석등이 연신 꺼졌다가는 다시 켜졌다. 혼자 남은 티오나는 내팽개친 우르가를 회수하고는 천천히 머리 위를 올려다보았다.

"……아르고노트 군도 이런 심정이었으려나~."

중얼거린 목소리가 구름이 남은 밤하늘로 빨려 들어갔다.

"티오나!"

"아, 티오네."

뒷골목을 나온 순간 쌍둥이 언니와 딱 맞닥뜨렸다. 티오네는 눈꼬리를 틀어 올리며 힐문했다.

"너 혼자 어딜 갔던 거야! 한참 찾았잖아!"

"찾으러 와준 거야? 대로 쪽에서 싸우는 줄 알았더니."

"단장님이 나한테 너랑 같이 행동하라고 그러셨단 말이야! 단장님 말씀을 어길 수는 없잖아! 근데…… 몬스터는? 이쪽으로 쫓아왔다고 아크스네 소대가 그러던데."

티오나는 거짓말을 할까 잠시 망설였지만, 티오네에게는 솔직히 말하기로 했다.

"음—— 놓아줘버렸어."

"뭐어?! 놓친 게 아니고 놓아줬다고?! 너 바보 아냐?!"

"그렇지만~."

"그렇지만은 무슨 얼어 죽을 그렇지만이야! 지금은 비상사태라고 단장님도 그러셨잖아! 무슨 말인지 몰라?!"

"그렇지만 티오네도 그 몬스터들이 머리만 좋은 게 아니란 거 알지?"

"윽……."

"평범한 몬스터하곤 아마 다를 거야. 싫은 느낌이 안 들어."

죽지 않고 기절했던 모험자들을 떠올리며, 티오나는 자신이 느꼈던 바를 있는 그대로 전했다. 정곡을 찔린 것처럼 티오네는 입을 다물었지만, 이내 다시 노기를 띠며 받아쳤다.

　"시끄러워! 아무튼 그 까만 미노타우로스는 없애버릴 거야! 가자!"

　"그건 그냥 앙갚음을 하고 싶은 거고~."

　"시꺼!!"

　자매는 꽥꽥 말다툼을 하며 나란히 달려가버렸다.

　『신 헤스티아, 비네의 위치는?!』

　"북서쪽이다! 점점 멀어지고 있어!"

　오쿨루스를 통해 들려오는 펠즈의 목소리에 고함을 질러 대답한다.

　'다이달로스 거리' 남서쪽 외곽. '다이달로스 레거시'를 내려다보며, 점점 북쪽으로 올라가는 용종 소녀의 이름에 헤스티아는 자신의 심장이 점점 가속하는 것을 알 수 있었다.

　"누가 구하러 가줄 수는 없나?!"

　『안 되겠어, 모험자들의 추격이 너무 극심해……! 누구 한 명만 이탈해도 이곳은 와해될 거야!』

청수정에서는 몬스터의 포효와 무기 부딪치는 소리가 끊임없이 들려와 상황이 얼마나 처절한지 알 수 있었다. 헤스티아는 얼굴을 찡그리며 필사적으로 머리를 굴렸다.

　'펠즈 군의 일행이 안 된다면 비네 군에게 가장 가까운 것은 벨프 군과 미코토 군…… 안 된다. 그 아이들도 모험 자들을 붙잡아놔야 해! 서포터 군과 벨은 너무 멀고!'

　서쪽 지구 중앙지대 앞에서 전투를 벌이는 펠즈와 '제노스', 그곳에서 살짝 떨어진 벨프와 미코토. 릴리는 동쪽, 벨은 남동쪽으로 이동해 지금도 모험자들을 교란시키는 중이었다. 북서쪽으로 계속 도망치는 비네를 구하러 가기 에는 너무나도 멀었다.

　미궁거리 북쪽으로 이동하는 비네가 모험자들에게 쫓기 고 있음은 명백했다. 시시각각 시간을 알리는 회중시계 바 늘이 소녀의 목숨을 깎아나가는 것 같다는 착각에 휩싸이 면서 헤스티아가 결단을 망설이고 있으려니,

　"에잇!"

　"아니, 하루히메 군?!"

　헤스티아와 함께 있던 하루히메가 탑 옥상에서 뛰어내 렸다.

　금색 장발과 선명한 붉은색 기모노가 미궁거리의 어둠 으로 사라지는가 싶더니, 무언가가 깨지는 것처럼 요란한 소리가 울려 퍼졌다. 헤스티아가 황급히 탑 옥상에서 고개 를 내밀자 까마득한 아래쪽에는 폐가 지붕에 뚫린 구멍,

그리고 비틀거리면서도 굴러가듯 달려 나가는 르나르의
모습이 있었다.

"우우──!!"

비네의 위기에 논리도 계산도 깡그리 내팽개치고 달려
나가는 하루히메를 보며 헤스티아도 갈등을 집어던지고
오쿨루스 하나에 달려들었다.

여신은 있는 힘껏 외쳤다.

"벨, 부탁한다! 도와다오!"

『비네 군이 '제노스' 군들에게서 낙오되었다! 하루히메
군도 뛰쳐나가고 말았어!!』

신호도 없이 목소리를 터뜨린 오쿨루스에, 베일을 뒤집
어쓰고 있던 나는 처음에야 당황했지만 주신님의 필사적
인 말을 듣는 사이에 핏기가 가시기 시작했다.

"비네가 혼자요?!"

소란스러운 모험자들로부터 멀리 떨어진 뒷골목에서 조
바심에 타들어갔다.

비네가 고립돼? 아무도 도우러 갈 수가 없어? 혼자서 울
고 있는 그 아이의 환영이 내 가슴을 헤집었다. 머릿속에
펼쳐진 지도를 내려다보아도 지금의 상황이 최악이라는
것을 알 수 있었다.

나는 남동쪽, 비네는 북서쪽. 위치는 정반대다. 만약 내가 여기서 최단거리로 가려 한다면 미궁거리 중앙지대에 자리를 잡은 【로키 파밀리아】 본진으로 쳐들어가게 된다. 아무리 '투명 상태'라지만 무사히 지나갈 수는 없을 것이다. 그리고 우회했다가는 시간을 크게 낭비한다. 아무리 생각해도 내 다리로는 늦어!

그래, 지금 내 '민첩'으로는——.

그 말이 뇌리에 터진 순간 나는 오쿨루스에 외치고 있었다.

"하루히메 씨를!"

『뭐?』

"하루히메 씨의 위치를 가르쳐주세요!!"

대답이 돌아오기도 전에 나는 달려 나갔다.

주신님도 내가 무엇을 하려는지 깨닫고 잠시 숨을 멈추더니, 결심한 것처럼 '다이달로스 레거시'의 정보를 알려주었다. 잠입행동도 잊고 빠르게 움직이는 두 다리, 베일 안에 고여 가는 열기. 땀을 닦을 시간조차 아까웠다. 양동작전이라는 역할도 포기한 나는 높이가 제각각 다른 건물의 옥상으로 뛰어올라 달려 나갔다.

빨리, 빨리! 서둘러라!!

나는 주신님의 목소리에 이끌려 남동쪽에서 남서쪽으로, 미궁거리의 남쪽을 크게 횡단했다.

"하루히메 씨!"

"꺄악?! 앗── 벨 님?!"

주신님의 정확한 지시로 뒷골목을 열심히 달려 나가는 하루히메 씨를 발견한 나는 베일을 벗는 것도 잊고 그녀의 손을 잡았다.

낡은 무인 단층집으로 끌려들어간 하루히메 씨는 내가 투명화를 해제하자 놀랐던 표정을 단숨에 무너뜨리고 눈물을 글썽거렸다.

"벨 님! 비네 님이, 비네 님이……!"

떨리는 하루히메 씨의 손이 내 옷을 붙잡았다. 쓰러지려는 몸을 받쳐주면서 함께 무릎을 꿇었다.

비취색 눈에서 떨어져 내린 눈물이 기모노를 적시는 가운데 나는 하루히메 씨의 손을 꽉 잡았다.

"하루히메 씨──."

고개를 든 그녀에게, 나 혼자서는 도저히 해낼 수 없는 일을 부탁했다.

"──힘을 빌려주세요."

비네를 **둘이서** 구하러 간다.

마음을 실은 내 눈빛에 놀란 하루히메 씨는── 눈을 질끈 감아 눈물을 떨구고는 고개를 끄덕였다.

서로 오른손과 왼손, 왼손과 오른손을 맞잡은 채.

아름다운 르나르는 환상의 노래를 자아내기 시작했다.

"【──커져라 뚝딱】."

시작되는 영창. 옥구슬을 굴리는 듯한 목소리.

눈을 감은 하루히메 씨는 낭랑하게 노래했다.

"【그 힘에 그 그릇. 수많은 재물에 수많은 바람. 종소리가 알릴 그 순간까지 부디 영화와 환상을】."

주문이 거듭됨에 따라 금색 빛이 생겨났다.

어두운 실내를 비추는 광채가 내 긴박한 표정까지도 밝혔다.

"【——커져라 뚝딱】."

나는, 아니, 우리는 이제부터 틀림없이 위험을 무릅써야 한다.

하루히메 씨도 그 사실을 아는지 흐트러짐 없는 노랫소리와는 달리 손은 떨고 있었다.

"【신찬을 먹어치운 이 몸. 신들께 바친 이 빛. 메에 이르러 뫼로 돌아가, 부디 그대에게 축복을】."

비네를 걱정하는 불안과 함께, 무릎 바로 위에 얹힌 그녀의 손이 애원하듯 내 손을 쥐었다.

"【——커져라 뚝딱】."

기모노에 싸인 몸이 떨리고 다음으로는 힘차게, 마지막 주문이 흘러나왔다.

눈을 크게 뜬 하루히메 씨는 나와 시선을 맞추며 '마법'의 이름을 선언했다.

"【도깨비 방망이】."

눈부신 광휘가 실내를 가득 채웠다. 그와 동시에 내 몸을 수많은 빛의 입자가 감쌌다.

'레벨 부스트'. 레벨을 한 단계 상승시키는 최강의 요술. 【스테이터스】가 Lv.4에 이른 것을 온몸이 이해하고 환희의 고함을 지른다.

나는 베일을 고쳐 쓰고는 벌떡 일어나── 하루히메 씨를 안아들었다.

"하으?!"

한 번의 '레벨 부스트'만으로는 분명 부족할 것이다. 하루히메 씨의 힘은 아직도 필요하다. 나는 이 사람을 놓아두고 갈 마음이 없었다. 그것을 자각했을 하루히메 씨도 설마 이렇게 옆으로 안아드는 자세가 될 줄은 몰랐는지 순식간에 뺨을 분홍색으로 물들였다.

미안하지만 참아달라고 할 수밖에 없다. 나는 하루히메 씨와 찬란하게 빛나는 자신의 몸이 완벽하게 투명 베일에 가려진 것을 확인하고는, 가슴께에 있는 여우귀에 입을 가까이 가져다댔다.

"베일을 잡아주세요."

두 손을 쓸 수 없는 나를 대신해, 하루히메 씨는 고개를 끄덕이고는 두 팔을 내 목에 감다시피 '리버스 베일'을 단단히 잡았다.

안쪽에서는 바깥의 정보가 비쳐 보이는 베일 너머로 전방을 노려보며, 각오를 충전했다.

"──갈게요."

뺨에서 한 줄기 땀이 굴러 떨어진 순간, 나는 달려 나갔다.

"흐윽?!"

Lv.4의 초가속에 하루히메 씨가 비명을 입 속으로 삼켰다.

활짝 열린 민가의 문에서 뒷골목으로 뛰쳐나온 나는 보도블록을 밟아 부수는 대도약을 거쳐 한밤의 하늘로 솟아올랐다.

눈 아래에 펼쳐진 미궁거리의 경치. 마석등 불빛이 깜빡거리는 【로키 파밀리아】의 중앙 본진, 시커먼 안개에 휩싸인 서쪽 지구, 그리고 비네가 혼자 남아있을 북서쪽 지구.

마지막 지점을 노려보고, 중력에 이끌려 건물 옥상에 착지한 나는—— 질주했다.

"?!"

"뭐지?!"

맹렬한 가속, 어마어마한 바람 소리, 지붕이며 벽을 박차는 요란한 발소리.

매직 아이템으로 모습을 감추었다고는 하지만 들키지 않을 리가 없다. 머리 위를 고속으로 이동하는 내 존재에 근처의 모험자들은 '무언가'가 있음을 알아차리고 고개를 들었다.

그러나 그것은 이미 사소한 일일 뿐. 무시할 수밖에 없다. 상관할 여유는 없었다.

"~~~~~~~~~~~~~~~~~~~~~~~~~~~~~~~~~!!"

점점 속도가 빨라지자 하루히메 씨는 내 목에 감은 팔에 힘을 주어 바람을 맞는 베일을 열심히 붙들었다. 높이가 제각각인 건물 위를 그야말로 토끼처럼 뛰고 달려 나가고, 때로는 고개를 바짝 들고 올려봐야 할 정도로 거대한 탑을 단숨에 뛰어넘었다.

『그, 그대로 직진하거라, 벨!』

바람 가르는 소리 속에 지워져버릴 것 같은 주신님의 지시를 간신히 들으며 최단거리를 돌파한다.

——【로키 파밀리아】에게 들킬 위험성은 한없이 높다. 제1급 모험자라면, 그 사람들이라면 반드시 우리의 동향을 포착할 것이다.

그래도 갈 수밖에 없어.

하루히메 씨의 '레벨 부스트'를 거쳐, 원래의 내 '민첩'으로는 낼 수 없는 속도를 얻은 나는 아름다운 빛의 입자가 가져다주는 전능감에 도취될 틈도 없이 가속의 극한을 달렸다.

"——죄송하옵니다, 벨 님! 하루히메는 이런 상황인데도 진심으로 행복을 느끼고 있사옵니다!!"

"어쩐지 똑같은 말을 전에도 들은 적이 있는 것 같은 기분——?!"

바들바들 떠는 하루히메 씨가 견디지 못하고 이상한 소리를 하고, 나도 무의식중에 외쳤다.

『으아—?! 하루히메 군, 그건 내 대사, 가 아니라지금당

장나랑바꿔라――!!』

　그런 주신님의 알 수 없는 발언까지 더해져 한순간 소란스러워졌다.

　셋이서 비명을 지르며, 그래도 밤공기를 가르고 달려 나갔다.

　그저 오로지 한 줄기 바람이 되어, 나는 남서쪽에서 북서쪽으로 미궁거리를 종단했다.

　비네는 뒷골목을 나아가고 있었다.

　"헉, 헉……."

　흐트러진 호흡이 체력 소모를 말해주었다. 이미 이곳이 어디인지도 확실치 않다. 뒷골목의 어둠 속에 숨어, 조금 전에 돋아난 외날개를 감춘 채, 벽에 손을 짚으며 미덥지 못한 발걸음으로 나아갔다.

　추적대의 기척은 끊어졌다. 그러나 불안이 만들어내는 모험자의 환영에 끊임없이 겁을 먹게 되었다. 무엇보다 압도적인 고독이 온몸을 잠식하는 큰 짐이 되었다.

　"……, ……!"

　어떤 이름을 중얼거리려는 입술을 비네는 열심히 막았다.

　그를 걱정시키고 싶지는 않았다. 자신이 울면 또 그 사

람을 불안하게 만들고 만다. 비네는 그를 안심시키고 싶
었다. 그러므로 필사적으로 참았다.

그러나 어두컴컴한 미궁거리는 소녀의 마음을 잠식
했다. 가녀린 몸을 떠는 애절한 공포가 마침내 과거의 잔
영을, 무엇과도 바꿀 수 없는 온기를 찾게 만들었다.

"벨……."

덧없이 어둠 속에 녹아버리는 목소리로 비네는 그 이름
을 속삭였다.

그리고.


"——비네!!"


소년은 그 바람에 호응했다.

"!"

"비네 님!!"

눈을 크게 뜬 비네가 고개를 들자 베일을 젖힌 벨과 하
루히메가 허공에서 나타나 푸른 하늘에서 내려왔다.

호박색 눈에서 눈물이 솟아나고 굴러 떨어진 순간, 비네
의 발은 달려 나가고 있었다.

눈앞에 착지한 소년과 소녀의 품으로 힘차게 뛰어들
었다.

"벨! 하루히메!"

팔을 내밀어 용종 소녀를 받아들이고 재회의 포옹을 나

누었다.

"아아, 비네 님, 비네 님!"

"다행이야, 비네……!"

"미안해, 미안해, 벨, 하루히메……! 고마워, 좋아해……!"

넘쳐나는 눈물로 세 사람은 제대로 말을 잇지 못했다. 그저 서로의 몸을 끌어안고 온기를 나누었다. 하루히메의 가슴에 얼굴을 묻은 비네의 등을 날개와 함께 벨은 힘껏 안았다.

"나 찾으러 온 거야……?"

"주신님이 가르쳐주셨어."

『괜찮은 게냐, 비네 군! 무사해서 다행이구나!』

"……고마워, 주신님!"

눈물을 흘리며 고개를 든 비네에게 벨이 웃음을 짓자 건틀렛에 박힌 오쿨루스에서 콧물을 훌쩍이는 소리가 들렸다. 반짝이는 청수정에 비네는 꽃처럼 환하게 웃었다.

한바탕 서로를 끌어안은 후, 벨은 비네와 하루히메에서 몸을 떼었다.

"시간이 없어. 얼른 가자. 어떻게든 리드 씨네하고 합류해야지."

"응!"

비네와 함께 고개를 끄덕인 하루히메와 나란히 그 자리에서 이동을 개시했다.

하루히메와 합류해 비네의 곁에 도착하기까지 5분 이상 경과했다. 벨은 어디엔가 자리를 잡아 다시 '레벨 부스트'를 받아야겠다고 생각했다.

현재 위치는 미궁거리에서도 북쪽으로 조금 치우친 북북서. 이곳에서 남하해——【로키 파밀리아】를 피해——'제노스'와 합류하기란 지극히 어려운 일임을 잘 알고 있다.

"주신님, 다시 길안내를——"

최악의 경우 자신이 미끼가 되는 것도 고려하면서 오쿨루스에 입을 가져갔던, 그때였다.

"————."

벨의 육감 같은 것이 최대급의 경종을 울려댔다.

"!!"

"어?"

비네와 하루히메를 끌어안고 얼른 '리버스 베일'을 뒤집어쓴 것은 기적에 가까웠다. 후퇴해 뒷골목의 어둠으로 몸을 밀어 넣은 순간—— 터엉! 은백색 메탈부츠가 격렬하게 착지했던 것이다.

바람의 여운이 남은 회색 털결, 얼굴 절반을 덮어 보는 이를 압도하는 푸른 문신.

허공에서 나타난 웨어울프 청년을 보고 벨은 비네, 하루히메와 함께 숨을 죽였다.

'베이트 씨……!'

역시 포착됐다.

벨과 하루히메의 무모한 종단을 감지하고, 제1급 모험자 베이트 로가는 핀의 지시를 무시한 채 본진에서 뛰쳐나왔던 것이다.

그럴 수가. 너무 빨라. '레벨 부스트'를 다시 받을 틈도 없다니.

자신의 예상을 어이없이 물어뜯어버린 웨어울프의 속도에 벨은 전율했다.

"…………."

베이트는 벨 일행이 숨은 뒷골목 너머, 탁 트인 공간의 한복판에 서 있었다.

잠자코 주위를 천천히 둘러본 웨어울프의 눈에 벨과 비네, 하루히메는 밀착한 채 숨을 멈추고 있었다. 세 사람의 격렬한 심장 고동 소리가 겹쳐지고 녹아들어, 이제는 밖으로 새나가는 것 아닐까 걱정이 될 정도로 요란한 소리를 냈다. 수정 속에서 창백하게 질려버린 헤스티아도 목소리를 죽였다.

그리고 벨의 식은땀이 비네의 머리카락에 떨어졌을 때.

"——나와."

베이트는 수많은 골목길 중 하나, 벨 일행이 숨은 어둠을 정확하고도 무자비하게 노려보았다.

'투명 상태'임에도 시선의 창에 꿰뚫려 세 사람의 몸이 얼어붙었다. 베이트가 등장한 후로 영원처럼 여겨졌던 시간은 겨우 1분도 되지 않지만, 그 짧은 순간 세 사람의 희망은 덧없이 무너져버렸다.

이쪽으로 발을 돌리는 베이트를 보고 비네의 어깨가 떨렸다. 그녀의 어깨를 꼭 붙든 벨은 나갈 수밖에 없다고 각오를 다졌다. 자신이 미끼가 되어 비네와 하루히메를 도주시킬 수밖에 없다고.

하지만 벨의 결단을 하루히메의 행동이 만류했다.

'하루히메……?'

은청색 머리카락을 쓰다듬는 손가락에 비네가 고개를 들자, 하루히메는 미소를 짓고 있었다.

아연실색한 벨에게도 힘없는 미소를 지어보인 르나르 소녀는, 용종 소녀에게서 가만히 몸을 떼었다.

벨이 내민 손이 허공을 가르고, 그녀는 베일을 젖히며 어둠 속에서 걸어 나왔다.

"아앙?"

"…………."

경악하는 벨과 비네의 시선 너머, 별빛이 비추는 하늘 아래 하루히메는 베이트와 대치했다.

어리둥절한 표정을 짓는 웨어울프를 앞에 두고 소녀의 여우 꼬리는 떨고 있었다. 하지만 이를 보여주지 않고자 등 뒤로 감추며 꿋꿋하게 청년을 바라본다.

"너 하나가 아닐 텐데? 다른 놈들도 나오라고 해."

"소녀는 혼자이옵니다."

"웃기는 소리 하지 말고——."

"──소녀는 혼자이옵니다!!"

다음 순간에는 고함을 지르고 있었다. 들어본 적이 없는 소녀의 고함에 비네가 어깨를 흠칫 떨었다. 치켜세운 고운 눈썹은, 의지가 깃든 비취색 눈동자는 청년이 뿜어내는 험악한 눈빛에도 굴하지 않았다.

풍만한 가슴을 두 손으로 누르며, 다시 목소리를 터뜨렸다.

"그러니 저리 가시옵소서!"

그 말이 청년에게 한 것이 아님을 소년은 이해하고 말았다.

벨이 음탕의 거리에서 구해낸 심약한 소녀는 이제 어디에도 없었다. 강자 앞을 가로막고 서서 벨과 비네를 감싸려는 뒷모습은 무력한 몸으로도 재앙에 맞서는 무녀였으며, 용종 소녀를 지키고자 하는 누이이자 어머니였다.

울부짖은 것이다. 도움을 받기만 했던 그 소녀가, 소중한 존재를 지키기 위해.

벨의 눈이 흔들렸다.

"어서!!"

하루히메의 외침이, 그녀의 뒷모습이 벨을 떠밀었다.

손가락이 파고들 정도로 비네의 어깨를 꽉 쥐었던 벨은 고뇌를 떨치듯 달려 나갔다. 울 것 같은 얼굴로 뒤를 돌아보는 용종 소녀의 손을 잡고, 이를 한껏 악물며.

"……싸우지도 못하는 게 어디서 멋 부리고 앉았어."

하루히메의 뒤에서 두 개의 기척이 멀어져가는 것을 느끼며 베이트는 메탈부츠로 발밑의 보도블록을 쓰다듬듯 걷어찼다. 그 순간 부서져나간 돌조각이 산탄이 되어 날아들었다.

눈을 크게 뜬 하루히메에게도 수많은 파편이 짓쳐들어 기모노와 뺨이 찢어졌다. 얼른 팔로 얼굴을 감싼 하루히메는 몸을 휘청거릴 뻔했지만 발을 디디고 버텼다. 그 자리에서 비키지 않았다.

베이트는 혀를 찼다.

"비켜."

"싫사옵니다."

"작살내버린다."

"비키지 않겠사옵니다!"

큰 걸음으로 다가오는 베이트를 향해 하루히메는 두 팔을 벌렸다.

한 걸음도 움직이지 않으려 하는 르나르에게 베이트는 눈을 가늘게 뜨더니, 땅을 박찼다. 제1급 모험자의 대수롭지 않은 가속은 하루히메의 눈으로 쫓을 수도 없을 정도여서, 웨어울프의 그림자는 순식간에 눈앞에 나타났다.

경직된 소녀에게 베이트는 시시하다는 듯 왼손을 쳐들고, 내리치려 했다.

"——!!"

그러나.

금색 앞머리에서 엿보이는, 그 흔들림 없는 비취색 눈동자를 보고 베이트의 손은 우뚝 멈추었다.

"…………."

베이트의 두 눈은 크게 뜨였다. 공격이 몸에 날아들려 해도 시선을 치우지 않았던 하루히메의 눈을 말없이 노려본다.

침묵이 두 사람 사이에 내려앉았다. 멀리서 전해진 어렴풋한 교전의 목소리가 수인들의 귀에 들렸다.

그 불가사의한 광경은 베이트가 입을 열 때까지 이어졌다.

"——잔챙이가."

웨어울프의 입가가 웃음의 모양으로 흉포하게 치켜 올라갔다.

"아무 것도 못하는 주제에—— 각오는 됐겠지?"

"흐읍?!"

숨기지 않고 뿜어내는 살기. 약육강식의 섭리에 따라 말 그대로 자신을 잡아먹으려 하는 굶주린 늑대에게, 압도적인 강자의 존재에 수인의 본능이 부르르 떨렸다.

그러나, 그래도 하루히메는 물러나지 않았다.

결국 꼴사납게 몸을 떨면서도 두 팔을 벌린 채 베이트를 노려보았다.

"이게 보자보자 하니까!!"

주먹을 내리치는 대신 왼발의 메탈부츠가 땅에 내리꽂

혔다. 발밑에서 발생한 파괴의 소리와 충격에 하루히메의 몸은 너무나도 쉽게 날아가버렸다. 뒷골목 입구 옆벽에 등을 거세게 부딪쳐 몸을 꺾으며 격통에 신음했다. 반면 베이트는 격노를 터뜨렸던 말과는 달리 얼굴에는 웃음을 짓고 있었다. 그것은 그가 잔챙이라 멸시하는 존재에 대한 조소이자 분명한 희열이었다.

베이트는 하루히메를 '적'으로 인정했다.

비웃을 가치조차 없는 어중이떠중이가 아니라, 전장에서 만난 대적이라 인식했다.

웨어울프는 르나르 소녀의 각오를 인정하고 비웃은 것이었다.

"창부처럼 헐떡이고 앉았네! 기세만 등등했던 거냐!!"

"흐윽!"

베이트의 매도에 신음하던 하루히메는 고개를 들었다.

흉악한 웃음을 지으며 내려다보는 웨어울프를 힘껏 노려보며, 공물을 바치듯, 떨리는 두 손을 가슴 앞에 내밀었다.

"【──커져라 뚝딱】."

그리고 영창을 시작했다.

"【그 힘에 그 그릇. 수많은 재물에 수많은 바람. 종소리가 알릴 그 순간까지 부디 영화와 환상을】."

하루히메에게 유일하게 허용된 '마법'이자, 무기가 될 수 없는 요술.

그 술법이 눈앞의 강자를 상처 입힐 수도 없다는 사실을 알면서도 하루히메는 노래했다.

"【——커져라 뚝딱】."

'레벨 부스트'의 인터벌은 10분 전후. 베이트와의 기묘한 대화를 거쳐 간신히 그 시간이 다 차 시전에 나섰던 '마법'이 소녀의 '마력'을 환기시켰다.

"【신찬을 먹어치운 이 몸. 신들께 바친 이 빛. 메에 이르러 뫼로 돌아가, 부디 그대에게 축복을】."

거리를 벌리고 대치한 베이트는 움직이지 않았다. 말없이 영창이 완성되기를 기다렸다.

그것은 오만일까. 아니, 그렇지 않다. 약자가 강자에게 터뜨린 포효—— 소녀의 각오에 대한 예의였다.

하루히메가 '마법'을 해방하는 순간, 베이트는 가차 없이, 무자비하게 그녀를 없앨 것이다.

밀려드는 그 시간을 앞에 두고 웨어울프 청년은 자신의 손을 뚜둑 울렸다.

"【——커져라 뚝딱】."

하루히메의 마법, 【도깨비 방망이】는.

매직 서클의 유무에 상관없이 발동 전부터 금색 마법광을 뿜어내 한층 특이성을 드러낸다. 영창이 진행되면 엷은 안개 형태의 '마력'이 빛의 구름을 만들어내고, 이슈타르마저도 신음하게 만들었던 최강의 요술이 발동되는 것이다.

——금색 빛의 입자와 빛의 구름은 하루히메와 베이트

의 머리 위를 지나 솟구쳤다. 미궁거리 서쪽 지구에 펼쳐진 블랙 미스트와 마찬가지로 그녀들의 현재 위치인 북북서 지구가 어렴풋한 빛에 휩싸였다.

그것은 **아는 사람이 보면** 자루 없는 빛의 망치가 소환된 전조임을 알 수 있으리라.

하루히메가 영창을 완성시키고 베이트가 몸을 앞으로 기울인 순간, 소녀의 기도를 받아들인 '그녀'는 그 자리에 달려 나왔다.

"!!"

베이트가 돌아본 후방에서 착지하며 나타난 것은 아름다운 칠흑의 장발.

대형 박도를 든 아마조네스── 아이샤 벨카가 원군으로 도착했다.

"【도깨비 방망이】."

지체 없이 엄청난 빛의 입자가 베이트를 넘어 아이샤에게 모여들고, 빛의 망치가 낙하했다.

"네놈은……."

두 눈을 가늘게 뜬 베이트의 시선 너머에서 레벨 부스트가 완료되었다.

빛의 분류에 휩싸인 여걸은 대형 박도를 휘둘러, 빛의 입자가 솟아나는 칼끝을 웨어울프에게 들이댔다.

"야, 너. 내 동생 같은 애한테 손을 대려고 했겠다? 그렇지? 내가 보기엔 그랬어."

"뭐."

"──귀여운 동생한테 지분거리는 놈은 용서 못하지. 이 자리에서 날려버리기 전까지는 직성이 안 풀리겠는걸."

아이샤는 웃음을 지으며 '싸움을 걸었다'.

'제노스' 따위 상관없다고, 그런 건 모른다고 우기며 이 싸움을 '사적인 싸움'으로 바꿔놓았다. 기가 막혀 쳐다보는 베이트와 대치한 그런 그녀에게 하루히메는 감격에 겨워 가슴을 떨었다.

"아이샤 씨……!"

"풋내기 여우가 어디서 무모한 짓을 하고 있어, 나 원. 대놓고 쓰지 말라고 그렇게 타일렀더니……. 하지만 뭐, 좀 그럴듯해진 그 낯짝을 봐서 용서해줄게."

자신이 달려오리라 믿었던 하루히메의 도박에 아이샤는 어딘가 기뻐하는 분위기를 보이며 어깨를 으쓱했다.

베이트는 그런 그녀들에게 콧방귀를 뀌었다.

"결국 남한테 떠넘긴 거잖아. 시시하기는."

그렇게 말하면서도 소녀의 '허허실실'에 당했음을 인정하듯 얼굴에 띤 웃음은 지우려 하질 않았다.

전의를 뿜어내는 웨어울프는 입가를 쫘악 찢으며 웃었다.

"냉큼 덤벼, 바보 여자. 맛이 간 머리랑 같이 걷어차 줄 테니까."

"어디 해보시지!"

하루히메가 지켜보는 가운데, 베이트와 아이샤는 전투
에 돌입했다.

🔥

"벨, 하루히메가……!"
"큭……!"
비네의 손을 잡은 벨은 고뇌의 표정으로 뒷골목을 달려
나갔다.
베이트가 하루히메를 공격할까? 알 수 없다. 그러나 목
숨까지 빼앗지는 않을 것이다. 지금은 그의 추격에 대비할
수 있을 만큼 거리를 벌려야 한다——.
불안과 의문, 그리고 지금 해야만 하는 일이 벨의 머릿
속에서 뒤섞였다. 하루히메의 각오를 헛되이 하지 않도록
미련을 버리고, 동시에 자신의 부족함을 그녀에게 사과하
며 비네를 위해 나아갔다.
『벨, 시간이 없다……! 서두르지 않으면 펠즈 군의 일행
과 합류하지 못해!』
조바심을 내는 헤스티아의 목소리를 들으며 벨과 비네
는 서둘러 달렸다.
'레벨 부스트'로 얻었던 빛의 입자는 이미 사라졌다. 베
일을 뒤집어쓴 채 모험자며【로키 파밀리아】단원들에게
들키지 않도록 주의를 기울이지만, 그런 경계는 필요 없을

정도로 주위에서는 인기척이 사라져 조용했다. 다행이라는 생각보다는 불안감에 도리질을 친 다음 목적지를 향해 남하했다.

그리고 남쪽으로, 남쪽으로 계속 내려가던 벨의 다리는—— 어느 샌가 한 걸음도 나아가지 못하게 되었다.

"……벨?"

"…………."

진행이 멈춰버린 데에 비네가 당혹스러운 목소리를 냈다.

그녀의 가녀린 손을 쥔 벨은 더할 나위 없을 만큼 식은 땀을 흘리고 있었다.

떨리는 호흡을 제어하지도 못한 채, 귀를 희롱하는 심장 소리를 견뎌냈다.

위아래로 이어지는 계단이며 좁은 길이 주위에 넘쳐나는 뒷골목에서, 그의 루벨라이트색 눈동자는 어둠에 덮인 전방을 바라보고 있었다.


미궁거리, 남동쪽.

아직도 가라앉지 않은 모험자들의 혼란과 소란이 미치지 못하는 한 뒷골목에서, 꿈틀, 그림자가 흔들렸다. 어둠에 휩싸인 그 그림자는 손을 가늘게 떨며, 균열이 일어난 벽돌벽에서 등을 떼고 살짝 기침을 했다.

"5년이, 흐를 동안, 크게 차이가 벌어지고 말았군요……."

3분.

그 그림자가 전투를 허락받았던 시간.

의식을 되찾은 그녀는 느릿느릿 고개를 들고 하늘을 올려다보았다.

"죄송합니다, 크라넬 씨……."

피에 젖은 입술을 닦는 것도 잊은 채, 칼등으로 맞았던 배를 손으로 누르며 류 리온은 중얼거렸다.

"————."

하늘을 덮었던 비늘구름이 흘러가자 달빛이 어둠을 씻어냈다.

사금처럼 빛나는 금색 장발이 드러났다. 은색과 푸른색의 장비, 칼집에 담긴 검의 손잡이가 어렴풋하게 광택을 뿜어내며 벨의 눈을 태웠다.

비네 또한 시간이 멈춰버린 것처럼 얼어붙은 가운데, 그녀는, 두 사람을 바라보고 있었다.

"아이즈, 씨……."

금발금안.

뒷골목 한복판에 선 여검사에게 벨은 신음하듯 중얼거렸다.

"……부이브르, 살아있었구나."

아이즈가 또박또박 말한 '부이브르'라는 말이 충격이 되어 벨을 꿰뚫었다.

동시에 깨닫고 말았다. 아마도 아이즈는 일찌감치 류를 뿌리치고 벨을 다시 미행했을 것이다.

그 사실을 알아차리지 못했던 것은 아이즈가 벨을 '보지 않았기' 때문이다. 시선에 민감한 소년의 감각을 꿰뚫어보고, 직시하지 않은 채 기척만을 따라왔다. 벨이 알아차리지 못할 정도로 교묘하게.

류의 방해로 잠시 놓쳤던 벨을 다시 포착했던 것은 그가 남동쪽에서 남서쪽으로 횡단했을 때였다. 하루히메와 합류한 것도, 비네와 재회한 모습도 아이즈는 계속 포착했던 것이다.

벨은 아이즈의 추적을 뿌리쳤던 것이 아니었다.

"어서 나와……."

베이트가 먼저 도착했던 것은 그녀가 **망설였기 때문일까**.

어딘가 서글픈 어조로, 아이즈는 '리버스 베일'을 벗도록 종용했다.

벨은 잠자코 베일을 거두었다.

"…………."

"…………."

모습을 드러낸 벨, 그리고 한쪽 날개가 돋아난 비네를 보고 아이즈는 눈을 내리깔았다.

"네가 왜 그런 말을 물어봤는지…… 계속 생각했어."

닷새 전, 도시 전체에 미션이 발령되기 직전. 벨은 아이즈에게 물었다.

『몬스터한테, 무언가 살아갈 이유가 있다고 한다면……
우리와 다를 바 없는 감정을 가지고 있다면, 어떻게 하시
겠어요?』

사람과 마찬가지로 웃음을 짓고, 사람과 마찬가지로 고
민하고, 사람과 마찬가지로 눈물을 흘리는 '괴물'과 만난다
면, 그래도 당신은 검을 휘두를 수 있느냐고.

"그런 뜻이었구나……."

시선을 지면에 떨군 아이즈는 천천히 비네를 바라보
았다.

벨은 그 시선에서—— 위험한 무언가를 느꼈다.

평소에도 아이즈의 표정은 감정이 희박하지만, 벨이 아
는 그녀의 것과는 명백히 선을 달리 하는 눈빛에 심장이
오싹 떨렸다.

왜, 어째서, 지금, 그런 표정을—— 그러지 말아요.

가슴이 질러대는 비명을 필사적으로 억누르면서 벨은
그 눈빛으로부터 비네를 지키며 호소했다.

"아이즈 씨!! 이 아이는!"

"내 대답은."

그 말이 끝까지 이어지지 못하도록 가로막는 강한 어조
로, 아이즈는 말을 던졌다.

"변하지 않아."

그리고—— 칼자루에 손을 댔다.

"몬스터 때문에 누군가가 운다면── 나는 몬스터를, **죽일 거야.**"

【검희】의 대답에── 뽑혀나온 은색 검에, 벨은 얼어붙었다.

저벅 소리를 내며 아이즈의 부츠가 한 걸음 앞으로 나섰다.

"기……기다려 보세요, 아이즈 씨?! 이 아이는 전혀, 아무에게도 해를 끼치지 않아요! 절대로 그러지 않아요!! 이 아이는, 비네는 다르다고요!!"

울부짖듯 벨은 외치고 있었다.

터져나온 전의에 겁을 먹은 비네를 등으로 감싸며 목소리를 높였다.

"그 부이브르가 또 폭주했을 때도, 너는 같은 말을 할 수 있어?"

"────."

비네의 이마에 박힌 붉은 돌이 떨리듯 반짝였다.

"나는, 그럴 수 없어."

그녀는, 자타가 바보라 공인하는 천진난만한 아마조네스 소녀와는 결정적으로 달랐다.

냉랭한 표정, 가차 없는 언어의 칼. 무엇이 그녀를 그렇게까지 냉혹하게 만들었는지 벨은 모른다. 알고 싶지 않았다.

단 한 가지 확실한 점은—— 교섭이 결렬되었다는 것.

동경과 완전히 대립해버렸음을 벨은 지금 이해했다.

"으, 아⋯⋯."

이윽고, 소용돌이치는 절망과 체념이 그의 손을 이끌어 준 곳은—— 나이프의 자루.

마주 선 검사 소녀와 마찬가지로, 소년 또한 이미 뒤집을 수 없는 대답을 제시하고 말았다.

지키기로 맹세했던 괴물 소녀를 위해.

슬픔으로 눈을 가늘게 뜨는 아이즈와 대치하며, 벨은 칠흑의 나이프와 붉은 단도를 뽑았다.

"벨⋯⋯."

비네가 울먹이는 목소리로 속삭였다.

『큭⋯⋯.』

수정 속에서 여신이 목소리를 잃었다.

"⋯⋯왜⋯⋯."

벨의 입술이 저절로 떨렸다.

"⋯⋯왜."

아이즈의 몸이 앞으로 기울고, 달려 나왔다.

"——젠장!!"

벨 또한 달려 나가, 짓쳐드는 은색 검을 향해 칠흑의 나이프를 휘둘렀다.

두 사람의 첫 일격은 무수한 불꽃을 뿜어냈다.

물론 벨이 압도적일 정도로 힘에서 밀렸다. 여리고 가느다란 팔과 전혀 어울리지 않는 아이즈의 무시무시한 참격에 완전히 자세를 무너뜨린 벨은, 그래도 이를 미리내다보고 공격의 충격을 회전력으로 바꾸었다.

오른손 역수로 쥔 《헤스티아 나이프》를 다시 아이즈에게 들이대며 벨은 외쳤다.

"비네, 도망쳐!!"

전에 보지 못했을 정도로 귀기 어린 소년의 표정과 목소리에 베일을 가슴에 안은 비네는 몸을 떨며 당장이라도 눈물을 쏟을 것 같은 표정으로 따랐다.

왔던 길을 도로 달려가는 소녀의 모습을 돌아볼 여유도없이 여신의 나이프로 펼쳤던 공격이 가로막히자 벨은 왼손의 붉은 단도로 다음 공격을 펼쳤다.

금발금안의 검사는 한 자루의 검으로 너무나도 쉽게 나이프의 연계공격을 튕겨냈다.

"크윽?!"

금세 흘려나가는 자신의 공격에 이를 갈며, 벨은 아이즈를 어떻게든 이 자리에 묶어놓고자 두 자루의 나이프를 휘둘러댔다. 그러나——.

"————."

칠흑의 나이프가 튕겨나갔다고 생각한 직후, 금색 장발이 시야를 가렸다.

사고에 공백이 생겨난 벨이 상황을 이해했던 것은 한순간 후.

아이즈는 방어행동 직후 나비처럼 공중으로 몸을 날려선 소년의 머리를 뛰어넘었던 것이다.

붉은 단도 공격이 허공을 가르는 데에서 그쳤던 벨과 위치를 바꾸어, 아이즈는 등 뒤로 착지했다.

"아?!"

온 신경을 쏟아부어 순식간에 몸을 돌린 벨은 이미 비네의 뒤를 쫓아 달려가는 아이즈를—— 소녀의 시선 방향을 보고 말았다.

——나를 보지 않아!

가슴속을 채웠던 비장감이 뱃속을 뜨겁게 달구는 무언가로 바뀌었다.

그것은 분노일까. 아니, 그렇지 않았다. 동경하던 사람이 자신을 상대로 여기지도 않는다는 분함이었다.

벨은 온몸을 불태우며 비네와 아이즈를 추격했다.

『베, 벨?!』

오쿨루스에서 헤스티아의 비명이 터졌다. '다이달로스 레거시'의 움직임을 보고 지금 상황이 어떤 것인지를 알았으리라. 그녀가 우려했듯 벨은 아이즈를 따라잡을 수 없다. 아니, 벨이 따라잡기도 전에 아이즈의 검이 비네의 등에 닿을 것이다.

틀렸어, 이래선 늦어. 비네가——!

용종 소녀의 뒷모습을 꿰뚫어보는 【검희】의 눈빛에 벨은 손을 있는 힘껏 쥐고 고뇌의 감정을 쥐어짜냈다.

그리고 흠칫 돌아본 비네에게 아이즈가 부딪치려는 순간, 벨은 애를 끊는 심정으로 **포성**을 터뜨렸다.

"【파이어볼트】!!"

붉은 염뢰가 약진했다.

벼락처럼 밀려드는 '속공마법'이 절망적이었던 거리를 순식간에 메우고 아이즈의 질주를 저지했다. 마법이 꽂힌 건물 벽이 폭발하는 가운데, 놀란 비네의 모습이 흙먼지 속으로 사라졌다.

쐈다. 또 쏘고 말았다.

전에는 모험자를.

이번에는 동경하는 사람을.

자신이 무엇을 하고 있는 것인지, 이제는 눈물이 날 정도로 아무 것도 알 수 없었다. 다만 확실한 것은—— 이제는 돌이킬 수 없다는 것이다.

얼굴을 일그러뜨리며 달려 나간 벨은 재빨리 회피해 아연실색한 표정을 지은 아이즈에게 검을 휘둘렀다.

"아이즈 씨, 제 말을 들어주세요!"

검에 가로막힌 나이프 너머로 벨은 목소리를 터뜨렸다.

말과는 달리 무기를 휘둘러야 하는 현실에 터무니없는

공허함을 느끼며, 금속이 맞물리는 소리와 함께 코등이싸움에 들어갔다.

"……너와 할 말은, 없어."

여전히 시선을 마주하지 않는 그 말에 이번에는 뺨이 새빨갛게 타올랐다.

"나한테는 있어!!"

마치 떼를 쓰는 어린아이처럼, 그야말로 높은 산꼭대기의 꽃에 시선 한 번 받지 못하는 소년처럼 목을 떨었다. 나이프를 밀어붙이며 한 걸음 다가선 벨에게 눈가를 일그러뜨린 소녀는 거절하듯 검을 뿌리쳤다.

너무나도 쉽게 벨을 밀어낸 아이즈는 다시 비네를 추적했다.

"큭…… 주신님!"

『그, 그래!』

건틀렛에 박힌 오쿨루스가 빛을 뿜으며 헤스티아의 목소리가 벨을 유도해주었다.

아이즈를 곧이곧대로 쫓아가봤자 절대 따라잡을 수 없다. '다이달로스 레거시'에 표시된 비네의 위치를 향해 앞질러 가야 한다.

비네는 뒷골목을 구부러져 거미줄처럼 교차하는 좁은 길로 발을 들이고 있었다. 【파이어볼트】 때문에 흙먼지가 피어나는 가운데 민가 옥상으로 올라 달려가기 시작한 벨은 최단거리로 용종 소녀와 아이즈에게 향했다.

지붕 위에서 본 '다이달로스 거리'의 건물들은 잔잔한 바다에 뜬 수많은 뗏목 같았다. 파도에 출렁이지 않는 발판을 잇달아 갈아타며 고속으로 달려 나가기를 한동안. 좁은 길을 달려가는 금색 장발을 포착했다.

　지붕을 박찬 벨은 아이즈의 눈앞에 착지했다.

　"!"

　"아이즈 씨!"

　멈춰 선 아이즈는 눈을 크게 떴다.

　장소는 좁은 외길. 근처에 옆길은 없다. 금색 눈동자가 재빨리 주위를 둘러보고, 가녀린 턱이 위를 향하려던 그 순간 벨은 육박했다.

　──그렇게는 안 돼!

　지붕 위로 도망치려는 아이즈보다도 한 발 먼저 공세에 들어갔다.

　"큭……!"

　위로 피하려던 의도를 저지당한 아이즈는 어쩔 수 없이 응전했다.

　두 자루의 나이프와 한 자루의 검이 다시 칼 부딪치는 소리를 나누었다.

　"너와, 싸우고 싶지 않아……."

　"나도 그래요!"

　쥐어짜내듯 말한 아이즈에게 벨도 고함을 질러 대답했다.

몇 달 전, 아침 해가 뜰 때까지 시벽 위에서 벌였던 단련과는 전혀 다르다. 훈련이 아니다.

고통을 강요당하는 공방에 가슴을 태우며 벨은 두 차례 세 차례 호소했다.

"아이즈 씨, 부탁이니 제발 들어주세요! 그 아이는, '제노스'는――!"

"내 대답은…… 변하지 않아."

"크윽!"

――어째서!!

귀도 기울이지 않는다는 데 마음속으로 통곡하며 벨은 눈꼬리를 틀어 올렸다.

두 자루의 나이프를 꽉 쥔다.

이미 말로는 닿지 않을 자신의 마음을 검신에 맡기고―― 온 힘을 담은 참격을 해방시켰다.

"흐읍!!"

"?!"

칠흑과 진홍의 검광이 아이즈의 시야에 번뜩였다.

래빗 러시. 초 연속참격. 제한 없는 노도의 연격이 시작되었다.

검은색과 붉은색 궤적이 방어로 전환한 세검을 난타해댔다. 아이즈의 경악을 말해주듯 어마어마한 양의 불꽃과 금속음이 터져나왔다. 자신의 생각이 따라가지 못할 정도로 벨의 육체가 가속했다.

빠르게. 이제까지보다도, 무엇보다도 빠르게.

거녀 프뤼네나 헌터 딕스, 과거에 만났던 제1급 모험자들과의 전투를 웃도는 속도로 벨은 동경의 대상에게 자신의 모든 것을 부딪쳤다.

"……!"

여기에 좁은 지형이 은색 검에 불리함을 가져다주었다. 긴 검신은 좁은 길에서 휘두르기 힘들며, 뛰어난 사정거리도 마음대로 살릴 수가 없었다. 반대로 소년의 나이프는 효과를 최대한으로 발휘했다.

시종 밀려나던 아이즈는 숨을 멈추고 벨의 얼굴을 빤히 들여다보며 마지막 참격을 막아낸 후, 뒤로 멀리 뛰어 물러났다.

"허억, 허억……!"

"…………."

어스름한 뒷골목에 벨의 호흡 소리가 울렸다.

벌어진 간격과, 뚜렷하게 저려오는 자신의 손을 바라보던 아이즈는 입을 벌렸다.

"……강해졌구나."

"!"

자신을 인정해준 말에 벨은 흠칫했다.

그러나 그것은.

"나도 이제는, 봐줄 수 없어."

지금부터 시작될 처절한 검격을 말해주는 선언이었다.

"――――."

아이즈의 모습이 잔상을 일으켰다.

벨이 지각할 수 있었던 것은 금색 장발의 잔영뿐.

간격을 빼앗긴 그가 밀려드는 참격에 반응할 수 있었던 것은 직감과 위기본능, 그리고 단련 속에서 진저리 날 정도로 맛보았던 소녀의 칼놀림을 몸이 기억했기 때문이었다.

《헤스티아 나이프》가 검신에 닿은 순간 터무니없는 충격이 벨을 엄습했다.

"으윽?!"

찢겨져 날아갈 듯한 기세로 오른팔이 머리 위까지 튕겨져 올라갔다. 나이프를 놓치지 않았던 것은 기적이었다.

금색과 은색의 질주는 멈추질 않았다. 회오리바람처럼 회전하며 검이 좁은 골목길의 벽을 버터처럼 가르고 신들린 섬광을 연주했다.

이번에야말로 반응도 방어도 허락하지 않는 신속의 회전베기.

――끝났다.

두 번째 참격. 그것으로 끝.

모험자로서 갈고 닦은 벨의 감각이 자신의 죽음을 확신케 했다.

"큭."

그러나 벨의 몸통이 두 쪽으로 갈라지는 일은 없었다.

아이즈는 버들잎처럼 고운 눈썹을 살짝 일그러뜨리며, 검이 닿기 직전에 손목을 틀었다.

"——커어억?!"

옆구리에 꽂힌 충격—— 칼몸에 맞아 벨은 바로 옆의 벽에 충돌했다.

어깨부터 부딪쳐 시야가 진동했다. 이어서 일어난 것은 현기증과 구토감.

견디지 못하고 무릎을 꿇은 벨의 옆을…… 아이즈의 부츠가 유유히 지나치려 했다.

"크, 으윽……!"

벨은 보내주지 않겠노라고 떨리는 무릎에 채찍질을 했다.

온몸에 힘을 담아 일어났다.

발을 멈추고 돌아본 아이즈는 루벨라이트색 눈에서 투지가 사라지지 않은 벨을 앞에 두고 감정을 감춘 차가운 표정으로 검을 휘둘렀다.

"간다."

다음 순간, 벨의 시야에 참격의 소용돌이가 발생했다.

"——아윽?!"

【검희】가 뿜어내는 진짜 연속참격.

마치 조금 전의 벨이 펼친 연격을 되갚아주듯 아이즈의 검무가 시작되었다. 반사적으로 쳐든 나이프로는 도저히 막을 수 없었다. 한 차례 방어에 성공했다고 생각하면 다섯 번의 참격이 몸을 후려쳤다. 벨프의 방어구가, 딜 아다만타이트 갑옷이 귀를 찢는 듯한 비명을 질러댔다.

칼몸이 아니라 칼날에 베였다면 이미 목숨이 끊어졌을 압도적인 검무. 은색 사선으로 가득 찬 시야, 아픔과 충격에 흔들리는 의식 속에서 벨은 확실하게 깨달았다.

거녀 프뤼네보다도 강렬하고, 헌터 딕스보다도 빠르다. 비교가 되질 않는다.

자신을 한껏 괴롭혔던 제1급 모험자들조차 빛이 바랠 정도였다.

이미 알았다. 알고 있었다.

알고 있었다. 하지만——.

'이 사람은—— 누구보다도 강해!!'

바람을 끄는 검광이 브레스트 플레이트를 올려베어 벨은 허공으로 치솟았다.

금세 보도블록과 격돌해 벌렁 나자빠졌다.

"아……윽…….."

몽롱해진 의식 속에서, 눈을 내리깐 아이즈가 등을 돌렸다.

멀어져가는 그녀에게 손을 뻗으려 했지만 타들어가는 아픔이 온몸을 감싸 움직일 수조차 없었다.

몇 번이나 일어나려고 시도했지만 몸이 가늘게 떨리기만 할 뿐.

뿌옇게 흐려지는 시야에 비친 밤하늘이 멀게 느껴졌다.

'……여기, 본 적이 있는 것 같은데…….'

동경하던 이의 세례를 온몸에 받아 몸이 땅에 달라붙은 가운데, 흐릿한 의식은 별 상관도 없는 기억을 끄집어내려 했다.

조금 전부터 계속 눈에 익은 뒷골목에 의문을 느끼고 있었다. 그것은 언제, 어디였더라. 제대로 돌아가지도 않는 머릿속으로 혼자 중얼거렸다.

『벨, 벨?!』

그때 어둠으로 잠기려던 의식에 헤스티아의 목소리가 메아리쳤다.

아이즈의 서글픈 표정이, 비네의 눈물이 뇌리에 되살아났다.

눈을 한 번 감았던 벨은 눈꼬리를 치켜세우며 보도블록을 손가락으로 바드득 긁었다.

　　　　　　　　　　　⊡

남하하던 벨과 비네에게서 조금 떨어진 미궁거리 북북서 지구.

지면에 박힌 대형 박도 옆에 한 여걸이 쓰러져 있었다.

"그놈의 웨어울프…… 진짜 가차 없네."

온몸에 상처를 입은 아이샤는 이미 사라지고 없는 베이트를 향해 밉살스럽다는 듯 말했다.

입에는 타박상이 있었으며 피가 흘러내렸다. 칼날이 빠진 박도를 흘끔 본 아이샤는 "아~ 거 아프잖아"라고 말하며 얼굴을 찡그렸지만 그래도 어딘가 기뻐하는 눈치였다.

"아이샤 씨, 아이샤 씨······!"

아이샤의 갈색 피부를 적시는 눈물은 하루히메의 것이었다.

베이트에게 패배한 그녀의 한쪽 손을 쥐고 오열과 함께 미안하다고 연신 사과한다. 그녀 자신은 돌 파편을 뒤집어써 입은 생채기를 제외하면 멀쩡했다.

뒷골목의 탁 트인 공간에 소녀의 흐느끼는 소리가 울려퍼지는 가운데, 아이샤는 거추장스럽다는 양 얼굴을 찡그렸다.

"울지 좀 마. 이 정도 가지고는 안 죽어."

"그래도, 그래도······!"

"울 시간에 해야 할 일이 있지 않을까?"

긴 금발을 손가락으로 빗어주던 아이샤는 눈가를 닦는 소녀에게 말했다.

"갈 곳이 있지?"

"······예."

하루히메는 기모노 소매에서 청수정을 꺼냈다.

백업을 맡아 건네받은 자신의 오쿨루스를 들고, 하루히메는 아이샤를 내려다보았다.

"그럼 가봐. 좀 쉬면 나도 알아서 움직일 테니까."

"고맙습니다…… 아이샤 씨."

눈을 붉게 물들인 하루히메는 인사를 하고 일어났다.

달려 나가는 여우 꼬리를 지켜보던 아이샤는 몸에서 힘을 쭉 뺐다.

"요즘은 계속 지기만 하네, 나 원…….【리틀 루키】한테는 수행을 대신할 '원정'에라도 참가해달라고 할까."

윤기 있는 입술에 웃음을 지으며 눈을 감고, 그녀는 조금 긴 잠을 청했다.

"……벨?"

비네는 발을 멈추고 뒤를 돌아보았다.

귀에 들려오던 격렬한 전투의 소리는 끊어졌다. 계속 치밀었던 걱정이 이제는 맹렬한 불안이 되어 부풀었다. 베일을 들고 멍하니 서 있던 비네는 망설인 끝에 달려왔던 길을 천천히 되짚어 가기 시작했다.

"벨……? 주신님?"

미로처럼 교차하는 길을 조심스레 나아갔다. 용의 외날개를 몸에 바짝 붙이고, 얇은 가슴팍을 꼭 누르며 벽을 따라 걸어가는 그 모습은 괴물이 아니라 길 잃은 어린아이였다.

모퉁이를 돈 순간 자신을 싸늘하게 바라보던 그 금색 눈동자와 맞닥뜨리는 것은 아닐까. 이 앞의 교차로에 들어선 순간 그 무시무시한 검광에 목이 날아가는 것은 아닐까. 어둠이 귓가에 속삭이는 상상에 떨리는 호흡을 뱉어내던, 그때였다.

비네의 뒤에 그림자가 나타난 것은.

"——?!"

비네가 흠칫 돌아본 순간 팔이 튀어나와 그녀의 입을 막았다. 그리고 가녀린 허리를 붙들리는가 싶었더니 날개와 함께 온기에 감싸였다.

'비네, 조용히.'

'아…… 벨!'

귓가에 속삭이는 백발 소년의 모습에 비네는 온몸에서 힘이 빠져나가는 것과 함께 안도를 느꼈다.

그러나 이내 벨의 상태를 알아보았다. 옷과 갑옷은 온통 찢어지고 갈라졌으며 굳은 피가 달라붙었다. 소년의 얼굴 또한 아픔과 피로를 감추지 못했다.

비네가 말을 잇지 못하고 있으려니, 벨은 가자고 하면서 손을 잡아끌었다.

"베, 벨……."

"미안해. 조금만 더 참아줘, 비네."

눈물에 잠기려 하는 목소리에 사과하고 벨은 아이즈의 그림자를 경계하며 이동했다.

비네의 손을 꼭 잡으며, 건틀렛의 오쿨루스에 입을 가

져다댔을 때, 문득 고개를 들었다.

검게 그을린 보도블록, 넓은 교차로, 벽에 새빨간 선으로 그려진 아리아드네. 계속 품었던 기시감은 또렷한 형태가 되어 기억의 문을 두드렸다.

'아아, 그렇구나……'

드디어 알았다.

눈에 익었다고 생각했더니, 당연한 일이었다.

이곳은 벨이 한번 지나간 적이 있던 길.

헤스티아와 함께, 몬스터 필리아가 있었던 그 날, '실버백'에게 쫓기면서.

기억을 떠올린 벨은 이제부터 할 일에 자조의 웃음을 지으며 헤스티아에게 물었다.

"주신님…… 이 근처에 비밀통로가 있나요?"

『응? 아, 그래…… 있다만, 펠즈 군에게로 이어지지는 않는구나. 오히려 멀리 돌아가게 되어서…….』

"가르쳐주세요."

당황하는 헤스티아에게 길을 묻는다.

그녀의 목소리대로 나아가자 이윽고 널찍한 막다른 길이 나왔다. 지시를 받아 석판 하나를 밀자 벽면이 열리면서 통로가 나타났다. 벨은 비네를 먼저 보내주고 어떤 물건을 건넸다.

"벨……? 이건……."

"응, 주신님하고 이야기를 나눌 수 있어. 계속 지켜봐주실 거야…….”

건틀렛에서 떼어낸 하나뿐인 오쿨루스를 비네의 손에
쥐어주었다.

『벨, 너 혹시…….』

수정 안에서 헤스티아는 아연실색했다가 이내 입을 다
물었다.

“이 길을 따라서 먼저 가. 나는 잠깐 여기 남아 있을 테
니까.”

“어……?”

비네 또한 눈을 놀라움으로 물들이며 불안스레 떨었다.

“베, 벨은 어떡하고?”

“아이즈 씨랑, 이야기를 하고 싶어……. 분명 이곳으로
올 테니까.”

“…………..”

“주신님 말씀대로만 가면 돼. 괜찮아, 금방 따라갈 거니
까…….”

따라갈 수 있을 리가 없다.

오쿨루스가 없으면 여신의 안내를 받지 못한다. 비네가
어디 있는지도 파악하지 못한다.

거짓말로 점철된 부드러운 웃음을 지으며 벨은 비네의
머리를 쓰다듬었다.

대화를 듣던 헤스티아는 아무 말도 하지 않았다. 그녀가
고마웠다. 자신의 뜻을 헤아려주어서.

멍하니 올려다보는 비네의 몸을 벨은 가만히 밀어냈다.

"얼른 가."

비밀통로로 들어간 비네가 닫히는 문 안으로 사라졌다.

마지막까지 계속 이쪽을 바라보던 호박색 눈. 벨은 무거운 소리를 내며 닫힌 문에 이마를 가져다댔다.

'두 번째구나……'

자신은 비겁자다. 아이즈를 당해낼 수 없겠다고, 비네를 지키지 못하겠다고 깨달은 순간 헤스티아 때와 마찬가지로 자신에게서 떼어놓았다.

한심하고 무력했다. 여전히 약한 모험자 그대로였다.

'분명 그때는……'

'실버백'에게 쫓겼을 때는 아이즈의 얼굴을 다시 한 번 보고 싶다는 미련스러운 생각을 했다. 지금의 상황과 비추어 생각해보면 참으로 얄궂다.

벨은 웃고 있었다. 참으로 이상하다. 아니, 이상해진 것은 머리 쪽일지도 모른다.

그리고 이내.

저벅 소리를 내는 등 뒤의 기척에 천천히 돌아보았다.

"벨……."

아이즈는 벨을 똑바로 바라보았다. 비네를 보내주는 광경을 보았는지 그녀의 눈은 나무라는 빛을 띠고 있었다. 벨은 쓴웃음을 지으려다 실패한, 그런 웃음을 지었다.

비네가 도망친 길로 가는 입구는, 지금 벨의 등이 지키는 한 곳뿐.

비밀통로의 출구가 어디로 이어지는지 모르는 아이즈는
벨을 쓰러뜨리지 않고서는 비네를 따라갈 방법이 없다.

이로써 비네가 도망칠 때까지 시간을 끌 수 있다.

그리고 이로써 아이즈는 벨을 상대할 수밖에 없다.

그렇다. 무시하게 내버려두지 않는다.

"비켜줘."

"못 비켜요."

"어떻게 하면, 비켜줄 거야?"

"아이즈 씨가 제 이야기를 들어주면."

"…………."

아이즈는 다시 한 번 시선을 내리고 눈을 감았다.

다음으로는 결연히 검을 휘둘러 소리를 냈다.

웃음을 짓던 벨도 입을 꽉 다물고, 이쪽으로 다가오는
아이즈에게 무기를 겨누었다.

어둡고 어두운 길 안.

"…………."

『……거기서 오른쪽으로 가거라, 비네 군.』

"…………."

『……그 다음에는 쭉.』

"…………."

『…….』

"……주신님."

『……왜 그러느냐.』

"……나, 싫어……."

『………….』

"이렇게 작별하는 거, 싫어……! 벨, 거짓말 했어……!"

『………….』

"벨은 나 구해줬어. 기뻐. 하지만 아니야! 벨이 아픈 거 싫어. 우는 거 싫어!"

『………….』

"나, 벨에게 아무 것도 갚아주지 못했어!"

『……나는 안 말릴 거다.』

"어?"

『이해하거든. 나도 비네 군과 똑같았으니.』

"……나랑, 주신님이……?"

『그럼. 벨은 너도 알다시피, 치사하지? 자기가 약하다는 걸 아는 주제에 늘 무리하고 멋을 부리려 하지. 도망치고 싶어서 참을 수 없는 주제에, 상대에게 적수가 안 된다는 걸 아는 주제에…….』

"…………."

『지금도 동경하는 여자아이와 이렇게 싸우고 싶지 않다고 괴로워할 텐데…….』

"벨은, 왜……."

『그 아이는 곤경에 처한 여자아이를…… 아니, 가족을 내버려둘 수가 없거든.』

"가족……?"

『그럼. 인간이니 괴물이니, 그런 건 상관없지. 그 아이는 비네 군도 소중한 가족이라고 생각한단다.』

"……주신님. 나, 역시 이런 건 싫어."

『응.』

"벨한테 가고 싶어."

『응.』

"벨한테 은혜 갚고 싶어."

『각오는 됐느냐? 벨과 영원히 작별하게 될지도 모르는…… 죽음에 대한 각오가.』

"응. 이번에는 있지── 내가, 벨을 구할 차례야."

『……알았다. 가거라.』

"고마워, 주신님."

『비네 군.』

"왜?"

『──강해졌구나.』

⊡

호된 참격이 몸을 두드렸다.

발밑에는 내용물이 사라진 시험관이 몇 개나 굴러다녔다. 이미 포션은 떨어졌다. 몇 번이나 재기불능에 빠질 뻔했는지 알 수 없다. 세는 것도 귀찮아질 정도로 공격을 받았고, 구역질을 해가면서도 벨은 버티고 서서 나이프를 휘둘렀다.

"……!"

무릎을 꿇을 뻔하고 쓰러질 뻔해도 벨은 일어났다. 결코 문 앞에서 비키지 않았다. 아니, 더욱 과감하게 공세를 펼쳤다. 아이즈는 흠칫 숨을 멈추었지만 그녀 또한 공격의 손길을 늦추려 하지는 않았다. 바람 가르는 소리를 수반한 검의 궤적이 벨을 난타해댔다.

고속의 대각선 베기. 막을 수 없다.

올려베기. 옆에서 쳐서 흘려보낸다.

수평베기. 못 피한다.

칼집 찌르기. 그건 알고 있었어.

돌려차기. 직격.

틀렸다. 맞았다. 다시 틀렸다. 다시 맞았다. 그녀에게 배웠던 '기술'이, 그녀에게서 훔쳤던 '허허실실'이 하필이면 이런 상황에서 최대의 효과를 발휘하다니.

칼몸이 날아들 때마다 몇 번이나 시야에 섬광이 흩뿌려지는 가운데 벨은 몽롱한 머리로 생각했다.

뭘 하고 있는 거람.

동경하던 사람과 대립하고, 부딪치고.

제대로 당하고 있고.

──하기야 당하기만 하는 건 단련 때랑 다를 바가 없구나.

웃을 수 없는 사실에 웃으면서 벨은 가차 없는 아이즈의 검기를 노려보았다.

공격은 닿지 않는다. 반격은 스치지도 않는다. 자신의 외침을, 마음을 받아들여주지 않는다.

냉정한 그녀가 싫어졌나? 아니, 그렇지 않아.

전혀 귀를 기울여주지 않는 그녀에게 화가 나나? 번지수 잘못 짚었어.

그녀의 검은 까마득히 높은 경지에 이르렀다. 현실과 이상의 벽을 벨에게 가르쳐준다.

벨이 품었던 마음은 그런 것이다. 비네를 구했던 결단은 그 정도로 가혹한 것이다.

따라가야만 한다.

붙잡아야만 한다.

넘어서야만 한다.

무력함을 직시한 만큼 달려라. 기어올라라. 더 빠르게. 더 강하게.

"──!!"

등이 뜨거웠다. 등이 타오르고 있다. 등이 미칠 듯한 열망을 부르짖고 있다.

멀다. 이렇게 멀 수가. 알고 있었다. 하염없이 높다는 정도는.

그러니 따라잡아야 한다.

그 아이를 구하고 싶다는 이 마음과 함께.

" —— 아아아아아아아아아아아아아아아아아아아아
아!!"

벨은 부르짖었다.

찢어지는 포효가 아이즈의 팔을 흔들었다. 주체할 수 없
는 속마음이 【검희】의 검세를 확실히 깎아냈다.

없는 힘을 끌어모아 가속한 두 자루의 나이프가 처음으
로 소녀를 위협했다.

"?!"

경악을 떨치며 날린 아이즈의 베어내기. 붉은 나이프를
튕겨내고 벨을 향해 즉시 날리는 두 번째 참격. 벨은 여기
에 —— 왼팔의 건틀렛을 들이댔다.

【검희】의 참격을 딜 아다만타이트 방어구 위로 미끄러뜨
렸다.

두 사람 사이에 솟구치는 처절한 불꽃과 마찰음. 억지로
아이즈의 품에 파고드는 혼신의 육박.

얼굴이 달라붙을 정도의 지근거리 —— 자신의 간격에서.

벨은 신의 칼날을 베어올렸다.

"아아아아아아아!!"

허공을 향해 호를 그리는 자남색 검광.

금발이 나부낀다.

가공할 속도로 후퇴해 긴급회피한 아이즈는── 흠칫 가슴에 손을 가져다댔다.

"……!"

장비했던 은색 가슴받이에는 무언가가 스치고 지나간 자국이 있었다.

날카로운 무언가에 베인 흔적이다.

벨의 외침이 닿았다는 증거였다.

한순간 아이즈는 말문을 잃었다.

숨을 헐떡이는 벨을 바라보며, 눈썹을 씁쓸하게 일그러뜨린 아이즈는 다시 검을 휘둘렀다.

"윽?!"

벨은 창졸간에 나이프를 뒤로 뺐다. 우상단에서 대각선으로 날아든 은색 검을 방어. 너무나도 무거워 《헤스티아 나이프》를 두 손으로 붙들고 카가가각, 칼날끼리 맞물리는 소리를 냈다.

이번에는 아이즈가 코등이싸움을 걸며 입을 열었다.

"왜, 이렇게까지 해?"

처음으로 나온 아이즈의 질문.

말을 들어주려 하지 않았던 【검희】가 벨의 눈을 바라보고 있다.

놀라움을 드러냈던 벨은 자신도 아이즈의 눈을 보며 외쳤다.

"그 아이를 구하고 싶어요!"

"정말로, 진심으로 하는 소리야? 사람이 아닌걸. '괴물'인걸?"

벨은 검의 무게에 밀리지 않도록 반론했다.

"평범한 몬스터하고는 달라요! 말을 할 수 있어요, 함께 웃을 수 있어요! 손을 맞잡을 수 있어요── 우리하고 똑같은 감정을 가졌어요!"

"아니야. 똑같지 않아. 모두 그럴 수는 없어."

적어도 인류는 '괴물'과 손을 맞잡을 수 없다고.

한쪽 손만으로 든 아이즈의 검이 벨의 나이프를 반론과 함께 밀어냈다.

"크, 윽?!"

"몬스터는, 사람을 죽여. 많은 사람을 죽일 수 있어. ……많은 사람이 울어."

코앞에 있는 아이즈의 눈동자에 벨은 자신의 몸을 베어내듯 말을 토해냈다.

"그래도, 그건…… 그건 우리 모험자도, 마찬가지 아닌가요?"

"……!"

"아이즈 씨의 검도, 내 나이프도!"

벨을 비롯한 모험자들이 마음만 먹으면 수많은 사람들을 학살할 수 있다.

그것을 막아주고 있는 것은 어디까지나 이성이다. '제노스'들도 가진, 우애의 마음이다.

인간보다도 다정한 괴물이 있었다.

괴물보다도 끔찍한 헌터가 있었다.

인류와 괴물을 구분하는 경계는 무엇이냐고, 벨은 아이즈의 검을 쳐내며 호소했다.

"저는……!"

간격을 둔 소녀에게 입을 벌리고, 망설였다.

아이즈가 한 말을 조금이라도 생각해보지 않았다면 거짓말이 될 것이다. 그녀가 하는 말은 옳다. 원래 선택해야만 하는 길이 어느 쪽이었는지도 잘 안다.

그러나 벨의 뇌리에 떠오르는 것은 비네나 리드가, '제노스'들이 짓는 웃음이었다.

그들이 흘리는 눈물이었다.

귓속에서 다시 되살아나는 딕스의 홍소. 그리고 펠즈의 말.

박쥐── '위선자'.

벨은 모든 것을 받아들이고, 결심했다.

응어리졌던 본심을, 말로 할 수 없었던 마지막 말을 아이즈에게 고했다.

"……그 아이와 살 수 있는 곳을 원해요."

얼어붙어버린 동경의 존재에게 고하고 말았다.

"비네가 웃을 수 있는 세상을 원해요!"


어리석은 바람이 소녀의 귓전을 흔들었다.

아연실색한 아이즈는, 중얼거렸다.

"무슨 소리를, 하는 거야……?"

이해할 수 없다고, 이해하고 싶지 않다고 금색 두 눈이 말했다.

소녀를 비추는 달빛과 소년을 덮은 어두운 그림자가 두 사람의 위치를 말해주었다.

아이즈는 벨에게서 눈을 돌리듯 고개를 가로저었다.

"이젠, 됐어…… 비켜."

이야기는 끝났다는 【검희】에게, 이제는 너덜너덜해진 벨의 몸이 한계를 알리듯 풀썩 무릎을 꿇었다. 한층 낮아진 눈높이로 소년은 고뇌를 내비치며 소녀를 올려다보았다.

그래도 물러나지는 않았다.

"싫어요…….."

"이러지 마."

"싫어……."

"부탁이야."

"──못해요!"

"──비켜!"

이제까지 나눈 적이 없는 큰 목소리를 서로에게 던져댔다.

머리카락을 출렁이며 아이즈는 거리를 좁히고 검을 벨의 눈앞에 들이댔다.

"벨, 거야."

"……!"

"굉장히, 아플 거야. 그러니까……."

서툰 말. 소녀의 최종통고.

하지만 칼끝에서 뿜어져 나오는 냉기에 목을 떨면서도,
벨은 움직이지 않았다.

아이즈의 눈에 슬픔이 가득 찼다. 벨의 가슴에 어찌 할
수 없는 아픔이 넘쳐났다.

다음 순간, 강한 의지로 눈꼬리를 틀어 올린 【검희】는 칼
끝에 힘을 주었다.

달빛을 반사하는 눈부신 은색 광채에 벨은 눈을 감았다.


"——안 돼!"


그 직후였다.

등 뒤의 문이 활짝 열리더니 벨의 시야에 그림자가 튀어
나온 것은.

펄럭이는 로브, 젖혀지는 후드.

아이즈와 벨의 눈앞에 한 소녀가 두 팔을 벌리며 뛰어들
었다.

"벨 괴롭히지 마!!"

인간과 다를 바 없는 소녀의 높은 목소리가 울려 퍼
졌다.

벨은 외날개가 돋아난 그 뒷모습에, 아이즈는 후드 안에

서 드러난 은청색 머리카락과 청백색 이형의 얼굴에 시간이 멈춘 것처럼 굳어버렸다.

"비, 네……?"

벨의 입술에서 목소리의 단편이 흘러 떨어졌다.

시간정지에서 벗어난 소년은 소녀가 든 오쿨루스를 향해 외쳤다.

"주신님, 왜 그러셨어요?!"

『………….』

수정은 대답하지 않았다.

너무나 갑작스러워 초조함과 혼란에서 회복되지 못하는 벨을 내버려둔 채, 비네는 소년을 감싸며 아이즈와 눈을 마주했다.

"제발…… 벨을 다치게 하지 마."

"……큭!"

비네의 호박색 눈을 보며 아이즈의 표정이 허물어졌다.

마치 소년을 감싸는 괴물의 애원에 마음이 흔들린 것처럼.

용종 소녀의 언동은 벨이 호소했던 내용을 긍정해주는 것이었다.

"그만해…… 말하지 마."

동요를 억누르지 못하는 아이즈는 앞머리로 두 눈을 가리며 고개를 숙였다.

"…………왜 너 같은 존재가 있는 거야?"

그리고.

조용히, 어둡게 중얼거린 아이즈의 그 말에 벨은 오싹한 전율을 느꼈다.

천천히 올라오는 무표정한 아이즈의——【검희】의 얼굴에, 형언할 수 없는 무언가를 느끼고 말았다.

소녀의 가녀린 몸에서 발산되는 막대한 위압감에 비네와 함께 얼어붙었다.

"너희의, 너의 목적은 뭐야."

"나, 난…… 벨하고 같이, 있고 싶어."

"——그렇게는, 안 돼."

아이즈의 두 눈이 검처럼 날카롭게 가늘어졌다.

"그 몬스터들과 마찬가지로 지상에서 활개치다니, 절대 용납할 수 없어."

아이즈는 검과 목소리를 용종 소녀에게 들이대고 단언했다.

"네 발톱은 남을 다치게 해."

"네 날개는 수많은 사람들에게 공포를 줘."

"네 붉은 돌은 수많은 사람을 해쳐."

이어지는 말은 규탄이었으며 혐오였으며 거절이었다.

평소의 아이즈와는 달랐다. 막힘없는 말의 나열은 그녀의 강한 의지를 들려주었다. 그녀는 벨이 아는 아이즈가 아니었다.

이건, 뭐지?

아이즈의 두려움? 증오? 슬픔? 바람?

아이즈의 어둠에—— 아니, 아이즈의 근원에 다가가려 하고 있다.

"나는 너를 보내줄 수 없어."

비네의 존재를 밑바닥부터 부정하고 말살의 의지를 새로이 다지는 아이즈를 보며 벨은 숨을 쉴 수조차 없었다.

검과도 같은 신념, 검과도 같은 각오에 베여나갈 것 같았다.

벨이 목소리를 잃은 동안, 아이즈의 검과 마주 선 비네는 자신의 두 손을 내려다보고 있었다.

"…………"

청백색 손바닥과, 아이즈가 말한 대로 소년마저 상처 입혔던 날카로운 손톱.

비네는 가만히, 왼손 손톱을 한꺼번에 붙들었다.

"아?"

벨이 그 의도를 알아차린 것은 이미 때가 늦은 후.

놀라는 아이즈의 눈앞에서, 몸을 떨던 소녀는 그것을 단숨에 부러뜨렸다.

"비네?!"

이어서 오른손.

힘없이 꺾이고 금이 간 손톱이 후둑후둑 보도블록 위로 떨어졌다. 벨이 만류하는 목소리도 듣지 않고, 피에 젖은 소녀의 두 손은 그대로 날개를 붙잡았다.

그리고.

"으, 아아아아아아아아아아아아아아아……!!"

대가를 바치듯, 용의 날개를 등에서 뜯어냈다.

"_____."

말문이 막힌 아이즈의 발밑에 은청색 골격과 회색 피막을 가진 외날개가 떨어졌다.

용의 힘이 깃든 소녀의 가녀린 팔이 축 늘어지고, 허물어지려는 몸을 벨이 안아들었다. 청백색 피부에서 흘러내리는 생명의 물방울은 아이즈나 벨의 것과 전혀 다를 바 없어서 소년의 갑옷을 새빨갛게 물들였다.

갈팡질팡하는 벨이 가죽과 날개를 잃은 등의 일부를 붙들고 필사적으로 지혈하는 가운데, 그의 가슴에 기댄 비네는 아이즈를 올려다보았다.

"또, 내가…… 나, 아니게, 되면."

거친 숨소리로 한쪽 손을 이마의 홍옥에 가져다댄다.

"그때는, 정말, 사라질 테니까……."

그렇게 말하며 이마에서 가슴으로 손을 옮긴다.

괴물의 핵, '마석'이 있는 그 위치로.

벨이 비통하게 얼굴을 일그러뜨리고, 아이즈의 가면에 균열이 일어났다.

"……계속, 외톨이였어."

비네는 천천히 입술을 움직였다.

"어둡고, 추운 데서…… 내가 나 되기 전부터…… 계속 외톨이. 아무도 나 구해주지 않았어. 아무도, 안아주지 않았어……."

깊고 어두운 기억의 바다에 빠지면서 갈라진 목소리로 말을 자아냈다.

"베이고, 아파서…… 무서웠어. 쓸쓸했어."

아이즈를 향해 비네는 숨을 토해내기도 괴로운 듯 속삭였다.

자신의 호박색 눈과 색깔이 비슷한 금색 두 눈을 올려다보며.

"하지만 외톨이였던 날, 벨이 구해줬어."

"!"

"깜깜했던 날…… 아무도 구해주지 않았던 날, 벨이 구해줬어!"

변화는 극적이었다.

용종 소녀의 외침을 듣고 아이즈의 가면은 완전히 떨어졌다.

겨울의 황량했던 경치 속에서 무언가를 발견하고 만 것처럼 목소리를 잃었다.

아이즈는 상상했을 것이다. 그 단편적인 말에서 괴물 소녀가 보았던 것을, 느꼈던 것을. 어쩌면 금색 두 눈으로 보고 있었는지도 모른다.

모든 것을 잊고, 소녀의 눈물에 못 박혀버렸다.

"벨이랑, 같이 있고 싶어……!"

무구한 괴물이 들려준 말은 변명도 증명도 아닌, 바람이었다.

자신을 죽일 검을 앞에 두고, 자신의 내심을 모두 드러낸 것이었다.

눈물이 배어나오는 목소리에 아이즈의 눈이 흔들리고 있었다. 동요하듯 칼끝이 한순간 떨렸다.

내지르지도 치우지도 못하는 은색 광채에서 고통이 배어나왔다. 칼을 들이대고 있는 아이즈 자신이야말로 그 칼날에 상처를 입는 것만 같았다.

이성과 감정이 상극을 이루며 자신의 모순과 싸운다.

소녀의 눈에 망설임과는 다른, 달의 물방울 같은 빛이 생겨났다.

──그것은, 비애?

──아니, 선망?

──아이즈는 비네에게서 무엇을 보고 있을까.

곁에서 지켜보는 벨이 말을 하지 못하고 있으려니…… 아이즈의 금발이 푹 고개를 숙였다.

마치 실이 끊어진 인형처럼.

비네에게 들이댔던 검이 아래를 향했다.

"……나는 이제, 그 부이브르를 죽일 수 없어."

그리고 피폐해진 목소리로 중얼거렸다.

"아이즈, 씨……."

"너는…… 너희는, 잘못되지 않았다고…… 그런 생각을

해버렸으니까."

"…………."

"나는 이제, 너희하고는 싸울 수 없어……."

고개를 들지 않은 채, 달빛에 젖은 그 모습은 벨의 눈에는 매우 조그맣게 비쳤다.

어쩌면 모험가도, 【검희】도 아닌, 평범한 소녀인 것처럼 보였다.

가슴이 옥죄어드는 것을 느낀 벨은 이를 얼버무리듯 비네의 어깨를 꽉 끌어안았다.

이윽고 아이즈는 허리의 파우치에서 꺼낸 아이템――엘릭서를 보도블록 위에 떨어뜨리듯 놓아두고는 등을 돌렸다.

"도와줄 수는, 없어……. 난, 여기 있을 거야."

"아이즈 씨……."

"가."

"……고맙습니다."

엘릭서를 손에 들고 비네와 서로의 몸을 부축하며 벨은 그 자리를 떠났다.

떠나가며, 멀리 떨어진 그녀의 등을 다시 한 번 보았다.

금색 장발을 바람에 나부끼는 뒷모습은 지금 당장이라도 꺼져버릴 것 같다는 생각이 들 정도로 덧없었다.

"…………."

아이즈는 검을 칼집에 거두는 것도 잊고 서 있었다.

흘러가는 구름과 하얀 달빛이 그녀를 내려다보았다.

"아이즈."

"…………."

말을 걸며 나타난 것은 베이트였다.

머리 위에서 착지한 웨어울프 청년은 앞머리에 가려진 소녀의 옆얼굴을 빤히 바라보았다.

"괜찮겠냐?"

"……네."

주어가 생략된 말에 아이즈는 힘없이 고개를 끄덕였다.

그 이상의 언급은 없었다.

"나 먼저 간다."

"……고마, 워요."

"뜬금없이, 뭐가."

투덜거리면서 침을 뱉은 베이트는 자기 말을 지키듯 그 자리를 떠났다.

다시 정적이 찾아왔다.

홀로 남은 소녀는 입술로 무언가를 중얼거리고 창연한 어둠을 올려다보았다.

"벨, 아파?"

"비네야말로 괜찮아?"

몸을 차닥차닥 만져대는 비네를 보며, 갑옷을 벗은 나도 그녀의 몸을 걱정했다.

장소는 아이즈 씨에게서 떨어진 넓은 폐가 내부. 잡초가 돋아나고 지붕은 반밖에 남지 않은 석조 건물 안에서 서로의 상처를 응급 치료하는 중이었다. 그렇다고는 해도 아이즈 씨에게 받은 아이템을 쓴 것뿐이지만.

로브를 벗고 태어났을 때의 모습이 된——그래도 가슴은 가렸다—— 비네의 상처는 모두 아물었다. 다만 엘릭서라고 해도 사라진 손톱이나 날개를 쑥쑥 돋아나게 해주는 것은 아니었다. 뭐, 그런 기적을 일으킬 수 있다면 나자 씨도 의수 신세를 지지는 않았을 테니…….

내 쪽은 그렇게나 호되게 당했음에도 치명상은 하나도 없었다. 결국 아이즈 씨는 처음부터 끝까지 나를 봐주었던 것이다.

'역시 아직 멀었구나…….'

당해낼 수가 없네. 그렇게 중얼거리며 나는 무장을 다시 착용하고, 비네에게도 등에 구멍이 뚫려버린 로브를 입혀주었다.

느긋하게 굴 시간은 없다. 어서 펠즈 씨네와 합류해야 한다.

"벨 님, 비네 님!"

"하루히메!"

내가 그렇게 생각했을 때, 오쿨루스를 든 하루히메 씨가 폐가에 나타났다. 그녀의 얼굴을 본 순간 비네는 눈물을 글썽이며 안겼다. 하루히메 씨도 마찬가지로 눈물을 지으며 청백색 가녀린 몸을 품에 받아주었다.

"하루히메 씨, 무사하셨어요?"

"예, 아이샤 씨가 구하러 와주셔서……. 벨 님과 비네 님은 어떠신지요?"

"……저희도, 괜찮아요."

하루히메 씨도 아이즈 씨에 대해서는 주신님에게 듣지 못한 모양이었다. 쭈뼛쭈뼛 묻는 하루히메 씨에게 뻣뻣하게 웃으며 대답했다. 이야기를 조금 억지로 끊어버린 나는 이번에야말로 출발하려 했지만,

"그리고 벨 님…… 그게, 저."

"네? 아직 뭔가 하실 말씀이── 우푸웁?!"

『뀨─!!』

어영부영하는 하루히메 씨를 돌아본 내 얼굴에 무언가 부드럽고 몽실몽실한 물체가 기습을 가했다. 당황하며 떼어내니 그것은 조그만 몬스터── 옷을 입은 토끼 '제노스'였다.

하루히메 씨에게 안겼던 비네가 고개를 홱 들었다.

"어, '알미라지'인…… 알루 씨?"

『뀨우!』

"여기 오는 동안 낙오되셨던 분들과도 합류해서……."

'분들'이라고 하루히메 씨가 말한 순간 폐가에 여러 마리의 '제노스'가 들어왔다.

"미스터 벨!"

"또 만나네요, 지상 분!"

"레트 씨, 피아 씨!"

'레드캡' 레트 씨와 '하피' 피아 씨. 그 뒤에는 '헬하운드' 헬가 씨……였던가? 여전히 나에게 안기려 하는 알루 씨도 포함해 모두 네 마리의 낙오되었던 '제노스'가 모였다. 듣자하니 미궁거리 동쪽에 모였던 모험자들에게서 도망치듯 계속 북쪽으로 올라오다가, 아이샤 씨와 마찬가지로 하루히메 씨의 '마법'을 보고 이판사판으로 접근을 시도했다는 것이었다.

당초 계획과는 달랐지만 우리는 재회를 기뻐했다.

"단숨에 수가 늘었네요……. 정말 서둘러야겠다."

『……벨, 그 이야기 말이다만.』

내 곁에서 "알루, 안 돼!"『뀨우―!』하고 비네가 알루 씨를 떼어내며 옥신각신하는 동안, 아까부터 계속 입을 다물고만 있던 주신님이 오쿨루스 너머에서 말했다.

『이제 펠즈 군 일행과 합류하기란 불가능하다고 생각하는 게 좋을 게다.』

"네?"

그 자리에 있던 전원의 시선이 비네에게 돌려받은 내 오쿨루스에 모였다.

"페, 펠즈 씨네 일행에게 무슨 일이라도 있었나요?!"

『아니다. 그쪽은 무사해. 【로키 파밀리아】를 뿌리치고, 지금은 이미 '크노소스'로 이어진 지하통로에 들어갔다.』

"그렇다면……."

『너희와 합류할 방법이 없는 게야. 서쪽의 소란을 알아차리고, 지금은 【로키 파밀리아】만이 아니라 다른 모험자들까지 '다이달로스 거리' 중앙지대에 모여들어서…….』

펠즈 씨네 일행과 합류하기란 절망적.

주신님은 침통한 목소리로 그렇게 말을 맺었다.

분명 수많은 모험자의 눈을 피하기란 어려운 일이다. 베일을 쓴다 해도 이렇게 많은 '제노스'는 당연히 다 덮을 수 없다. 여러 번 왕복하면 시간이 너무 걸리고, 애초에 핀 씨 같은 사람은 기척으로 알아차릴 것이다.

시간초과…… 아이즈 씨와의 교전에서 시간을 너무 빼앗기고 말았다.

불안스레 올려다보는 비네에게 나는 아무 말도 할 수 없었다. 하루히메 씨도, 다른 '제노스'들도 입을 다물었다.

게임오버. 신들이 자주 쓰는 말이 뇌리를 가로질렀다.

"아……! 미스터 벨, 이것을."

"어, 이건…… '크노소스'의 '열쇠'?!"

레트 씨가 내민 매직 아이템을 보고 나는 놀랐다. 어디서 얻었느냐고 묻자 레트 씨가 설명했다.

"마지막 동포에게 받았습니다. 자기가 가지고 있어도 의

미는 없을 거라고…….”

“의미가 없어요……? 그 ‘제노스’는요?”

“지상에 남겠다고 합니다. ‘꿈’이 가까워진 것 같다면서.”

“……그래도 괜찮을까요?”

“말릴 수가 없었습니다……. ‘그’는 계속 무언가를 추구했던 듯했으니까요.”

시선을 떨군 레트 씨를 보며 나도 입을 다물었다.

덕분에 어쨌거나 ‘열쇠’는 입수했지만…… 그래도 ‘문’ 앞까지 도달하지 못해서는 의미가 없다.

그렇다. 모험자들에게 들키지 않고, 【로키 파밀리아】의 그물까지 벗어나 **지하로 가는 길** 따위는——.

“——아.”

“벨 님?”

그때 머릿속에 깜빡거리는 빛에 나는 고개를 들었다.

이쪽을 살피는 하루히메 씨를 옆에 놓아둔 채 필사적으로 기억의 실마리를 더듬어나갔다.

지하로 가는 길…… ‘크노소스’로 이어지는 경로.

실물을 본 것은 아니다. 확증도 없다. 하지만——.

“있어…… 있어요! 또 다른 출입구가!”

놀라는 모두를 향해 나는 희망에 찬 목소리를 질렀다.

‘다이달로스 거리’의 주민들은 길드의 지시에 따라 피난했다. 그 덕분인지 지금 우리가 있는 북서쪽 지구에는 인기척이 없었다. 이따금 지나가는 모험자들을 주의하고, 주신님이 가르쳐주는 샛길도 구사해 미궁거리의 정북향에 있는 목적지에 도달했다.

라이, 피나, 루우가 살던 '마리아 고아원'.

아무에게도 들키지 않고 그곳의 뒤뜰에 도착하는 데 성공했다.

"이런 곳을 알고 계셨사옵니까, 벨 님……?"

"대단해, 벨!"

"아니, 이건 어쩌다 보니……."

놀라는 하루히메 씨와 흥분한 비네에게 헛헛한 웃음을 지은 나는 아래로 이어지는 계단을 나아가며 벽에 묻힌 장치── 마석등을 하나하나 작동시켰다.

고아원이 있는 교회의 뒤뜰에서 갈 수 있는 폐허의 바다, 그리고 그 안에 숨어있는 '석판'의 벽. 우리는 한 달쯤 전에 시르 씨, 고아원 아이들과 조사했던 지하통로에 침입하고 있었다.

……그 '바바리안'이 있었던 지하의 넓은 공간이다.

"넓다……."

"이런 곳이……."

피아 씨와 레트 씨가 주위를 둘러본다. 헬가 씨의 불꽃으로 만든 횃불로 나도 주위를 살피자, 기억했던 것과 전혀 다를 바 없는 석조 통로가 펼쳐졌다.

그 사건 이후 나는 에이나 누나를 통해 길드에 신고를 했지만…… 조사가 제대로 되지 않은 점을 보면 우라노스 님에게 전달되기 전에 상부에서 은폐해버렸던 것 아닐까? 몬스터가 탈주했던 몬스터 필리아 사건 때문에 엄청나게 신경질적으로 변했다고는 들었지만……

"…………."

넓은 홀 같은 방 한쪽에는 수북하게 쌓인 재와 완전히 타버린 '바바리안의 체모'가 남아 있었다. 이를 말없이 내려다본 후, 나는 모두를 이끌고 홀 가장 안쪽으로 향했다.

그곳에 나타난 것은 허물어져 완벽하게 막혀버린 통로.

"미스터 벨, 설마……."

그 사람은, 고글을 쓴 헌터는 말했다.

──맞아. 그 덩치는 우리가 잡았던 거였어.

──출고하기 전에 멍청한 부하 놈들을 뿌리치고 도망쳤지 뭐야.

──쫓아가려 해도 무너진 지하통로 너머로 사라져버리는 바람에.

'덩치'란 이곳에서 조우했던 '바바리안', 무너진 지하통로란 지금 눈앞에 있는 길.

레트 씨가 내 오른손에 시선을 보냈다. 그의 눈에 비친 것은 종소리를 울리며 계속해서 모여드는 하얀 빛.

'제노스'를 사로잡았던 헌터들은 '크노소스'를 드나들며 밀수에 가담했다. 그렇다면 사로잡힌 '바바리안'이 도망쳐 숨어있었던 이 홀 너머에── '문'이 있는 것은 당연하다.

2분간의 차지.

스킬 【아르고노트】를 사용한 나는 모두를 물러나게 한 후 오른팔을 내질렀다.

"【파이어볼트】."

차지되었던 대포격이 통로에 쌓인 돌무더기를 모조리 날려버렸다.

"~~~~~~~~~~~~~~~~~~~~~~~~~~~~~~!"

진동과 굉음에 모두 귀를 막았다.

모두가 고개를 들고 보니, 사라져버린 돌무더기와 반파된 통로, 그리고 더욱 안쪽으로 이어지는 지하통로가 나타났다.

"해냈다……."

아득한 시야 저편, 부서진 석벽 안에서 아다만타이트의 광채를 발견하고 나는 중얼거렸다.

틀림없다. '크노소스'로 이어지는 것이다.

"여기로 들어가면 '크노소스'의 입구까지 갈 수 있을 거예요. 어, 길은 잘 모르지만……."

"아니에요, 괜찮아요. 통로 안에 동포들의 냄새가 남아 있는 것 같아요. 아마도……."

피아 씨 옆에서 쿵쿵 코를 울리던 헬하운드 헬가 씨가 『워우!』하고 긍정하듯 울었다. 아마 밀수되었던 '제노스'의 것이겠지만…….

열린 길에 환호하는 '제노스'들.

잠시 후 그들은 나와 하루히메 씨를 마주보았다.

"정말로, 정말로 고맙습니다, 미스터 벨. 이 은혜는 결코 잊지 못할 겁니다. 여러분이 곤경에 빠졌을 때는 저희가 달려오겠습니다."

"지상 분들, 부디 또 마을에 와주세요. 다시 노래하고 춤 춰요."

"네…… 그때는 미코토도 함께 가겠사옵니다."

신사인 레드 캡이, 호기심 왕성한 하피가 나와 하루히메 씨에게 각각 악수를 청했다. 이상한 알미라지와 헬하운드 가 작별을 아쉬워하듯 코를 비벼대는 가운데 나는 하루히 메 씨가 '제노스'들의 손을 잡고 있는 모습이…… 한없이 기뻤다.

"벨."

마지막으로 비네.

우리 앞에 선 용종 여자아이는 고개를 들었다.

"나도, 모두 같이 돌아갈게. 지상에 있으면 벨도, 하루히 메도 다치니까."

"비네 님……."

하루히메 씨의 애절한 목소리에 비네는 비장함이 느 껴지지 않는 웃음을 지었다.

"나 있지, 벨하고 사람들하고 헤어져서, 계속 울었다? 계속 쓸쓸했어."

"…………."

"하지만 그래선 벨이랑 다들 걱정할 거 아냐? 그러니까

이제 안 울 거야. 다들 걱정하지 않게."

"비네······."

보호만 받던 자신에게서 벗어나겠다고, 비네는 그렇게 말했다.

이 짧은 나날 동안 대체 무엇이 이 아이를 바꿔놓았을까.

수많은 만남이었을까. 인간의 악의였을까. 한번 맞았던 죽음이었을까. 무엇이 됐든, 눈앞에서 웃고 있는 비네의 지금 이 모습은 무엇과도 바꿀 수 없는 것이라는 생각이 들었다.

나를 지켜주었던 이 아이의 등은 인간이니 괴물이니, 그런 차이 따위 상관없을 정도로 지극히 존엄한 것이라고.

"리드랑 다들 그랬어. 지금은 아직 힘들지도 모르지만······ 그래도 벨 같은 사람들이 있으면, 꿈이 이뤄질지도 모른다고!"

꽃처럼 환하게 웃는 비네에게 나도 웃음을 지어주었다.

"또 만날 수 있지?"

"응, 만날 수 있어."

"또 같이 살 수 있지?"

"······응, 반드시!"

나는 고개를 끄덕였다.

헛된 위로가 아니었다. 자신이 결정한 선택과 마찬가지로.

"약속할게. 시간이 얼마나 걸릴지는 모르지만······ 언젠가 비네나 '제노스'들이랑 같이 살 수 있는 곳을 만들겠어."

내 대답에 비네는 뺨을 붉히며 웃었다.

그 모습을 부드럽게 지켜보던 하루히메 씨가 두 손을 짝 마주쳤다.

"그러면 '손가락 걸기'를 하지요."

"손가락 걸기?"

비네와 같이 고개를 갸웃하자 하루히메 씨는 극동의 풍습── 맹세의 의식을 가르쳐주었다.

비네의 새끼손가락과 내 새끼손가락을 얽고, 약속의 말을 나누었다.

"어, 어쩐지 창피하네요……."

"그렇지 않아!"

"후후……."

멋쩍어하는 나에게 웃은 비네는 하루히메 씨와도 손가락을 걸었다.

하루히메 씨가 오쿨루스를 부적처럼 건네주고, 마지막으로 둘이 포옹을 나눈다.

우리와 걸었던 새끼손가락을 소중히 가슴에 끌어안으며, 비네는 동포들과 함께 출발했다.

"다시 만나, 벨, 하루히메! ……다음에 또!"

이형의 소녀와 괴물들이 멀어져간다.

촉촉해진 호박색 눈동자가 눈물을 감추려 한다는 것을 알 수 있었다. 분명 나도 그럴 것이다.

하루히메 씨와 함께 대답하며, 손을 흔들어주고 어둠 속으로 사라져가는 '제노스'들을 배웅했다.

그 모습이 사라질 때까지 나는 계속 움직이지 않았다.

"약속⋯⋯."

아직도 온기가 남은 새끼손가락을 보았다.

──꼭 이루자. 이 자리를 모면하기 위한 거짓말이 아니라.

어린아이의 공상이어도, 황당무계한 꿈이어도, 손이 닿지 않는 이상이라 해도.

다시 한 번, 이 지상에서 웃음을 나눌 수 있도록.

그러기 위해서는 지금보다도, 더욱──.

"⋯⋯⋯⋯."

나는 손바닥을 내려다보고 주먹을 꽉 쥐었다.

잠시 후, 곁에서 눈물을 닦으며 웃음을 짓는 하루히메 씨에게 웃음으로 대답했다.

나는 오늘, 이 날, 새로운 맹세를 손가락에 새겼다.

"비네랑 동포들이 '크노소스'로 들어갔다고? 그게 사실이야, 펠즈?!"

리드가 외쳤다. 그의 몸은 【로키 파밀리아】와의 격렬한 전투를 말해주듯 많은 상처를 입고 있었다.

"그래. 벨 크라넬이 해냈다는 모양이야."

오쿨루스를 든 펠즈가 말하자 석판에 덮인 통로에 몬스터들의 환호성이 울려 퍼졌다. 지금 펠즈를 포함한 '제노스'의 무리는 '크노소스'로 이어지는 지하통로를 나아가고 있었다.

벨프와 미코토가 모험자들을 붙들어놓고, 여기에 블랙미스트를 이용해 미궁거리 중앙지대에서 지하로 이어지는 비밀 계단으로 침입했던 것이 조금 전. 【로키 파밀리아】의 집요한 공격에 시달리고, 심지어 동료들이 뿔뿔이 흩어지는 와해의 위기도 있었지만 리드와 그로스, 레이의 분투 덕에 간신히 이곳까지 도착할 수 있었다. 유일한 걱정거리였던 비네나 낙오된 동포들의 문제도 해결되어 이제 우려는 사라졌다.

'크노소스'의 입구로 향하는 일행의 속도는 더욱 빨라졌다.

"그쪽 일행은 '문'도 지날 수 있다고 해. 적의 지하 수비대는 정신없이 이동하는 것 같고. 아마 【브레이버】는 '다이달로스의 수기'가 있다는 것을 알아차렸겠지."

"덕분에 우리도 여기 올 때까지는 아슬아슬했지만."

"그러나 이 길에 적은 한 명도 없다. 적의 맹점이라고 해야겠지."

"그로스 말이 맞아. 【로키 파밀리아】는 이 지하통로를 파악하지 못했어. 역시 이 '설계도'가 비책이 된 모양이야."

리드, 그로스와 이야기를 나누며 펠즈는 용지에 베껴놓

은 '다이달로스의 수기'── '크노소스의 설계도'를 내려다보며 진로를 선택했다. 지도에 따르면 서쪽에 위치한 오리할콘 '문'은 얼마 남지 않았다.

"펠즈, 그렇다면."

"맞아, 레이. 승리라 해도 좋을지는 모르겠지만, 우리의 목적은 거의 달성했어."

펠즈는 고개를 끄덕이며 어두운 지하통로를 따라 서둘러 나아갔다.


"아아~ 한때는 어떻게 되나 했는데…… 다행이다아."

미궁거리 남서쪽 외곽지대에 위치한 버려진 고탑 옥상. 다리를 쭉 편 헤스티아는 크게 숨을 토하며 온몸에서 힘을 뺐다.

'제노스'를 무사히 '크노소스'로 가는 경로까지 안내해준 지금, 헤스티아의 긴장이 풀린 것도 무리는 아니었다. 오쿨루스를 통해 권속들에게 연신 지시를 내렸던 여신의 활약은 공로상감이었다.

지붕이 없어 밤하늘이 보이는 지휘소에서, 헤스티아는 바닥에 펼쳐놓았던 '다이달로스 레거시'에 눈을 돌렸다.

"벨과 하루히메 군은 북쪽, 서포터 군은 아직 동쪽 언저리에서 돌아다니고 있고, 벨프 군과 미코토 군은 남하하고…… 보아하니 모험자들도 철수한 모양인걸. 다들 무사한 것 같고."

'다이달로스 레거시'에는 이미 '제노스'들의 이름은 없었다. 펠즈가 매핑한 '다이달로스 레거시'에 '크노소스'로 이어지는 지하통로까지는 없기 때문이다. '크노소스의 설계도'는 '시커 파우더'의 사용조건 때문에 '다이달로스 레거시'에 넣을 수 없었으므로 헤스티아가 '제노스'들의 동향을 알 방법은 이제 존재하지 않았다.

"아이들 있는 곳으로나 가 볼까. 심심한데."

하루히메가 없어진 탓에 혼자서 멀거니 있던 헤스티아는 중얼거리면서 지도 옆에 놓아두었던 수기를 손으로 더듬어 찾았다.

"하지만 벨한테는 놀랐어. 그런 길이 있다는 걸 알아차리다니……. 심지어 '설계도'에도 실리지 않았는데 말이야."

벨의 임기응변 덕에 비네와 낙오된 '제노스'들을 보내줄 수 있기는 했지만, 의문의 지하통로에 헤스티아는 고개를 갸웃했다.

'중간이 막다른 곳으로 표기된 비슷한 길이 있기는 했는데…… 다이달로스의 자손들이 새로 증설했던 곳인가?'

결코 있을 수 없는 일은 아니다. 가능성은 충분했다.

흠흠 고개를 끄덕인 헤스티아는 '다이달로스의 수기'를 펄럭펄럭 넘겨보았다.

"하지만 천 년 전의 수기라니…… 정말 이번에는 이 녀석 덕에 살았지."

오랜 세월을 이야기해주듯 수기는 너덜너덜했다. 몇 번씩 넘긴 흔적이 있는 페이지에는 여러 층에 걸친 미궁의 설계도, 그리고 군데군데 읽을 수 없는 곳이 있는 문장이 적혀 있었다. 미궁이라는 이름의 최고 걸작을 추구한 문자의 나열은 엽기적이었으며, 굳어서 변색된 피가 묻은 장정과 맞물려 그야말로 집념의 수기라 부르기에 잘 어울렸다.

【로키 파밀리아】의 허를 찔렀던 천 년 전의 고서를 새삼 읽어나가던 헤스티아는…… 주륵.

"아."

손에서 미끄러지는 바람에 바닥에 떨어지고 튕겨 굴러간 수기는, 하필이면 옥상 구석의 움푹 파인 곳── 빗물이 깊이 고인 물웅덩이에 떨어지고 말았다.

"아앗─?! 처, 처처처처처천 년 전의 수기가아─?!"

초 귀중품이나 다를 바 없는 고서는 당연히 초 섬세하게 다루어야 한다. 무시무시한 기세로 얼굴에서 핏기가 빠져나간 것을 느낀 헤스티아는 최악의 결말을 예감하며 황급히 수기를 집어 들었다.


"단장님, 죄송합니다…… 몬스터들을 놓쳤습니다."

'다이달로스 거리' 중앙지대, 【로키 파밀리아】의 본진.

미궁거리를 한 눈에 내려다볼 수 있는 곳에서 핀은 단원들의 보고를 들으며 생각에 잠겼다.

'가레스의 발이 묶였을 때 리베리아를 보냈어야 했을까?

그 검은 안개 때문에 정보전달이 곤란해지고 말았어……
아니, 이제 와서 생각해봤자 소용없지.'

가레스를 보냈던 시점에서 몬스터의 무리를 해치웠으면
했던 것이 핀의 본심이었다. 이를 이겨냈다는 것은 적의
능력——아니, 숫제 까놓고 말하자. 몬스터의 배후에 있
을 【헤스티아 파밀리아】의 능력——을 간과했던 핀의 실
패였으며, 전력을 아끼려 했던 결과였다.

'검은 미노타우로스도 발견하지 못했고. 누군가가 해치
운 건…… 아니, 여기에서는 무언가 의도가 느껴지는걸.'

그가 가장 신경을 썼던 첫 번째 목표도 포착하지 못
했다. '크노소스'도 포함한 온갖 요인이 얽혀 움직임에 제
한을 받았던 핀은 모험자들의 소란 때문에 아직까지도 조
용해질 기미가 없는 미궁거리를 둘러보았다.

'무엇보다도 적의 움직임을 읽을 수가 없었어…….'

이것이 모두 계획대로라면 적의 지휘관은 대단한 자다.
핀은 순순히 그렇게 인정했다.

하지만 핀에게는 아무래도 **이해할 수 없는 점**이 있었다.

"몬스터들은 분명 20번가 주변에서 놓쳤다고 했지?"

"아, 네."

단원에게 확인을 구한 그는 눈살을 찡그렸다.

'20번가…… 우리도 조사해봤지만, 그럴 리가, 그곳
은…….'

핀의 예상이 모조리 빗나가버렸다. 작전의 허를 찔렸다.

아니다, 이것은——.

"…………."

핀은 오른손을 내려다보고 있었다.

그의 엄지는 전혀 시큰거리지 않았다.

"……적은 대체 어디로 가고 있는 거지?"

『하계는 일그러져버렸다.』

세상의 어떤 이는 탄식했다.

이 하계에서 펼쳐지는 온갖 이야기는 어디까지나 아이들의 드라마지만, 그 배후에는 엄연히 신들이 존재한다.

머리 위에서 드리워진 실에 조종당하듯, 무대 뒤의 속삭임에 따르듯, 바뀐 줄도 모르는 희곡의 시나리오를 연기하듯, 보이지 않는 신의에 이끌린다.

『우리는 신들의 손바닥에서 놀아나는 꼭두각시인 것이다.』

세상의 어떤 이는 체념했다.

"펠즈, 다음은!"

"다음 모퉁이에서 오른쪽! 거기에 '문'이 있어!"

'제노스'들은 나아갔다. 지도에 기재된 붉은 표시의 희망을 향해.

발톱 달린 발이 포석을 박차고, 날갯짓 소리가 울리고, 뱀의 몸이 기어가고, 말발굽이 땅을 두드리고, 꼬리를 끌며 괴물들은 그저 달렸다.

마침내 마지막 모퉁이를 돌았다.


"아아아, 역시 다 젖었어———!!"

수기를 집어든 헤스티아는 비명을 질렀다.

"———어?"

그 직후, 그녀는 얼어붙었다.

"어떻게, 아니, 이건, 그럴 수가——— 설마."

물에 젖은 표지를 들고, 언어를 이루지 못하는 목소리의 단편을 툭툭 떨어뜨렸다.

펼쳐진 고서를 바라보는 여신의 눈은 크게 벌어지고, 표정에서는 침착함이 사라져갔다.

"이게 어떻게 된 거야……."

부들부들 떠는 헤스티아는 있는 힘껏 외쳤다.

"이게 어떻게 된 거야, 우라노스?!"

"…………."

지하신전의 제단.

미간에 주름을 새기며 노신은 굳게 눈을 감았다.

"아니——."

그리고.

모퉁이를 돈 '제노스'들은 그것을 보았다.

이음매가 없는 석판, 시야 전체를 뒤덮은 거대한 벽.

**앞을 가로막은 거벽.**

그들을 구할 문 따위 아무데도 존재하지 않았다.

"막다른 길……?"

"펠즈…… 어떻게 된 건가? 길을 잘못 읽었나?"

"그럴 리가, 말도 안 돼. 나는 분명……."

아연실색한 리드, 질문을 건네는 그로스의 옆에서 펠즈는 '설계도'를 내려다보았다.

펠즈는 이 지도에 따라 진로를 잡았다. 【로키 파밀리아】가 파악하지 못했을 서쪽의 '문'으로 향했다. 하지만 거대한 벽은 여전히 그곳에 존재했다.

비밀문? 아니, 그런 기록은 없는데——.

말도 안 된다. 이래서는 우리가 마치 **놀아난 것만 같은——**

동요에 흔들리는 흑의 안에서 저주받은 해골이 비지땀의 감촉을 선명하게 떠올렸던, 바로 그때.

"여어, '제노스' 제군."


등 뒤에서 그 자리의 분위기와는 너무나도 다른 밝은 목소리가 들려왔다.

"!"

"만나서 반가워. 그리고 부디 경계는 하지 말아줘. 내 이름은 헤르메스. 평범한 신이라고."

등황색 머리카락에 깃털 달린 여행모.

머리카락과 같은 색의 눈을 활처럼 구부리며 웃는 남신은 경악하는 '제노스' 일행에게 여리여리한 웃음을 건넸다.

"신 헤르메스……?! 여긴 어떻게?!"

"간단해, 몰락현자. 매복했던 거야."

"매복……?!"

신과의 문답에 펠즈는 당황했다. '제노스'도 마찬가지였다.

헤르메스가 대체 무슨 소리를 하는 것인가. 매복이라니 무슨 뜻인가. 그의 목적은? 펠즈의 생각이 상황을 이해하기를 거부했다.

움직일 수 없는 '제노스'들이 눈앞의 신물에게 으스스한 기운을 느끼는 가운데, 흑의의 메이거스는 지도를 움켜쥐며 물었다.

"신 헤르메스…… 어떻게 된 노릇이지? '문'이 없어. '크노소스의 설계도'는 당신이 입수했던 것 아니었나?! 이 설계도는, '다이달로스의 수기'는——."

펠즈의 그 물음에.

헤르메스는 얼굴에 웃음을 머금은 채 말했다.

"'다이달로스의 수기'라니. 나한테 그런 게 있을 리가."

「6장 신의 음모」

물에 잠겼던 수기를 든 헤스티아는 얼굴을 창백하게 물들이고 있었다.

"글씨가 지워지질 않아…… **잉크가 물에 녹질 않아……!**"

글자가 번지려는 기미조차 없었다.

그 사실에 여신은 필설로 형용하기 힘든 충격에 시달렸다.

아니 애초에, 물에 젖었는데도 쭈글쭈글해지지 않는 페이지의 질감 그 자체도 이상했다. 물을 먹은 천 년 전의 종이가 원형을 유지한 시점에서 이 수기는——.

"이 수기 자체가 '매직 아이템'……? 있을 수 없는 일은 아니야. 있을 수 없는 일은 아니지만……!"

이 저주받은 '수기'를 작성했던 것은 그 유명한 명공 다이달로스.

그는 우라노스의 얼마 안 되는 권속이었으며, '팔나'를 받았던 가장 초기의 인간이라고 들었다.

그리고 그의 말년에—— 신들이 강림한 신시대(神時代)의 초기에 매직 아이템이 **충실했을 리가 없다**. '어빌리티' 발현을 비롯해 매직 아이템의 노하우는 지난 천 년 동안 축적된 것이다. 열리고 닫히는 것이 고작인 오리할콘 '문' 정도라면 모를까, 이런 서적을 다이달로스가 만들 수 있으리라고는 여겨지지 않았다.

헤스티아는 고대의 수기가 누군가의 의도에 따라 재현되었음을 깨닫고 말았다.

그야말로 모종의 음모를 위해.

"게다가 물에 녹지 않는 이 잉크의 속성을…… 나는 알아."

헤스티아는 이와 같은 것을 안다. 올빼미 심부름꾼이 가져왔던 펠즈의 편지도 그랬다. 비에도 번지지 않는 붉은 필적.

혈액을 잉크 대신 쓸 수 있는 매직 아이템, '블러드 페더'.

오라리오에도 보급되어 모험자들이 애용하는 붉은 깃털 펜.

그렇다. 그것을 발명한 자는—— 만능자【페르세우스】.


"난 이켈로스한테 '수기' 같은 건 받은 적이 없어."

말을 잃은 펠즈와 '제노스'들에게 헤르메스는 표표히 말했다.

"'수기'의 원래 소유자는 딕스 페르딕스. 본인이 죽어버린 지금…… 오리지널 수기는 '크노소스' 어딘가에 떨어져 있지 않을까?"

선조 다이달로스의 유산은 자손에게 계승된다. 그것은 '크노소스'도 '수기'도 마찬가지다.

주신이라고는 해도 멋대로 가지고 나올 수는 없다고 말하는 헤르메스의 얼굴에는 여전히 웃음이 맺혀 있었다.

그것이 펠즈의 당혹감과 혼란, 그리고 분노를 조장케 했다.

"그러면 그 수기는!"

"가짜지. 헤스티아한테 넘어간 건 내 권속이 만든 위작. 완성도가 끝내주지? 매직 아이템을 구사해서 천 년 전의 망집인지 뭔지를 재현했던 거야."

대답하는 헤르메스의 등 뒤에서 나타난 것은 눈 밑에 시커먼 피로를 머금은 하늘색 머리카락의 미녀. 【페르세우스】는 신의 애원을 받아, 자지도 쉬지도 않고 겨우 며칠 사이에 명공 다이달로스의 집념을 위조해냈던 것이다.

헤르메스가 '수기'를 넘겨줄 때 우라노스 앞에서 말했던 진실은 '크노소스'를 조사했다는 한 가지뿐. 단, 【로키 파밀리아】가 조사했던 범위와 똑같은 중복 범위를.

다시 말해 지하 1층 이하의 '설계도'와 지도는 완전히 엉터리.

그리고 헤스티아와 펠즈가 사용했던 지도에도 '거짓'이 섞여 있었다.

다시 말해 이 장소.

"있지도 않은 '문'을 기재해, 우리를 유인한 건가……?!"

"그런 뜻이 되겠지? 【로키 파밀리아】가 모든 입구를 지키는 와중에, 활로가 있다면 거기에 매달리지 않을 수 없을 거 아냐. 안 그래?"

실존하지 않는 '문'을 기재한 막다른 길.

펠즈와 '제노스'들은 가짜 '수기'에 이끌려, 신이 마련한 함정에 뛰어들고 말았다.

핀의 예상이 빗나간 것도 당연했다. 위기를 감지하는 그의 '감'이 작용하지 않은 것도 무리는 아니다.

'제노스'들은 그야말로 뜬금없는 방향으로 갔던 것이니까.

"서쪽일지 동쪽일지, 너희의 진로만 가늠하면…… 그 후에는 믿고 기다릴 뿐이었어. 다시 말해 이 장소에서 말이야."

'매복'의 트릭을 설명한 남신은 여행모의 챙을 쓰다듬었다.

"우라노스를 책망하진 말아줘. 그는 나에게 '협조' 요청을 받았던 거야. 이제까지 해준 일의 대가로."

헤르메스가 【헤스티아 파밀리아】에 '수기'를 직접 넘겨주지 않았던 이유는 무엇인가.

간단하다. 의심을 사지 않기 위해서다.

우라노스를 거치면서 헤스티아나 펠즈의 의심을 누그러뜨린 것이다. 말하자면 위장책이었다. 지엄하고 공정한 노신에게 받은 물건을 【헤스티아 파밀리아】는 무조건 신용해버렸던 것이다.

"설마 자기 발로 막다른 길에 뛰어들 거라고는 예상하지 못했던 【로키 파밀리아】도 발자취를 따라오면 언젠가 여기까지 오게 될걸."

"……!"

"하지만 안심해. 아직 이용할 수 있는 '샛길'이 있어. 거기까지 가면 너희는 무사히 던전으로 돌아가게 될 거야."

막다른 길로 뛰어든 펠즈와 '제노스'를 마치 궁지에 몰아 넣은 것 같은 모습으로 마주본 헤르메스는 절망과 희망을 동시에 내밀었다.

그것이 무엇을 의미하는지는 명백했다.

이제 생살여탈권은 헤르메스가 쥐고 있다.

자신 이상으로 충격에서 벗어나지 못한 '제노스'들이 신의 웃음에 압도되는 가운데, 펠즈는 칠흑의 글러브를 뿌득 뿌득 울리고 있었다. 분노 이외에도 치미는 감정이 있었다. 그것은 전에 느껴보지 못했던 초조함이었다.

과거의 업적 때문에 '현자'라 칭송받으며, 800년이라는 정신이 아득해질 만한 세월을 살아온 어리석은 이도 이제는 깨닫지 않을 수 없었다.

자신들은, 신의 뜻에 놀아나고 있었음을.

『──펠즈 군, 무언가가 이상하다! 물에 잠긴 수기가 원형을 유지하고 있어…… 이건 가짜다! 우라노스가, 아니, 헤르메스 녀석이 무언가……!』

전율의 공기가 감도는 막다른 길에 헤스티아의 고함소리가 울려 퍼졌다. 오쿨루스에서 날아온 통신이었다.

헤르메스의 시선에 채근을 받은 펠즈는 말없이 청수정을 꾹 쥐어 산산이 으스러뜨렸다.

여신의 목소리가 끊어졌다.

"당신의 목적은 뭐지, 신 헤르메스……?"

"거래야. 아니, 부탁이라고 해야 할까?"

'제노스'들에게 거부권은 없다.

말 한 마디 한 마디에 원념마저 내비치며 펠즈가 묻자, 헤르메스는 눈을 가늘게 떴다.

등 뒤에 종자를 대동하고, 눈앞의 괴물들을 둘러보며, 천천히 입을 연다.

"죽어줘, 이단의 괴물들."

✦

비네 일행과 작별을 마친 후.

벨과 하루히메는 고아원 뒤뜰을 벗어나 '다이달로스 거리' 북쪽 지구의 높은 곳으로 나왔다.

"미궁거리의 소동도 가라앉았네요……."

"그런 듯하옵니다. '제노스' 여러분은 지금쯤 던전으로 돌아가셨을 테니……."

난간 너머에 펼쳐진 슬럼의 경치에서는 소음의 파도가 물러나고 있었다. 서쪽 지구에 충만했던 블랙 미스트도 완전히 사라져 소동이 수습되어간다는 사실을 알 수 있었다.

나란히 선 벨과 하루히메는 달성감이라고 부르기에는 조금 쓸쓸함이 묻어나는 감정을 가슴에 품으며 복잡괴기한 미궁거리를 바라보았다.

"……지금도 여기 남아있다는 마지막 '제노스'는…… 구할 수 없을까요?"

"벨 님……."

"자신의 뜻으로 남은 거라고 하니 공연한 참견일지도 모
르지만…… 그래도."

가능하다면 살아남았으면 좋겠다고, 비네 일행의 모습
을 떠올리며 벨은 말을 흐렸다.

그런 연하 소년의 모습에 하루히메가 눈을 가늘게 뜨고
미소를 지었을 때——

『——벨, 하루히메 군! 들리느냐?!』

여신의 목소리가 건틀렛에 달린 수정에서 터져나왔다.

"주신님? 왜 그러세요?"

『이것저것 할 이야기가 많지만 일단은 합류해야겠다! 나
도 갈 테니 지시에 따라다오!』

"네……? 어, 네. 알았어요."

절박한 헤스티아의 목소리에 벨은 당황했다. 그리고 이
내 얼굴을 마주보는 하루히메와 불안감을 나누었다.

사정 설명도 내팽개친 채 행선지를 안내하는 주신의 목
소리를 따라가자, 이내 미궁거리 서쪽의 광장에서 만날 수
있었다. '다이달로스 레거시'나 다른 아이템을 꽉꽉 담은
백팩을 지고 휘청거리며 나타난 헤스티아는 만나자마자
수고했다는 말도 생략한 채 현재의 상황을 주워섬겨댔다.

"그 '다이달로스의 수기'는 가짜였다! 펠즈 군 일행과도
연락이 두절되고 말았어!"

"가, 가짜……? '제노스' 여러분과도 연락이 되지 않사옵

니까?"

"그게 무슨 말이에요, 주신님?"

"모르겠다. 모르겠다만…… 무언가 불길한 예감이 드는구나……!"

낭패하는 하루히메와 벨에게 헤스티아는 양쪽으로 묶어내린 흑발을 마구 헤집어댔다. 조바심을 내는 주신의 표정을 보며 벨도 하루히메도 상황이 얼마나 심각한지를 깨달았다.

"벨, 미안하다만 지하통로로 가주지 않겠느냐?【로키 파밀리아】는 아직도 철수하지 않았고 위험하다는 것도 잘 안다만, 분위기를 살펴보고 와다오!"

"아, 알겠습니다!"

자세한 설명도 듣지 못한 채 벨은 '리버스 베일'을 들고 뛰어나가려 했지만,

"아! 잠시만 기다리거라, 벨!"

"네?"

"혹시 모르니【스테이터스】를 갱신해두자꾸나……. 무슨 일이 일어날지 알 수 없어."

부스럭부스럭, 이코르(신혈)를 채취하기 위한 바늘을 꺼내며 헤스티아는 벨을 붙잡고 남의 이목이 없는 곳으로 끌고 갔다.

"어, 하지만…… 여기 오기 전에 다들 같이 갱신했잖아요?"

"【검희】하고 싸웠으니 그만큼── 에잇, 됐으니까 앉으란 말이다!"

"네, 네헥?!"

스킬 【리아리스 프레제】에 대해 말할 수 없는 헤스티아의 억지 명령에 벨은 장비를 벗기 시작했다.

"하루히메 군. 너는 서포터 군과 벨프 군을 이곳으로 불러다오."

"부, 분부 받들겠나이다!"

【스테이터스】 강화를 위해 최우선적으로 벨과 합류했던 헤스티아는 하루히메에게도 지시를 내려가며 재빨리 갱신 작업을 마쳤다.

"엑, 이게 무슨……?! 너 대체 발렌아무개 군에게 얼마나 너덜너덜하게 두들겨 맞았던 게냐?!"

"네? 뭐 이상한 거라도 있어요?"

자신의 등을 보고 눈을 휘둥그렇게 뜨는 헤스티아에게 벨은 삐질삐질 식은땀을 흘렸다.

마음에 걸리기는 했지만 느긋하게 굴 시간은 없었다. 장비를 다시 걸치고, 헤스티아에게 받은 듀얼 포션으로 회복을 마친 후 다른 동료들보다 한 발 앞서 지하통로로 향하려 했다.

그때.

『ㅇㅇㅇㅇㅇㅇㅇㅇㅇㅇㅇㅇㅇㅇㅇㅇㅇㅇㅇㅇㅇㅇㅇ

오오오오오————!!』

괴물의 추악한 포효가 어둠 속에 쩌렁쩌렁 울려 퍼졌다.
"……엑?"
처음에 벨은 그것이 무엇인지를 이해하지 못했다.
헤스티아도 하루히메도, 망연자실 포효가 들려온 방향,
머리 위를 올려다보았다.
구름이 낀 달빛을 등지고 떠 있던 것은—— 날개를 펄
럭거리는 이형의 그림자였다.

"어디야? 어디서 들린 거야?!"
몰드 라트로는 낯빛을 바꾸며 주위로 침을 튀겨댔다.
동료와 함께 있던 그는 길드 직원에게 붙들려 마지못해
의뢰를 수행하는 도중이었다. 오늘 들은 것 중 가장 큰 괴
물의 포효에 무법의 상급 모험자는 험상궂은 얼굴을 이리
저리 돌렸다.
그런 그의 곁에서, 일행인 두 휴먼은 낯을 창백하게 물
들이며 상공을 손가락으로 가리켰다.
"몰드……!" "이쪽으로……!"
"아앙?"
동료들이 가리킨 방향에 뜬 것은 여러 개의 그림자였다.

모두 날개를 가진 형태다.

날갯짓을 하며 비행하는 그림자의 윤곽이 서서히 커졌다.

똑바로, 몰드 일행을 향해 접근하는 것이다.

뿌옇던 그림자의 윤곽이 또렷하게 가고일의 형상을 맺은 순간, 넋이 나갔던 몰드는 입을 한껏 크게 벌리고 있었다.

"으아아아아아아아아아아아아아아아아아아아아아아아아아아?!"

『크아아아아아아아아아아아아아아아아아아아아아아아아아아아아!』

포효를 끌며 돌진하는 괴물을 보고 몰드 일행은 전속력으로 대피했다.

휘몰아치는 흙먼지, 이어지는 격돌. 돌 발톱이 보도블록을 가르고 격렬한 굉음을 터뜨렸다.

이를 본 주위에서 모든 소리가 사라졌다.

몰드 일행이 있던 장소는 북서쪽 지구—— 피난한 수많은 주민들이 모여 있는 외곽 지대였다.


"으——으아아아아아아아아아아아아아아아아아아아악!!"

"꺄아아아아아아아아아아아아!"

시간이 다시 흐름을 되찾은 것과 동시에 외곽지대가 혼란에 휩싸였다.

하늘에서 기습을 가한 여러 마리의 몬스터—— 흉악한 유익종을 본 사람들에게서 비명이 솟았다. 무력한 주민들이 억압되었던 공포를 단숨에 폭발시켰다. 수많은 데미휴먼이 파도가 되어 도망치려 했다.

"모, 모험자인가요?! 토벌을 부탁드립니다!"

"젠장?!"

비명과 다를 바 없는 지시를 내리는 길드 직원에게 등을 떠밀린 모험자들이 무기를 손에 들었다. 가고일, 크림슨 이글, 이구아수, 그리고 갑주를 두른 데들리 호넷. 합계 네 마리의 몬스터는 타원형을 이루며 대광장 한복판에 내려섰다. 모험자들은 주민의 안전을 지키기 위해 그 자리를 지키는 후열, 그리고 현상금을 노리는 얄팍하고도 용감한 전열로 나뉘었다.

종족 특유의 준민함을 발휘하는 수인 제1진이 달려나갔다. 하지만 가고일은 이를 이성 없는 돌조각 같은 눈으로 노려보았다.

『쿠오오오오오!』

"으가아아악?!"

날카로운 발톱질 한 번에 모험자들은 보도블록 위로 나뒹굴었다. 이어지는 휴먼과 드워프의 부대도 마찬가지였다. 후열에서 날아드는 화살의 일제사격도 단단한 돌 날개가 장벽이 되어 모두 튕겨냈다. 시내 한복판이라는 것도 잊고 '마법' 준비에 들어간 마도사들의 영창은 다른 몬스터의 기습을 받아 눈 깜짝할 사이에 비명으로 바뀌었다.

몬스터에게 당하는 모험자들을 보며 공황에 박차가 가해졌다. 다리에 힘이 풀려 주저앉은 어른, 창백해져 얼어붙은 길드 직원, 서로를 끌어안고 선 여자아이들. 동쪽 메인 스트리트를 향해 도망치는 사람들 때문에 길은 꽉 막히고 피난은 좀처럼 진행될 줄을 몰랐다.

"샥티 단장님!!"

"큭……!"

이곳에서 주민 호위를 맡았던 【가네샤 파밀리아】의 단장 샥티는 주위의 사람들과는 다른 이유에서 냉정함을 잃고 있었다.

'말도 안 돼. 이럴 때, 이런 장소에서……?!'

'제노스'의 존재를 아는 샥티는 눈을 의심했다. 지성이 있다던 몬스터의 기이한 행동에 동요를 금할 수 없었다. 되는 대로 설쳐대는 그 모습은 단순한 괴물과 전혀 다를 바가 없었다.

지시를 바라는 단원들에게 그녀는 이를 꽉 악물고는, 이내 외쳤다.

"시민의 안전이 최우선이다! 피난 유도와 호위, 가네샤의 신의에 따르라!!"

"예!"

그녀가 내린 지시는 그것뿐이었다.

"치구사! 동료들과 같이 아이들을 피신시켜!!"

"으, 응!"

시종 밀리기만 하는 모험자들 중에는 【타케미카즈치 파밀리아】의 모습도 있었다.

비행 몬스터의 공격을 대형 도끼의 옆면으로 막아내는 오우카의 절박한 외침에 대답하고, 치구사는 함께 이 광장까지 돌아왔던 아이들을 감싸며 피난시켰다.

"으, 아아……."

"라이, 얼른 도망쳐야 해!"

"……!"

라이, 피나, 루우, 그리고 다른 어린 고아들은 치구사나 양어머니 마리아의 목소리에도 움직이지 못한 채 흉악한 몬스터의 모습에 얼어붙어버렸다.

비명이 비명을 부르는 광장은 공포와 혼란의 도가니로 바뀌었다.


"그럴 수가, 어째서?!"

건물 옥상까지 올라갔던 벨은 그 광경을 보고 고함을 질렀다.

"제, '제노스' 분들이 광장에서 날뛰고 있사옵니다……!"

"……큭?!"

입을 막은 하루히메와 눈을 크게 뜬 헤스티아도 엄청난 경악에 휩싸였다.

보통 몬스터와 다를 바 없는 행동을 보이며 날뛰는 것은 분명 그로스를 비롯한 '제노스'였다. 시야에 펼쳐진 악몽 같은 광경에 누구 하나 제대로 머리가 돌아가지 않았다.

그런 가운데 소년은 유일하게 머리보다도 먼저 몸을 움직이고 있었다.

"기, 기다리거라, 벨!!"

손에 들었던 투명 베일을 벗어던지고 벨은 헤스티아의 제지도 듣지 않은 채 달려가버렸다. 귓전을 두드리는 주민들의 비명에 끌려가듯, 광장으로 직행했다.

"헤스티아 님!"

벨이 달려간 직후, 벨프와 미코토, 릴리가 도착했다.

소란을 들은 그들은 벨과 같은 광경을 보고 경악을 드러냈다.

"야, 장난하는 거지……? 이게 어떻게 된 거야?!"

"저도 몰라요! 제가 어떻게 알겠어요!!"

"두 분 다 진정하십시오!!"

벨프와 릴리가 서로에게 고함을 질러대고, 그런 두 사람을 보며 반대로 약간 침착함을 되찾은 미코토가 끼어들었다.

옥신각신하는 권속들 옆에서 '제노스'가 날뛰는 광경을 응시하던 헤스티아는 홀로 어떤 생각을 하고 말았다.

'이래서는 꼭 무대 같잖아……'

광장은 극장, 주민은 관중, 괴물과 모험자는 주어진 배역. 피가 튀는 잔혹한 활극에 비명이 솟고, 공포는 한층 커지며, 관중은 반전이 찾아오기를 이제나 저제나 고대한다.

그리고 지금, 주역은, 영웅은 무대 위로 뛰어올라——.

"——아!!"

헤스티아는 고개를 홱 쳐들었다.

허공을 노려보고, 어디선가 이 광경을 보고 있을 '신의 눈'에 온 힘을 다해 규탄했다.

"다, 단장님?!"

"알고 있어."

구르다시피 뛰어든 라울에게는 눈길조차 주지 않고 핀은 몬스터가 습격한 북서쪽 지구 외곽지대를 노려보았다.

"이래선 던전과 전혀 다를 게 없잖아……."

이상사태의 연속이라고 핀은 탄식과 함께 중얼거렸다.

적의 목적으로 보았을 때 피난소를 습격하는 일은 없으리라 예상했건만…… 이제는 이해의 범주를 넘어선 몬스터들의 행동은 사이에 끼어든 제삼자의 의지를 내비치고 있었다. 핀은 이것이 마음에 들지 않으면서도, 사태가 이렇게까지 발전한 이상 【로키 파밀리아】 또한 부대를 파견해야만 한다는 사실을 이해했다.

핀은 이때 문득 자신의 오른손으로 시선을 떨구었다.

꿈틀, 엄지가 살짝 시큰거림을 느꼈다.

'무언가 있는 건가……? **일어나는 건가?**'

엄지를 혀로 핥은 것과 동시에 핀은 주신의 말을 떠올리고 있었다.

"누구의 눈도 아닌 내 눈으로 똑똑히 보라고 했지······ 나 원."

"네? 뭐가 말입까, 단장님?"

툭 떨어진 그 나직한 목소리에 라울이 반문하는 동안, 핀은 결심했다.

"라울, 저곳에는 내가 부대를 이끌고 가겠어."

"네에?! 단장님이 직접 말임까?! 여, 여기 지휘는요?!"

"리베리아하고, 그밖에는 라울 네게 맡기지. 확실하게 명예를 회복해봐."

으에에에에에에에에?!

시원찮은 단원의 비명이 치솟는 것을 무시하고, 핀은 신속하게 움직였다.

경계대상은 아직 건재하다. 아이즈를 포함한 제1급 모험자들에게는 대기를 명령하고, 파룸 두령은 단원들을 통솔해 북서쪽으로 향했다.

"메인 스트리트로는 가시면 안 됩니다! 【가네샤 파밀리아】의 지시에 따라 주십시오!"

에이나는 고함을 지르고 있었다. 폭포 같은 발소리와 비명 속에 지워지지 않도록, 이성을 잃은 주민들을 필사적으로 만류했다.

개인적인 감정이 크게 개입했다고는 하지만 '다이달로스 거리'에 왔던 그녀 또한 길드 직원으로서 이곳 북서쪽 외곽지대에서 주민들의 안전을 확보하고자 힘썼다. 바로 조금 전까지는.

지금은 수습이 불가능한 대광장에서 도움이 되는지 어떤지도 모를 시민 유도를 맡고 있었다.

'궁지에 몰린 몬스터가 이곳까지 온 걸까? 하지만 그 넓은 '다이달로스 거리' 중에서 하필이면 피난소로 오다니, 그럴 수가……!'

지금도 모험자들이 광장 중앙에서 상대하는 몬스터들을 쳐다본다.

많은 지식이 있다고는 하지만 에이나의 업무는 본부의 접수대에서 모험자들이 귀환하기를 기다리는 것뿐이었으므로 다른 직원들이나 주민과 마찬가지로 몸은 두려움에 빠졌다. 지금도 자꾸만 떨리려 하는 팔다리를 붙들며 전황을 분석했다.

'저 가고일 한 마리는 특히 강해!'

하급은 물론이고 【랭크 업】한 제3급, 얼마 안 되는 제2급 모험자들이 모조리 나가떨어져 재기불능에 빠졌다. 돌로 된 몸은 원거리 무기를 맞더라도 효과가 미미해 '마법'이라도 쓰지 않는 이상 격파할 수 없을 것 같다는 생각이 들 정도였다.

【가네샤 파밀리아】가 주민들의 호위에 전념하는 지금, 믿을 수 없게도 숫자가 얼마 안 되는 몬스터 쪽이 우세했다.

'【로키 파밀리아】가 와준다면……!'

또 한 사람, 피를 토하며 쓰러지는 모험자가 동료들에게 끌려나가는 모습을 보며 에이나가 기도하고 있을 때──그 흉악한 가고일과 눈이 마주쳤다.

"──어?"

이쪽을 분명히 '보고 있는' 시선의 감각에 에이나의 시간이 얼어붙었다.

무기질적인 돌 눈에, 자신도 모르게 중얼거린 그녀는 가슴속에서 심장이 덜컥 붙들린 것 같은 소리를 들었다.

자신의 손목, 보라색 보석이 박힌 팔찌가 빛나는 것도 알아차리지 못한 채.

그리고 같은 종류의 보석이 가고일의 손 안에 숨어있음을 간파하지 못한 채.

에이나는, 자신을 향해 날아드는 회색 돌 몸을 보며 뻣뻣이 굳어버렸다.

『워어어어어어어어어어어어어어어어!』

갑작스러운 방향전환에 모험자들이 일제히 경악하고, 주민들에게서는 찢어지는 비명이 솟았다.

다른 자들을 지키던 후열의 수비수들이 달려가려 했지

만 이미 때가 늦었다. 분전하던 오우카도 목소리를 잃었다. 사람들이 뿔뿔이 흩어져 가고일과의 사이에는 아무것도 남지 않은 채, 에이나의 에메랄드색 눈은 자신을 꿰뚫으려 하는 돌로 된 발톱을 비추고 있었다.

"——아아아아!!"

그러나 옆에서 나타난 그림자가 이를 후려쳤다.

"아?!"

『!』

에이나가 접했던 죽음의 기척을 끊어버린 것은 자남색 검광.

질주를 거쳐 가고일 앞을 가로막고 선 백발 소년, 벨은 여신의 나이프를 겨누었다.

"베, 벨……."

"에이나 누나, 물러나요!!"

아연실색한 에이나만이 아니라 주민이나 같은 모험자들의 시선까지도 받으며, 소년은 조바심을 머금은 목소리로 외쳤다. 실제로 벨에게 여유는 존재하지 않았다. 어째서. 그런 의문만이 온몸을 꽉 채우고 있었다.

마주 선 몬스터에게 이게 어떻게 된 노릇이냐고 시선으로 호소하는 가운데, 추악한 가고일은 눈을 가늘게 뜨는가 싶더니 다시 에이나에게 덤벼들었다.

『쿠오오오!』

"앗——?!"

벨은 이것도 저지했다. 격렬한 충격으로 나이프를 든 손이 떨리고, 상대의 발톱에서는 돌조각이 떨어져나갔다. 그래도 가고일은 날개를 펼치고 집요하게 에이나를 노렸다.

'그로스 씨?!'

얼어붙은 에이나의 앞에서 참격과 발톱 공격이 몇 번이나 부딪쳤다.

잠재능력에서 열세인지 밀리는 【리틀 루키】를 보며, 다른 모험자들도 지금만큼은 원한을 버리고 가세하려 했다. 그러나 다른 몬스터들이 이를 방해했다.

격렬한 공격을 퍼붓는 가고일에게 어쩔 수 없이 응전한 벨은 상대가 터뜨린 위협성에 흠칫 놀랐다.

──설마 자아를 잃은 건가?!

머릿속에 떠오르는 것은 제18계층의 광경이었다. 목숨을 잃거나 납치당한 동포 때문에 분노하던 당시의 모습과 지금의 모습이 흡사한 것 같았다. 그의 동포들에게 무슨 일이 있었던 걸까.

"어째서…… 도대체 왜?!"

『………….』

그 목소리에 돌아오는 말은 없었다. 대답은 발톱과 이빨뿐이었다.

당혹감에 찬 목소리밖에 내지 못하는 벨에게 가고일──그로스는 감정을 억누르며 발톱을 휘둘렀다.

그에게는 여전히 이성이 있었다.

얼굴에 맺은 괴물의 형상 밑으로 조금 전에 나누었던 '계약'을 감춘 채. 소년을 습격한 '제노스'는 팔찌와 서로 공명하듯 빛나는 보석을 돌 피부 사이에서 뿌득 울렸다.


——죽어줘, 이단의 괴물들.

그로스 일행 앞에 나타났던 불길한 남신은 그렇게 말했다.

"뭐——."

"신 헤르메스, 뭐라고 하는 거야?!"

무슨 말인지 이해하지 못한 리드, 경직에서 풀려난 펠즈에게 헤르메스는 별 것 아니라는 듯 말했다.

"아, 전부 다 죽을 필요는 없어. 어디보자, 서너 마리 정도 골라주면 충분하겠는데."

전혀 분위기를 바꾸지 않고 웃음을 짓는 그에게 그로스 일행이 느낀 것은 공포였다.

인류와도 괴물과도 다른 초월존재에게, 그들은 예외 없이 섬뜩한 감정을 느끼고 말았다.

"나는 헤르메스야. 한 번 맺은 계약은, 우라노스와의 약속은 지켜—— **절반은.**"

가늘고 긴 등황색 눈이 가늘어지고 말을 이어나가는 입술은 곡선을 그렸다.

"나머지 절반은 대가로 받아야겠어."

신의 두 눈은 '제노스'들을 둘러보았다.

"너희를 구하기 위해 한 남자아이가 궁지에 몰렸어. 난 그걸 도저히 견딜 수가 없거든."

"……!"

"그에게 계속 도움을 받아놓고, 너희는 이대로 거저 돌아갈 생각이야? 미안해. 고마워. 덕분에 살았어. 그런 겉치레뿐인 말만 남기고 또 지하에 틀어박히게? 이봐이봐, 변덕스러운 신들도 그렇게까지 치사하진 않아."

그 말은 거래의 수단이었으며, 연인들을 부드럽게 속이는 화술이었으며, 무엇보다도 상처를 째고 고름을 드러내는 '독'이었다.

낯빛이 바뀐 '제노스'들은 이때 분명히 죄책감에 신음했다.

"신 헤르메스!!"

펠즈는 두 주먹을 쥐며 격노했다.

헤르메스의 배신에 대해서가 아니었다. '제노스'들의 마음을, 나아가서는 스스로 결단한 소년의 의지와 행위를 더럽히는 그의 신의에 대해서였다.

"벨은 스스로 결심한 거라고, 그런 소릴 하려고, 펠즈? 아니지. 그는 너희의 사정에, 그리고 우라노스의 신의에 말려들었을 뿐이야. **그저 그렇게 될 수밖에 없었던 거야.**"

그러나 헤르메스는 들어주지 않았다. 진실과 진리를 교묘히 번갈아 들이대며, 겨우 800년밖에 살지 않은 아이의 실속 없는 말을 내쳐버렸다.

"세계는 '영웅'을 원해. 그리고 나는 그 하얀 광채에 모든 걸 걸었어. 몬스터와 내통했다니…… 그런 일은, 그래, 있어서는 안 돼."

남신의 신의를 듣고 펠즈는 아연실색해 움직이지 못했다.

"이 헤르메스가 부탁할게. 이단의 괴물들—— 이번에는 너희가 그를 구해줘."

헤르메스는 애원하듯, 거짓을 늘어놓듯 '제노스'들에게 속삭였다.

"……이번에야말로 꼬마에게 죽으라는, 그런 말인가?"

그로스의 말에 '제노스'들이 흠칫 놀랐다.

"이해가 빨라 다행이야."

"알았다. 내가 가겠다."

"그로스?!"

"리드, 레이, 그 외의 자들은 꼬마와 싸울 수 없을 것이다. 인간을 증오했던 내가 적임이지."

"하지만 그로스, 그래서는 당신이……!"

"레이. 어차피 선택의 여지는 없을 텐데."

다가서는 리드와 레이, '제노스'를 발족했던 첫 시절부터 함께 했던 벗들에게 그로스는 고개를 가로저었다. 그들을 흘끔 쳐다봤던 헤르메스는 아무 말도 없이 웃음만으로 가고일의 말을 긍정했다. 다른 '제노스'들은 이를 악물며 고개를 숙였다.

"용기 있는 가고일, 네 입으로 이름을 듣고 싶은걸."

"……그로스."

"고마워, 그로스. 몬스터라 해도 난 너를 칭송할게."

모자를 벗은 헤르메스는 말 그대로 가고일에게 존경의 뜻을 표했다.

그리고 그로스에게 보라색 보석을 건넸다.

"이건 무엇인가……?"

"보험이야. 착하기만 한 벨은 자기가 습격을 당해봤자 나이프를 들지 않을지도 모르거든. 이 아이템은 그의 소중한 사람에게 반응해. 우선은 '그녀'를 노려줘."

신의 뒤에서 그의 권속인 아이템 메이커가 경멸하듯 한숨을 내쉬었다.

보석을 말없이 바라보던 그로스는 알았다며 손바닥의 피부에 그것을 끼워 넣었다.

"'그녀'는 미궁거리 북서쪽에 있을 거야. 우선 거기서 날뛰도록 해. 네가 싫어하는 인간들이 잔뜩 있겠지만…… 부디 죽이지는 말아줬으면 좋겠어."

"주문도 까다로운 놈이군……."

내뱉은 그로스는 동료들을 마지막으로 쳐다본 후 헤르메스에게 말했다.

"약속한 거다. 동포들의 목숨은 반드시 살려다오."

"이봐이봐, 난 헤르메스라고. 한 번 맺은 계약은 반드시 지켜."

"어느 입으로 그딴 소리를."

그 말을 남기고 등을 돌린 그로스는 날개를 폈다.

그의 결사행에 동참하겠다고 나선 유익 몬스터들과 함께, 무리는 지하통로를 벗어나 미궁거리 상공으로 날아올랐다.


'——이것이 내가 은혜를 갚을 방법이로군.'

벨과 에이나를 공격하면서 그로스는 마음속으로 웃었다.

자신과 반목했음에도 불구하고 동포를 구해준 인간을 위해, 자신의 목숨으로 은혜를 갚는다. 이렇게 얄궂을 데가. 그러나 인간을 사갈(蛇蝎)처럼 싫어하는 자신에게는 딱 어울리는지도 모른다.

그렇다. 약간은 마음에 들었던 인간에게 쓰러지는 결말이라면.

'망설이지 마라, 꼬마.'

동포들에게는 말해두었다. 결코 벨을 원망하지 말라고.

고통을 견뎌내는 어린아이처럼 얼굴을 일그러뜨린 소년에게 그로스는 괴물의 형상으로 날개를 후려쳤다. 분노로 날뛰는 것처럼 가장하고, 폭주한 괴물을 연기하며, 그 나이프를 자신의 '마석'에 꽂으라고 외쳐댔다.

'그렇지 않으면, 그 여자를 죽이겠다——!!'

벨의 팔다리에 공방을 채근하는 흉악한 포효를 터뜨리

며 그로스는 발톱을 내리쳤다.

🔥

"벨……!"

헤스티아 일행은 전장으로 변한 광장에 도착했다.

제대로 싸우는 모험자의 숫자는 현저히 줄었다. 아직 광장에서 탈출하지 못한 주민들이 많았다. 그리고 광장 구석에는 에이나를 등 뒤로 감싸며 그로스를 상대로 방어에만 몰두하는 벨의 모습이 있었다.

상처를 입어가는 소년의 모습에 지금이라도 눈물을 쏟을 것 같은 에이나는 방해가 되지 않고자 필사적으로 이탈을 시도했지만 돌로 된 날개가 이를 용납하지 않았다. 허공에서 짓쳐드는 가고일 때문에 전황은 섣불리 판단을 내릴 수 없는 상황이었다.

"벨……!"

"벨 님!"

벨프, 릴리, 그리고 미코토와 하루히메는 어찌 행동할지 판단을 망설였다.

벨을 도우러 가도 될지 알 수 없었다. '제노스'들을 쳐도 좋을지 알 수 없었다.

망설이는 권속들 곁에서 헤스티아도 사태 해결에 나서질 못했다.

'벨에게 헤르메스의 속셈을 전할까? 하지만 그런다 해도……!'

'제노스'는 헤르메스에게 무언가를 강요당하고 있다. 그 사실을 전한다고 무슨 도움이 된단 말인가.

아마도 이대로는 그로스가 정말로 에이나를 죽일 것이다.

헤스티아는 헤르메스가 강요한 거래의 실태는 모른다. 만약 단순히 동포의 목숨을 인질로 잡혔다고 한다면, 자신의 일방적인 전언은 소년의 마음을 어지럽힐 뿐이다.

"곧 원군이 올 거야! 버텨다오!"

한 모험자가 소리를 질러 소식을 전했지만 그것 또한 벨의 조바심을 한층 부추기는 요인밖에는 되지 않았다. 헤스티아는 오쿨루스를 꺼냈다가 질끈 부르쥐었다.

한편, 헤스티아 일행이 도착한 것과 거의 같은 시각.

"——상황은 어때?"

핀이 이끄는 【로키 파밀리아】의 1개 부대는 광장을 한 눈에 내려다볼 수 있는 건물의 옥상에 도착했다.

"주민들의 대피는 아직 끝나지 않았습니다! 몬스터들과 교전하는 것은 다른 파벌의 모험자, 그리고 【리틀 루키】가……."

단원의 보고에 핀은 눈을 가늘게 뜨고는 시선을 소년과 가고일에게 고정했다.

"……전원 위치로. 지상의 부대로 견제하면서, 하늘로

도망치지 못하도록 이곳에서 저격한다."

"예!"

파벌 단장으로서 내린 지시에 수많은 활이 화살을 시위에 메겼다.

그리고.

광장 주위, 도망칠 수도 없었던 주민들 속에서 희미한 잔물결 같은 목소리가 생겨나려 하고 있었다.

"【리틀 루키】……."

"……【리틀 루키】? 벨 크라넬 말이야?"

습격당한 하프엘프를 지키기 위해 몸을 던진 모험자.

궁지에 몰린 사람들을 구하고자 홀연히 나타난 용감한 소년.

위기에 직면한 지금이기에 사람들의 눈에서는 악의와 실망이 불식되고 있는 그대로의 현실만이 비쳤다.

"형……."

그를 배신자라고 욕해버렸던 어린 소년 또한 그의 이름을 중얼거렸다.

공황에 빠지기만 했던 주민들 사이에서도 변화가 발생하려 했다.


"좋은 타이밍이야, 벨. 아주 딱 좋아."

밤바람이 부는, 광장 부근의 높은 탑.

가고일과 교전하는 백발 소년을 헤르메스는 만족스럽게

내려다보았다.

그 뒤에 있던 것은 아스피.

은색 안경으로 눈가의 피로를 감춘 권속은 몇 번째인지도 모를 한숨을 쉬었다.

"제 주신이지만 정말 역겹군요……."

"하하하. 말이 심하네, 아스피."

아스피는 돌아보지도 않고 웃는 헤르메스를 째릿 노려보았다.

"벨 크라넬을 위해 '제노스'를 이용하다니…… 백 번 양보해서 그건 넘어갈 수 있다고 하겠습니다. 하지만 일반인까지 끌어들이는 이 방식은 과연 어떨는지요?"

"그들을 끌어들인 이 상황은 바로 그 일반인들이 원인이기도 해. 밥상을 좀 차려줄 필요도 있는 거 아냐?"

극장과 관중, 오로지 연출을 돋보이게 하기 위한 배역, 그리고 주역인 영웅. 헤스티아가 예상했던 것처럼 대체적인 무대를 만들어낸 헤르메스는 어깨를 으쓱하며 뒤를 흘끔 돌아보았다.

"게다가 아스피도 '제노스'를 내치는 것 자체에는 찬성하잖아?"

그들은 이미 소년에게도, 오라리오에게도 '해'밖에 되지 않는다고 시선으로 동의를 구하는 주신에게 아스피는 묵묵히 고개를 끄덕였다.

"……위치로 가겠습니다."

"그래. 혹시 모르니 지원 부탁해."

하데스 헤드를 뒤집어써 '투명 상태'가 된 권속에게 손을 흔들어주었다.

소리도 없이 탑 위에서 아스피가 떠나간 후, 헤르메스는 눈 아래의 광경을 보며 입술을 틀어올렸다.

"자…… 미안하지만 우라노스, **이렇게 됐어**."

싸우는 소년과 가고일을 내려다보며 이곳에는 없는 노신에게 말을 걸었다.

"몬스터와의 공존? 멍청한 소리 하지 마. '괴물'과 융화라니—— 몽상이야."

이제까지 묵묵히, 담담히 의뢰주의 명령을 수행하던 남신은 이 탑 위에서 속내를 토로했다.

"수십 세기에 이르는 증오와 악연을 뒤집어서 뭐가 되겠어? 제우스도 그랬잖아. 어림없는 소리 말라고."

소년을 바라보며 가만히 중얼거린다.

"'이단의 영웅' 따위 아무도 바라지 않아."

헤르메스는 두 팔을 벌렸다.

무대 위에서 펼쳐지는 인간과 괴물의 가극에 웃음을 흘린다.

그리고 선언했다.


"영웅의 원점회귀다, 벨."

신은 고했다.

"몬스터를 쓰러뜨리자고. 쓰러뜨려서, 사람들을 구하고, 화려하게 영웅으로 돌아오는 거야."

하늘에서 빛을 드리워주듯, 구제의 길을 제시하듯, 포학한 신의를 들이댄다.

"'제노스'를 버려버리자고."

헤르메스는 우라노스에게서 소동을 정리해달라는 부탁을 받았다. 혼란에 빠진 도시를 진정시키고 미아인 '제노스'들을 던전으로 돌려보내기 위한 사자가 되었다.

하지만 그는 그런 데에는 관심이 없었다.

이용할 수 있기에 이 소동을 잘 조종했을 뿐이었다.

"뭐 어렵게 생각해. 한 마리 죽이면 그걸로 끝낼 수 있어."

"너는 괴로움에 빠질지도 모르지만 언젠가는 다시 일어날 거야."

"나와 프레이야 님이 널 지루하게 만들지 않을 거니까."

헤르메스의 진의는 파멸과 직결된 '제노스'와의 유대를 끊는 것.

신에게는 영웅을 전장으로 몰아붙일 자신이 있다.

신들이 바라는 피날레를 위해 영웅을 이끌 수 있다는 흔들림 없는 자부심이.

인류의 숙명을 좌우하는 것은 신의 주특기다.

'괴물'과의 인연을 끊고, 신들이 사랑하는 인류의 영웅으로 걷게 하리라.

헤르메스의 모든 신의는 여기에 집약되었다.

"안 그러면 너의 소중한 에이나가 죽을걸?"

등황색 눈을 가늘게 뜨며 헤르메스는 웃었다.

격렬해진 전장이 소년에게 선택을 종용한다. 신이 마련한 단 하나뿐인 선택을.

신이 지켜보는 가운데, 장대하고도 우스꽝스러운 무대는 종막을 눈앞에 두고 있었다.

'왜, 왜—— 어째서!'

자신을 위협하는 이빨이, 에이나를 노리는 발톱이 벨에게 또 상처를 입혔다.

공격을 튕겨내고 흘리는 벨의 나이프에 그로스 또한 상처를 입고 있었다. 자신과 함께 에이나를 죽이고자 하는 공격을 상대하면서 힘을 가감할 수는 없었다.

다른 모험자는 몇 번이나 지원하려다가 쓸려나갔다. 그로스의 돌 날개가 화살은 물론이고 섣불리 접근했던 자들까지도 송두리째 날려버린 것이다. 가고일의 또 다른 두 팔, 둔기이자 방패, 공수일체의 무장이었다.

"벨……!"

괴로움으로 갈라진 에이나의 목소리에 벨의 얼굴은 고

통으로 일그러졌다.

모험자들도, 길드 직원들도, 주민들도 벨의 동향을 보고
있다. 그의 일격이 몬스터의 위협을 없애주기를 기도한다.

──그로스 씨.

발톱을 쳐내는 참격 속에서 돌로 된 두 눈과 시선을 나
누었다.

역시 아무 말도 하지 않는 가고일의 눈에 벨은 고함을
지르고 싶다는 충동을 느꼈다.

목소리는 닿지 않는다. 공허하게 헛도는 마음. 여신의
칼날이 떨린다.

선택을 강요당하고 있다. 결심하지 않는다면 소중한 사
람을 잃는다는 저주 같은 선택이다. 옆길조차 없다.

상황을 제대로 파악하고 싶어도 격렬한 공격 앞에서는
생각이 금세 막다른 길에 들어섰다.

어째서. 계속 중얼거리는 벨의 뇌리에── 비네의 말이
떠올랐다.

『리드랑 다들 그랬어. 지금은 아직 힘들지도 모르지
만…… 그래도 벨 같은 사람들이 있으면, 꿈이 이뤄질지도
모른다고!』

──꿈.

'제노스'의── 그로스의 꿈.

『……고맙다. 감사, 한다.』

그로스에게 받았던 말.

지금 눈앞에서 진정한 살의를 뿜어내는 괴물의 얼굴과 그때의 그로스가 겹쳐져 보이는 것은 기분 탓일까?

　지금도 짓쳐드는 발톱과 이빨에 의지가 담긴 것 같다는 이 느낌은 착각일까?

　벨이 싸우고 싶지 않다고 호소하듯, 그로스도 망설이지 말라고 외치는 것처럼——

　"【로키 파밀리아】가 왔다!!"

　그때 원군이 왔음을 알리는 모험자의 목소리가 울려 퍼졌다.

　장비에 트릭스터 엠블럼을 새긴 상급 모험자들이 광장에 돌입해 날개 달린 몬스터들에게 달려들려 했다.

　『!!』

　이를 본 가고일의 가슴에 조바심이 생겨났다.

　사람들을 습격하는 괴물은 벨 크라넬이 물려쳐야만 한다. 이를 소년에 대한 청산으로 삼아야만 한다. 신과의 계약을 성취시키지 못한 채, 허물어진 잿더미 위에서 유지를 남길 수는 없다.

　유예가 없음을 깨달은 그로스는 날개를 크게 벌려 펄럭여 물러났다.

　지면과 평행을 이루며 돌격을 감행한다. 경악하는 에이나와 벨의 회피도 방어도 용납하지 않고—— 소년에게 반격을 종용하는, 몸을 버린 일격.

　"벨?!"

"튤!"

헤스티아와 길드 직원들이 일제히 외쳤다.

"조준."

핀이 단원들의 화살로 날개 달린 몬스터들을, 자신의 창으로 가고일을 꿰뚫으려 했다.

"자아, 벨."

마른 침을 삼키는 사람들의 머리 위에서 헤르메스가 신의라는 이름의 실을 드리웠다.

급속도로 접근하는 그로스의 필살을 앞에 두고.

벨은 나이프를 든 손을 움직였다.

"이래도 되는 거냐고, 펠즈!"

리드는 외쳤다.

'크노소스' 내부. '제노스'와 펠즈는 다이달로스가 몽상했던 미궁 안에 있었다.

헤르메스는 정말로 약속을 지켰다. 그로스가 이끄는 유익 몬스터들이 날아간 후, 【로키 파밀리아】에게 들키지 않도록 양동작전과 은밀행동을 구사해 '제노스'를 '문' 안쪽까지 보내주었던 것이다.

"분명 벨찡이나 그의 동료들을 생각하면 이러는 편이 좋을지도 몰라! 하지만 그로스를, 동포들을 저버리면 안 되잖아?! 우리끼리만 돌아가다니…… 그건 이상하잖아?!"

조용히 어머니 던전으로 향하던 무리 속에서 리드는 발을 멈추고 말았다.

입을 다문 레이나 동포들을 앞에 두고 힘껏 외쳤다.

"그게 아니야, 리드. 나는 믿고 있어."

흑의의 메이거스는 리드를 돌아보지 않았다.

분노를 꾹 눌러담은 목소리를 후드 안에서 떨어뜨리며, 펠즈는 말했다.

"그 어리석은 소년이, 신의 따위 같잖은 것은 넘어서고 말리라고──."

『────────────하아아!!』

가고일이 돌진한다.

인간을 위축시키는 강렬한 포효. 접어놓았던 날개가 부채처럼 펼쳐지고 바람을 가르며 일직선으로 활공한다.

이를 정면으로 상대하는 벨은 돌로 이루어진 거창 같은 우툴두툴한 발톱을, 밀려드는 가고일을 보았다.

시야에 비친 모든 것이 정지와 가속을 되풀이했다.

바깥세상에서 울려 퍼지는 사람들의 비명이 아득하게 느껴졌다.

괴물의 돌격에 반응할 수도 없는 에이나의, 공포에 찬

숨소리를 등 너머로 들었다.

가고일의 살의는 진짜다.

이대로는 저 돌발톱이 벨과 에이나를 피바다 속에 빠뜨릴 것이다.

나이프를 내지르라고 본능이 고함을 질러댄다. 돌격태세 속에서 마침 딱 공격하기 좋게 허점을 드러낸 가슴에, '마석'에 칼날을 꽂아 괴물의 일격도 살의도 재로 바꿔 없애버리라고.

모험자들의 고함이, 군중의 절규가 괴물을 치기를 원한다.

실을 드리운 신의가 본능의 목소리를 긍정한다.

급속도로 접근하는 그로스의 필살을 앞에 두고.

벨은 나이프를 쥔 손을 움직였다.

'————.'

그러나.

소년의 의식은 괴물을 담은 시야에서 떠나 마음 깊은 곳에서 다른 광경을 보고 있었다.

번뜩인 섬광에 이끌린 것처럼, 밑바닥 깊은 곳에 존재하는 벼락을 자신의 손으로 움켜쥐고 들어 올리듯.

어린 시절의 기억을 덮은 낡은 문을 활짝 열어젖혔다.

『남의 의지에 맡기지 말거라.』

할아버지의 목소리가 말했다.

『정령이 됐든 신이 됐든 마찬가지란다. 하물며 나는 아무 말도 안 할 거다.』

할아버지의 목소리가 고했다.

『누군가가 시켜서가 아니라, 스스로 결정하거라.』

할아버지의 눈빛이 호소했다.

『이건 너의 이야기란다.』

할아버지의 웃음은 아주 오래 전부터 그렇게 가르쳐주
었다.

"흐으읍!!"

벨은 부조리한 현실에 저항할 반역의 목소리를 올렸다.

소년은 자신도 모르는 사이에 자신의 몸에 감겨 있었던
신의의 실을 무의식중에 끊어버렸다.

비네가 들려준 꿈과, 그로스의 의식을 일깨워준 마음은
강요된 선택지를 튕겨내 버렸다.

『워어어어어어어어어어어어어어어어어어어어어어
어어어!!』

극한까지 늘어난 시간에서 벗어나, 세상이 빛을 되찾았다.

벨과 함께 에이나를 꿰뚫으려 하는 괴물의 발톱.

이를 눈앞에서 본 벨이 취한 행동은,


믿는 것이었다.


"_____."

나이프를 칼집에 거두고, 두 팔을 벌리며 버티고 섰다.

휘둥그렇게 뜨이는 헤르메스의 눈, 이어서 경악에 물드는 그로스의 돌로 된 눈.

자세를 푼 무방비한 모습을 앞에 두고 가고일은 다음 순간—— 돌격을 중단하고 뒤로 물러났다.

"——대기!"

광장 위쪽, 누구보다도 빠르게 반응해 공격 중지를 외치는 핀에게 단원들이 놀랐다.

크게 뜨인 그의 푸른 눈은 공격을 멈춘 가고일에게 못 박혀 있었다. 그의 놀라움이 전해진 것처럼 대광장에 있던 이들도 같은 감정을 공유했다.

헤스티아도, 릴리도, 벨프도, 미코토도, 하루히메도, 오우카와 치구사도, 샤티도, 그리고 에이나도.

몬스터를 죽이지 않고, 에이나도 죽게 만들지 않은, 어리석기 그지없는 제3의 행동.

땀을 뚝뚝 흘리는 소년과, 망연자실한 가고일이 시선을 얽었다.

한순간 세상의 시간이 멈추었다.

"…………."

그리고 그 광경을 탑에서 내려다보던 헤르메스는.

크게 뜬 등황색 눈을 감추듯, 여행모의 챙을 잡고 끌어내렸다.

"아아, 그렇게 나서다니……. 너는 정말로 어리석구나."

기묘한, 그리고 이해할 수 없는 침묵이 광장에 가득 찼다.

소년을 바라보는 수많은 이들의 눈이, 역시 '괴물'과 보통 관계가 아닐지도 모른다는 의구심으로 바뀌려 했다. '인류의 적'이라는 악평으로 직결되는 불씨다.

시간이 다시 흐르고 사람들이 꿈에서 깨어난 순간, 왁자지껄한 혼란과 노성이 터져나올 것이다.

"**그럼** 해치워, 아스피."

헤르메스는 그런 것을 허용하지 않는다.

그의 중얼거리는 목소리가 떨어진 곳은 광장 한쪽에 존재하는 장애물 뒤. '투명 상태'가 된 아스피가 나선이 새겨진 투척용 바늘을 꺼냈다. 색깔은 피를 머금은 것 같은 진홍색이다.

몬스터를 흥분 상태에 빠뜨려 흉포화시키는 바늘 『크리제아』. 미궁탐색에서는 적을 강화시킬 위험성은 따르지만 괴물들끼리 싸우도록 만들 수 있는, 【페르세우스】의 걸작 매직 아이템이다. 그러나 이 자리에서 사용하면 어떻게 될지는 상상하기 어렵지 않다.

헤르메스는 '이렇게 되리라'는 것도 내다보고 있었다. 소년이 닷새 전과 같은 어리석은 짓을 저지르리라고.

주신의 신의에 따라 아스피의 푸른 눈이 가고일을 조준했다.

"······용서해달라는 말은 않겠습니다."

겨우 한순간, 그녀의 눈빛이 가고일과 대치한 소년에게 향했다.

그 시선을 감지한 것처럼 벨은 흠칫 '투명 상태'가 된 아스피 쪽을 돌아보았다.

　진홍색 바늘이 투척되려 했다.

　소년의 발이 직감에 떠밀린 것처럼 달려가려 했다.

　이때, 멈추었던 시간 속에서 움직인 것은 아스피, 벨——그리고 핀뿐이었다.

　"————."

　파룸의 엄지가 더할 나위 없을 정도로 욱신거렸다.

　무언가가 접근함을 알리는 최대급의 경종.

　단 한 사람, 오로지 핀만이 고개를 들었던 다음 순간.

『워어어어어어어어어어어어어어어어어어어어어어어어어어어어어어어어어어어!!』

　정지된 시간을 파괴하는, '괴물'의 포효가 솟구쳤다.

　그 존재는 전조도 없이 그의 앞에 나타났다.

『————.』

　어스름한 뒷골목에서, 그는 움직임을 멈추었다. 멈추지 않을 수 없었다.

대검을 든 장한. 단련된 몸을 가진 **무인**(武人).

그는 순식간에 깨달았다.

외팔의 이 몸으로는 패배한다. 아니, 두 팔이 건재했더라도 이길 수 있었을지는 의문이다.

그만큼 눈앞의 존재는 강대했다. 피를 들끓게 만들었던 그 전사들보다도, 그리고 아마 자신의 팔을 잘랐던 금발금안의 검사보다도——.

동시에 그는 눈앞의 존재가 어딘가 반갑게 여겨지기도 했다. 녹슨 쇠를 연상케 하는 색깔의 머리와 같은 색의 눈, 사나운 멧돼지를 방불케 하는 안광. 기억이 아니라 '마음'이 욱신거렸지만 아무리 해도 생각이 나질 않았다. 확실한 것은 단 하나. 이 무인은 틀림없이 자신을 죽이는 존재다.

이처럼 규격을 벗어난 존재를 앞에 두고, 그는 웃었다.

필패를 깨달았더라도 이 만남에 감사했다. 몸이 흥분에 떨렸다. 투쟁은 굶주림을 능가하는 유일한 수단. 절대강자라면 더더욱 마찬가지. 설령 패해 스러진다는 사실을 알더라도 그것은 바라던 것 중 하나다. 움츠러들 이유도, 겁을 먹을 의미도 없다.

그는 한 자루의 도끼를 고쳐 쥐고 강인한 다리를 한 걸음 내디뎠다.

"…………."

이에 대해 무인은.

천천히 한쪽 팔을 들어 어떤 방향을 가리켰다.

그리고 말했다.

"이 너머에, 네가 원하는 존재가 있다."

그는 멈추었다.

눈을 크게 떴다.

등 뒤를 돌아보았다. 무인이 가리킨 곳에는 지상의 하늘이 펼쳐졌으며, 먼 곳에서 수많은 목소리가 메아리쳤다. 전장의 기척이다. 그곳에서 자신을 몰아붙이는 '무언가'의 목소리가 들린 것 같았다.

시선을 되돌리자 무인은 홀연히 자취를 감춘 후였다. 하지만 그것도 이제는 사소한 일이었다.

인도를 얻은 것처럼 그는 달려 나갔다. 약진했다.

지나치게 거대한 자신의 기척 따위 이미 감추는 것조차 잊고, 비명을 지르는 사냥꾼들을 튕겨내며, 조바심을 내는 고동과 굶주림이 시키는 대로 몸을 맡겼다.

보도블록을 분쇄하며 도약해, 건물 옥상으로 뛰어올랐다.

그리고.

『──────────────.』

타원형의 대광장, 수많은 이종족, 그 속에서 싸우는──하얀 소년.

눈앞에 펼쳐진 광경에 그의 마음속에서 빛이 내달렸다. 모든 정경을 되돌려주는 흰 섬광이.

환기되었다. 되살아났다. 온몸이 떨렸다.

아아—— 아아!!

저것이다, 바로 저것이다! 자신의 꿈은, 선망은, 동경은!!

그토록 추구했던 해답은!!

그는 마침내 그것을 발견하고, 그것을 에워싼 모든 존재를 노려보았다.

주위에는 수많은 사냥꾼, 대치한 것은 한 마리의 동포.

안 된다. 용납할 수 없다. 그것만은 인정할 수 없다.

그 누구에게도 넘겨줄 수 없다. 그 누구에게도 양보할 수 없다. 저것이야말로 유일무이한 **호적수**.

재대결을. 재대결을. 재대결을.

이 몸은—— 오직 그러기 위해 태어났다.

으르렁거리는 피. 사납게 불끈거리는 몸. 전에 느껴보지 못했던 '굶주림'이 어마어마한 힘을 불러 일으켰다.

솟구치는 환희, 그리고 그 이상의 전의가 가득 차오르고 넘쳐나, 그는 고함을 터뜨렸다.


『워어어어어어어어어어어어어어어어어어어어어어어어어어어어어어어어어어어어!!』


망설임도 슬픔도, 간계마저도 때려 부수는 대포효가 솟구쳤다.

7장

영웅 회귀

© Suzuhito Yasuda

그 포효가 쩌렁쩌렁 울렸을 때, 모든 제1급 모험자가 반응했다.

"!"

금발금안의 검사는 북서쪽 하늘을 올려다보고 달려 나갔다.

"나왔다!"

"가자!"

쌍둥이 아마조네스는 무기를 들고 곁눈질도 하지 않은 채 몸을 날렸다.

"핀이 있는 곳이구만!"

준족의 웨어울프는 모든 것을 내팽개치고 질주했다.


그리고 벨은.

"_____."

크게 뜬 루벨라이트색 눈으로 그 존재를 보았다.

파괴, 파쇄, 분쇄.

운 나쁘게 진로에 있던 모험자들을 순식간에 돌파하는 칠흑의 진격.

남신을 아연실색하게 만들고, 만능자가 개입할 시간을 빼앗고, 여신 일행의 더 큰 경악을 불러오며, 신이 마련한 무대에 무례하게 난입해 모든 것을 때려 부쉈다.

주민들이 비명을 지를 겨를조차 없었던 순간의 틈새. 용사의 호령에 따라 날아드는 화살 따위 개의치 않고, 장창

투척조차 피부가 갈라지는 것도 아랑곳 않고 어깨로 받아 흘려버리며—— 이쪽으로 맹진격했다.

벨을, 벨만을 노리고.

"——크윽?!"

『부우워어어어어어어어어어어어어어어어어어어어어어억!!』

피투성이의 위용, 칠흑의 가죽.

눈에 비친 전율의 덩어리를 앞에 두고 벨은 본능에 따랐다.

곁에 있던 에이나를 있는 힘껏 밀어 날려버리고, 적이 급속도로 접근해 외팔로 휘두른 라브리스—— 죽음의 일격을 피하고자 팔을 교차시키며 전방으로 뛰었다.

보도블록을 박살내는 도끼날. 그곳에서 발생한 충격파와 터무니없는 폭풍.

벨의 몸은 바람을 가르는 화살로 변해 봇물 터진 듯한 기세로 등 뒤의 건물을 관통하고, 이를 몇 차례나 되풀이하며 광장에서 쫓겨났다.

"벨?!"

헤스티아와 에이나의 외침이 동시에 터지는 가운데, 붉은 두 개의 뿔을 가진 맹우 괴물에 의해 벨은 멀리 날아가고 말았다.

"뭐야. 무슨 일이 일어난 거야?!"

막대한 흙먼지가 발생한 광장 한쪽에서는 돌 파편이 비처럼 쏟아졌다.

광장에 형성된 파괴의 광경을 보며 아연실색한 모험자들에게서 견디지 못하고 터져 나온 고함이 정적을 깨뜨리는 계기가 되었다.

고함과 절규가 광장을 에워쌌다.

그야말로 찰나의 시간 사이에 중상을 입은 수많은 모험자, 그리고 날아가버린 【리틀 루키】. 적의 모습도 제대로 파악하지 못할 만큼 순식간에 일어난 기습에 주위는 일제히 소란스러워졌다.

"이봐, 괜찮아?!"

"다치신 곳은 없어요?!"

"벨…… 벨?!"

멀찌감치 떠밀려 재앙을 모면한 에이나는 등을 받쳐준 오우카와 치구사의 목소리도 들리지 않아, 정신이 나간 것처럼 소년의 이름을 몇 번씩 외쳤다. 길드 제복을 흙투성이로 만든 채 그녀가 바라본 곳에서는 커다란 구멍이 뚫린 몇 겹이나 되는 벽이 펼쳐져 있었다.

"야, 지금 그건……."

"……검은색, 미노타우로스."

벨을 따라 모습을 감춘 칠흑의 괴물에게 벨프와 미코토는 전율을 금치 못하고 중얼거렸다.

릴리와 하루히메는 공포의 기억이 되살아난 것처럼 낯이 창백해져 움직이질 못했다. 여신도 목소리를 잃어버렸다.

"아스테리오스……?!"

예상치 못한 전개에 '제노스' 또한 움직이지 못했다.

자욱한 흙먼지로 몸을 숨긴 가운데, 그로스는 에이나와 같은 방향, 소년과 마지막 동포가 사라진 구멍을 보았다.

그리고 건물 옥상.

"정찰대는 표적을 추적해! 내가 갈 때까지 절대 손대지 마라! 포위망을 형성한 후에도 나르비 소대는 후방지원만 맡도록. 그리고 간부들을 이곳으로 불러!"

"네, 네엣!!"

이제까지 본 적이 없을 정도로 빠르고 날카로운 핀의 지시에 단원들이 일제히 움직였다.

무슨 일이 있더라도 저것만은 이곳에서 해치운다. 파룸 두령은 그렇게 결심했다.

저것은 **계산할 수 없는** 존재 중 하나다. 핀의 감이 그렇게 말했다. 그의 두뇌로도 행동을 예측할 수 없는, 진성 '이상존재'라 해도 과언이 아니다.

장래에 반드시 위협이 될 괴물을 토벌하고자 핀은 달려나가려 했다. 하지만.

쿠웅.

발 내딛는 소리와 함께 그의 앞을 가로막는 자가 있었다.

"너는……."

핀은 발을 멈추고 그 인물을 올려다보았다.

"억, 크윽……?!"

돌무더기 속에서 몸을 일으킨 벨은 온몸을 불태우는 아픔에 신음했다.

눈앞에는 커다란 구멍이 뚫린 돌벽이 몇 겹이나 보였다. 보아하니 광장에서 멀리 떨어지고 만 모양이었다. 딜 아다만타이트 갑옷이 아니었다면 척추를 다쳤을지도 모른다.

달빛이 드리운 폐허에서 벨은 비틀거리는 몸을 추슬러 간신히 일어났다. 그때.

쿠웅!

"!"

잔해를 짓밟아 부수는 소리에 흠칫 고개를 들었다.

너덜너덜해진 벽을 지나 나타난 것은, 벨을 날려버렸던 바로 그 칠흑의 괴물이었다. 고개를 한껏 들고 올려다봐야 할 만큼 큰 키에 근골이 우락부락한 체구. 전신갑주를 경장처럼 장비한 모습에 흠칫 숨을 멈추었다.

틀림없다. 이야기로만 들었던 마지막 '제노스'. 검은 미노타우로스.

과연 시선 너머의 존재는 적일까, 아군일까. 대화는 가능할까.

땀을 흘리며 반사적으로 자세를 잡아버린 벨의 머릿속에 온갖 생각이 어지러이 오갔다.

"......?"

그러나 벨은 그때 문득 깨달았다.

그렇게나 처절한 포효를 터뜨렸다고는 여겨지지 않을 정도로 조용하다는 것을. 쿠웅 울린 발소리를 그대로 두고, 칠흑의 괴물은 살짝 간격을 남겨둔 채 걸음을 멈추었다.

조금 전까지의 거친 분위기가 거짓말이었던 것처럼 가만히 이쪽을 응시한다.

벨 또한 소리를 내는 것도 잊어버린 채 가만히 서 있었다.

"............"

"............"

달빛이 한 사람과 한 마리를 비추었다.

잔해에 에워싸인 폐허 속에서, 구름이 사라진 달밤을 등진 괴물은 2M을 가뿐히 넘는 눈높이에서 지금도 내려다보고 있었다. 벨 또한 꼼짝하지 않고 올려다보았다.

고요한 시간이 흘러갔다.

전장이라고는 여겨지지 않는, 해후의 시간이.

벨이 끌려 들어가듯 그의 눈을 바라보고 있으려니——.

"——이름을."

칠흑의 괴물은 천천히 입을 열었다.

"이름을 들려주었으면 한다."

그가 말한 인류어도, 외견에 어울리지 않는 말투도 벨을 놀라게 하기에는 충분했다.

나직한 음성.

어딘가 '무인'의 분위기를 방불케 하는 조용한 어조.

어안이 벙벙해진 소년이 아무 대답도 못하자, 괴물은 다시 말을 이었다.

"꿈을."

"네?"

"줄곧, 꿈을 꾸었다."

벨을 앞에 두고 독백하듯 말이 이어졌다.

"단 한 명의 인간과 싸우는 꿈."

"!"

"피와 살이 튀는 살육 속에서, 확고한 의지를 나누었던, 최강의 호적수."

벨은 눈을 크게 떴다.

'꿈'이라는 그 단어를 들은 순간 떠오른 것은 리드네와 나누었던 대화.

몬스터들의 '전생'.

그리고 자신의 '전생'을 들려주는 괴물의 모습이, 미노타우로스라는 형태가── 어떤 기억을 환기시켰다.

지금도 잊을 수 없는 그 정경을.

처음으로 했던 '모험', 목숨을 걸었던 공방, 서로의 모든 것을 부딪쳐댔던 괴물과의 격전.

"재대결을── 나를 이토록 몰아붙이는 존재가, 있다."

── 설마.

벨이 한 가지 해답에 이른 가운데 검은 미노타우로스는 여전히 말을 이었다.

"그 꿈에서 본 자와 만나기 위해, 지금 나는 이곳에 서 있다."

괴물은 자신의 존재 이유를 말했다.

가슴에 담은 마음을, 다시 태어나기에 이르렀던 강렬한 '선망'을.

인류에 대한 부러움도 아니고, 지상에 대한 동경도 아닌, 단 한 사람의 숙적을 찾아 왔노라고.

"나의 이름은 아스테리오스."

그것은 '번갯불'을 뜻하는 이름.

꿈의 종언에서 보았던, 붉은 번개에서 따오기를 그가 희망했다는 이름.

머리는 설마 그런 일이 있겠느냐고 갈팡질팡하지만 마음속 깊은 곳으로는 모든 것을 이해해버린 소년에게, 칠흑의 괴물── 아스테리오스는 다시 물었다.

"이름을, 들려주었으면 한다."

"……벨. 벨 크라넬."

소년이 중얼거린 이름을, 괴물은 몸에 새기듯 깊이 받아들였다.

그리고 외팔로 들었던 라브리스가 두꺼운 가슴팍의 위치에 섰다.

"벨, 부디."

되살아난 숙적은── 호적수는 바랐다.

"재대결을."


달빛에 비친 폐허에 의지의 목소리가 울려 퍼졌다.

기다리세요── 지금은 아직── 그로스 씨네가──
입술은 그런 말을 자아내야만 한다는 것을 알았다. 하지만
벨의 마음은 이를 거부했다.

그의 발밑을 보았다. 그 거구를 올려다보았다.

지금도 지면에 뚝뚝 떨어지는 피, 잃어버린 한쪽 팔과
무수히 새겨진 상처. 틀림없이 빈사의 몸으로 이곳까지 왔
을 재대결자.

벨은 응해야만 한다는 생각이 들었다. 아니, 도망쳐서는
안 된다는 생각이 들었다.

그렇다. 그때와 마찬가지.

첫 '모험'에 임했을 때처럼, 눈앞의 '모험'에서도──.

"…………"

벨은 모든 것에 사과했다. 그러고 나서 무기를 들었다.

역수로 쥔 신의 칼날을 겨누고, 검은 괴물을 노려보았다.

투쟁에 임하는 그 소년의 모습에── 씨이익.

아스테리오스의 입가가 한계까지 쭉 올라가 웃음을 띠었다.

흉악한 환희의 웃음을 지은 괴물은 자신들을 내려다보는 달밤을 우러러보았다.

『오오오오오오오오오오오오오오오오오오오오오오오오오오오오오!!』

하늘을 뒤흔드는 포효가 터졌다.

싸움의 개막을 알리는 신호탄이 지금 해방되었다.

 

 

"가깝다!"

쩌렁쩌렁 울린 포효에 【로키 파밀리아】의 정찰대는 숨을 멈추었다.

여러 명의 남녀 단원들은 긴장된 분위기를 띠면서 수색에 나섰다. 건물이 겹겹이 층을 이루는 구조를 가진 이 일대에서는 옥상에서 목표물을 찾을 수가 없다. 건물 위에서 노상으로 뛰어내린 단원들은 포효가 들려온 곳까지 거리를 좁혀나갔다.

관통된 구멍 너머로 달려간 동료는 이미 적의 모습을 포착했을까? 아직까지 울리지 않는 종소리에 위화감과 불길함을 느끼며 【로키 파밀리아】의 엘프 소녀는 걸음을 빠르게 놀렸다── 그리고 그때.

그녀의 등 뒤에서 벽이 터져나갔다.

"?!"

솟구치는 폭발음, 사방으로 튀는 돌의 파편.

요란하게 터진 흙먼지를 뒤집어쓰며 나타난 것은 백발소년과 칠흑의 맹우.

『후우우우우우우우우우우우우욱!!』

"크윽!!"

경악하는 【로키 파밀리아】 앞에서 벨과 아스테리오스는 접근전을 벌였다.

날아드는 라브리스를 벨은 크게 회피했다. 풍압에 휩쓸리기만 해도 상처를 입을 것 같았다. 그 증거로 몇 차례나 공격을 받은 휴먼 소년의 피부는 이미 피를 내비쳐, 말하지 않아도 압도적인 【스테이터스】의 차이를 드러내주었다. 벨은 값싼 긍지 따위 버린 채 라브리스를 장비한 왼팔과는 반대쪽── 【검희】에게 팔이 잘려나간 괴물의 오른쪽을 과감하게 찔렀다. 빠른 토끼의 풋워크와 날카롭게 내질러진 나이프에 아스테리오스는 웃음으로 대답하며 이를 너무나 쉽게 받아냈다.

"검은 미노타우로스와……!"

"벨 크라넬?!"

도끼에 갈라질 때마다 비명을 지르는 대기, 부츠가 요란하게 박찬 보도블록에서 튀는 돌멩이와 파편. 힘과 속도의 싸움을 되풀이하는 소년과 괴물 앞에서, 외야로 밀려난 【로키 파밀리아】의 단원들은 주먹을 꽉 쥐었다.

핀은 결코 공격하지 말라고 명령했다. 하지만 이대로 낯빛을 잃은 채 서 있기만 한다면 【로키 파밀리아】의 체면이 구겨진다. 그토록 비난했던 소년은 싸우게 해놓고 자기들은 멀찌감치 떨어져 구경만 하다니, 어떻게 그럴 수 있겠는가.

결심한 모험자들은 부대장의 지시에 따라 벨과 아스테리오스를 에워쌌다. 화살과 창, 그리고 장검으로 먼 거리에서 동시에 공격을 가하려 했다.

그러나

『부우워어어어어어어어어어어어어어어어어!!』

"——히이익?!"

그 무시무시한 포효 단 한 번에 짓밟히고 말았다.

강렬한 '하울'. 원시적 공포를 환기시켜 리스트레인트(강제 정지)에 빠뜨리는 위협의 목소리에 Lv.2인 후열 단원들은 무릎을 꿇고, 지근거리에서 이를 뒤집어쓴 Lv.3의 전열 단원들은 치명적으로 몸이 굳어버렸다.

거추장스럽다는 듯한 괴물의 선고. 싸울 자격이 없는 자에게 아스테리오스는 사정을 봐주지 않았다. 도끼자루를 거머쥔 철권을 휘둘러, 입에서 피를 뿜는 창잡이와 칼잡이를 민가 벽에 꽂아버렸다.

멀리 날아간 소대장 이하 Lv.3 단원들을 보고 엘프 궁수를 비롯한 후열 대원들의 얼굴에서 핏기가 가셨다. 칠흑의 그림자는 그런 그녀들에게도 무자비하게 다가왔다.

손가락 하나 까딱 못한 채 눈물만 흘리는 단원들. 그러나.

"흐읍!!"

네 상대는 자신이라고 외치듯 벨이 옆에서 베고 들어왔다.

웃음을 지은 아스테리오스는 【로키 파밀리아】를 내버려 둔 채 라브리스로 대답했다. 덕분에 표적에서 벗어난 엘프 단원은 공포에 속박당하지 않은 【리틀 루키】의 모습에 눈을 크게 떴다.

──그 '하울'의 '맛'은 알고 있다.

벨은 진저리칠 정도로 기억했다.

그 '모험'에서 이미 넘어섰던 벽이다. 겁을 먹는 일은 두 번 다시 없을 것이다.

격앙된 미노타우로스에게 벨은 칠흑의 나이프와 붉은 단도로 러시를 감행했다.


"──이봐, 가고일은 어디로 갔어?!"

맹우의 사나운 목소리가 멀리서 들려오는 광장.

겨우 흙먼지가 걷혔을 무렵, 유익 몬스터의 무리가 혼란을 틈타 홀연히 모습을 감춰 모험자들은 어리둥절 외쳤다.

그런 한편── 사람이 없는 광장 한구석에서는 벨프 일행이 소리를 질러대고 있었다.

"뭐 하는 짓이야, 이것들아!!"

"이, 인간……."

"릴리네가 죽을 각오로 했던 고생을 허사로 만들려는 건가요!!"

"벨프 공, 릴리 공, 진정하십시오!"

"여러분, 지금은 그러고 계실 때가 아니옵니다…… 하으~!"

【헤스티아 파밀리아】 단원들이 가져온 여러 장의 베일 덕에 모습을 감추었던 그로스 일행은 그들의 손에 구출된 상태였다. 노발대발한 벨프와 릴리가 고함을 질러대고, 그런 두 사람을 보며 당황한 미코토가 황급히 끼어들었다. 하루히메는 우왕좌왕할 수밖에 없었다.

꽥꽥 고함을 질러대는 권속들 곁에서 헤스티아는 상황을 재빠르게 분석하고 있었다.

'【로키 파밀리아】가 광장으로 오질 않다니? 그 검은색 미노타우로스 쪽으로 갔나?'

벨과의 전투로 여겨지는 격렬한 교전의 소리가 바람을 타고 들려오는 가운데 여신은 생각을 회전시켰다.

"하루히메 군! 비네 군에게 오쿨루스를 전해주었겠지?"

"아, 네! 헤어질 때 저의 것을!"

"좋아!"

헤스티아는 주먹을 부르쥐었다. 그렇다면 '열쇠'를 가진 '제노스'들과 합류할 수 있다. 그로스 일행을 크노소스로 보내줄 기회는 지금뿐이라고 판단했다.

헤스티아는 오쿨루스를 꺼내 그곳에 대고 외쳤다.

"벨 군, 그대로 싸워다오!"


『그게, 뭐랄까── 있는 대로 설쳐다오!【로키 파밀리아】가, 아니, 온 도시 사람들의 주의가 너희에게 쏠리고 있다! 위험할지도 모른다만, 그러니까, 미안!』

건틀렛의 청수정에서 들려오는 목소리를 들어도 벨은 근심 따위 느끼지 않았다.

이제는 눈앞의 전투에 마음껏 집중할 수 있다── 아니, 이미 그러고 있었다.

다른 일 따위 생각했다간 죽는다. 저 라브리스의 먹이가 된다.

정보로 머리에 기록된 여신의 지시는 순식간에 표백되어 벨의 머리 한구석으로 밀려났다.

'강하다……!'

밀려드는 라브리스에 거듭 목숨을 위협당하면서도 어떻게든 적의 시야 오른쪽으로 돌아가 잃어버린 오른팔 위로 공격을 퍼붓는다. 그러나 간파당한다. 과거의 정보 속에는 없었던 상대의 날카로운 '기술과 허허실실'에 벨은 조바심과도 비슷한 감정에 사로잡혔다.

자신이 방황하는 동안에도 이 미노타우로스는 하염없이 '강함'에 굶주렸던 것이다.

갈등을 떨쳐내고 적의 오른쪽 사각으로 육박한 벨은 두 자루의 나이프로 다시 참격을 퍼부었다.

『부우우우움!』

"?!"

괴물은 거대한 도끼를 방패처럼 이용해 공격을 막으면서 한쪽 다리를 바닥에 꽂았다.

지면이 분쇄되고, 그것만으로도 벨의 자세는 허물어졌다. 지체하지 않고 날아드는 라브리스에 벨은 얼른 적의 몸을 걷어차면서 그 반동으로 긴급회피했다. 하얀 머리카락 몇 가닥이 갈라지고 무수한 땀방울이 핏빛 반점과 함께 튀었다.

적의 육체는 머리끝에서 발끝까지 모두 흉기였다. 모든 것이 벨을 죽이고도 남는 무기가 된다.

전율을 느낀 소년에게, 미노타우로스는 그럴 틈도 없으리라는 듯 웃으며 머리 위의 붉은 두 뿔을 휘둘렀다.

"크으으으윽—— 으아아아아아아?!"

창졸간에 쳐든 건틀렛으로도 완전히 막아낼 수는 없었다. 찢어지는 금속음과 불꽃을 이끌며 하늘을 날아가, 빙글빙글 돌며 건물 옥상에 떨어지는가 싶었더니 금세 쫓아온 아스테리오스의 앞차기에 맞았다.

"커으윽?!"

두 팔의 딜 아다만타이트 건틀렛을 교차시켜 방어했지만, 시야에는 터무니없는 진동이 발생했다. 아래팔의 뼈에서 금이 가는 소리가 들렸다. 벨은 두 눈에 핏발을 세우면서 후방으로—— 다시 광장 방향으로 걷어차여 날아갔다.

"엑—— 으아아아아아아아아아아아아아아아아아아?!"

완만한 포물선을 그리며 엄청난 속도로 날아오는 인간 포탄—— 벨을 보고 대광장에 있던 모험자들은 황급히 대피했다.

머리부터 바닥에 꽂혀, 소년의 몸은 흙먼지를 일으키며 대광장 구석까지 굴러갔다.

"베, ——?!"

지나치게 이른 소년의 귀환에 두 눈을 크게 뜬 헤스티아의 비명은 제대로 맺히지도 못하고 중간에 끊어져버렸다. 지면을 부수며 하늘에서 떨어진 아스테리오스의 격렬한 착지음에.

"으, 으아아아아아아아아아아아아아아아아아아아악!!"

오늘 최대의 비명이 광장에서 터져 나왔다.

다시 나타난 검은 괴물에게 혼란과 공황이 가속되었다. 기세를 되찾아 메인 스트리트로 도망치려 하는 주민들 사이에서 아이들의 울음소리가 솟았다.

"으, 으아아아아아아아아아아아아!"

대신 모험자들은 고함을 지르며 달려들었다. 자포자기

라 해도 좋을 정도였다. 공포로 울부짖는 사람들의 모습에 거친 무법자들조차 가슴에 치미는 것이 있었는지, 약한 이들을 지키고자 공포를 떨쳐내고 아스테리오스를 향해 사방팔방에서 달려들었다.

그러나.

『부워어어어어어어어어어어어어어어어어어어어어억!!』

"끼야아아아아아아아아아아아아아아아아아아악?!"

아스테리오스의 힘은 모험자들에게 평등했다. 평등하게 파괴와 유린을 안겨주며 숫자의 우세 따위 일축해버렸다.

산산이 부서져나가는 무수한 무기, 휘몰아치는 피안개. 강인한 상급 모험자들이 잇달아 지면에 쓰러져 숫자는 격감했다. 겨우 눈 몇 번 깜빡할 사이에 벌어진 일이었다.

피난민을 지키려다 뒤늦게 나선 오우카와 치구사, 그로스 일행을 피신시키려 했던 【헤스티아 파밀리아】 멤버들은 핏기가 가신 얼굴로 그 자리에 선 채 굳어버렸다. 에이나도, 길드 직원들도.

"———."

그리고 아이들도.

피난이 늦어진 고아들 가운데 라이, 피나, 루우는 인파 틈으로 그 광경을 보고 말았다.

칠흑의 괴물. 피에 물든 외팔의 거구는 더할 나위 없이 사위스럽고 흉악했으며, 모험자들이 나뭇잎처럼 휩쓸려 날아가는 광경은 악몽이나 다를 바 없었다. 하늘로 솟구친

저 까만 그림자는 무기일까, 아니면 사람의 팔일까.

조금 전까지 보았던 가고일 따위와는 차원이 다른, 압도적인 '괴물'.

'으, 아——.'

라이의 눈에는 그것이 죽음의 폭풍으로 보였다.

닿았다간 죽는다. 저것은 그런 것이다.

지식으로만 아는 '계층 터주'란 저런 존재를 말하는 것이리라.

수많은 몬스터 중에서도 예외의 극치에 있는 그 괴물에게 아이들이 진심으로 공포에 떠는 것도 무리는 아니었다.

『부훅——.』

그렇기에 시선 끄트머리에 닿은 것만으로도 움직임이 멈춰버린 것 또한 어쩔 수 없는 일이었다.

순식간에 모험자들을 모조리 유린해버리고 몸을 돌린 미노타우로스와 눈이 마주쳤다.

라이는 절망을 느꼈다. 피나와 루우는 공포에 제한이 없다는 사실을 깨달았다. 지옥처럼 완만해진 시간 속에서 심장을 붙들린 듯한 감각에 숨을 쉴 수가 없었다.

"얘들아, 도망쳐!!"

인파 저 너머로 떠밀려버렸던 양어머니 마리아가 울부짖었다. 그러나 몸이 움직이지 않았다. 시선에 꿰뚫려 손가락 하나 떨지 못했다. 그들과 마찬가지로 마음이 꺾인 모험자들 또한 일어나지 못해, 괴물을 가로막는 방파제가 존재하지 않는 가운데 무언가를 찾던 미노타우로스가 한 걸음, 라이 일행을 향해 발을 내디뎠다.

아이들의 마음이 공포를 견디지 못하고 산산이 부서지려던 그 순간.

"————크윽!!"

흙먼지를 뚫고 백발의 모험자가 칠흑의 괴물에게 돌진했다.

"!!"

아이들의 주박을 푸는 한 줄기 질주. 흩날리는 머리카락으로 순백색 궤적을 그리며 벨은 칠흑색과 진홍색 나이프를 두 손에 들고 달려들었다.

모습을 드러낸 호적수에게 미노타우로스는 다시 환희했다.

"아아아아아아아아아아아아아아아아아아아!!"

『워어어어어어어어어어어어어어어어어어!!』

라이는 그것을 보았다.

그 광경이 눈에 새겨졌다.

머리에서 피가 흘러내려 얼굴을 새빨갛게 물들이며 외치는, 단 한 사람의 모험자.

공포로 창백하게 질린 모험자들 속에서 벨만이 달랐다.

그 누구도 맞설 수 없을 때, 벨만이 달랐다.

유일하게 죽음의 폭풍과 정면으로 맞서 검을 휘둘렀다.

"아——."

그 옆모습은 라이가 아는 소년의 어떤 표정과도 달랐다.

한심한 표정, 쓴웃음을 짓는 표정, 겁먹은 표정, 울음을 터뜨리는 표정. 배신당해버렸던, 그러나 즐거웠던 추억 속에 있던 벨의 어떤 표정과도 달랐다.

'저것이──.'

그것은 웅혼한 포효를 지르는 남자의 얼굴.

그것이 '모험'에 도전하는 자의 얼굴.

'저것이── '모험자'.'

눈을 크게 떴다. 팔다리가 떨렸다. 가슴이 뜨거워졌다.

눈물이 솟아나려 하는 이 감정이 무엇인지 라이는 알 수 없었다.

라이가 이해했던 것은 단 하나.

벨 크라넬은 배신자도 겁쟁이도 아닌── '모험자'라는 사실.

"……, ……!"

라이의 입술이 몇 번이나 벌어져 목소리를 토해내려 했다.

계속 하고 싶었던 말이 있었다.

실의에 잠겼던 그에게 사과하고, 들려주고 싶었던 말이 있었다.

그러나 목이 움직이질 않았다. 마치 실에 꽁꽁 묶인 것처럼 뻣뻣해져 입 밖으로 꺼낼 수가 없었던, 첫 한 마디를.

곁에서 눈물을 줄줄 흘리는 피나와 루우도 마찬가지

였다.

움직여, 움직여줘, 제발——— 라이의 시선에도 눈물이
배어나오려 했을 때.


"가라아아아아아아아아아아, 리틀 루키이이이이이이이이이
이이이이이이이이이이이이이!!"


굵은 목소리가 울려 퍼졌다.

"!"

"해치워어어어어어어어어어어!! 죽여버려어어어어어어
어어어어어어어어어어어어어어!!"

무법자 몰드였다.

전투에 가담하지 않은 채 안전지대에 있으면서, 동료들
과 함께 얼굴을 시뻘겋게 물들이고 두 팔을 휘둘러댄다.
굵은 침을 튀겨대며 지금도 싸우는 소년을 향해 고함을 질
러댔다.

그 모습에 흠칫 돌아본 라이의 목에서, 실이 끊어진 것
처럼 속박이 사라졌다.

질끈 두 주먹을 쥔 어린 소년은 눈꼬리를 틀어 올리며
힘껏 외쳤다.

"힘내 혀어어어어어어어어어어어어어어어어어엉!!"

"이건……."

헤스티아가 아연실색 둘러보는 광장에 변화가 생겨나기 시작했다.

"벨 오빠아!!"

"힘, 내……!"

"작살내버려어어어어어어어어어어어어어어어어어어어!!"

피나와 루우의 간곡한 성원, 그저 시끄럽기만 한 몰드의 고함. 【가네샤 파밀리아】가 전력으로 피난을 유도하는 한편 아이들과 몰드의 응원을 계기로, 이리저리 도망치기만 하던 주민들의 발이 멈추기 시작했다.

모두가 이를 똑바로 바라보며 숨을 멈추었다.

거대한 괴물과 무시무시한 라브리스를 향해, 너무나도 미덥지 못한 두 자루의 나이프를 들고 달려드는 한 명의 모험자. 대지를 가르는 강철색 섬광을 아슬아슬하게 피하며 고속의 검광을 퍼부어댄다.

그 모습은 사람들의 눈에 어떻게 비쳤을까.

주민들은 낯을 창백하게 물들이고, 길드 직원들은 말을 잃고, 같은 모험자들은 주먹을 부르쥐고.

싸움이 있었다.

인간과 괴물이 서로의 목숨을 깎아내는 격전이.

"벨……!"

멈추지 않는 에이나의 목소리가 흘러나오는 가운데, 모두가 깨달았다.

저기에는 타산 따위 없다. 욕망도 없다.

의지다. 의지만이 있었다. 승리를 바라는 갈망만이.

모험자들은, 아니, 주민들까지도 그 사실을 알 수 있었다. 저 소년은 지금 자신의 모든 것을 걸고 있다고.

이미 벨을 '인류의 적'이라고 중상하는 자는 아무도 없었다.

아무리 악의를 담은 비난도, 실의를 수반한 조롱도 이 투쟁 앞에서는 무의미했다.

진정한 '사투'.

무시무시한 괴물에게 용감하게 맞서는 '모험'의 광경은 천 마디의 변명을 능가하는 증명이 되었다.

칠흑의 괴물에게 고함을 지르는 그 옆얼굴에 거짓 따위 한 점도 없었다.

"가라……."

이윽고 한 휴먼이 중얼거렸다.

"힘내."

"지지 마!"

수인 모험자가, 엘프 소년이 외쳤다.

광장의 중심, 무시무시하고도 흉흉한 괴물과 싸우는 소년에게 목소리를 보낸다.

한 마디의 말이, 수많은 외침이, 이윽고 거대한 파도로 변모했다.

『─────────────────────!!』

고함과 포효가 얽히는 사투에 주민들은 낯을 창백하게 물들이면서도 목소리를 높였고, 길드 직원들은 잃어버렸던 말을 성원으로 바꾸었으며, 모험자들은 주먹을 치켜들었다.

모두가 소년에게 격렬한 목소리를 보내고 있었다.

모두가 그 용감한 모습에서 '영웅'의 환영을 보았다.


'──모험을.'

그 목소리를 들으며 라브리스를 회피하는 벨은 자신의 몸이 가속하는 것을 알 수 있었다.

자신의 마음이 원점으로 회귀하는 것을.

'──모험을 하자.'

사람들의 목소리가 멀게만 느껴졌다. 시야에서 모든 것이 사라져갔다. 눈앞의 적만 남기고.

벨의 얼굴에서는── 망설임이 사라졌다.

'제노스', 동경하는 아이즈, 미래. 줄곧 번민하기만 했던 소년은 이때만큼은 모든 것을 잊고 눈앞의 투쟁에 몰두했다. 눈앞의 적에게, 웃음을 짓는 호적수에게 전심전력을 바쳤다.

눈앞의 그와 마찬가지로 '굶주림'을 느꼈다.

승리에 대한 굶주림 그 너머가, 자신을 에워싼 모든 것으로 이어지리라는 사실을 벨은 본능으로 깨달았다.

'제노스'를 구하기 위한, 동경을 따라잡기 위한, 비네와 함께 바랐던 미래를 손에 넣기 위한── 다시 말해 '강함'이다.

'──다시 한 번, 모험을!!'

라브리스의 일격에 마침내 굴복한 붉은 단도. 깨져나가는《우시와카마루》. 사람들의 비명.

미안해. 고마워. 먼저 갈게. 지체하지 않고 빈손에서 속공으로 발사되는 염뢰. 버티고 선 미노타우로스를 향해 붉은색 불똥을 끌며 돌격한다.

벨은 고함을 질렀다.

"아아아아아아아아아아아── ──!!"


소년의 포효와 사람들의 쩌렁쩌렁한 성원이 미궁거리에 울려 퍼졌다.

그 가운데.

"뭐야, 왜 이러는 거야─?!"

"거기 가만히 있어,【아마존】."

"움직이면 용서하지 않겠어."

우르가를 든 티오나의 앞에는 네쌍둥이 파룸이 각자 무기를 겨누고 있었다.

여전히 들끓는 광장을 목전에 두고 진로를 차단당한 것

이다.

"방해하지 마!!"

분노하는 티오네의 앞에도 캣 피플 한 명이 가로막고 있었다.

제1급 모험자 아렌 프로멜은 장창으로 쿠크리 나이프 두 자루의 연격을 모조리 쳐냈다.

"왜 이러고 앉았는데?!"

"보고도 몰라?"

사냥감인 검은 미노타우로스를 앞에 두고 방해를 받아 분노에 날뛰는 아마조네스에게 아렌은 싸늘한 시선을 보냈다. 그녀에게서 시선을 돌리고 후방, 괴물과 정면으로 싸우는 소년을 흘끔 본다.

"꼬마가 남자의 가치를 걸고 있잖아."

그렇게 말하고 그는 발밑에 침을 뱉었다.

"너희야말로 방해하지 말라고."

——한편, 대광장의 남쪽 부근에 있던 티오나와 티오네에게서 멀리 떨어진 동쪽.

"쯧……."

웨어울프 베이트는 요란하게 혀 차는 소리를 내며 지붕 가장자리에 서 있었다.

번갯불 같은 문신과 함께 얼굴을 일그러뜨리며 백발 소년이 싸우는 모습을 바라본다.

"…………."

그리고 그 곁에는 아이즈도 있었다.

잠자코 투쟁을 지켜보는 아이즈와 베이트에게, 백검과 흑검을 겨누었던 엘프와 다크엘프 청년은 자세를 풀었다. 두 사람과 함께 그 투쟁을 내려다본다.

"……이렇게 나왔단 말이지, 오탈."

그리고 핀은.

자신의 앞에 선 보어즈 무인을 보며 탄식했다.

"…………."

그의 말에 오탈은 아무 대답도 없었다.

【로키 파밀리아】의 모든 간부들을 【프레이야 파밀리아】의 제1급 모험자들이 가로막은 것이다. 그것만이 아니다. 【로키 파밀리아】의 단원들도 오탈 휘하의 단원들이 붙들어 놓고 있었다. 검은 미노타우로스가 나타났는데도 광장에 다른 모험자들이 돌입하지 않았던 것은 모두 그들 때문이었다.

"모두 주신께서 바라시는 바다."

밤공기에 목소리를 녹인 오탈은 몸의 방향을 바꾸고, 손에 들었던 대검을 투척했다.

회전하며 바람을 가른 거대한 쇳덩어리가 대광장 중앙, 벨과 아스테리오스의 정면에 꽂혔다.

인간과 괴물의 두 눈이 크게 뜨인 순간, 소년은 질주와 함께 대검의 그립을 쥐고 발검했으며.

맹우는 마치 '꿈' 속의 결전을 방불케 하는 그 광경에 다시 한 번 몸을 환희로 떨었다.

"흐읍!!!"

『부우워어어어어어어어어어어어어어어어어!!』

대검과 라브리스가 부딪쳐 요란한 불꽃을 뿜어냈다.

한층 뜨거운 열전을 펼치는 소년과 맹우에게, 사람들은 더욱 고함을 질러댔다.


"후후후…… 헤르메스는 지금 어떤 심정이려나?"

도시 중앙, 바벨 최상층.

도시 내의 가장 높은 장소에서 그 격전을 지켜보던 프레이야는 황홀하게 숨을 토해냈다.

"이것은 누군가가 정한 운명일까? 아니면 단순한 기적? 어느 쪽이든…… 감사해야겠지."

──이 해후에.

──소년과 괴물의 만남에.

이 광경을 볼 수 있도록 권속들에게 모든 것을 맡긴 미의 여신은 뺨을 상기시키며 검지를 살짝 깨물었다.

열기가 깃든 눈빛으로, 맹우와 검을 나누며 강하게 빛을 발하는 투명한 영혼에 넋을 잃었다.

"이 싸움을 또 볼 수 있게 되다니."


"어라라…… 뭐야 이게."

그 광경에 헤르메스는 중얼거렸다.

탑 위에서 멍청히 서 있던 그의 등 뒤에 '투명 상태'를 해제한 아스피가 나타났다.

"헤르메스 님…… 이제 사태는 수습할 수 없습니다. 이 소동 때문에 '제노스'들도 놓치고 말았습니다."

권속의 보고에 대답도 못한 채 망연자실하며 헤르메스는 광장을 내려다보았다.

그가 마련한 무대는 철저하게 박살이 나고, 그의 의도는 덧없이 무너져 내렸다.

계획이 모조리 틀어져 넋이 나가버린 남신의 모습을 아스피는 잠자코 지켜보았다.

갑자기 불어온 바람에 날아가버리는 깃털 달린 여행모.

등황색 머리카락을 헤집어대듯 한쪽 손으로 붙들며 헤르메스는 신음했다.

"전부 망해버렸잖아……!"

그가 손을 썼던 계획은 단 한 마리의 '괴물'에게 산산이 박살이 났다.

이제까지 맛본 적이 없는 실의에 잠겼던 헤르메스는 이를 악물고 진심으로 가증스럽다는 표정으로 칠흑의 미노타우로스를 노려보았다.

——그와 동시에, 환희가 뒤섞인 표정으로 눈 아래를 내려다보았다.

"아아 젠장, 그래 좋다, 인정하마! 내가 졌다! 이딴 광경을 어떻게 상상할 수 있었겠어!!"

고함과 포효, 성원과 기도. 격렬하게 싸우는 소년과 괴물에게 사람들은 도망치는 것조차 잊고 진짜 투쟁에 끌려들어가고 있었다. 적의와 실의는 완전히 뒤집어져 열광만이 소용돌이쳤다.

설령 헤르메스의 의도가 계획대로 돌아갔다 하더라도 이렇게는 되지 않았을 것이다. 신의 손바닥 위에서는 이렇게까지 사람들의 마음을 얻어낼 수 없었으리라. 당연하다. 가고일과의 싸움 속에서도 소년은 여전히 괴로워했고, 항상 저항했으니까.

이 '모험'을 능가하는 광경 따위 전지전능한 신이라 해도 만들어낼 수 없었을 테니까.

"그런 거요? 그런 말을 하려는 거요, 제우스?! 당신은 이걸 깨닫고 오라리오를 떠났던 거요?!"

등 뒤에서 흠칫 숨을 멈추는 권속과 함께 헤르메스는 어둠을 씻어내는 번갯불과도 같은 그 광경에 넋을 놓았다.

"신의에 저항하는 자야말로 이렇게나 찬란하게 빛난다는 걸!"

──세계는 '영웅'을 원한다.

고대의 암흑을 갈랐던 칼날을, 비원을 초월할 빛을, 지독히도 고결한 생명의 포효를.

신들에게 놀아나는 꼭두각시가 아니라, 수천 년이나 되는 정체를 깨뜨릴 하계의 '가능성'을.

순수한 의지로 자아내는 【파밀리아 미스】를.

"결국…… 저 시커먼 짐승은 실을 드리운 자를 태워버리고 길을 제시하는 '극성(極星)'이었던 셈이군."

나 원. 이래서야 내가 피에로지.

헤르메스는 자신의 신의를 능가하는 '미지'의 광경에 분함을 느끼면서도 몸을 떨었다.

"현자의 지혜도, 용사의 책략도, 그리고 신의 의도마저도 깨부순 것은…… 순수한 '힘'이었구나."

굴욕을 삼키며.

헤르메스는 눈을 가늘게 떴다.

"아아, 이 얼마나 아름다운 '살육애'인가……."

사람들의 마음을 움켜쥐고 놓아주지 않는 소년과 괴물의 투쟁에—— 영웅담의 일막에 신은 경의를 표했다.


"큭……!"

사람들의 고함과 진동 속에서 헤스티아 또한 그 광경에 몸을 떨었다.

가슴을 움켜쥐고, 팔을 흔들어대는 인파 너머에서 등만이 보였다.

칠흑의 괴물에게 맞서는 소년의 뒷모습만이.

"헤스티아 님!"

"……가자! 벨에게 맡기는 거다! 절대 방해해서는 안된다!!"

릴리의 목소리에 호응해 헤스티아는 숨겨두었던 '제노

스'들을 호위하도록 채근했다.

권속 한 사람이 만들어낸 투쟁의 분류를 타고 【헤스티아 파밀리아】는 지금 해야 할 일에 몸을 맡겼다.

헤스티아는 광장이 시야에서 사라지려는 찰나, 다시 한 번 그 광경을 돌아보았다.

소년의 등에 새로이 적힐 이야기를, 여신의 눈은 똑똑히 새겨두었다.

『하계도 영 쓸모가 없는 건 아니야.』

세상의 어떤 이는 말했다.

이 하계에서 펼쳐지는 온갖 이야기는 어디까지나 아이들의 드라마지만, 그 배후에는 신들이 엄연히 존재한다. 그것은 사실이다.

그러나.

머리 위에서 실을 드리우더라도, 무대 뒤에서 속삭이더라도, 희곡의 시나리오가 바뀌더라도 말을 듣지 않는 '고집쟁이'들이 있다.

그들은 종종 무대 위에서 날뛰고, 직시할 수 없을 만한 실수를 저질러 만인의 실소를 사기도 하지만, 때로는 예정조화를 뒤집는다.

흔해빠진 가극을 아무도 본 적이 없는 경치로 바꾼다.

『우리와 세계를 놀라게 하는 건 언제나 너희, 아이들이었지.』

세상의 어떤 이는 흐뭇하게 웃었다.

🔥

벨과 아스테리오스의 투쟁은 이어졌다.

그 가운데, 온 오라리오의 모든 이들이 미궁거리에서 터져나온 드높은 목소리를 알아차렸다.

공포나 비명이 아닌, 천정부지로 솟아나는 열기를.

겁을 먹고 숨었던 주민들도 높은 곳에서 조심조심 창문을 열거나 고층건물 옥상으로 나왔다. 도시 동쪽으로 시선을 보내고, 아연실색하면서 미궁거리의 대광장을 향해 손가락을 가리켰다.

열기는 전염되었다.

도시에 그림자를 뻗으면서 환희의 춤을 추는 신들을 중심으로.

그리고,

"장소를 바꾸자!!"

광장에서 고함을 지른 주민들의 곁까지 밀려 날아온 벨이 그들에게 피해를 주지 않고자, 뻣뻣이 굳어버린 그들의 앞에서 힘껏 보도블록을 박찼다. Lv.3의 스테이터스에 몸을 맡겨 억지로 상공을 향해 도약한 소년을 아스테리오스는 당연히 따라갔다.

옥상에서 울려 퍼진 두 개의 착지음, 이어서 라브리스가 울리는 굉음, 이어서 격렬히 뛰는 소리.

미궁거리에서 나온 벨은 아스테리오스에게서 시선을 떼지 않은 채 옥상 위를 나란히 달려 나갔다.

'싸울 수 있는 장소는――!'

대로, 뒷골목, 동쪽 메인 스트리트. 노상으로 나왔던 길드 직원이나 피난민들이 아연실색 이쪽을 올려다보는 광경을 보고 선택지를 하나하나 줄여나가던 벨은 마지막으로 전방에 펼쳐진 거대한 공간을 보고――

"――이리 오렴."

거탑 최상층에서 웃음을 짓는 미신의 목소리에 이끌린 것처럼, 도시 중앙, 센트럴 파크로 내려섰다.

"엑―― ."

"【리틀 루키】?! 게다가 저건……?!"

바벨을 포위하고 지키던 무수한 모험자들에게서 경악을 이끌어내며, 벨과 아스테리오스는 다시 전투에 돌입했다.

모험자들은 압도적인 존재감을 뿜어내는 칠흑의 미노타우로스에게 눈빛을 바꾸고, 겁을 먹으면서도 원거리 근거리를 막론하고 공세에 가담하려 했지만 거치적거린다는 양 터져 나온 '하울'이 Lv.2 이하의 모험자들을 완전히 무력화시켰다.

"너희는 손대지 마~!"

"냉큼 도망쳐, 도망쳐~!"

서 있는 자들이 격감한 센트럴 파크에서 얼마 안 되는 제2급 모험자들의 낯이 창백하게 질린 가운데, 철수를 채근하는 목소리가 잇달아 울려 퍼졌다. 웃음을 지은 신들이었다.

**오락을 밝히는** 주신의 신의에 따라 동료를 부축하며 모험자들이 도망치기 시작했다.

"가네샤?!"

"……우리도 정신을 잃은 모험자들을 구조하자! 손은 대지 마라, 일타. 주위에 있는 주민들의 피난을 우선시해라!"

바벨을 수호하던 【가네샤 파밀리아】도 주신의 지시에 인명구조를 최우선으로 움직였다. 혀를 차는 붉은 머리 여전사 일타를 중심으로 상급 모험자들이 구조 활동에 힘썼다.

개입은 '멋없는 짓'이라 단언하며 신들은 이를 하나하나 차단해나갔다.

센트럴 파크 동쪽을 마지막 전장으로 바꾸어, 벨과 아스테리오스는 격돌했다.

"하아아아아아!!"

『부우워어어어어어어어어어어어어어어어!!』

대검과 라브리스가 몇 번이나 부딪쳤다. 몇 번이나 참격의 음색을 연주했다.

전장의 음악은 마치 청중을 초대하듯 모험자들을, 도시 주민들의 시선을 센트럴 파크로 끌어들였다. 광장을 내려다볼 수 있는 【파밀리아】의 홈, 환락가에 우뚝 솟은 대극장 옥상, 도시 중앙 지역에 위치한 건물로 달려 나가 그 전투를 내려다보았다.

괴물의 피보라가 솟을 때마다 주민들은 떨었다.

소년이 공격을 당해 날아갈 때마다 모험자들이 난간을 붙잡고 몸을 내밀었다.

"죽여버려어어어어어어어어어어어어어어!! 거기다아아아아아아아아아아아아!!"

"몰드 시끄러워!!"

미궁거리에서 서둘러 쫓아온 모험자들이 이곳에서 합류해 다시 고함을 질러대기 시작했다.

"여기면 되겠나?!"

"네, 고맙습니다!"

억지로 부탁해 모험자의 손을 빌려 달려온 길드 직원들 가운데에는 에이나의 모습도 있었다. 오우카와 치구사의 협조를 받아 이곳까지 온 그녀는 센트럴 파크 앞의 상점 위에서 소년의 모습을 눈으로 쫓았다.

"…………가라! 해치워!"

신들의 명령도 듣지 않고 화살을 쏘려 하던 수인도, 지팡이를 들고 영창을 하던 엘프도, 몬스터를 도시에서 섬멸하려던 모험자들도…… 마침내 미궁거리의 사람들과 마찬가지로 저마다 무기를 내린 채 넋을 잃고 바라보았다.

조금 전의 광경을 되풀이하듯 그들은 노성을 터뜨리기

시작했다.

모험자의 오기를 보여주라고.

"크라넬 씨……."

그 자리에 달려온 류는 그 투쟁을 바라보며 조용히 중얼 거리고.

"야, 야…… 이거 진짜야?"

그녀의 곁에 온 아이샤는 웃음을 짓고.

"우와, 뭐 하는 거야 쟤가……!"

"아우아우……!"

다프네와 카산드라는 공포의 존재에게 혼자 맞서는 소년에게 몸을 떨고.

"벨식이네【파밀리아】에는 재미난 놈들밖에 없구먼."

츠바키는 안대를 하지 않은 한쪽 눈을 가늘게 뜨고.

"벨…… 죽으면 싫어."

나자는 은색 의수를 왼손으로 붙잡았다.

성원이 쩌렁쩌렁 울려 퍼지는 가운데, 사람들의 눈이, 신들의 눈이, 온 도시의 눈이 한 모험자와 한 괴물에게 모였다.

"─────────────────!!"

『부우우우우우우우우우우우우우우우우우우우우우우워!!』

힘을 쥐어짜내듯 벨과 아스테리오스의 몸이 불거졌다.

대검을 장비한 벨의 두 팔이 비명을 지른다. 그러나 그 뿐이다. 뼈에 금이 간 정도라면 팔은 얼마든지 휘두를 수 있다. 격통에서 오는 열기조차도 공격의 원동력으로 바꾸며 벨은 검을 휘둘렀다.

튕겨져 나가는 대검. 그 기세를 힘으로 바꾼 회전베기. 이것마저 막아내는 라브리스. 궁여지책으로 날린 염뢰를 짓이기며 아슬아슬하게 허공에 꽂히는 대각선베기.

도끼날이 스쳐 건틀렛에 박힌 오쿨루스가 산산이 부서졌다.

"……윽?!"

벨의 무장이 잇달아 벗겨져나갔다. 잠금쇠가 파괴당한 생채기투성이 건틀렛이, 창졸간에 방어에 사용했던 어깨받이가 아스테리오스의 맹공에 스러졌다. 칠흑의 탁류가 위협이 되어 벨을 짓이기려 한다.

벨의 몸은 시뻘겋게 물들었다.

자신의 피가 아니다.

아스테리오스가 흉흉하게 날뛸 때마다 흩어지는 그의 선혈이었다.

그렇다. 적은 외팔인 것은 물론이고 이미 빈사상태였다.

언제 쓰러져도 이상하지 않을 부상을 온몸에 입고 있었다.

──순식간에 죽었겠지.

두 팔이 건재했다면, 빈사의 상태가 아니었다면──.

아이즈나 다른 많은 모험자들의 궤적과 함께 싸워야 겨우 접전을 이룰 수 있었다. 겨우 맞버틸 수 있었다.

그가 만전의 상태였다면 지금의 자신 따위 한순간도 견디지 못했으리라.

강하다.

아스테리오스는 터무니없이, 장절할 정도로 강했다.

『후욱, 후욱, 워어어어어어어어어어!!』

칠흑의 주먹이, 라브리스가, 이를 못다 막아내지 못하는 벨의 무력함을 나무란다.

벨은 아스테리오스의 모습에서 헌터 딕스를 보았다. 발끝에도 미치지 못했던 아이즈를 보았다. 지키지 못해 한번은 재가 되어 사라졌던 비네를 보았다. 자신의 무력함을 상징하는 존재들을 보았다.

라브리스 너머에 보이는 딕스의 창이, 아이즈의 검이, 비네의 눈물이 벨의 마음을 찢어발기는 미칠 듯한 선망을 일깨워주었다.

──강해지고 싶어.

이 호적수를 뛰어넘기 위해── 무력한 자신을 넘어서기 위해.

──강해지고 싶어.

이 호적수에게 승리하기 위해── 이제는 아무 것도 잃지 않기 위해.

──강해져서.

영웅처럼.

소중한 무언가를, 소중한 누군가를 끝까지 지켜내는, 영웅처럼.

위선자라 매도를 사더라도, 현실에 짓이겨져도, 끝까지
저항하는 영웅처럼.

──나는.

영웅이, 되고 싶어.


"──아아아아아아아아아아아아아아아아아아!!"


벨은 포효했다.

한계 너머로 자신의 몸을 비집고 밀어 넣어, 새하얀 세
계를 향해 가속했다.

백색 평원을 달려 나가, 시야에 비친 모든 광경을 새하
얗게 불태우고, 시선 너머에서 기다리고 있을 칠흑의 맹우
를 향해 질주했다.

『부훅?!』

뿌옇게 잔상을 일으킬 정도의 기세로 파고든 왼발과 함
께 대검을 휘둘렀다.

한계를 짓이겨버리는 가속, 한순간 늦어버린 적의 반응.
갑옷 위에서 참격을 내리꽂고도 멈추지 않는다. 강인한 풀
플레이트 아머에 가로막히든 말든 난타의 폭풍을 퍼부어
댔다.

『우우── 부우워억!!』

그 이상은 용납하지 않겠노라고 솟구쳐 올라온 라브리

스가 대검을 상공으로 튕겨냈다.

군중들에게서 비명이 솟는 가운데── 벨은 이를 모두 무시하고 질주의 움직임에서 도약으로.

허를 찔린 아스테리오스의 광대뼈에 좌상단 발차기를 작렬시켰다.

적이 그랬듯 자신의 육체를 무기로 바꾼 토끼의 발톱. 그러나 제1급 모험자의 발차기마저 안면에 받고도 견뎌냈던 아스테리오스는── 다음 순간 눈을 크게 뜨고 있었다.

허공에 뜬 채, 왼발을 꽂은 자세에서 **포신과도 같이** 내질러지는 오른손.

"【파이어볼트】!!"

6연사.

『~~~~~~~~~~~~~~~~~워억?!』

모험자들이 숨을 멈출 정도의 지근포격. 맹우의 한쪽 눈을 짓이기는 결정타.

자신 또한 폭풍에 휩쓸려 날아가버린 벨은 착지와 동시에 질주했다.

머리 위에서 회전하며 떨어지는 대검을 오른손으로 잡고, 후방으로 비틀거리는 맹우의 몸을 향해 혼신의 참격을 날렸다.

『커억?!』

우상단 대각선베기.

『끄으?!』

수평베기.

『워어어어억──?!』

베어올리기.

세 차례의 검광. 이번에야말로 풀 플레이트 아머와 함께 베여나간 거구가 어마어마한 선혈을 뿜어냈다.

『우우워어어어어어어어어어어어어어어어어어어어어어어어어어어어어어어어어어어어어어어어어어어어어어어어어어어?!?!』

각성한 벨의 맹공에 모험자들과 신들이, 목이 터져라 절규했다.

한편 왼쪽 눈이 짓이겨져 틀림없는 치명타를 몸에 새긴 아스테리오스는── 웃었다.

사람들의 환호성을 한순간 소실시켜버릴 정도로 으스스하게. 흉흉하게. 조용히.

소년의 전의는 끊이질 않는다. 자만심 따위 의지의 불꽃으로 태워버리고 대검과 함께 몸을 전방으로.

아스테리오스의 발이 지면을 분쇄했다.

벨의 다리가 정면으로 질주했다.

서로의 눈에 서로의 모습만을 비춘 채, 눈꼬리를 틀어올리고, 최후의 공방에 임했다.

"『──────────────────오오오오!!』"

결전.

소년과 괴물의 포효. 세련됨이라고는 한 치도 없는 이중주. 승리를 갈구하는 수컷의 외침.

연격과 강격이 맞버틴다. 으르렁거리는 쇳덩어리가 피에 젖은 쌍날을 튕겨내고, 강인한 다리가 내리꽂혀 공격의 싹을 짓밟는다. 되돌아간 대검과 라브리스가 금세 해후하고, 교차하는 두 개의 거대한 검광이 사나운 불꽃을 자아냈다.

도끼날이 스친 소년의 어깨에서 피가 솟고, 검격을 막아낸 갑옷 안에서 살이 짓이겨지는 소리가 들린다.

염뢰를 두른 소년의 오른손이 괴물의 몸을 태우고, 절대적인 괴력을 자랑하는 맹우의 거구가 생각지도 못한 방법으로 모험자의 장비를 부순다.

신의 칼날과 붉은 두 뿔까지도 구사되어, 검과 도끼의 틈새를 누비고 자남색과 붉은색 잔광이 내달렸다.

자존심이니 자긍심 따위와는 무관한 의지와 오기의 충돌.

피차 타협을 불허하며, 거울과도 같이 상대에게 한층 더 가속할 것을 채근한다.

모험자들은 몸을 벌렁 젖힌 채, 사람들은 피부를 떨며, 신들은 웃음을 머금으며 흥분했다.

언어의 형태를 잃어버린 포효의 덩어리가 그 일전을 향해 터져나갔다. 센트럴 파크 주위에 모여든 그들은 숨을 쉬는 것조차 잊은 채 온몸으로 외쳐댔다.

열기를 머금고 찬란하게 빛나는 미신의 은색 눈동자.

사투에 푸르게 떨리는 하프엘프의 눈.

숨을 멈추고 격전의 행방을 지켜보는, 소년과 만났던 수많은 이들.

그녀들의 시선 너머에서 소년과 괴물은 사력을 쥐어짜내며 투쟁의 막을 내리기를 거부했다.

『부우워어어어어어어어어어어어억!!』

"크으윽?!"

치켜 올라갔던 라브리스가 창졸간에 자세를 잡은 대검을 강타했다.

벨의 다리는 지면에서 떠나 깃털처럼 가볍게 후방으로 날아갔다.

보도블록에 등부터 떨어진 순간 벨은 몸을 뒤로 굴려 순식간에 시야 한복판에 아스테리오스의 모습을 담았다.

『——오오오오!』

그들의 간격은 약 10M.

아스테리오스는 이 순간을 고대한 것처럼 라브리스를 쥔 왼손을 땅에 내리쳤다.

외팔과 두 다리도 보도블록을 **강하게 디디고**, 머리는 낮게 들이댄다.

그것을 본 모험자들이 술렁술렁 목소리를 부풀렸다.

'미노타우로스'가 자신의 최대 무기인 뿔을 이용해 터뜨리는 필살기, 그와 지극히 흡사한 자세.

진로 상의 모든 것들을 분쇄해내는 강력무비(強力無比)한 돌격.

백색 거탑을 등진 맹우의 모습에 눈을 크게 뜬 벨은, 다음으로는 적의 진의를 알아차리고 대검을 정면으로 겨누었다.

발동하려는 것은 '영웅의 일격'.

종소리와 함께 흰 빛을 그러모았다.

"흐으읍!!"

【스킬】의 트리거. 머릿속으로 떠올린 동경의 존재는 『아르고노트』.

영웅이 되기를 바라며, 기괴한 운명을 넘어서 진정한 영웅이 되고야 말았던 사내.

모든 것의 시작인 영웅담에 마음을 겹치며, 벨은 대검을 뒤로 들고 자세를 잡았다.

"———."

『———.』

붉은 두 뿔이 소년의 두 눈을 태우고, 집속된 흰 빛의 입자가 괴물의 두 눈을 태웠다.

서로 충돌하는 시선. 경계를 잃어버리는 전의와 전의. 영원히 응축되는 한순간.

팔다리가 울부짖고, 마음이 굶주리고, 의지가 요란하게 타올랐다.

벨의 루벨라이트색 눈과 아스테리오스의 눈이 부딪

쳤다.

그리고.


"아아아아아아아아아아아아아아아아아아아아아
아아아아아아아아아아아아아아아아아아아아아
아아아아아아아아아아아아아아아아아!!"
『워어어어어어어어어어어어어어어어어어어어
어어어어어어어어어어어어어어어어어어어어어
어어어어어어어어어어어어어어어어어!!』


돌격했다.
'——지지 마.'
달려 나간 소년에게, 싸움을 그만두기를 바라고만 있었
던 에이나는 처음으로 그의 승리를 기도했다.
두 사람 사이에서 보도블록이 터져나가고, 모험자와 맹
우는 자신의 몸을 최강의 탄환으로 바꾸었다.
쩌렁쩌렁 울려 퍼지는 포효에 숨을 멈추는 사람들, 신
들, 모험자들.
질주와 약진이 서로의 간격을 순식간에 0으로 바꾸고,
결판의 일격을 해방시켰다.
20초의 차지.
내리치기와 올려베기.
적의 붉은 뿔을 향해, 벨은 흰 빛이 맺힌 대참격을 펼쳤다.


"＿＿＿＿＿＿＿＿＿."


순간.
소년은 자신의 순백색 광채가 적의 붉은 파광에 깨져나
가는 것을 보았다.
그 직후.


"＿＿＿＿＿＿＿＿커억!!!"


꺾였다.
벨이 날린 '영웅의 일격'이.
치명적인 충격을 받은 것과 동시에, 소년의 몸은 하늘
높이 솟구쳤다.
『＿＿＿.』
그 한순간, 오라리오에서 모든 소리가 사라졌다.
입에서 선혈을 뿜으며, 충돌점 상공을 향해 솟구치는 소
년의 몸.
모두가 그 모습을 올려다보고, 낯을 창백하게 물들이고,
산산이 부서져나가는 은색 금속의 파편에서 흰 빛이 사
라지는 것을 보았다.
"베, 엘＿＿"

입을 두 손으로 가린 에이나의 시간이 얼어붙었다.

『──워어어어어어어어어어어어어어어어어어어어어어어어어어어
어!!』

반면, 소년의 필살기를 꺾은 괴물은 승리의 포효와 함께
**개선**했다.

보도블록을 깎아내는 급제동을 감행한 후, 순식간에 몸
을 돌려 벨의 낙하지점으로.

그야말로 미친 듯이 날뛰는 소처럼 직진해, 벨이 땅에
꽂히려는 순간 그의 몸을 다시 습격했다.

"커억?!"

옆으로 펼쳐진 칠흑의 왼팔에 강타당해 다시 피를 토하
는 벨. 소년의 몸을 그대로 붙든 아스테리오스는 진로방향
으로 돌진을 이어나가, 시야 정면, 하늘을 찌르는 백색 마
천루로 달려나갔다.

"대, 대피──!! 도망쳐라아아아아!!"

얼마 되지는 않았지만 바벨의 정문을 방어하던 【가네샤
파밀리아】의 상급 모험자들은 도저히 막을 수 없는 무적의
돌진으로부터 온 힘을 다해 도망쳤다.

다음 순간, 거탑의 문과 벽을 맹우의 돌격이 박살내버
렸다.

~~~~~~~~~~~~~~~~~~~~~~~~~~~~~~~아윽?!"

벨과 함께 바벨 내부로 침입한 아스테리오스의 기세는
멈추지 않았다.

1층의 로비 홀, 거대한 꽃 모양 스테인드글라스를 연상케 하는 바닥으로 왼팔에 얽은 벨과 함께 라브리스를 내리쳤다. 무시무시한 괴력의 일격은 소년과 바닥에 심각한 대미지를 입히고—— 다음 순간, 로비 홀 중앙부는 무너져 내렸다.

바닥과 천장이 뚫려, 지하 1층의 플로어로 낙하해버리면 아래에서 입을 벌리고 기다리는 것은 '구멍'. 던전의 출입구.

떨어진다. 떨어진다. 떨어진다.

피를 토하며 부유감에 휩싸여, 대량의 파편과 함께 땅밑바닥으로 빨려 들어간다.

흐려져가는 벨의 시야에서 지상의 빛이 멀어져가는 가운데, 그 순간은 금세 찾아왔다.

"끄으으윽?!"

쿠우웅!!

굉음을 내며 던전 제1계층에 격돌했다.

등뼈를 기점으로 벼락같은 충격이 몸을 휩쓸어 벨은 잠시 정신을 잃었다.

목에 꽉 들어찼던 핏덩어리를 기침으로 토해내고, 【랭크 업】하지 않았다면 즉사했을 정도의 고통에 시달리며 살짝 눈을 떴다.

하늘을 올려다보는 시야의 가장 먼 곳에서는 뿌연 밤의 어둠이 보였다. 탑 정문에서 흘러드는 달빛일까. 붕괴나 다를 바 없는 이 낙하로 마석등은 모두 박살이 났는지 탑 내부는 어둠에 휩싸였다. 원통형 '구멍'에 뚫린 나선계단도 일부가 부서졌다.

벨은 대량의 돌무더기를 침대 삼아 드러누운 채 쓰러져 있었다.

낙하지점 바로 아래인 이곳 제1계층에도 당연히 피해가 미쳤겠지만, 균열이 일어난 던전의 벽면에 빛나는 인광은 힘이 없었다. 그야말로 동굴에 스며드는 달빛처럼.

둔중한 생각으로 머리 위를 올려다보던 그런 벨에게…… 칠흑의 그림자가 드리워졌다.

"벨……."

"……!"

괴물의 포효가 아닌 인류어 목소리에 없는 힘을 쥐어짜 내 고개를 들었다.

그곳에는 승자처럼 우뚝 서 있는 칠흑의 맹우가 있었다.

조용히 선 아스테리오스는 너덜너덜해진 벨을 내려다보며 말했다.

"이로써, 1승 1패……."

그 말에 벨은 눈을 크게 떴다.

"다음이다."

한쪽 팔을 잃고 한쪽 눈이 짓이겨진, 온몸에 상처가 새겨진 맹우의 전사는.

한쪽 팔로 든 라브리스를 가슴까지 들며 선언했다.

"다음에야말로—— 결판을 내자."

입가를 찢으며 웃은 아스테리오스는 머리 위를 올려다보고.

『워어어어어어어어어어어어어어어어어어어어어어!!』

개선하듯, 괴물의 커다란 포효를 터뜨리더니…… 떠나갔다.

벨의 앞에서.

어둠속, 던전 너머로 모습을 감추었다.

"…………."

실이 끊어진 인형처럼, 벨은 다시 돌무더기에 뒷머리를 기댔다.

이제까지 이어졌던 싸움이 마치 환영이었던 것처럼 정적이 주위를 감쌌다.

분명, 아마도, 이렇게 된 이상 던전은 부서진 내부 구조를 우선적으로 수복할 것이다. 몬스터는 태어나지 않고, '고블린'이니 '코볼트' 같은 저급 괴물도 소리와 충격에 겁을 먹어 계층 구석으로 숨었을 것이다. 그러니 한동안 드러누워 있어도 분명 괜찮을 거라고, 벨은 잘 돌아가지 않는 머릿속으로 그런 생각을 했다.

이곳에 있는 지금 이 순간이 몽글몽글한 꿈처럼 느껴졌다.

그와 나누었던 대화도 어딘가 현실감이 없는 것 같았다.

온몸을 잠식하는 고통은 진짜여서 현실도피를 용납하지

않았지만.

"…………졌, 구나."

입술에서 흘러나온 중얼거림이 지상으로 이어지는 수직 구멍에 빨려 들어가 달밤 속으로 올라갔다.

벨은 지하 1층의 창공 천장화에 뚫린 구멍을 올려다보았다.

"'제노스'들은…… 그로스 씨네는, 무사, 할까……."

건틀렛의 오쿨루스는 산산이 깨졌다. 여신의 연락은 닿지 않는다.

하지만 분명 헤스티아와 동료들이라면, 자신과 아스테리오스가 미끼가 된 사이에 잘 해주었을 것이다.

그렇다. 자신의 싸움에는 의미가 있었던 것이다.

"……이러면, 됐던 거야."

온 도시를 휘말려들게 하며 싸운 덕에, 비네나 리드 일행도 던전으로 돌아갈 수 있었다.

만약 자신이 이겨버렸다면 아스테리오스는 죽었다.

자신이 패하지 않았다면 그는 던전으로도, 동포들의 곁으로도 돌아가지 못했다.

그렇다. 그러니, 이래야 했던 것이다.

"져서, 다행이다……."

승패 따위 부차적인 것이다.

그렇다. 이래야 했던 것이다──.

"……거짓말."

불쑥, 벨은 중얼거렸다.
"……그런 건, 거짓말이야."
중얼거리는 목소리가 습기에 젖어들었다.
코끝이 뜨거워지고, 머리 위를 향한 시야가 뿌옇게 흐려졌다.
다음으로는 눈물이 흘러내렸다.
"져서 다행이라니, 거짓말이야……!"
분하다.
죽을 만큼 분하다.
'제노스'니 사명이니, 그런 것은 상관없다. 너무나도 분했다.
벨은 아스테리오스에게 이기고 싶었다.
재대결을 위해 자신 앞에 나타났던 그 숙적에게.
모험자로서, 남자로서 호적수에게 이기고 싶었다.
"흑, 아, 으아아……!"
한심한 오열을 필사적으로 참았다.
의식과는 달리 목이 몇 번이나 흐느끼는 소리를 냈다.
아스테리오스는 말했다.
다음이 바로 자신들의 결판을 낼 때라고.
아직 승부는 끝나지 않았다고.
그는 싸울 이유를 주었던 것이다. '제노스'와 만난 후로 계속 무언가를 망설이던 벨에게.

다음에는 죽이러 오라고.

그러니 망설이지 말라고.

강해지라고.

강해져야만 할 이유를 주었다.

"~~~~~~~~~~~~~~~~~~~……!!"

——약속할게.

——언젠가, 비네랑 함께 살 수 있는 곳을 만들겠다고.

——그러기 위해서는 지금보다도, 훨씬——.

모두 자신이 했던 말. 자신이 했던 맹세.

그렇다면 지금보다도 훨씬———— 강해져야만 한다.

벨은 더욱, 더욱.

소녀와의 약속을 지키려면, 그와 결판을 내려면, 더 강해져야 한다고 결심했다.

또 한 가지, 목표가 생겼다.

동경과는 또 다른, 새로이 향할 장소가 생겼다.

지금 자신에게 필요한 것들은 전부, 전부 이어져 있다.


다시 동경을 따라가기 위해.

이제는 소중한 누군가를 잃지 않도록.

다음에는 승리하기 위해.

강해지자.

더 강해지자.

두 번 다시 무력함을 탄식하지 않기 위해서라도.

그러니.
지금은 꼴사납게 울자.
비참하게, 그저 울자.
내일부터는 다시 달려나갈 수 있도록.
"으, 아, 아아아아아아아아아아……!!"
눈을 팔로 가리며, 벨은 처량하게 소리를 내 울기 시작
했다.

🔥

"벨!"
에이나는 달리고 있었다.
몬스터가 벨을 데리고 바벨로 사라져버린 직후, 누구
보다도 먼저 움직여 센트럴 파크에 내려섰다.
숨을 헐떡이며, 익숙하지 않은 동작으로 열심히 팔을 휘
두르며 백색 거탑으로 향했다.
"잠시만요, 위험합니다!!"
【가네샤 파밀리아】의 제지도 듣지 않고, 파괴된 '바벨'의
문으로 들어섰다.
에이나를 기다리고 있던 것은 바닥에 뚫린 거대한 구멍
이 지하까지 이어진 플로어의 광경이었다.

파괴의 양상을 보고 얼굴에서는 핏기가 사라졌다.

——설마, 여기에 말려든 거야?

구멍 밑바닥, 던전 아래에서 어렴풋이 보이는 흰 그림자를 발견하고 에이나는 등을 떠밀린 것처럼 지하로 향하는 계단에 뛰어들었다. 소리를 내며 몇 단씩 건너뛰며 달렸다. 지금만큼은 '팔나'를 받지 못한 자신의 몸이 원망스러웠다. 그것만 있다면 구멍을 뛰어내려 소년에게 즉시 달려갈 수 있을 텐데.

마석등이 부서지고 제대로 된 빛도 없는 가운데 에이나는 몇 번이나 넘어질 뻔했다. 몇 번이나 휘청거리면서도 발은 멈추지 않았다.

잔해에 묻힌 지하 1층. 그리고 던전으로 이어지는 '구멍'의 나선계단.

일부 무너진 곳도 어찌어찌 통과해, 에이나는 마침내 제1계층에 도달했다.

"벨!! …………벨?"

에이나가 발견한 것은 잔해 위에서 피투성이가 된 채, 그래도 제대로 숨을 쉬는, 그리고 울고 있는 소년의 모습이었다.

팔로 가린 눈에서는 몇 줄기나 되는 굵은 눈물이 흘러내리고, 몸을 떨며 울고 있다.

한심하게, 처량하게, 한껏.

"벨……."

울고 있다.

소년이. 그가.

언제나 보았던 어린아이의 울상과는 다른, '남자'가 흘리는 원통함의 눈물.

진심으로 쏟아내는 진짜 눈물.

자신이 모르는 벨의 모습에 에이나는 애절할 정도로 가슴이 옥죄어드는 것을 느꼈다.

아무 말도 없이, 그러나 무언가를 해주고 싶어서 가만히 다가가 무릎을 꿇었다.

그의 오른손을 두 손으로 감싸고는 꼬옥, 아플 정도로 쥐어주었다.

에이나는 자신의 가슴속에 무언가가 싹터버린 것을 알았다.

이제는 돌이킬 수 없는, 달콤하고도 애절한 고동이.


달빛과도 같은 덧없는 인광을 받으며.

에이나는 구조대가 올 때까지 계속 벨과 함께 있었다.

**에필로그 그래서 나는 또 달린다**

인광이 비추는 막막한 어둠.

마석등 불빛도 섞인 광대한 룸에서 펠즈는 몬스터들과 마주 섰다.

"정말 미안해, 펠즈. 엄청 민폐를 끼쳐버렸어……."

"그만 해, 리드. 너희와 인연을 맺기로 결심했을 때, 나는 막대한 노력을 기울여야겠다고 각오를 했어. 뭐, 당시에는 마지못해 했던 거지만."

"……망할 녀석. 고맙다."

리저드맨이 내민 다부진 괴물의 손을, 펠즈는 장갑을 낀 채 잡았다. 주위의 '제노스'들도 감사의 말, 혹은 감사의 뜻으로 여겨지는 울음소리를 냈다.

던전에 존재하는 '제노스의 비밀 마을' 중 한 곳.

미궁거리를 둘러싸고 벌어졌던 그 기나긴 공방의 날로부터 며칠이 지나, 리드 일행은 동포들이 기다리는 이 마을로 무사히 귀환했다.

"그렇다 쳐도 그로스까지 무사히 돌아왔다니…… 진짜 악운이 강하구나, 너?"

"……죽지 못해 살았지."

"이젠 그런 소리 하면 못써요. 알았죠?"

"다행이야, 그로스!"

리드, 그로스, 레이, 비네가 담소를 나누는 광경을 펠즈는 눈부신 듯 바라보았다.

그 사건 직후 리드와 비네, 그로스 일행은 합류에 성공했다.

그로스 일행을 '크노소스'까지 보내준 것은 헤스티아와 그녀의 권속들이었다. 그녀들에게는 아무리 감사해도 모자라겠지만, 그녀의 말을 빌자면 【프레이야 파밀리아】가 【로키 파밀리아】를 견제해준 덕택이라나.

모든 것은 소년과…… 그 맹우가 벌인 전투 덕분이었다는 소리다.

무언가 하나라도 어긋났다면 눈앞의 광경을 볼 수 없었을 것이다.

소년과 【헤스티아 파밀리아】가 아니었다면.

"부상도 '마법'으로 치유해줘서, 정말 수고 많이 끼쳤어. 어엄청 오래 전에 모험자가 잊어버리고 간 매직 포션 있는데, 마실래?"

"아니, 난 뼈밖에 없으니까 마시지도 못하잖아. ……그런데 리드, 그는 어떻게 됐어?"

상처 입었던 '제노스'들을 펠즈가 전체치유마법으로 회복시켜주었다. 또한 빈사상태였던 맹우 전사의 부상도 치료되고, 얼음에 담가두어 보존했던 한쪽 팔도 깔끔하게 원래대로 붙었다.

그는 펠즈에게 짧은 인사를 했고, 그 후로 모습을 보이지 않았는데.

"벌써 '심층'으로 가버렸어……. 또 수행하겠다고."

"……그렇군."

"더 강해져야만 한다지 뭐야."

결판을 내기 위해.

'꿈'을 발견했다는 맹우 전사의 말에 펠즈는 흑의를 출렁거렸다.

정말로 기이한 일이라고, 좋은 의미에서도 나쁜 의미에서도 만남의 운명에 사랑받은 한 소년을 떠올렸다.

"……그러면 리드, 이젠 정말 가보겠어. 업무에 시달리는 우라노스가 기다리니."

"그래. ……아, 펠즈!"

"?"

"지상으로 돌아가면 벨찡한테……"

"…………."

"……아니, 아무 것도 아냐. 역시 직접 만나서 말할래. 약속했으니까."

"그래, 그게 좋겠어."

도마뱀 얼굴에 쭈글쭈글한 웃음을 짓는 리드에게 펠즈도 고개를 끄덕였다.

"펠즈!"

"왜 그러지, 비네?"

"또 봐! 다음번엔 벨이랑 동료들도 같이, 또 만나!"

"……그래. 또 보자."

펠즈는 웃으며 대답할 수 없는 몸이 지금은 매우 유감스럽게 여겨졌다.

떠나가는 자신을 지켜보는 리드, 그리고 웃음을 머금은 용종 소녀를 보며.

소년과 그의 동료들이 지켜주었던 이 세상에서 웃음을 지을 수 없는 것이 매우 답답했으며, 그리고 동시에 눈물을 흘릴 수 없다는 데에 약간 감사했다.

던전에서 멀리 떨어진 지상의 혼란은 역시 한동안 이어졌다.

'다이달로스 거리'에 관한 사후처리는 그 혼란의 대표격이었다. 피난한 주민들을 위해, 슬럼이라고는 해도 민가의 복구는 재빠르게 진행됐다. 임시 천막을 설치하고, 주민들을 안심시키기 위해 모험자나 직원들을 배치하는 등 할 일은 일일이 꼽을 수도 없었다. 【로키 파밀리아】가 자발적으로 작업에 협조해준 덕에 주민들에게 안도감을 준 것이 그나마 불행 중 다행이었다. 복구가 진행 중인 환락가에 이어 문제가 새로이 산적하는 바람에 길드장 로이만은 마침내 거품을 뿜으며 쓰러져버렸다나.

지상으로 진출했던 몬스터에 관해서는 허위 보고가 이루어졌다.

벨 크라넬이 폭주한 검은 미노타우로스를 상대하는 사이에 【로키 파밀리아】가 다른 몬스터를 전멸시켰다는 내용

이었다. 사건의 전말을 아는 우라노스의 지시였다. 로이만
조차 파악하지 못한 이 허위 밀약이 자존심에 상처를 입은
【로키 파밀리아】의 반발을 사지는 않을까 우려했지만, 그
런 일은 없었다. 하급 단원들도 제1급 모험자들도 각자 생
각하는 바가 있었는지 길드의 교섭과 발표를 받아들여준
것이다.

　길드에서 거짓으로 마련한 몬스터의 '드롭 아이템'이 본
부 앞에 진열되자 모험자들은 피눈물을 흘리며 분통하게
여기고 신들은 비탄——하는 척——했으며 도시 주민들
은 안도했다.

　그리고.

　사건의 중심에 있던 소년은——.


　"——모든 것이 원래대로 돌아갔다고는 할 수 없지만,
벨에 대한 아이들의 평가는 뒤집어졌다고 해야 할까. 뭐,
마지막에는 워 게임 때처럼 됐으니까."

　"그렇군."

　눈앞에서 의자에 앉으며 보고하는 헤르메스에게 우라노
스는 단지 그렇게만 대답했다.

　네 자루의 횃불이 비추는 제단에서 남신은 다시 나이프
로 나뭇조각을 깎기 시작했다.

　"검은 미노타우로스는 놓쳐버렸어도 벨을 칭송하는 목
소리는 높아. 어지간히 임팩트가 있었던 거겠지, 그 싸

움이."

자신도 잘 아는 소년의 '모험'에 대해 언급한 헤르메스는 어깨를 으쓱했다. 적어도 이것으로 소년을 멸시하는 목소리는 사라졌다는 것이다.

나이 어린 아이들은 다시 그 조그만 영웅을 동경할 것이다. 그리고 그와 가장 가까운 곳에 있던 모험자들은 이번에야말로 【리틀 루키】를 인정할 것이다. '모험'에 목숨을 걸었던 같은 업계 동료에게 칭송과 외경심을 품으면서.

검은 미노타우로스와의 전투는 역시 그만큼 처절했던 것이다.

벨과 싸웠던 아스테리오스에게 타산 따위 없었다.

애초에 벨의 명예 따위 알 바 아니었다.

그가 추구했던 것은 단 한 가지, '재대결'.

그러나 결과적으로 그의 숨김없는 살의가, 전의가, 모험자와 민중의 눈에는 더할 나위 없는 '진실'로 비쳤다. 아니, 틀림없는 진짜였다.

헤르메스는 라브리스를 든 맹우의 체스말을 완성해 토끼가 세워진 체스판 위에 놓았다.

"······이번에는 한 방 먹었어. 제대로 당했어. 이게 프레이야 님의 손바닥 위에서 놀아난 거라고 한다면 뭐, 그나마 덜 분통하지만······."

맹우의 체스말을 흘끔 보고 얄밉다는 듯이 웃음을 짓는다.

자리에서 일어난 헤르메스는 탁탁 손을 털더니 신좌의 우라노스에게 몸을 돌렸다.

　"보고는 이상. 또 뭐 듣고 싶은 거 있어?"

　"……앞으로는 협조가 불가능한가?"

　"벨을 '제노스'의 안건에 끌어들이지 않겠다고 약속해 준다면 앞으로 한동안은 네 수족으로 일해줄게. '크노소스'의 존재가 판명된 지금은 우리가 서로 싸울 수도 없잖아. 반대로 묻겠는데, 당신은 괜찮겠어, 우라노스?"

　"제우스와 헤라가 사라진 지금, 내가 움직일 수 있는 전력은 얼마 되지 않는다. 하는 수 없지."

　오라리오의 안녕을 지탱하는 지주로서 사무적으로 대답하는 노신에게 헤르메스는 알았다며 두 팔을 벌려보였다.

　"난 이번 건 때문에 헤스티아나 벨에게도 미움을 받았을지 몰라. 아무튼 성의를 다해 고개를 숙이고 올게."

　"…………."

　"——하지만 앞으로도 내가 할 일은 변함이 없어."

　영웅을 위해.

　당신과 대립할 때가 또 올지도 모른다고, 등황색 눈으로 그렇게 말한 헤르메스는 손에 들었던 여행모를 썼다.

　"그럼 이만 가볼게. 이 이상 오래 있다간 또 반감을 살지도 모르니까."

　그렇게 말하고, 헤르메스는 지상으로 이어지는 계단을 올라 '기도의 방'을 나갔다.

그리고 얼마 후, 계단과는 다른 '비밀통로'의 문이 소리를 내며 열렸다. 그림자를 떨치고 나타난 것은 펠즈였다.

"다녀왔어, 우라노스. ……누가 왔다 갔나?"

제단 앞에 놓인 체스판을 본 펠즈에게 우라노스가 대답했다.

"헤르메스다."

표정은 엿볼 수 없지만 흑의의 메이거스는 고개를 숙인 채 입을 다문 후, 한숨을 쉬듯 칠흑의 로브를 출렁거렸다.

"'제노스'들은 무사히 마을로 보냈어. 지상의 소동에서 죽은 자는 없고."

"그렇군."

보고를 마친 펠즈는 우라노스의 창공처럼 푸른 눈을 올려다보았다.

"'제노스'들의 존재 의의를 증명하기란 물론 불가능해. 그들과 인류의 문제는 전혀 해결되지 않았어. 길은 여전히 멀고도 험해. 어쩌면 이번 사건으로 그들의 비원은 더 멀어졌는지도 모르지."

흑의의 메이거스는 딱 잘라 말했다.

"하지만 확실한 수확도 있었다."

노신의 말에 펠즈도 고개를 끄덕였다.

"신 헤르메스는 도저히 용서할 수 없지만…… 나도 그와 같은 길을 택하겠어, 우라노스."

울려 퍼진 목소리에 여러 가지 감정이 오갔다.

살과 가죽을 잃은 영원한 '어리석은 이'는 소리를 내는 횃불의 불꽃에 그 말을 이었다.

"나도 그 소년에게 모든 것을 걸어보겠어."

"『【리틀 루키】기적의 생환!』『괴물에 홀로 용감히 맞선 모험자』······나 원, 뻔뻔한 것들."

정보지 두루마리를 펼치고 바라보면서 벨프는 진저리가 난다는 듯 한숨을 쉬었다.

"뭐 어떻습니까, 벨프 공. 이로써 그분에 대한 오해도 풀릴 테지요."

"시내 분들도 우리를 냉랭하게 보지 않게 되었사옵니다. 아직은 시선에 어딘가 죄책감 같은 느낌도 있사오나······ 그것도 언젠가는 사라지지 않겠나이까."

시내에 나도는 정보지의 헤드라인을 읽는 동료 청년에게 미코토와 하루히메가 말했다.

해야 할 일을 다 마친 【헤스티아 파밀리아】의 멤버들은 절박한 하루하루에서 해방된 반동으로 어깨에서 힘을 빼고 홈의 거실에 모여 있었다.

"벨 님이나 릴리네를 감시하던 모험자도 사건이 끝난 그날부터 완전히 사라진 것 같네요."

"귀중품을 모조리 털렸을 거라고 각오도 했다만······ 도

둑도 들지 않았던 것 같고 말이다."

거실 창가로 밖을 살피던 릴리의 뒤에서 소파에 앉아 있던 헤스티아가 말했다.

마지막으로 '제노스'들을 '크노소스'까지 배웅해 겨우 모든 일을 마친 후, 일행이 홈으로 돌아오니 창문과 문이 무참하게 파괴된 저택의 광경──은 없었다.

물론 내부로 침입해 뒤지고 다녔던 흔적은 있었으나 기물이 파손되거나 하지는 않았다. 주요 자산도 무사했다. 마치 어딘가 매우 강한 【파밀리아】에서 지켜주었던 것처럼.

"이제 전부 원래대로……"

"……는 아닐 것입니다."

중간에서 끊어진 릴리의 말을 미코토가 이어받았다.

소녀들의 눈동자가 천천히 거실 주위로 향해 용종 소녀의 흔적을 찾는다.

사라져버린 소녀의, 가족의 온기에 릴리조차도 서운함을 감추지 못했다.

거실에 있던 자들의 시선은 하루히메에게 모였다.

"괜찮으냐, 하루히메 군?"

"……예. 또 만날 수 있사옵니다."

주신의 말에 하루히메는 맑은 웃음으로 대답했다.

"약속하였으니까요."

새끼손가락을 가만히 가슴에 끌어안은 르나르 소녀를 보며 미코토와 동료들은 눈을 가늘게 떴다.

모든 일이 끝났고, 근심은 사라졌으며, 희망도 남았다.

조그만 【파밀리아】에 정말로 소소한 충족감이 찾아왔다.

"이젠 벨만 남았네……."

벨프의 목소리가 소년이 없는 거실에 울려 퍼졌다.

얼굴을 마주본 소녀들 중에서 릴리가 헤스티아에게 물었다.

"헤스티아 님, 벨 님은……."

"……응."

릴리에게서 시선을 떼고 헤스티아는 천장을 올려다보았다.

푸른 눈을 가늘게 뜨고 여신은 가만히 중얼거렸다.

"그 아이는 오늘도——."

바람이 분다.

푸른 동쪽 하늘에서 흘러드는 아침 바람이다.

높은 시벽 위에서 서늘한 바람을 느낀 벨은 조용히 서서 그것을 바라보았다.

도시 중앙을. 백색 거탑을.

이윽고 아침놀이 맑은 하늘을 빛낼 무렵, 금색 장발이 나부꼈다.

소년의 곁에 한 소녀가 찾아왔다.

"아이즈 씨……?"

"응…… 안녕."

"……여기는, 어떻게."

"왠지…… 여기 오면, 널 만나게 될 것 같아서."

"그랬, 군요."

"응."

"…………."

"…………."

"아이즈 씨."

"?"

"또, 싸우는 법 가르쳐 주실래요?"

"……그런 일이 있었는데도?"

"네."

"…………."

"…………."

"……넌, 치사해."

"……미안해요."

"…………."

"…………."

"……좋아."

"……괜찮아요?"

"응…… 같은 눈을 하고 있어."

"?"

"내가, 거울 앞에서 늘 보는 눈."

"…………."

"아…… 그렇지만, 넌 그러니까, 딱히…… 나처럼 이상하진 않고, 눈은 더 예쁘고, 그게."

"……픕."

"……왜 웃어?"

"죄, 죄송합니다!"

"…………."

"…………."

"나…… 일이 있으니까, 늘 해줄 수 있을지는 모르지만."

"네, 괜찮아요…… 고맙습니다."

"아냐."

"…………."

"…………."

"아이즈 씨."

"왜?"

"나…… 강해지고 싶어요."

"…………그렇구나."

"네."

"가볼게."

"네."

"……또 봐."

"……네."

아침놀 너머로 금색 동경이 사라져간다.

곁에서 멀어지는 소녀의 뒷모습을, 벨도 이번만큼은 쳐다보지 않았다.

눈은 줄곧 앞을.

하늘을 찌르는 웅대한 백색 거탑을── 그리고 그 밑에 잠든 지하미궁을 보았다.

약속과 결판이 기다리는 던전을.

"…………."

시큰거리는 새끼손가락을 꼭 쥐고, 아직 아물지 않은 부상의 아픔을 곱씹는다.

이 아침놀에 다시 맹세를 바치며, 벨은 약속의 장소에 등을 돌리고──


그래서 소년은 또── 달려 나간다.

# 스테이터스

Lv.**3**

힘: SS1001 내구: SS1100 기교: S989 민첩: SSS1291 마력: A877
행운: H 내성: H

《마법》

　　　【파이어볼트】　·속공마법.

《스킬》

　　　【리아리스 프레제】　·조숙한다.
　　　　　　　　　　　　·마음이 이어지는 한 효과 지속.
　　　　　　　　　　　　·마음의 강도에 따라 효과 향상.

　　　【영웅선망 아르고노트】　·액티브 액션에 대한 차지 실행권.

《오쿨루스를 박은 건틀렛》
·《깡총이》의 건틀렛을 벨프가 억지로 개조한 것.
·손등 위치에 있던 홍옥을 제거하고 대신 오쿨루스를 끼워놓았다.
·헤스티아가 소지한 반대쪽 수정과 먼 거리에서도 통신이 가능하다. 조작하면
　벨 쪽의 영상도 보낼 수 있으며, 반대도 가능.
·벨은 이를 통신기 겸 딜 아다만타이트 재질의 프로텍터로 활용했다.

**【벨 크라넬】**

소속: 【헤스티아 파밀리아】
종족: 휴먼
직업: 모험자
도달 계층: 제20계층
무기: 헤스티아 나이프
소지금: 340발리스

《리버스 베일》

· 일반적인 망토와, 매직 아이템 효과가 있는 투명 베일이 앞뒤를 이루는 리버시
  블 사양. 후드 포함.
· 천으로 덮인 부분이 아니라, 【페르세우스】의 '하데스 헤드'와 마찬가지로 장비
  한 대상을 '투명 상태'로 만든다.
  넓고 긴 베일의 피복 면적 내에 있으면 장비자와 마찬가지로 간주되어 여러 명
  이 효과를 받을 수 있다.

# 후기

안드로메다가 이틀 밤을 새서 해주었습니다.

야생의 안드로나지.

안드로메다라면 어쩔 수 없지.

본편에서 가장 고생했던 사람은 아마도 【페르세우스】일 거예요.


예전에 육상경기에 몸담은 적이 있습니다.

어느 날 코치님이 저와 어떤 팀메이트를 묶어 '너희는 꼭 톰과 제리 같다'라고 말한 적이 있습니다. 저와 그 팀메이트의 전문은 장거리였고, 레이스 종반이 되면 집단에서 튀어나가 둘이 쫓고 쫓기는 모습을 연출했기 때문일 거라고 생각합니다(아마 제가 톰이었겠죠).

트랙의 라스트 100미터, 홈 스트레이트. 눈앞에서 힘차게 휘두르는 팔, 커다란 스트라이드, 허벅지까지 치고 올라가는 신발바닥, 멀어져가는 뒷모습. 마지막 힘을 쥐어짜내 발악을 해봐도 저를 놓아둔 채 가버리는 그 광경은 정말로 악몽 그 자체였습니다. 실제로 지금도 이따금 꿈에서 보고 땀에 흠뻑 젖기도 합니다. 팀메이트 제리는 아마도 라이벌이었을 겁니다.

일상생활에서는 제리와 평범하게 친해서, 밥을 함께 먹기도 했습니다. 하지만 막상 레이스 당일이 되면 대진표에서 제리의 이름부터 찾아보고, 같은 레이스에 출전한다는 사실을 알면 지고 싶지 않다고 강하게 의식했습니다.

제리와 서로 경쟁하고, 서로를 이끌어주고, 쫓아가고, 분통해하고, 그리고 결과가 나오고. 제리 덕에 강해졌던 부분이 분명히 있었다고 생각합니다.

라이벌이란, 아마도 좋은 것입니다.

호적수라 부를 만큼 멋있는 것인지는 모르겠지만, 그런 존재가 있기만 해도 새로운 목표가 계속 생겨나지 않을까요. 9권부터 시작되었던 소위 제노스 편도 결국 그 헤로인(미노타우로스) 겸 호적수를 내보내고 싶었을 뿐……이라고는 하지 않겠지만, 아무튼 라이벌이 나와줬으면 했습니다. 본편 3권에 해당하는 내용을 다 썼을 때, 주인공의 라이벌은 그 맹우 말고는 있을 수 없겠다고 결정했지요.

앞으로도 주인공과 함께 쫓고 쫓기는 모습을 보여주면 좋겠습니다.

그러면 감사의 인사를.

담당 코다키 님, 이번 권부터 원고 팀에 가담해주신 키타무라 편집장님, 미려한 일러스트를 그려주신 야스다 스즈히토 선생님, 진력에 진심으로 감사드립니다. 관계자 여러분께도 이 자리를 빌려 감사 말씀 드립니다. 그리고 독자 여러분, 이 책을 읽어주셔서 정말 고맙습니다.

11권에서는 한정판 드라마 CD도 나왔습니다. 스태프, 캐스트 여러분께도 깊은 감사를 드립니다.

작가의 마음속에서는 '제노스 편'이 끝났어도 제3부는 이어질 예정이었지만, 본편을 마지막까지 다 쓰고 보니 역시 여기서 일단락 짓는 편이 깔끔할 것 같다고 마음을 고쳐먹었습니다. 그리고 '제노스 편'도 당초 예정을 넘어서 세 권이 되어버렸으니까요…….

그런고로 다음 권부터는 새 챕터가 되겠습니다. 이번에는 던전 공략으로 돌아갈 예정입니다. 다시 봐주시면 고맙겠습니다.

여기까지 읽어주셔서 고맙습니다. 그럼 이만 실례하겠습니다.

오모리 후지노

DUNGEON NI DEAI WO MOTOMERU NOWA MACHIGATTE IRU DAROKA 11
Copyright © 2016 by Fujino Omori
Illustrations Copyright © 2016 by Suzuhito Yasuda
All rights reserved.
Original Japanese edition published in 2016 by SB Creative Corp.
Korean translation rights arranged with SB Creative Corp., Tokyo
through Eric Yang Agency Co., Seoul.
Korean translation rights © 2017 by Somy Media, Inc.

**던전에서 만남을 추구하면 안 되는 걸까 11**

2017년  3월 15일 1판 1쇄 발행
2021년  7월 14일 1판 10쇄 발행

**저       자** 오모리 후지노
**일 러 스 트** 야스다 스즈히토
**옮 긴 이** 김완
**발 행 인** 유재옥
**본 부 장** 조병권
**담당편집** 정영길
**편 집 1 팀** 이준환, 박소연
**편 집 2 팀** 정영길, 조찬희, 박치우, 조현진
**편 집 3 팀** 오준영, 곽혜민
**미       술** 김보라, 서정원
**라이츠담당** 한주원
**디 지 털** 박상섭, 이성호, 최서윤
**발 행 처** ㈜소미미디어
**인쇄제작처** 코리아피앤피
**등       록** 제2015-000008호
**주       소** 서울 마포구 토정로 222, 403호(신수동, 한국출판콘텐츠센터)
**판       매** ㈜소미미디어
**마 케 팅** 한민지 이주희
**물       류** 허석용
**전       화** 편집부 (070)4164-3962, 3963 기획실 (02)567-3388
                      판매 및 마케팅 (070)4165-6888, Fax (02)322-7665

ISBN 979-11-5710-674-5 04830
ISBN 979-11-950162-0-4 (세트)